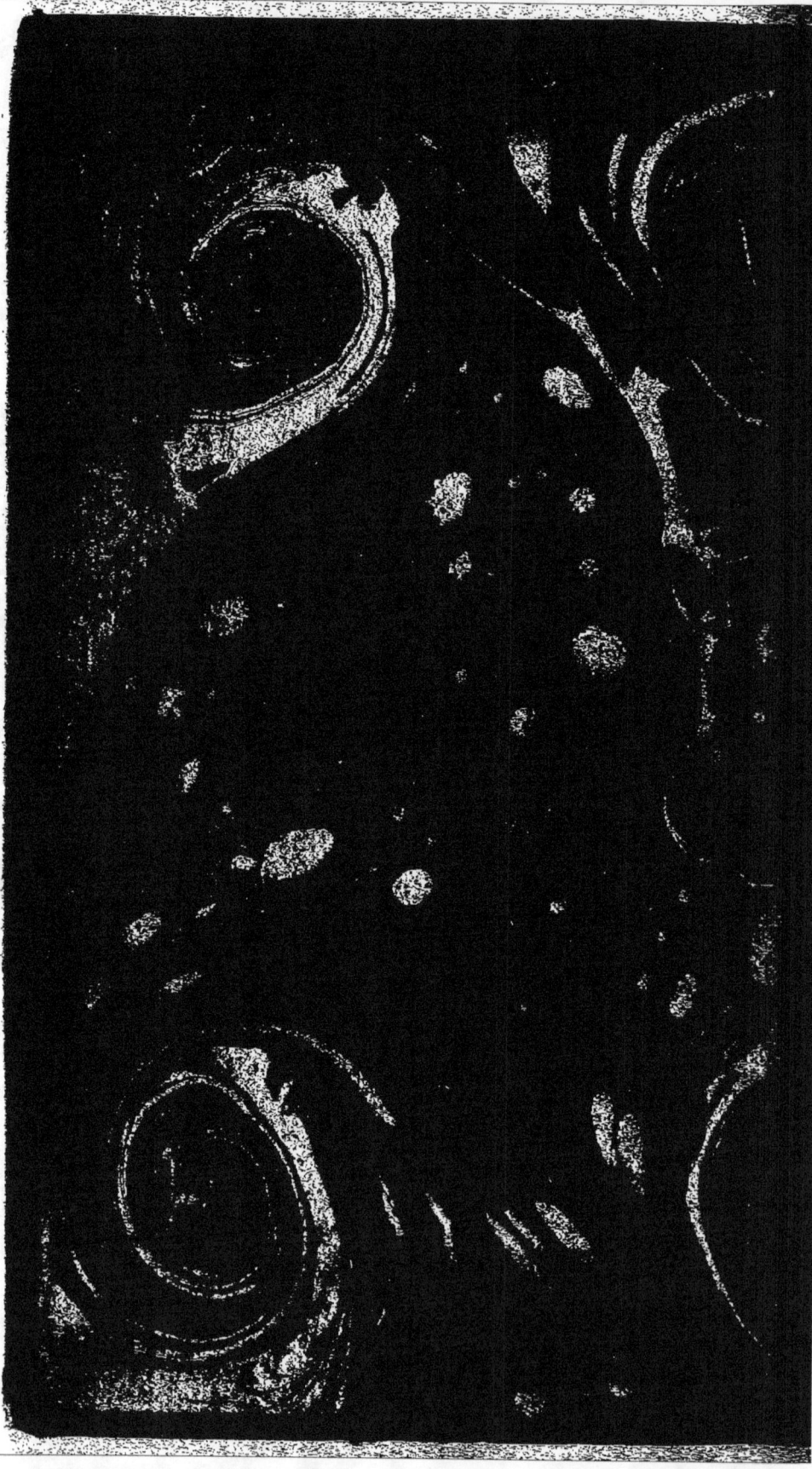

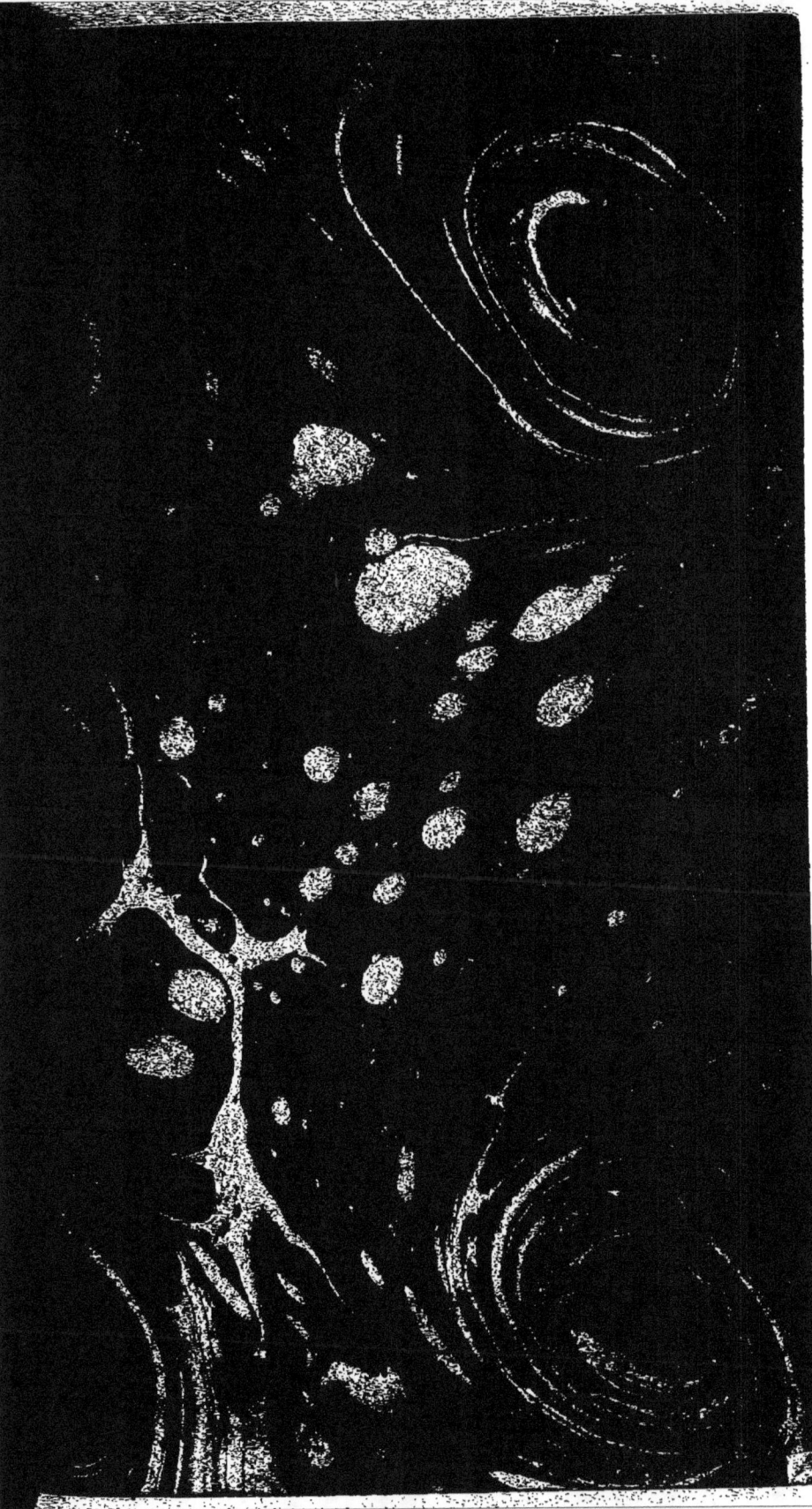

judiciar. n. 1185. A.

CHOIX

DE NOUVELLES

CAUSES CÉLEBRES,

AVEC LES JUGEMENS

QUI LES ONT DÉCIDÉES.

CHOIX

DE NOUVELLES

CAUSES CÉLEBRES,

AVEC LES JUGEMENS

QUI LES ONT DÉCIDÉES,

Extraites du Journal des Causes célebres,
depuis son origine jusques & compris
l'année 1782.

PAR M. DES ESSARTS,
Avocat, Membre de plusieurs Académies.

TOME SIXIEME.

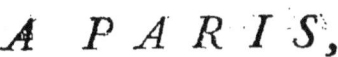

A PARIS,

Chez MOUTARD, Imprimeur-Libraire de la
REINE, de MADAME, & de Madame Comtesse
d'ARTOIS, rue des Mathurins, Hôtel de Cluni.

M. DCC. LXXXV.

Avec Approbation, & Privilége du Roi.

AVERTISSEMENT

DU LIBRAIRE.

LES Collections du Journal des Caufes célebres étant épuifées, les Volumes de ce Chóix les remplaceront. Au lieu de faire une réimpreffion difpendieufe, on a préféré de donner un extrait : ainfi, en joignant à ce Recueil les années qui ont paru depuis 1782, & qu'on trouvera au Bureau du Journal des Caufes célebres, chez M. des Effarts, rùe Dauphine, Hôtel de Moui, on aura l'avantage de réunir ce qu'il y a de plus intéreffant dans les cent douze Volumes qui ont été publiés avant cette époque, avec la fuite de cet Ouvrage périodique.

CHOIX
DE CAUSES
CÉLEBRES.

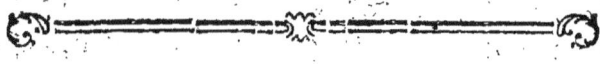

FAUSSE ACCUSATION D'ASSAS-
SINAT.

L'INFORTUNÉ dont on va lire le
Procès, languiſſoit depuis neuf ans dans
un des cachots de Bicêtre, lorſqu'il m'é-
crivit pour me prier de rompre ſes fers.
La peinture qu'il me fit de ſon affreuſe
ſituation, me détermina ſur le champ
à obtenir la permiſſion de le voir, pour
connoître les détails de ſa vie. Après
avoir paſſé deux heures dans ſon cachot, j'en ſortis convaincu de ſon innocence, & je fis auſſi-tôt le Mémoire
ſuivant :

Tome VI.   **A**

» Depuis neuf ans (difoit le fieur Riviere (*a*) dans ce Mémoire), je languis dans la captivité la plus affreufe, fous le poids accablant d'une accufation injufte. J'ai été foupçonné d'avoir commis un crime atroce ; j'ai mérité le dernier fupplice fi j'en fuis coupable, & je demande la mort fi j'en fuis convaincu. Un ordre du Roi, furpris par ma famille, m'a ravi les moyens de me juftifier, & me fait gémir, depuis neuf ans, dans la maifon de force de Bicêtre, où je fuis enfermé : j'y traîne une vie d'autant plus infupportable, qu'aux yeux de mes concitoyens, ma détention dans ce féjour d'opprobre femble m'avoir arraché au fupplice, en me chargeant de l'affaffinat dont j'ai été foupçonné.

» Flétri dans l'opinion publique par la fufpenfion de la procédure qui devoit établir mon innocence, je ne demande point que les fers que je porte depuis fi long-temps foient brifés & qu'on me rende ma liberté ; je m'en crois indigne jufqu'à ce que j'aye effacé les foupçons

---

(*a*) C'eft le nom de l'infortuné qui avoit eu recours à moi pour faire brifer fes fers.

du crime dont on m'a accufé ; mais je réclame le pouvoir des Loix , & je fupplie la bonté fuprême du Roi de me renvoyer devant les Juges qui en font les dépofitaires. Si je fuis coupable , je dois expirer fur un échafaud ; mais fi je fuis innocent , je dois être rendu à la Société , après avoir foumis ma vie aux épreuves d'une procédure réguliere & légale.

» Mon fort doit intérefler tous les hommes. Au récit de mes malheurs , l'innocence & la vertu même doivent trembler de fe voir plonger dans les cachots deftinés pour les fcélérats.

» Je fuis né d'une famille honnête de la province de Normandie : mes plus proches parens jouiffent , dans cette Province & dans la Capitale , d'un fort brillant. Je n'envie ni leur état , ni leur fortune ; je ne demande que l'honneur qu'on m'a ravi.

» Mon pere cultivoit lui-même une métairie qui lui appartenoit dans la Paroiffe de Torteval. Content de fa médiocrité , il couloit des jours tranquilles & fereins ; il partageoit fa vie entre les travaux champêtres & les foins domeftiques : une époufe chérie lui fai-

A ij

foit trouver des charmes dans une vie active & fatigante. Je fuis le feul fruit de l'union la mieux affortie ; j'ai paffé les premieres années de ma jeuneffe fous les yeux de mes parens , & j'ai appris de bonne heure à fupporter les fatigues de la profeffion utile de Laboureur.

» A l'âge de dix-huit ans , j'ai deman-dé un emploi dans les Fermes. Mes pa-rens l'ont obtenu , & je l'ai occupé pen-dant quatorze mois. Mon exactitude à remplir mes fonctions , & l'honnêteté de ma conduite m'avoient acquis l'ef-time de mes fupérieurs. J'étois fur le point d'obtenir une place plus avanta-geufe , lorfque mes parens me rappelè-rent auprès d'eux. De retour dans la maifon paternelle , j'ai partagé les tra-vaux de mon pere , & fait le commerce de chevaux.

∞ En 1764 (je n'avois que vingt ans) , je me fuis marié. Dans la même année , j'ai eu le malheur de perdre ma mere.

» En 1765 , une maladie cruelle m'a enlevé mon époufe ; une fille âgée de dix ans eft le feul fruit qui me foit refté d'une union qui me promettoit les jours les plus heureux. Je pleurois avec mon pere les pertes cruelles que nous avions

faites , lorfque l'événement le plus affreux nous a plongés dans un abîme de
maux.

» Au mois d'Août 1766, M^e. Pain,
Avocat au Parlement de Rouen , fut
affaffiné. Nous fûmes foupçonnés d'a-
voir commis ce crime atroce. L'honnêteté de notre conduite & la douceur
de nos mœurs auroient dû écarter ces
foupçons ; mais ce n'eft pas la premiere
fois que l'innocence a été fouillée par
des foupçons infamans.

» M^e. Pain, Avocat au Parlement de
Rouen , s'étoit retiré à la campagne ; il
y vivoit feul dans une chambre qu'il s'é-
toit réfervée , en affermant au nommé
Mauger une métairie qui lui appartenoit. Cette chambre étoit fituée dans
le corps-de-logis qu'occupoit fon Métayer ; M^e. Pain ne pouvoit y monter
fans être apperçu par Mauger, fes enfans ou fes domeftiques : il avoit des
liaifons fi étroites avec fon Fermier , que
fa fille étoit chargée du foin de fon ménage. Jamais M^e. Pain ne découchoit.
D'après la déclaration de Mauger & de
fa famille , il paroît certain qu'il eft
rentré chez lui la nuit du 8 au 9 Août
1766 , puifqu'ils ont dépofé qu'ils l'a-

voient entendu fortir cette nuit *avant
la pointe du jour*, & que depuis ils ne
l'avoient pas revu.

» Huit jours après, le cadavre de M^e.
Pain fut trouvé dans un étang à quelque
diftance de la maifon qu'il habitoit,
*ayant un pot rempli de fable attaché
au cou.* Les Officiers de la Juftice fe
tranfporterent fur les lieux le 18 Août,
& firent la levée du cadavre. Les Médecins & Chirurgiens qui en firent la
vifite, déclarerent dans leur rapport, que
M^e. Pain avoit été affaffiné, & que fes
affaffins l'avoient *pris aux parties &
l'avoient enfuite étranglé.* Ils ajouterent,
que fon corps *n'avoit été jeté dans l'eau
que long-temps après fa mort.* Ainfi,
d'après la déclaration du nommé Mauger & de fa famille, il paroît certain
que M^e. Pain a été affaffiné *la nuit du
8 au 9 Août* 1766.

» En lifant les dépofitions de ce Fermier, de fes enfans & de fes domeftiques, il n'eft perfonne qui ne foit furpris qu'ayant déclaré qu'ils avoient entendu beaucoup de bruit dans la chambre de M^e. Pain, qu'ils favoient être
feul, ils n'y aient pas monté pour lui
donner du fecours.

» Quoi qu'il en soit, dès le 6 du même mois, j'étois parti pour les affaires de mon commerce, à neuf heures du matin, pour me rendre à Carentan, où j'arrivai le même jour ; j'en partis à huit heures du soir pour me rendre à Torqueville, où je couchai. Cet endroit est éloigné de quinze lieues de la Paroisse de Torteval. J'y restai, le 7, la journée entiere ; le 8, je quittai cet endroit pour me rendre à la foire de Rauville ; & le soir, je fus coucher à Saint-Sauveur-le-Vicomte, qui est éloigné de Longrais de plus de vingt-deux lieues. Le 9, j'en partis à cinq heures du matin, pour aller à la foire de Rauville, où je passai toute la journée ; & le soir je me rendis à Carentan, où je couchai. Le 10, je quittai cette ville, pour aller à la foire de Formigny, où je restai jusqu'au 11 inclusivement. Plus de deux cents témoins attesteront la vérité de ces faits.

» Le lendemain 12, je suis revenu à Torteval.

» Le 13, je fus présent à la démolition d'une maison qui m'appartenoit dans la Paroisse de Longrais, & le même jour je fus voir ma fille, qui étoit en nourrice dans la même Paroisse.

„Le 14, je fus chez le Métayer de Mᶜ. Pain, pour lui rendre du sel que ma domeſtique lui avoit emprunté pendant mon abſence. Je lui demandai des nouvelles de Mᶜ. Pain ; il me répondit qu'il ne l'avoit pas vu depuis le Vendredi au ſoir, 8 du même mois, & qu'il le croyoit chez Madame Dufreſne ſa tante.

„Pendant le 15, le 16 & le 17 du même mois, je fis différens voyages dans les environs de Longrais.

„Il n'eſt pas une ſeule de ces circonſtances que je ne ſois en état de juſtifier par une foule de témoins.

„Le 18, la nouvelle de l'aſſaſſinat de Mᶜ. Pain ſe répandit. En apprenant ce funeſte événement, j'étois bien éloigné de prévoir qu'on nous ſoupçonneroit, mon pere & moi, d'avoir commis ce crime atroce. Les liens de l'amitié & du ſang (a) qui nous uniſſoient avec Mᶜ. Pain, devoient ſans doute nous mettre à couvert de ſoupçons auſſi horribles. Cependant il n'eſt malheureuſement que trop vrai que nos enne-

----

(a) Me. Pain étoit le neveu du ſieur Riviere pere, & le couſin-germain du ſieur Riviere fils.

mis femerent des bruits calomnieux contre nous.

» M. Fumée fe tranfporta fur les lieux, & fit la levée du cadavre. Les dénonciateurs qui nous avoient rendus fufpects, déterminerent ce Juge à nous interroger. Il me demanda fi je connoiffois les ennemis de M^e. Pain, & ceux qui l'avoient affaffiné. *Je répondis que j'ignorois quels étoient les auteurs de ce crime, & que, fi j'avois eu connoiffance d'un attentat auffi horrible, je me ferois empreffé de les dénoncer à la Juftice.* Dans le même inftant, on apperçut une ou deux gouttes de fang fur le devant de ma vefte. Le Juge me demanda d'où provenoit ce fang. *Je répondis que ces taches, encore fraîches, venoient de deux chevaux que j'avois incifés.* J'amenai les chevaux, & je montrai les inftrumens, encore teints de fang, dont je m'étois fervi pour faire cette opération. Le Juge fut convaincu de la vérité de ma réponfe.

» On trouva chez moi une paire de fouliers; on eut l'affectation de les confronter avec les pas qu'on avoit apperçus dans le bois où le cadavre de M^e. Pain avoit été jeté dans l'eau; comme fi des

pas imprimés fur le fable ne reffem-
bloient pas à tous les pieds de la même
grandeur , & à tous les fouliers de la
même forme.

» Le Juge me demanda fi j'avois été
dans le bois. *Je répondis que non.*

» Mes réponfes parurent le convaincre de mon innocence ; il déclara en
effet à plufieurs perfonnes que je n'é-
tois pas coupable ; mais il ajouta que
nous avions des ennemis qui cherchoient à nous perdre.

» Quelques jours après, M. le Lieutenant-Criminel de Bayeux fit faire une
information qui ne doit renfermer aucunes charges ni contre mon pere, ni
contre moi. Cependant, le 30 Août ,
douze jours après la levée du cadavre ,
nous fûmes décrétés de prife de corps.

» Mon pere fe rendit en prifon. On
lui fit prêter interrogatoire. Il y eft refté
fept mois, fans qu'on lui ait confronté
aucuns témoins.

» On me confeilla de me retirer dans
la ville de Caen. J'y reftai pendant trois
mois. Je fus alors arrêté en vertu d'un
ordre du Roi , & conduit à Bicêtre.
Quatre mois après , mon pere fut
transféré des prifons de Bayeux dans

cette maison de force. Il y est mort de chagrin & de misere, prenant le Ciel à témoin de son innocence.

» J'y languis depuis neuf ans, victime de l'intérêt & de la calomnie de quelques-uns de mes parens, qui ont profité des soupçons qu'on avoit répandus contre moi, pour me soustraire à la Société, me priver de la liberté.

» Tel est le récit exact & fidele de toutes les circonstances de ma vie, & de l'événement funeste qui a creusé l'abîme dans lequel on m'a plongé.

» Mon innocence est évidente. J'atteste, en face de Dieu, que je n'ai point trempé mes mains dans le sang de Me. Pain, & je demande à prouver, par une foule de témoins, l'*alibi* le plus frappant. Il y auroit déjà long-temps que je me serois justifié, si mes ennemis, & plusieurs de mes parens ne s'étoient pas opposés au triomphe de la vérité. Intéressés à me faire périr dans le cachot que j'habite, il n'est point de moyens qu'ils n'aient employés pour empêcher que mes plaintes & les cris de mon désespoir ne parviennent aux pieds du Trône. Mais, plein de la confiance la plus respectueuse dans la bonté suprême du Roi, dans sa justice éclairée, & dans l'équité d'un Ministre dont les lumieres & les vertus sont connues de la Nation entiere, j'ose espérer que Sa Majesté ne souffrira pas qu'un de ses sujets, victime infortunée de la haine, de l'intérêt & de la calomnie, languisse plus long-temps dans une captivité d'autant plus affreuse, que, si elle étoit perpétuelle, il ne lui resteroit pas même l'espoir de se laver un jour des soupçons horribles dont ses ennemis l'ont flétri.

» Je suis certain qu'il n'existe point de preuves contre moi dans la procédure faite à Bayeux. Elle renferme peut-être quelques indices trompeurs & quelques légers soupçons ; car je ne puis croire qu'on m'eût décrété de prise de corps, si l'information ne contenoit pas quelques présomptions contre mon pere & contre moi ; mais aucun des témoins qui ont été entendus ne m'a été confronté. Il n'existe donc aucune preuve légale au procès, jusqu'à ce que cette formalité essentielle & indispensable ait été remplie.

» D'ailleurs, si la procédure de Bayeux renferme quelques indices contre moi, je demande à ſubir toutes les épreuves preſcrites par les Loix, & je ſuis ſûr de détruire juſqu'aux plus légers ſoupçons : c'eſt la ſeule grace que je ſollicite. Les fauſſes alarmes de quelques-uns de mes parens ne doivent point me priver du privilége ſacré que notre Législation accorde à tout Citoyen accuſé d'un crime ; celui d'être jugé par les dépoſitaires des Loix, & d'être condamné aux peines qu'elles infligent, ou d'être juſtifié.

» Raſſuré par le témoignage de ma conſcience, je ne ſuis point effrayé par les dangers auxquels je m'expoſe. Je ſais que, ſi j'avois commis le crime dont on m'a ſoupçonné, je ne quitterois le cachot dans lequel je gémis depuis neuf ans, que pour expirer ſur un échafaud, dans les tourmens les plus horribles. Quelque affreux que ſoit ce tableau, il ne m'effraye point : qu'on me livre à toute la ſévérité des Loix, ſi je ſuis coupable ; mais, ſi je ſuis victime d'une accuſation calomnieuſe, je réclame leur pouvoir pour faire triompher mon innocence.

» Je ſuis moins touché de mon ſort, que de celui de l'enfant infortuné à qui

j'ai donné le jour. L'idée insupportable
que ma fille ne peut prononcer mon
nom qu'en rougissant, se présente à
chaque instant à mon imagination, &
ajoute à l'horreur de ma situation. Souvent dans le cachot ténébreux que j'habite, je crois la voir..... l'entendre.....
me reprocher de lui avoir donné le
jour..... Quel pere pourroit résister à un
spectacle aussi déchirant ?..... S'il en est
un seul..... il mérite de partager les
chaînes que je porte. Pour moi, je pré-
fere de périr dans les tourmens les plus
affreux, & d'expirer sur un échafaud,
à l'horreur de languir dans l'opprobre,
& de passer ma vie dans le désespoir.

   » Que mes parens, nageant dans l'o-
pulence, affectent des larmes chiméri-
ques sur mon sort ; plus jaloux de
ma réputation & du véritable honneur
qu'eux, j'implore la bonté du Roi, &
je me prosterne aux pieds du Trône,
pour solliciter la faveur d'être transféré
de la prison où je languis depuis neuf
ans, dans celle de Bayeux, pour y être
jugé suivant toute la rigueur des Loix.
Cette grace ne peut m'être refusée :
j'ai en ma faveur le droit de la Nature, l'équité, & les Loix civiles. C'est

à ces titres que j'implore la bienfai-
fance & la juftice fuprême du Roi.

» Malgré les gardes qui m'environnent, les grilles & l'épaiffeur des
murs qui me privent de la liberté, j'ai
appris, dans le cachot où je traîne depuis fi long-temps une vie déplorable,
que les jours de notre augufte Monar-
que font marqués par autant de bienfaits pour fon peuple. » Non (me fuis-je
» dit), un Prince qui protege les Loix
» & qui eft le pere de fes fujets, ne
» fouffrira pas que l'innocence gémiffe
» dans les lieux deftinés pour le crime !
» Il me fera permis de foumettre ma
» vie aux épreuves prefcrites par les
» Loix du Royaume, & je jouirai enfin
» du bonheur de me juftifier «.

Après avoir ainfi rappelé les faits,
je les ai difcutés dans ma Confulta-
tion, en rappelant les vrais principes
fur les indices. Un indice, difois-je,
eft une induction indubitable, de laquelle il réfulte néceffairement que l'accufé a commis le crime, & qu'il eft
impoffible qu'il ne l'ait pas commis.

Ce ne font donc point de ces conjectures vagues & arbitraires, qui peuvent
s'appliquer également à des faits dif-

férens, de ces armes meurtrieres dont on peut faire un abus dangereux pour frapper l'accusé ou pour repousser l'accusateur. Ce ne sont point enfin de ces présomptions incertaines, de ces rapports éloignés, qui ne peuvent servir qu'à égarer les Juges, en autorisant l'esprit de système, qui doit être banni de la recherche de la vérité, & surtout d'une vérité aussi importante que celle qui peut sauver un accusé, ou lui faire perdre l'honneur & la vie.

Le sieur Riviere & son pere ont été soupçonnés d'être les auteurs de l'assassinat de M^e. Pain. Mais quel homme est à l'abri d'un soupçon ? L'innocence & la vertu même ne peuvent-elles pas être flétries par la calomnie ? Ainsi, de ce que le sieur Riviere & son pere ont été soupçonnés d'un crime atroce, peut-on en conclure qu'ils l'ont commis ? Non sans doute ; il en résulte seulement qu'ils avoient des ennemis qui cherchoient à les perdre : & c'est aussi l'idée que le Juge qui a fait la levée du cadavre, a eue des dénonciateurs du sieur Riviere, puisque ce Juge équitable, sur la demande qui lui fut faite par une des parentes du Confultant, répondit qu'il le croyoit innocent; mais il ajouta qu'il avoit des ennemis.

C'eft cependant fur des foupçons répandus par la haine & par la calomnie, que deux peres de famille ont été arrachés de leurs domiciles, pour être chargés de chaînes, & pour habiter le féjour du crime; qu'un d'eux eft mort de douleur & de défefpoir à Bicêtre, & que l'autre y traîne une vie affreufe depuis neuf ans.....

Premier indice. On a apperçu, lors de la levée du cadavre de Me. Pain, deux gouttes de fang fur la vefte du fieur Riviere. La prévention a vu, dans ces taches de fang, un indice certain qu'il étoit coupable de l'affaffinat.

C'eft ainfi qu'une précipitation barbare à croire coupables ceux que la calomnie environne, transforme fouvent une circonftance indifférente en une preuve du crime. Que la condition d'un accufé eft malheureufe! il eft obligé de fe juftifier même des actions les plus innocentes.

Forcé de faire une opération de fon commerce, le fieur Riviere venoit de panser deux chevaux. Sa veste se trouve tachée de sang. Ses ennemis saisissent avec avidité cette circonstance, & la présentent au Juge comme une preuve de la vérité de leur dénonciation : la passion qui les anime les empêche de réfléchir que, si le sieur Riviere eût été coupable de l'assassinat dont il étoit soupçonné, il auroit sans doute eu grand soin d'effacer jusqu'aux plus foibles traces qui auroient pu dévoiler son délit.

Le sieur Riviere, pour détruire cette inculpation, s'empressa de représenter les instrumens, encore teints de sang, dont il s'étoit servi pour panser ses chevaux ; il les amena même en présence du Juge. Ces circonstances détruisoient entiérement le prétendu indice que la prévention avoit cru trouver dans les traces de sang qu'on avoit apperçues. Cependant ses ennemis ont abusé de cette conjecture frivole pour le perdre. S'ils eussent voulu encore réfléchir sur les circonstances de la mort de Me. Pain (mais la haine & la prévention ne raisonnent pas), ils auroient été convaincus *qu'ayant été étranglé & jeté dans l'eau*, suivant le rapport des

Médecins & Chirurgiens , ce genre de
mort n'avoit pu occafionner aucune effu-
fion de fang ; & de là ils auroient
conclu que les taches qui s'étoient trouvées fur la vefte du fieur Riviere ,
avoient une autre caufe , & qu'elles ne
pouvoient offrir un indice contre lui.

Le fecond indice eft encore plus
vague. On trouve dans la maifon du
fieur Riviere une paire de fouliers qui
lui fervoit pour le labourage , lorfqu'il
tenoit le foc de fa charrue : on les confronte avec les pas qu'on a apperçus
fur le fable auprès de l'étang où le
corps de Me. Pain a été jeté. La prévention y voit une reffemblance parfaite , & décide que c'eft le fieur Riviere qui a affaffiné Me. Pain.

A-t-on pu raifonnablement mettre au
nombre des preuves légales d'un crime ,
une conjecture auffi incertaine & auffi
ridicule ? Quoi ! parce qu'on a trouvé
des pas imprimés fur le fable , qui
étoient de la même grandeur que des
fouliers dont le fieur Riviere fe fervoit
pour cultiver fa terre , il en réfulte que
c'eft lui qui a donné la mort à Me.
Pain ! Si un pareil genre de preuve

étoit admis, quel est l'homme qui ne devroit pas trembler de se voir accusé & convaincu du forfait le plus atroce ?

Un voyageur est assassiné sur le bord d'un chemin ; les assassins prennent la fuite : un autre voyageur passe ; il est soupçonné d'avoir commis ce délit : on l'arrête, & on confronte les pas qu'on trouve auprès du cadavre. La prévention & la haine voient une ressemblance parfaite entre les pas imprimés sur le sable & les souliers de l'accusé, & elles décident que ce voyageur est l'assassin. Quel Juge oseroit condamner un homme sur une conjecture aussi vague ? Il n'existe pas même un seul homme raisonnable qui osât asseoir une présomption sur une vraisemblance aussi incertaine.

Cependant c'est sur ces soupçons absurdes qu'un décret de prise de corps a été lancé contre le sieur Riviere, & qu'on a alors surpris un ordre du Roi pour le faire enfermer à Bicêtre. Par cette surprise faite à l'autorité, ses ennemis l'ont privé du privilége sacré qui appartient à tout Citoyen, d'être condamné ou justifié, après avoir subi les

épreuves que les Loix ont preferites ;
& fes dénonciateurs fe font mis à couvert des pourfuites légitimes qu'il auroit
pu faire contre eux.

Une famille juftement alarmée peut
fans doute avoir recours à l'autorité du
Souverain, pour fouftraire un criminel
à la punition qu'il a méritée, & écarter
par-là le déshonneur dont le fupplice
du coupable pourroit la couvrir : mais
fi des parens avides & prévenus donnent du poids à une accufation injufte,
& changent des foupçons faux en certitude, pour profiter de cette occafion
de fervir leur haine & leur vengeance ;
s'ils furprennent enfin un ordre du Roi
pour tenir l'innocence captive & l'empêcher de fe juftifier par les voies légales, ces parens font doublement coupables par l'abus criminel qu'ils ont
fait de l'autorité du Souverain, & par
l'oppreffion de la victime qui devoit
être fous la protection des Loix, & qui
n'a pu fe juftifier par leur impuiffance
& leur filence.

La Jurifprudence de tous les Tribunaux du Royaume veut que ceux qui
ont furpris aux pieds du Trône un ordre

pour priver un Citoyen de fa liberté, demeurent refponfables de fes effets. Il eft inutile de rapporter les monumens qui conftatent cette Jurifprudence (a) : & c'eft auffi fur ce fondement qu'on a toujours fait une diftinction naturelle entre les ordres émanés du Trône, du propre mouvement du Prince, & ceux qui ont été provoqués par une Partie. Dans le premier cas, les confidérations particulieres difparoiffent devant l'intérêt preffant de l'Etat, & la néceffité où fe trouve l'Adminiftration d'employer un acte d'une jufte rigueur, impofe filence aux réclamations ; mais, dans le fecond cas, le Citoyen opprimé peut demander la révocation de l'ordre qui l'enchaîne, & folliciter le droit d'être jugé fuivant la rigueur des Loix.

Ainfi, dans la pofition malheureufe où fe trouve le fieur Riviere, il eft fondé à réclamer le pouvoir des Loix,

_____

(a) Voyez les Arrêts de la dame Fauconnier, de la dame Renaud, & de la dame Delaunay, & une foule d'autres qui font répandus dans les recueils de Jurifprudence.

pour se justifier du crime dont il a été accusé. Il est certain que l'ordre qui l'a plongé dans le cachot où il languit depuis neuf ans, n'est point émané du propre mouvement du Roi ; il est l'effet des sollicitations & de la surprise de plusieurs de ses parens. Il lui est donc permis d'avoir recours à l'autorité suprême de Sa Majesté, pour obtenir le droit de soumettre sa conduite aux épreuves d'une procédure légale qui puisse faire triompher son innocence.

Il paroît démontré, par le détail des circonstances qu'il a exposées dans son Mémoire, qu'il a été injustement accusé d'avoir assassiné Me. Pain. D'ailleurs, les preuves qui peuvent se trouver dans la procédure faite à Bayeux, n'ont point reçu la perfection que l'Ordonnance criminelle exige pour acquérir la conviction d'un crime.

Aucun des témoins entendus dans l'information de Bayeux, ne lui a été confronté.

Si on ajoute que le sieur Riviere demande à prouver qu'il étoit absent le jour de l'assassinat de Me. Pain, & qu'il étoit impossible qu'il en fût l'auteur, on ne peut, sans contredire le vœu de l'Ordonnance criminelle, le priver d'une ressource que cette Loi lui offre pour se justifier.

Suivant l'opinion uniforme de tous les Criminalistes, » l'*alibi* est le plus pressant, le plus fort & le plus péremptoire des faits justificatifs qu'un accusé puisse proposer, parce qu'il en résulte une impossibilité physique qu'il ait commis le crime dont il est soupçonné «. Mais il faut, ajoutent les Jurisconsultes, que l'accusé prouve qu'il étoit, le jour, à une distance de vingt à trente lieues de l'endroit où le délit a été commis.

Or le sieur Riviere demande à prouver que, le jour que Me. Pain a été assassiné, il étoit à Raùville, qui est éloignée de plus de vingt lieues de l'endroit funeste où le crime a été commis. L'*alibi* qu'il propose doit donc être admis ; &, s'il le prouve, il n'est pas douteux qu'il en résultera la conviction la plus frappante qu'il n'a pas commis le crime dont il a été accusé.

Mon Mémoire eut un succès bien flatteur pour moi, puisque le sieur Riviere

viere obtint , au mois de Septembre
1775 , la permiſſion d'être transféré
dans les priſons de Bayeux. On lui fit
ſon procès ; & , après l'inſtruction la
plus ample , par Jugement du Bailliage
de cette ville , du premier Juillet 1776 ,
il fut mis hors de Cour , & la liberté
lui fut rendue.

LA POULE NOIRE.

EN vain la raison & l'expérience s'élevent sans cesse contre la réalité des sorciers & de la sorcellerie ; l'ignorance & la superstition fourniffent toujours des dupes aux fripons qui ont l'adresse & l'audace d'abuser de leur simplicité. Le 29 Mars 1775, le Procureur du Roi à Neuville-aux-Loges, près d'Orléans, rendit plainte, au sujet d'un vol d'avoine, commis dans les greniers du château de Montigny, appartenant à M. l'Evêque de Bayeux. Il ajouta qu'il résultoit d'un procès-verbal dressé par la Maréchauffée du lieu, que deux particuliers avoient extorqué une somme de six cents livres, & enfin, qu'un *quidam* avoit, pendant la vendange de 1762, tiré un coup de fusil sur plusieurs personnes, qui en avoient été blessées.

L'information fut ordonnée & faite, Le Procureur du Roi à Orléans, instruit de cette procédure, revendiqua l'instruction.

Il résulta de l'information, que l'avoine avoit été volée à la faveur d'une échelle dont le Jardinier du château s'étoit servi pour tailler les tilleuls, & qu'il avoit laissée contre le mur, & au moyen d'une autre échelle, que le voleur avoit posée contre le même mur, en dehors du jardin : il s'étoit introduit dans le grenier où étoit l'avoine, avec la clef, que l'on posoit ordinairement sous la porte.

Les soupçons du Public tomboient sur un nommé *Jean Guillery*, Vigneron, qui demeuroit dans le voisinage du château de Montigny ; & ces soupçons étoient fondés sur ce qu'on l'avoit vu vendre beaucoup de grains en différens marchés, quoiqu'il fût notoire qu'il n'en avoit pas recueilli cette année-là.

Plusieurs témoins déposerent du même fait. Il fut constaté que le vol s'étoit pratiqué au moyen des deux échelles ; mais rien ne prouvoit que Guillery en fût coupable. Il convint, dans ses interrogatoires, qu'il avoit vendu de l'avoine à différens particuliers, quoiqu'il n'en eût pas récolté ; mais il soutint qu'il l'avoit achetée de plusieurs personnes qu'il nomma.

A l'égard du coup de fusil, il avoit eu querelle, dans le temps de la vendange de 1762 , avec trois particuliers, & leur avoit dit, en les quittant, qu'ils fe verroient le foir même. La nuit venue, ils fe retirerent tous les trois enfemble ; & , s'étant arrêtés avant de fe quitter, pour aller chacun dans fa maifon, devant celle de l'un des trois, ils reçurent un coup de fufil, dont ils furent tous bleffés. L'un d'entre eux, qui étoit tourné du côté d'où partit le coup, reconnut Guillery à la lueur du feu du fufil. Les deux autres coururent à la maifon de Guillery, où ils ne le trouve-rent point, & fa femme leur dit qu'il venoit de fortir avec fon fufil.

A l'interrogatoire, il avoua le coup de fufil, & convint que trois particu-liers en avoient été bleffés; mais il fou-tint qu'il n'avoit point eu intention de leur faire de mal ; qu'il s'étoit mis en embufcade pour garder fa vigne ; qu'ayant entendu des gens qui parloient auprès de cette vigne, il les prit pour des *picoteurs* & lâcha fon coup, fans autre intention que de leur faire peur; mais il avoit eu le malheur de les bleffer : qu'au furplus il avoit tranfigé avec eux, & les avoit dédommagés.

En effet, dans une tranfaction pâffée

entre Guillery & les blessés, ceux-ci
déclarérent que, quoiqu'ils eussent été
blessés griévement, ils étoient persuadés
que Guillery n'avoit pas eu intention
de les atteindre ; qu'ils ne pouvoient
s'en prendre qu'à l'imprudence qu'ils
avoient eue de s'arrêter, la nuit , auprès
de sa vigne. Guillery, pour les dédommager de leurs blessures, leur avoit payé
300 livres.

A l'égard de l'escroquerie dont
Guillery & quelques autres particuliers
se trouverent chargés par la procédure,
elle est d'une espece fort singuliere. Un
nommé Jean Moreau, Vigneron, déposa que depuis long-temps il recherchoit en mariage une fille qui
avoit une certaine fortune. Il en fit un
jour la confidence à Guillery, & lui
avoua qu'il craignoit que ses démarches
ne fussent inutiles, & qu'un autre ne
lui enlevât sa maîtresse. Les nommés
Macret & Cribier, le premier Tonnelier , & se disant Médecin de bestiaux,
& l'autre Vigneron , étoient présens à
cette conversation. Ils lui promirent de
lui faire faire le mariage auquel il aspiroit, s'il vouloit qu'ils fissent travailler
l'*Esprit*; mais que l'*Esprit* ne travailloit

pas fans argent, & qu'il falloit qu'il
leur donnât 12 livres, moins douze fols
& demi.

Le bon Moreau fe laiffa perfuader,
& donna les 12 livres à Cribier, qui
lui rendit douze fols fix deniers. Macret, de fon côté, écrivit fur un mor-
ceau de papier le nom de Moreau,
celui de fon pere & de fa mere, le
nom de la fille, & celui de fa mere.
Macret tira enfuite de fa poche un livre,
dans lequel Guillery & lui fe mirent à
lire & prononcer des noms baroques,
dont Moreau n'avoit retenu que celui
d'*Aftaroth*. Mais il vit de loin, dans
le livre, des figures dont il ne put diftinguer la forme.

Cependant les affaires du pauvre
Moreau n'avançoient pas. Il s'en plaignit à fes trois protecteurs, qu'il ren-
contra au marché de Pithiviers. Ils lui
dirent que, pour obtenir le fuccès
qu'il défiroit, il falloit qu'il donnât
encore fix livres; il les donna. Macret prit l'écu, en imprima la figure
fur une feuille de papier blanc, & dit
qu'on n'avoit pas bien fait les chofes,
& qu'il falloit recommencer. Moreau
fe fâcha, & dit qu'il vouloit une fille

honnête, mais qu'il vouloit l'obtenir par des voies légitimes ; & ayant enfin foupçonné qu'ils cherchoient à l'attraper, il refufa de leur donner l'argent qu'ils demandoient pour recommencer.

Ils lui firent alors de grandes menaces ; & Macret lui pronoftiqua que, puifqu'il ne vouloit pas fe rendre à leurs remontrances, il auroit beau faire, non feulement il ne feroit pas fortune par le mariage, mais qu'il n'auroit aucun contentement en ménage, & ne pourroit jamais faire œuvre de fon corps ; mais que, s'il vouloit avoir confiance en eux, dès le foir même, la fille qu'il recherchoit iroit coucher avec lui.

Ces menaces & ces promeffes ne le déterminerent point. Il prit le parti de rechercher une autre fille, qu'il époufa. Mais les menaces que ces trois prétendus forciers lui avoient faites, l'inquiétoient toujours, l'empêchoient de dormir, & lui faifoient paffer les nuits les plus défagréables. Il alla trouver Macret, auquel il fit part de fon état. Macret lui dit que, s'il vouloit lui donner fix livres, les accidens dont il fe plaignoit cefferoient. Il donna ce qu'on lui de-

B iv

mandoit, & fon homme l'affura qu'il pouvoit être tranquille.

Il paroît en effet que cette promeffe, faite avec l'appareil & le ton de la charlatanerie, les fit ceffer. Elle tranquillifa l'imagination de Moreau, qui avoit été dérangée par les menaces dont on l'avoit effrayé.

Les principales circonftances de cette efcroquerie furent avouées par les accufés dans leurs interrogatoires.

Un autre témoin, nommé *Etienne Jaunicot*; garçon Meûnier, dépofa qu'il y avoit environ deux ans (il dépofoit au mois d'Août 1775), qu'un particulier qui lui étoit inconnu, alla plufieurs fois chez lui, pour l'engager de lui acheter une *poule noire*, qui avoit le don de pondre de l'argent. Jaunicot fe laiffa enfin aller aux follicitations de ce particulier, qui fe trouva être Jacques Cribier. Pour faire cette emplette, il emprunta quarante écus d'un de fes coufins, & vingt écus du pere de fa femme. Il rèmit ces deux fommes enfemble à fon marchand de poule, en préfence de Sébaftien Jaunicot, ce même coufin qui lui avoit prêté quarante écus, & de fa femme. Pour avoir la poule,

il fallut defcendre à la cave, où on devoit la trouver. Jaunicot y defcendit feul
avec Cribier. Celui-ci apperçut dans
cette cave un quart vide, fous lequel
il fit femblant de mettre la poule. Vous
aurez foin, dit-il enfuite, de mettre
tous les matins neuf francs fous le quart,
& vous en trouverez dix-huit.

Jaunicot retint fon homme à fouper.
Après le repas, le forcier dit que la
poule devoit avoir pondu, emmena
avec lui la femme de Jaunicot à la
cave, & lui dit de chercher fous le
quart : fes recherches furent vaines; elle
ne trouva rien. L'homme chercha à
fon tour, dit qu'il avoit trouvé un écu,
le fit voir à la femme Jaunicot, & le
lui remit, en lui difant que c'étoit la
premiere ponte, & que les autres feroient
plus abondantes.

Le lendemain, Jaunicot eut grand
foin de mettre neuf francs fous le quart,
fuivant la regle que le forcier lui avoit
prefcrite. Vingt-quatre heures après, il
courut voir fi la poule noire avoit pondu;
mais il trouva qu'elle avoit été ftérile.
Il laiffa, plufieurs jours de fuite, les
neuf francs au même endroit ; mais ils
n'acquirent aucun accroiffement ; &

B v

Jaunicot commença enfin à croire qu'il avoit été dupé. Mais cette leçon ne le corrigea pas.

Fort peu de temps après, ayant entendu dire qu'un nommé Chambault, Vigneron & Tonnelier, avoit une poule noire qui pondoit de l'argent, il l'alla trouver, lui proposa de lui céder sa poule. Chambault y consentit, moyennant de l'argent, & Jaunicot lui donna cent deux livres. Ils allerent ensemble au pied d'une croix, nommée la *croix à Triquet*, au pied de laquelle Chambault fit poser, par Jaunicot, sur un mouchoir, les trente-quatre écus qu'il venoit de recevoir. Il le fit ensuite s'éloigner de quelques pas de la croix, & lui ordonna de se retourner. Il vit l'argent au même endroit où il l'avoit mis. Il recommença la même cérémonie une seconde fois, & quand il se retourna, il apperçut que l'argent avoit disparu. Chambault lui dit que la cérémonie n'avoit pas été bien faite.

Jaunicot reprocha plusieurs fois à Chambault de l'avoir trompé, & lui demanda la restitution de son argent. Celui-ci promit enfin de le rendre, & le mena un jour à Pithiviers, chez

un nommé Bertin. Chambault & Bertin
se parlerent quelque temps en particulier, après quoi ils dirent à Jaunicot
qu'ils avoient un *Génie* ; mais que,
pour le faire travailler, il falloit de l'argent. Jaunicot en promit, &, le jour
indiqué, il leur apporta deux cent quarante livres.

Ils le menerent, entre onze heures &
minuit, avec une lanterne, à une croix
distante de Pithiviers d'un quart de lieue.
Avant d'y arriver, ils lui firent casser
un œuf. Arrivés, ils lui firent faire plusieurs signes de croix, & lui remirent
un livre, dans lequel il lut des termes
baroques qu'il n'entendoit pas.

Après la lecture, il vit paroître une
figure de poule noire. On lui fit lier le
sac, dans lequel étoient les dix louis,
au col de la figure, qu'on lui dit être
le *Génie*. On lui fit faire quelques pas,
en tournant le dos au Génie. On le plaça
debout vis-à-vis de Chambault ; on leur
fit lever les mains soixante fois, l'un
contre l'autre, dans la position de gens
qui veulent se déchirer le visage. On
dit ensuite à Jaunicot de se retourner
du côté où la poule avoit apparu ; mais
il ne vit plus ni le Génie, ni le sac où

étoient les louis. On l'exhorta à prendre patience, en l'affurant que dans peu le Génie lui pondroit de l'argent.

Voyant, au bout d'un certain temps, que fon attente étoit vaine, il fe plaignit à Chambault & à Bertin, qui lui dirent que la cérémonie avoit été mal faite, ou qu'il avoit lui-même fait quelque chofe qui en avoit arrêté l'effet. Si, par exemple, il s'étoit peigné le matin, ou s'il avoit fait fa priere, il n'en falloit pas davantage. Il ajouta qu'il falloit recommencer ; mais qu'il falloit auffi dix autres louis. Quand Jaunicot eut recueilli cette fomme, les deux mêmes perfonnages le conduifirent, à la même heure, au même endroit. On recommença les mêmes cérémonies ; les dix louis furent attachés au col de la poule noire qui apparut, & qui difparut avec l'or, fans qu'il en ait eu depuis aucune nouvelle.

Ces différentes fommes qu'il avoit dépenfées pour obtenir la poule noire, montoient à celle de 762 livres, qu'il avoit empruntée. Pour les rendre, il a vendu tout fon bien, s'eft vu réduit à la derniere mifere ; & de Meûnier qu'il étoit, il a été obligé de fe faire valet de Meûnier.

Le même ftratagême procura à ces prétendus forciers , 600 livres qu'ils efcroquerent au nommé Fortier. Guillery lui demanda cette fomme à emprunter, pour achêter une poule noire qui la lui pondroit tous les jours. Il faut, lui dit Guillery, que vous vous tranfportiez avec moi chez Gaut à Pithiviers, que vous y apportiez votre argent vousmême. Nous y trouverons deux particuliers qui font propriétaires de ce tréfor, & qui nous le livreront.

Après bien des réfiftances, Fortier fe laiffa gagner. Ils allerent enfemble chez Gaut , où ils furent à peine arrivés, que les deux particuliers, qui étoient encore Cribier & Macret , entrerent dans la maifon. Guillery les préfenta à Fortier, en lui difant : » Voilà ces deux honnêtes » marchands de poule noire, qui veulent » bien faire avec moi le marché dont » je vous ai parlé «. On loua beaucoup Fortier ; fur ce qu'il prêtoit de l'argent à fes amis dans leurs befoins, & on l'affura que fes 600 livres lui feroient rendues le lendemain.

On lui propofa en même temps de prendre part dans les profits que produiroit la poule noire. Pour que les chofes aillent mieux, il faut un tiers, dirent ces forciers ; & ce tiers ne peut être que vous qui fourniffez l'argent.

Il réfifta d'abord ; mais, gagné enfin par la loquacité de ces charlatans, il laiffa infcrire fon nom fur un livre, qui lui parut être une efpece de Grimoire, chargé de figures hétéroclites.

Ils l'emmenerent enfuite à la même croix où, comme nous l'avons dit, on avoit déjà célébré les myfteres de la poule noire. Macret remit fon livre à Guillery, afin qu'il fe conformât à ce qui y étoit écrit. On étendit une ferviette au pied de la croix ; à foixante pas de là, on fit un cercle, dans lequel on ordonna à Fortier de fe tenir jufqu'à nouvel ordre. Guillery mit l'argent fur une ferviette étendue au pied de la croix, pofa un genou en terre, en difant : *Je te falue, mon maître.* A ces mots, la poule apparut fur la ferviette : mais, à la feconde falutation, elle difparut avec l'argent. Pendant ces cérémonies, Cribier fit le poffédé, fe roulant par terre, fe tordant les membres. Macret dit, d'un air grave, & d'un ton myftérieux : Guillery, mettez un de vos pieds fur le pied gauche du malade ; & l'accident ceffa fur le champ.

Après une heure d'attente, Cribier &
Macret, accompagnés de Gaut & de
Guillery, vinrent rejoindre Fortier, &
lui dirent que Guillery n'ayant pas fait
les invocations néceffaires, le Diable
s'étoit emparé de l'argent; que, pour le
retirer de fes pattes, il falloit faire une
neuvaine. Au bout de la neuvaine, on
lui dit qu'il falloit recommencer les
mêmes cérémonies; mais il falloit ali-
menter la poule noire, en lui préfentant de nouveau cinquante-quatre livres quatre fols. Dans l'efpérance de
retirer fon argent, il donna cette fomme.
Les mêmes fingeries furent faites au
même lieu & à la même heure, & cette
nouvelle fomme fut perdue, comme la
précédente.

Tous ces accufés trouverent le moyen
de s'évader des prifons. Cribier mourut
à l'Hôtel-Dieu de Pithiviers. Ils furent
donc jugés par contumáce.

Par Sentence du 12 Octobre 1775,
Guillery fut déclaré atteint & convaincu
du coup de fufil qui avoit bleffé plufieurs particuliers; Guillery, Macret &
Cribier, convaincus d'avoir abufé de la
fimplicité de Moreau pour lui efcroquer
dix-huit livres, fous prétexte de lui faire

épouser une fille qu'il recherchoit ; Gaut, Macret, Cribier & Guillery , d'avoir escroqué 762 livres à Fortier, sous prétexte de lui vendre une poule noire, qui devoit lui pondre de l'argent : enfin Chambault & Bertin, d'avoir, sous le même prétexte , volé à Jaunicot 762 livres, & de l'avoir réduit à la derniere misere. Cribier , Macret, Chambault & Bertin, furent condamnés au carcan , au fouet, à la marque, & bannis du Bailliage d'Orléans pendant cinq ans. Gaut fut seulement condamné au blâme , & en trois livres d'amende.

Chambault ayant été repris, il fut condamné au carcan seulement, & au bannissement pour cinq ans ; & par Arrêt du 29 Août suivant , la Sentence fut encore adoucie. Il fut ordonné qu'il seroit attaché au carcan , sur la place publique de Pithiviers , pendant trois jours de marché consécutifs, & qu'il y demeureroit, chaque fois, depuis dix heures jusqu'à midi, ayant écriteau devant & derriere , portant ces mots : *Escroc par fausse magie.* Ainsi il fut déchargé du bannissement.

On pourroit être surpris de ce que les Juges n'ordonnerent pas la restitution des sommes volées par Chambault. Mais Jaunicot les avoit données volontairement. Il avoit même résisté aux conseils de sa femme & de son frere, qui avoient fait leur possible pour lui ouvrir les yeux sur la charlatanerie de son prétendu sorcier. Après avoir été attrapé par Cribier, loin de profiter de cette leçon, il alla de lui-même trouver Chambault, & le sollicita de lui vendre sa prétendue poule noire. Il devoit donc s'imputer à lui-même la tromperie dont il avoit été la victime.

Quiconque pour un motif honteux donne de l'argent, ne peut jamais être autorisé à en exiger la restitution. Ici, celui qui donnoit & celui qui recevoit étoient également coupables; ils étoient poussés l'un & l'autre par un motif condamnable; l'un vouloit s'enrichir par le secours de la sorcellerie, & l'autre par l'escroquerie.

AFFAIRE DE LA GOURDAN.

ON a beaucoup parlé dans le monde de cette affaire ; mais peu de perfonnes en ont connu les détails ; & jufqu'au moment où l'Arrêt a décidé ce que l'on en devoit penfer, chacun en parloit fuivant qu'il étoit prévenu. Nous allons en rendre compte avec tous les ménagemens qu'exige les loix de la pudeur.

Le fieur d'Oppy avoit rendu plainte en adultere contre la dame d'Oppy, fa femme (a). L'inftruction de ce Procès fe pourfuivoit au Bailliage de Noyon. Le fieur d'Oppy crut avoir befoin de faire faire une information à Paris. Il obtint une commiffion rogatoire, en vertu de laquelle M. le Lieutenant Criminel au Châtelet procéda à cette information au mois de Septembre 1769.

Il entendit, entre autres, trois fem-

_____

(a) On trouve dans ce Recueil la fuite de cette Affaire.

mes ; savoir , 1°. Marie Stock , âgée
de quarante-trois ans , femme de Di-
dier-François Gourdan , ci-devant Capi-
taine-Général des Fermes : elle fut qualifiée , dans le procès-verbal d'information , *femme du monde* (a).

2°. Marie Guerin , veuve de Christophe Gray , surnommée *Grenier* : elle
prit aussi la qualité de *femme du monde*.

3°. Enfin Louise Gaspard , femme
de Louis Eudes. Elle déclara qu'elle n'a-
voit aucun état.

La femme Gourdan déposa que la
dame d'Oppy avoit fréquenté sa maison
pendant dix-huit mois, & qu'elle s'y
étoit prostituée , pour de l'argent , à
plusieurs personnes qui y venoient habituellement.

La Grenier déposa que la même
dame d'Oppy lui avoit été envoyée par
une femme du monde , nommée *Eudes* ; qu'elle l'avoit beaucoup sollicitée
de lui procurer un homme qui voulût
l'entretenir ; que plusieurs s'étoient pré-

(a) C'est une expression adoptée depuis
quelques années dans les Tribunaux , pour
désigner une femme qui se prostitue & en
prostitue d'autres.

fentés par l'entremife de la femme
Grenier , mais qu'ils n'avoient pu s'arranger.

La femme Eudes dépofa que la dame
d'Oppy s'étoit adreffée à elle pour le
même fujet ; qu'elle l'avoit envoyée chez
la Grenier, *qui tenoit lieu public*; &
que, de concert, elles avoient procuré
à cette dame un étranger.

Le Procès en adultere fut, par un
circuit dont nous rendrons compte enfuite, porté à l'audience de la Tournelle
criminelle du Parlement de Paris, le 6
Septembre 1775.

M. d'Aguesseau , Avocat-Général,
qui porta la parole dans cette Caufe,
rendit plainte des faits de débauche &
de proftitution avoués par ces trois
femmes dans leurs dépofitions. Sur fes
conclufions, il fut ordonné, par Arrêt
du même jour, qu'à la requête du
Procureur du Roi au Bailliage du Palais,
& par-devant le Lieutenant-Général de
ce Tribunal, il feroit informé de ces
faits, & le procès fait par le même Juge,
jufqu'à Sentence définitive, fauf l'éxé-
cution, s'il en étoit appelé. Et attendu
leurs propres aveux, confignés dans l'information faite au Châtelet en 1769,

elles furent décrétées de prise de corps par le même Arrêt.

La Grenier & la Eudes furent arrêtées : la Gourdan prit la fuite.

Ses effets furent, aux termes de l'Ordonnance, saisis & annotés : elle occupoit seule, rue des Deux-Portes-Saint-Sauveur, à Paris, une grande maison à quatre étages, où elle avoit un carrosse & des chevaux. Le premier étage est composé de six grandes pieces, sans compter les gardes robes. Le second étage est composé de six, le troisieme de cinq, & le quatrieme de quatre. Les appartemens, sur-tout des premier & second étages, étoient meublés avec une richesse & une recherche peu commune. Il y avoit, dans toute la maison, douze lits de maîtres, sans compter ceux des domestiques. Il y en avoit deux surtout qui méritent d'être remarqués.

L'un étoit dans une des chambres du premier étage, & avoit six pieds de large. Outre les matelas d'excellente laine, il étoit garni d'un lit de duvet, de deux oreillers pareils & couverts de taffetas cramoisi, d'une courte-pointe de damas de même couleur, de deux couvertures de soie, d'un grand couvre-

pied d'édredon , & le bois fculpté &
doré : les rideaux étoient de damas
cramoifi. Au pied & à la tête étoient
deux glaces de fix pieds en carré chacune ; au ciel, on en avoit placé une
autre de quatre pieds de long , fur trois
& demi de large ; & dans la ruelle, une
quatrieme, en deux parties, de fix pieds
de haut , fur cinq de large.

L'autre lit étoit dans une feconde
chambre , au même étage , de la même
largeur que le précédent. Les rideaux
étoient de taffetas cramoifi , le couvre-
pied d'édredon , &c. Il étoit orné ,
comme le précédent, de quatre glaces
un peu moins grandes. Mais il avoit
de plus , à chaque coin , une lanterne
de verre blanc. Ces quatre lanternes
étoient garnies de leurs branches & bo-
beches moulées fur des ferrures en cou-
liffe & à refforts.

On ne parlera point de l'argenterie
qui étoit immenfe , & dans laquelle fe
trouvoit la plus grande partie de ces uf-
tenfiles inventés par le luxe.

Après que la perquifition de la femme
Gourdan eut été faite , après la faifie &
annotation de ceux de ces effets que l'on
put trouver , le Lieutenant-Général au

Bailliage du Palais travailla à l'inftruction du Procès.

Dans le courant du mois de Septembre 1775, il fit une information, compofée des domeftiques de la Gourdan,
de quelques voifins, & d'autres perfonnes.

Des dépofitions des cinq domeftiques, il réfultoit que la Gourdan recevoit chez elle beaucoup d'hommes, &
qu'elle y faifoit venir des filles & des
femmes pour les proftituer. Il paroît
même que la principale occupation de
fes deux laquais étoit d'aller les avertir
qu'elles étoient attendues. Elle alloit fouvent elle-même les chercher en carroffe.
Mais ces dépofitions n'étoient, en quelque forte, que conjecturales; aucun
ne parloit de la proftitution de *vifu* &
comme témoin oculaire. En voici de
plus précifes.

Une Couturiere, qui demeuroit vis-
à-vis la maifon occupée par cette femme, a vu, de fa fenêtre, & au travers des vitres de l'appartement de la
Gourdan, à la faveur d'un grand nombre de bougies allumées dans cet appartement, des filles fe proftituer; & l'on
apportoit fi peu de précaution pour

cacher ces horreurs , qu'on n'avoit pas
même le foin de tirer les rideaux ou
de fermer les volets. La Couturiere, qui
craignoit que fes deux petites filles ,
qu'elle élevoit avec elle, ne fuffent
témoins d'actions d'un exemple auffi
dangereux, menaça de fe plaindre à la
Police ; & l'on eut foin, après ces menaces, de tenir les fenêtres fermées.
Enfin, les filles qui étoient dans cette
maifon fe proftituoient toutes les nuits
& faifoient un bruit affreux.

Le Suiffe du Bureau de correfpondance, qui eft en face de la maifon
occupée par la Gourdan, déclara que
la maifon de cette femme paffoit, dans
le quartier, pour une maifon de proftitution ; qu'elle étoit toujours pleine
d'hommes & de femmes, qui y paf-
foient partie des nuits ; qu'on venoit
fouvent l'éveiller , au milieu de la
nuit, pour demander la demeure de la
Gourdan,

Marie-Louife Duchefne , connue
fous le nom de la Saint-Germain,
âgée, lors de fa dépofition, de vingt-
quatre ans & demi, dépofa qu'il y
avoit environ huit ans & demi (ainfi
                                    elle

elle avoit seize ans au temps dont elle
parloit), la Gourdan l'alla trouver à
Saint-Germain-en-Laye, où elle étoit
née & où elle demeuroit; lui dit que,
jeune & jolie comme elle étoit, elle
devroit quitter la Province & venir à
Paris, où elle lui feroit connoître plusieurs personnes de la premiere distinction qui lui feroient une fortune bril-
lante.

Une sœur cadette de la Saint-Germain, qui étoit présente à cette conversation, se laissa séduire, & partit
le même jour avec la Gourdan. L'aînée
refusa les offres qu'on lui faisoit. Elle
se laissa enfin gagner par les lettres que
la séductrice ne cessa de lui écrire. Elle
arrive chez cette femme, qui la prostitue
sans réserve à différentes personnes qui
venoient chez elle.

Dégoûtée d'une si abominable vie,
elle trompa les surveillans chargés de
prévenir sa fuite, s'évada, & retourna
à Saint-Germain. La Gourdan ne cessa
de lui écrire pour l'engager à revenir.
Les désagrémens que sa premiere esca-
pade lui causoit dans le pays, la déterminerent à céder à ses instances. Elle

Tome VI.   C

se rendit au port à Marly, où la Gourdan l'attendoit avec sa jeune sœur
dans un carrosse de remise. Arrivée à
sa maison, les prostitutions recommen-
cerent. Mais au bout d'un mois elle
s'en dégoûta, & sortit enfin, pour n'y
plus rentrer, d'une maison où la débauche étoit portée à l'excès, & où
tout le fruit de ses complaisances tournoit au profit de la Gourdan seule.

Elle ajoute que pendant qu'elle de-
meura chez cette femme, elle ne cessa
de la solliciter de débaucher la fille
d'un Frippier de Saint-Germain, qui
étoit très-jolie ; mais rien ne put la déterminer à commettre une action aussi
infame.

Il est encore à sa connoissance que
la Gourdan avoit dans sa maison une
locataire dont la fille n'étoit âgée que
de douze ans. La Gourdan séduisit la
mere, qui conduisoit elle-même sa fille
pour la prostituer. Cette enfant fut livrée à un grand Seigneur étranger, qui
se chargea d'en prendre soin.

Enfin, pendant le séjour de la Saint-
Germain chez la Gourdan, elle fut
témoin que celle-ci fit tout son possible pour débaucher une jeune personne

qui demeuroit chez une Marchande de Modes, rue de la Monnoie ; & témoi-gnoit hautement dans fa maifon le regret qu'elle avoit de ne pas réuffir.

La Gourdan n'ignoroit pas les dangers qu'elle couroit, fi l'on venoit à découvrir qu'elle avoit débauché la Saint-Germain, & qu'elle l'avoit proftituée dans le temps de fon innocence. Pour prévenir cette inculpation, elle la conduifit chez Marais, Exempt de Police, & lui fit déclarer que depuis quelque temps elle avoit vécu avec toutes les perfonnes qui lui avoient paru aimables, quoiqu'il fût de la plus exacte vérité qu'elle n'avoit connu perfonne avant d'entrer dans la maifon de la Gourdan.

Telle eft la dépofition de cette fille.

Jeannette Duchefne, dite Athalie, fœur de la précédente, âgée de vingt-deux ans, lors de fa dépofition en Janvier 1776, dit qu'en 1767, n'ayant alors que treize ans, elle fut féduite à peu près comme fa fœur l'a raconté ; qu'elle arriva chez la Gourdan à quatre heures du foir, & fut proftituée dès la nuit même. Mais fa trop grande jeuneffe s'oppofa aux défirs de l'Anglois auquel elle avoit été livrée. Dès le lendemain elle voulut retourner *chez sa mere*, auprès de laquelle elle s'excuseroit, en donnant quelque prétexte à son absence. Mais elle céda aux caresses & aux promesses de la Gourdan, qui continua de la prostituer pendant environ deux mois qu'elle resta chez elle. Elle en fut tirée par un Anglois, qui se chargea de prendre soin d'elle.

Elle raconte l'histoire de l'enfant dont la mere étoit locataire de la Gourdan, à laquelle elle ne donne que dix à onze ans. Enfin la Gourdan lui fit faire chez Marais une déclaration pareille à celle de sa sœur.

La fille de cette même locataire, dont on a parlé, déclare qu'elle n'a jamais connu la maison de la Gourdan pour un lieu de prostitution & de débauche ; que cette femme lui a prêché la vertu. Que quand un très-grand Seigneur d'Allemagne partit pour retourner dans son pays, il chargea la Gourdan de payer la pension de cette jeune fille, & de lui faire un trousseau. La Gourdan la mit dans un couvent où elle l'alloit voir fréquemment pendant les quatre ou cinq mois qu'elle y resta, &

ne cessoit de l'exhorter à mener une vie honnête.

A l'égard de la Grenier, il résulte des dépositions où il est question d'elle, qu'elle tenoit un lieu de prostitution. On en acquit encore la preuve littérale par plusieurs lettres qui se trouverent chez elle, lorsque M. le Lieutenant-Général du Bailliage y alla faire une perquisition.

Pour la femme Eudes, il fut prouvé que dans le temps de l'information faite contre la dame d'Oppy, elle exerçoit le même commerce, mais qu'elle l'avoit abdiqué, & que depuis quelques années elle n'y prenoit plus aucune part.

Cependant la Gourdan, sans sortir du lieu de sa retraite, & sans chercher à purger la contumace par sa représentation, donna, le 5 Décembre 1775, une Requête adressée à la Tournelle criminelle, par laquelle elle demandoit qu'on la reçût opposante à l'Arrêt du 6 Septembre précédent ; qu'en conséquence cet Arrêt, en ce qui la concernoit, fût déclaré nul ; qu'il fût ordonné qu'elle viendroit à l'audience au premier jour avec M. le Procureur-

C iij

Général; sous la réserve qu'elle faisoit d'interjeter appel de la procédure extraordinaire, faite contre elle au Bailliage du Palais, & de demander l'apport des charges & l'évocation du principal.

Elle n'avoit été décrétée, dit-elle dans cette Requête, que sous le prétexte d'une déclaration mal rédigée par les Officiers du Châtelet (a), lors de l'information qui y fut faite en 1769, & où elle fut entendue comme témoin. Quelque innocente qu'elle fût, ajoute-t-elle, elle n'a pu se mettre au dessus des foiblesses de l'humanité. La terreur d'un Arrêt aussi foudroyant l'a portée à en éluder l'exécution. Mais n'ayant d'autre désir que celui de se faire entendre en Justice, ce qui n'a point été fait lors de cet Arrêt rendu sur des conclusions non communiquées, elle veut suivre la trace qui lui est indiquée par l'Ordonnance de 1667.

» Quant au fond, elle n'est point dans l'intention, dit-elle, de discuter les dif-

---

(a) La déclaration qu'elle prétend avoir été mal rédigée, est la qualité de *femme du monde*, qu'elle paroît s'être attribuée elle-même à la tête de sa déposition.

ferens réglemens émanés de la Cour &
de la Police pour le maintien de la
pureté des mœurs. Elle observera seulement que la nécessité oblige quelquefois de se relâcher de l'observation rigoureuse de ces réglemens, tout sages
qu'ils sont en eux-mêmes. Alors ce sont
les bornes que l'on juge à propos de
donner à cette tolérance qui constituent
essentiellement la Loi. De sorte que l'on
ne peut punir sans injustice ceux qui,
sous les yeux du Gouvernement même,
s'écartant à la vérité de la lettre des
réglemens, se tiennent strictement renfermés dans les bornes de la tolérance,
sans que les réglemens cessent d'exister.
Mais on peut dire qu'ils tombent dans
une sorte de désuétude ; ou plutôt, disoit-elle, on adopte une exécution conditionnelle qui met ceux qui s'y confor-
ment à l'abri de la rigueur de la Loi.
Lorsque la Cour veut faire cesser la tolérance, elle donne toujours une nouvelle
publication à ses réglemens ; & ceux-là
seuls sont délinquans, qui, depuis la publication, continuent de faire usage de la
tolérance.

» L'esprit & la lettre même de l'Ar-

C iv

rêt du 6 Septembre 1775, continuoit la Gourdan, annonce ces vérités, puisqu'il qualifie les délits imputés à l'accusée, & qu'il semble n'avoir été rendu que dans la supposition que sa déposition contiendroit l'aveu de démarches actives pour donner lieu à la prostitution & favoriser la débauche. Mais comment présumer cet aveu, lorsque dans le fait il seroit contraire à la vérité; & que si l'accusée eût été capable de commettre de pareils délits, il n'y a pas lieu de croire qu'elle eût osé les avouer «?

D'après ces moyens, elle étoit fondée, disoit-elle, dans l'appel qu'elle se proposoit d'interjeter, & espéroit qu'il lui procureroit la décharge de l'accusation par l'évocation du principal. Mais pour le moment, ajoutoit-elle, elle croyoit devoir se borner à l'opposition contre l'Arrêt qui la décrétoit.

Cette Requête fut répondue d'une ordonnance de *viennent*; c'est-à-dire, que l'accusée auroit audience avec M. le Procureur-Général. Elle fut signifiée à ce Magistrat & aux Officiers du Bailliage du Palais en parlant au Greffier. Mais elle n'arrêta point & ne pouvoit arrêter leur procédure. Il falloit un Arrêt pour en opérer la suspension.

Enfin intervint Sentence au Bailliage du Palais, le 21 Mars 1776, qui déclara la contumace bien & valablement instruite contre la Gourdan, & la déclara duement atteinte d'être une maquerelle publique; & encore d'avoir débauché & attiré des jeunes filles & de les avoir prostituées chez elle. Pour réparation, elle fut condamnée à être conduite dans les lieux ordinaires & accoutumés de cette ville de Paris, notamment au carrefour des Petits-Carreaux, le plus prochain de sa demeure, montée sur un âne, le visage tourné vers la queue, ayant sur la tête un chapeau de paille avec écriteau devant & derriere, portant ces mots : *Maquerelle publique*, & à être battue & fustigée nue de verges par l'Exécuteur de la Haute-Justice dans les carrefours accoutumés; & étant au carrefour des Petits-Carreaux, y être flétrie d'un fer chaud en forme de fleur de lis sur l'épaule droite, & bannie pour neuf ans de la ville, Prévôté & Vicomté de Paris; & attendu la contumace, il fut ordonné que ces condamnations seroient inscrites

C v

en un tableau qui feroit attaché à un poteau planté à cet effet, par l'Exécuteur de la Haute-Juftice, au carrefour des Petits-Carreaux.

Quant à la Grenier, elle fut déclarée atteinte & convaincue de commerce honteux, maquerellage & proftitution publique, & bannie pour cinq ans.

La femme Eudes fut mife hors de Cour, & en liberté.

Cette Sentence ayant été lue au Procureur du Roi, il en interjeta appel *à minimâ*. Il avoit conclu, à l'égard de la Gourdan, à ce qu'elle fût conduite fur l'âne, comme le porte la Sentence; mais il avoit demandé qu'elle fût marquée fur les deux épaules, & bannie à perpétuité.

A l'égard de la Grenier, fes conclufions tendoient à ce qu'elle fût pareillement conduite fur l'âne, flétrie fur les deux épaules, & bannie pour neuf ans. En ce qui concerne la femme Eudes, il avoit conclu à ce qu'elle fût admoneftée.

Pendant que la procédure fur l'appel de cette Sentence s'inftruifoit au Parlement, la Gourdan fit ceffer la contumace, en fe mettant volontairement

en prison dans la Conciergerie du Palais,
le 5 Août 1776.

Elle fut interrogée le même jour, &
convaincue de commerce honteux, maquerellage & prostitution par un Conseiller de la Cour. Il résulte, en substance, de ses réponses aux interrogatoires, que » sa maison n'étoit point
une maison de prostitution ; mais qu'elle
tenoit une table de vingt-quatre couverts, soit à Fontainebleau & à Com-
piegne pendant les voyages, soit à Paris.
Elle y recevoit les personnes de la plus
haute distinction, tant de la France que
des pays étrangers, qui ne seroient pas
allées chez elle, si sa maison eût été un
lieu de débauche.

» La Police au reste étoit infor-
mée exactement de tout ce qui se passoit chez elle, par le journal qu'elle
envoyoit réguliérement toutes les semaines à Marais, Exempt, & par le compte
qu'elle en rendoit personnellement, soit
de vive voix, soit par écrit au Magistrat. Au reste, les femmes qui venoient
chez elle, étoient des femmes attachées
aux spectacles, ou d'autres de la connoissance des Seigneurs qui venoient

C vj

chez elle dîner ou fouper. Ils les
amenoient fouvent eux-mêmes ; fouvent auffi ils la prioient de les envoyer
chercher «.

A l'égard des filles Duchefne, il y
avoit environ huit ans qu'elle les connoiffoit. Mais loin qu'elle les ait débauchées, elles étoient à l'époque où
elle les a connues infectées d'une maladie qui étoit le fruit de leur mauvaife
conduite : l'aînée étoit alors âgée d'environ vingt-deux ans, & la cadette de
dix-neuf. Elles allerent la trouver, &
la prierent de les fecourir dans l'état
déplorable où elles étoient, ne pouvant
plus demeurer à Saint-Germain, par le
fcandale qu'y avoit occafionné leur débauche. Le jour même que la cadette
arriva à Paris, elle la plaça par charité
chez un Chirurgien, pour la faire traiter
du mal dont elle étoit infectée.

Quant à la fille de cette locataire,
que la Gourdan étoit accufée d'avoir
féduite, elle a déclaré que cette jeune
perfonne avoit quatorze ans & demi
quand elle l'a connue ; qu'elle étoit fort
incommodée de la vue ; ce qui l'engagea à la recommander à un grand

Seigneur étranger, qui confentit à lui payer une penfion dans un couvent, où elle refta quelque temps.

Elle a nié qu'elle eût conduit les Saint-Germain chez Marais, pour y faire aucune déclaration, & a foutenu qu'elle ne favoit ce qu'on vouloit lui dire, en lui parlant de la fille d'un Frippier à Saint-Germain, & d'une ouvriere en modes à Paris. En un mot, elle n'a jamais féduit perfonne, ni rien fait qui approchât d'un commerce auffi infame.

Cet interrogatoire fubi, la Gourdan préfenta fur le champ une Requête, par laquelle elle demandoit qu'attendu que par fes réponfes à l'interrogatoire qu'elle avoit fubi, elle avoit, difoit-elle, prouvé fon innocence, il fût ordonné que par provifion elle feroit mife hors des prifons, aux offres qu'elle faifoit de fe repréfenter en tel état de décret qu'il plairoit à la Cour de fixer, de faire fes foumiffions au Greffe, & d'élire domicile. Elle demanda en même-temps main-levée des annotations & faifies faites de fes biens.

Intervint Arrêt le 6 Août, qui ordonna que le procès commencé contre cette femme au Bailliage du Palais,

seroit continué au même Tribunal, &
ce en état de prise de corps jusqu'à Sentence définitive inclusivement, sauf l'appel. Main-levée pure & simple lui fut
accordée de toutes les saisies qui avoient
été faites ; ainsi elle resta dans la prison.

Dès le 9 Août, il fut procédé à la
confrontation des témoins avec l'accusée. Il résulta de la confrontation des
domestiques en général, qu'il alloit beaucoup d'hommes & beaucoup de filles
& femmes chez la Gourdan, mais qu'ils
n'ont vu aucune action malhonnête.
Il résulte encore des interpellations
qu'elle leur a fait faire à tous, » qu'elle
envoyoit réellement à Marais, toutes les
semaines, le journal de ce qui se passoit
chez elle, qu'elle alloit fréquemment
aux audiences du Magistrat «.

Mais il est d'autres témoins qui de-
mandent un peu plus de détail.

Le Suisse qui avoit déposé que la
maison de la Gourdan passoit dans le
quartier pour une maison de prostitution, déclara à la confrontation, qu'à
sa connoissance personnelle, il n'avoit
jamais connu que de l'honnêteté dans
la conduite de l'accusée, qu'il ne
l'a jamais connue personnellement, &

qu'il ne favoit pas ce qu'elle faifoit chez elle.

La Couturiere qui avoit dépofé *de vifu*, des proftitutions qui fe commettoient chez la Gourdan, a déclaré qu'elle n'avoit pas vu des proftitutions proprement dites, mais feulement les hommes & les femmes danfer enfemble, & fe permettre des libertés qui annonçoient une grande familiarité.

La Gourdan infiftoit toujours fur ce qu'il venoit chez elle des perfonnes de la plus haute diftinction, qui n'y feroient pas venues fi fa maifon n'eût pas été décente; & le témoin convint qu'il étoit vrai que l'on voyoit dans cette maifon des perfonnes du plus haut rang.

A la confrontation de Marie-Louife Duchefne, dite Saint-Germain, la Gourdan foutint d'abord que cette fille en impofoit, en difant qu'elle n'avoit que vingt-quatre ans. Elle repréfenta fon extrait baptiftaire, qui conftate que le témoin étoit née le 14 Mars 1746. Ainfi, au moment de fa dépofition, elle avoit vingt-neuf ans paffés, & lorfque la Gourdan la connut, elle avoit plus de vingt-un ans. Elle lui foutint enfuite

en face, que sa débauche trop publique, & qui causoit à Saint-Germain
le scandale le plus éclatant, l'avoit
forcée de quitter cette ville : qu'elle
vint chez l'accusée, appuyée de quelques recommandations de ses amis ;
qu'elle la reçut par charité, & la mit entre
les mains d'un Chirurgien qui la traita
aussi par charité ; & que depuis, &
même dans le moment actuel, elle n'a
cessé de vivre dans la prostitution. Au
surplus, la Gourdan a nié toute la déposition de cette fille.

Celle-ci a avoué qu'elle n'avoit pas
son innocence quand elle connut la
Gourdan ; qu'elle l'avoit sacrifiée à un
homme pour lequel elle avoit de l'inclination ; mais que si elle n'avoit pas
fait la connoissance de cette femme,
elle auroit conservé sa réputation &
seroit encore honnête. Au surplus elle a
persisté dans sa déposition.

La Saint-Germain cadette s'étoit ab-
sentée. Après qu'on eut fait perquisition de sa personne, on procéda à la
confrontation littérale de sa déposition
avec la Gourdan. Celle-ci nia toute la
déposition, & ajouta que la fausseté de
cette déposition résultoit entre autres de

l'extrait baptiſtaire du témoin. Elle eſt née à Sédan le 4 Avril 1749 ; elle avoit donc vingt-ſept ans lors de ſa dépoſition, & dix-neuf lorſqu'elle fit connoiſſance avec la Gourdan. Que devient après cela l'hiſtoire de ce qui s'eſt paſſé, ſuivant ſa dépoſition, entre elle & l'Anglois?

Il y a plus, la Saint-Germain cadette ajoute dans la même dépoſition, que dès le matin même qui ſuivit cette premiere nuit, elle voulut s'en retourner *chez ſa mere*, auprès de laquelle elle ſe ſeroit excuſée par quelque défaite. Or, ſuivant ſon compte, ceci devoit ſe paſſer en 1767, & la mere des deux filles Ducheſne, ſuivant ſon extrait mortuaire mis ſous les yeux de la Juſtice, étoit décédée le 21 Octobre 1762.

La dépoſition de cette fille eſt donc marquée au coin du menſonge, ſur tous les points eſſentiels.

Au ſurplus, l'accuſée offroit de prouver, par le témoignage de plus de vingt perſonnes dignes de foi, que ces deux filles vivoient dans la débauche la plus effrénée avant qu'elle les connût.

Tel étoit l'état de la procédure, lorſ-

que le 13 Août 1776, la Gourdan présenta au Bailliage du Palais une Requête
d'atténuation, par laquelle elle conclut
à ce qu'elle fût déchargée purement &
simplement de l'accusation, qu'elle fût
mise hors des prisons où elle s'étoit volontairement rendue; sous la réserve
la plus expresse de sa part, de se pourvoir par toutes voies contre les faux
témoins.

Avant d'examiner ce qui peut résul-
ter des informations, disoit son Défenseur, il faut, pour éviter toute équivoque, bien définir les termes, & bien
fixer le sens des mots *débauche, prostitution & maquerellage*. C'est dans
les Loix elles-mêmes qu'il faut chercher
cette distinction.

Il est inutile de faire mention de
celles qui remontent à une antiquité
fort reculée; il suffira de rapporter ici
la plus récente. C'est la Déclaration du
26 Juillet 1734. Elle porte que » dans
» le cas de *débauche publique & vie*
» *scandaleuse* de filles ou de femmes,
» où il n'écherra de prononcer que des
» condamnations d'amende ou d'au-
» mônes, ou des injonctions de vider
» les lieux, ou même la ville, & d'or-

» donner que les meubles defdites filles
» & femmes feront jetés fur le carreau
» & confifqués au profit des pauvres de
» l'Hôpital Général, les Commiffaires
» du Châtelet pourront, chacun dans
» leur quartier, recevoir les *déclarations*
» *qui leur en feront faites & fignées*
» *par les voifins....*

» Le rapport des faits contenus dans
» les procès-verbaux fera fait par lefdits
» Commiffaires au Lieutenant-Général
» de Police, les jours ordinaires des
» audiences de Police, auxquelles les
» Parties intéreffées feront affignées en
» la maniere accoutumée, pour y être
» pourvu contradictoirement, ou par
» défaut, ainfi qu'il appartiendra......

» En cas que les Parties dénient les
» faits contenus auxdites déclarations,
» le Lieutenant-Général de Police pour-
» ra, s'il le juge à propos pour la fufpi-
» cion des voifins, ou pour autres con-
» fidérations, ordonner qu'il fera in-
» formé defdits faits par-devant l'un
» defdits Commiffaires,...... pour y
» être ftatué enfuite définitivement ou
» autrement par ledit Lieutenant-Gé-
» néral de Police, fur le récit des in-
» formations qui fera fait à l'audience....

» le tout à la charge de l'appel en la
» Cour de Parlement.

   » Sur ledit appel, ſoit que l'affaire ait
» été jugée ſur le ſimple procès-verbal
» du Commiſſaire, ou ſur le récit ou
» le vu des informations, les Parties pro-
» céderont en la Grand'Chambre de
» ladite Cour, encore qu'il y ait eu un
» décret ſur leſdites informations, &
» que la ſuite de la procédure ait obligé
» ledit Lieutenant-Général de Police à
» ordonner que leſdites femmes ou filles
» ſeront enfermées, pour un temps,
» dans la maiſon de force de l'Hôpital
» Général.

   » Et, en cas de *maquerellage*, *proſ-*
» *titution publique*, & autres, où il
» écherra peine afflictive ou infamante,
» le Lieutenant-Général de Police ſera
» tenu d'inſtruire le procès aux accuſés
» ou accuſées, par récollement & con-
» frontation, ſuivant les Ordonnances
» & les Arrêts & Réglemens de la Cour;
» auquel cas l'appel ſera porté en la
» Chambre de la Tournelle, en quelque
» genre de peine que les accuſés ou
» accuſées aient été condamnés. Le
» tout ſans préjudice de la Juriſdic-
» tion du Lieutenant-Criminel du Châ-

» relet, qu'il pourra exercer, en cas de
» *maquerellage*, concurremment avec
» le Lieutenant-Général de Police, au-
» quel néanmoins la préférence appar-
» tiendra, lorfqu'il aura informé & dé-
» crété avant le Lieutenant-Criminel,
» ou le même jour «.

De cette Loi réfultent plufieurs con-
féquences.

1°. La proftitution eft de deux efpeces : elle confifte ou à fe proftituer
foi-même, ou à proftituer les autres.

La proftitution de foi-même eft ce
que les Loix appellent *débauche*.

La proftitution des autres eft ce qu'elles
appellent proprement *proftitution*, qu'il
faut diftinguer, & qu'elles diftinguent
elles-mêmes du *maquerellage*.

2°. Les deux efpeces de proftitution
ne font foumifes à l'animadverfion de
la Juftice humaine, que lorfqu'elles font
publiques : car la débauche & la proftitution proprement dite font, à la vérité,
improuvées par les Loix, qui recom-
mandent à chacun de vivre chaftement,
autant qu'il eft poffible, & qui invitent
les femmes à la continence : mais il
n'en eft pas moins vrai que les Loix
civiles regardent la proftitution & la

débauche comme des crimes soumis à leur rigueur, seulement dans le cas où elles font publiques, parce que ce n'est que dans ce cas qu'elles caufent du fcandale, troublent l'ordre public, & bleffent les bonnes mœurs.

3°. Quand il s'agit de pourfuivre en Juftice quelqu'un, pour raifon de proftitution, ce ne peut jamais être que pour le crime de proftitution publique & fcandaleufe, puifque la débauche & la proftitution, quand elles font fecretes, ne font pas des délits que les Loix humaines puniffent.

La Jurifprudence fur l'adultere de la femme fournit une preuve de ces principes. Les Loix & les Tribunaux ne le pourfuivent & ne le puniffent que fur la plainte & au profit du mari; à moins que la débauche de la femme ne foit publique & fcandaleufe, ou que le mari n'en foit le complice & l'entremetteur; alors même on ne punit que la débauche & la proftitution fcandaleufe, & l'on n'inflige pas à la femme les peines de l'adultere.

Enfin on voit, par la Déclaration du 26 Juillet 1713, que la connoiffance du crime de débauche & de proftitu-

tion publique appartient au Magiſtrat
de la Police, à l'excluſion de tous autres Juges, par la raiſon qu'elles ſont
conſidérées moins comme un véritable
crime, que comme un déſordre, une
infraction aux Loix de pure Police, qui
ne ſont délits ſujets à punition, qu'autant qu'ils ſont publics, troublent l'ordre
général, & bleſſent les bonnes mœurs.

» Quant au maquerellage, le nom &
l'exercice, dit Juſtinien, de ce commerce ont été odieux dans tous les
temps, & condamnés par pluſieurs Loix.
Nous ſavons bien, dit-il, qu'il y a des
perſonnes qui vivent de trafics honteux;
mais il y en a qui ſe procurent du lucre
par des reſſources odieuſes & cruelles.
Ils parcourent les provinces, & même
la capitale, ſéduiſent de jeunes filles
qui ſont dans la pauvreté, en leur pro-
mettant de les mettre plus à leur aiſe;
les emmenent & les logent chez eux,
leur fourniſſent quelques vêtemens, la
nourriture la plus frugale, les proſtituent
à tout venant, & s'approprient tout le
profit que peut produire ce commerce
infâme; ils les font même s'obliger, par
écrit, à reſter chez eux, ſur le même pied,
tant qu'ils jugeront à propos; en ſorte que

les ames pieuses qui veulent retirer ces infortunées de ce gouffre d'abominations,
ne peuvent le faire, même pour les épouser. Il y en a qui poussent la scélératesse
jusqu'à corrompre ainsi des enfans qui
ont à peine dix ans, & qu'on ne sau-
roit arracher de leurs mains, même
pour leur procurer un mariage honnête, sans donner des sommes considérables pour leur rançon. En un mot,
il y a dix mille manieres d'exercer ce
trafic abominable, qu'il seroit trop long
de détailler.

» Le mal, continue l'Empereur, est
venu à un point que les maisons où
s'exercent ce commerce infame, qui
autrefois ne se rencontroient qu'aux ex-
trémités de la ville, & dans les lieux
écartés, se trouvent aujourd'hui dans
tous les quartiers, & même dans le
voisinage des églises & des monasteres «.

En conséquence, ce Prince déclara
nuls tous engagemens contractés par ces
infortunées, avec les malheureux qui les
prostituent, & interdit à ceux-ci tout
espoir de recouvrer les dépenses qu'ils
auront faites pour elles. Il ordonna que
ceux qui exerçoient ce métier, fussent
bannis de la ville, & que ceux qui
l'entreprendroient

l'entreprendroient par la suite, fussent punis de mort.

Ce crime, dont l'Empereur fait une description si horrible, & que les Latins nommoient *lenocinium*, est aussi puni sévérement parmi nous. Comme il est vraiment un crime en soi, & que d'ailleurs il trouble également, & d'une maniere encore plus dangereuse, la police générale & l'ordre public, la connoissance en appartient, par concurrence, au Lieutenant Criminel & au Lieutenant-Général de Police.

Aussi les accusations de débauche & de prostitution ne se forment-elles qu'à la clameur publique, ou, ce qui revient au même, sur la dénonciation d'une foule de voisins & autres personnes qui viennent se plaindre de toutes parts. Car c'est de cette maniere que tout ce qu'on appelle scandale public se défere à la Justice, & il ne peut lui être déféré autrement. Il n'y a pas de scandale où personne ne se plaint; il n'y a pas de scandale public où l'on n'entend point un grand nombre de personnes se plaindre d'avoir été scandalisées.

» Il ne s'agit, continuoit le Défenseur

de la Gourdan, que d'appliquer les principes à l'espece.

» On a fait une information sur un crime que l'on prétendoit public & connu de tout le monde. Si cela étoit ainsi, les témoins ne devoient pas manquer ; ils devoient se présenter d'eux-mêmes & en foule. D'ailleurs ce n'étoit pas assez de prouver le fait, il falloit encore en prouver la publicité; car, en cette matiere, c'est la publicité du fait seul qui le rend criminel aux yeux de la Loi civile.

» Or cette publicité que l'on impute à l'Accusée, ne pouvoit se prouver que par un très-grand nombre de témoins. Une poignée de déposans ne peut pas représenter le Public, ni autoriser à juger que ce qu'ils connoissent est pareillement connu du Public.

» Cependant on n'a produit qu'un très-petit nombre de témoins contre l'Accusée; & ce petit nombre même n'a opéré aucune espece de preuve, ni du crime contre lequel Justinien s'élevoit si fort, ni de prostitution, ni de débauche.

» Quinze témoins ont été entendus, dont quatre ont déclaré positivement qu'ils n'avoient aucune connoissance des faits pour lesquels on les avoit appelés en témoignage. Il en reste donc onze qui méritent quelque attention.

» De ces onze, cinq étoient domestiques de l'Accusée. On a vu qu'il résultoit de leur témoignage, que la Gourdan recevoit chez elle une compagnie nombreuse, composée de personnes de l'un & de l'autre sexe, & que, s'ils ont parlé de débauche & de prostitution, ce n'étoit que par conjecture; qu'ils ont même avoué, à la confrontation, qu'ils n'avoient vu commettre dans la maison aucun acte de prostitution ni de débauche; qu'ils n'y avoient même vu commettre aucune indécence. Ils n'ont rien dit qui pût rendre l'Accusée suspecte de quelque démarche que ce soit, qui tendît à corrompre l'innocence d'aucune femme ni d'aucune fille. Ils n'ont jamais vu chez leur Maîtresse aucun bruit, aucun tapage; jamais ils n'ont entendu aucune plainte de scandale, ni de la part des voisins, ni de la part de qui que ce soit. Ils ont même attesté que l'Accusée étoit en correspondance suivie avec l'Inspecteur Marais, & qu'elle se rendoit souvent aux audiences du Magiſtrat de la Police.

   » Ainſi, loin que ces témoins ſoient à charge contre elle, ils prouvent au contraire en ſa faveur. Il étoit impoſſible, ſi la maiſon de la Gourdan eût été un lieu de proſtitution, qu'aucun acte de ce genre ne fût parvenu à leurs yeux, & que leur curioſité n'eût jamais pénétré dans des myſteres qu'on ne pouvoit cacher à leur eſpionnage. Car on ſait que les domeſtiques ſont les eſpions les plus pénétrans & les plus dangereux des actions de leurs Maîtres, & que, loin d'interpréter favorablement ce qui vient à leur connoiſſance, au travers des précautions que l'on prend pour le leur dérober, ils l'amplifient, l'interpretent au gré de la méchanceté attachée à la baſſeſſe de leur état, & donnent leurs conjectures pour des faits poſitifs. C'eſt ainſi qu'ils ſe vengent de la fortune, qui les a placés dans le rang le plus abject de la Société, & qu'ils emploient le loiſir dangereux que le luxe accorde à l'inutilité du plus grand nombre.

   » Le ſilence de ceux de la Gourdan ſur la prétendue débauche de leur Maîtreſſe, & ſur celle des perſonnes qui

fréquentoient sa maison, est donc au
moins une présomption qu'il ne se passoit rien chez elle qui pût lui être imputé.

» Au nombre des six autres sont deux
voisins, dont l'un est le Suisse du Bureau
de la Correspondance , & l'autre une
Couturiere , qui logeoit vis-à-vis de la
Gourdan. Le Suisse avoit dit d'abord
que la maison de l'Accusée *passoit pour*
une maison de prostitution ; mais quand,
à la confrontation, la Gourdan l'a forcé
de se réduire à ses connoissances per-
sonnelles, il a été contraint de convenir
qu'il ne connoissoit rien que d'honnête
dans la conduite de cette femme.

» L'autre témoin du voisinage est
cette Couturiere, qui, de ses fenêtres,
voyoit ce qui se passoit chez la Gourdan.

» Comment pourroit-on croire ce que
dit cette femme, irritée, comme on va
le voir , contre la Gourdan ? Elle prétend que toutes les nuits , dans la maison de l'Accusée, on faisoit un bruit
affreux , qui troubloit le repos de tout
le quartier : mais les recherches les plus
exactes n'ont pu fournir un seul témoin
qui en déposât.

» Cette Couturiere étoit donc évi-

D iij

demment un témoin follicité & fuborné.
Sa dépofition feule le fait préfumer,
& fa confrontation le démontre.

» En effet, eft-il croyable que, fi
les proftitutions dont elle dit avoir été
témoin, fe fuffent paffées dans l'appartement de l'Accufée, on eût négligé
d'en dérober la vue aux voifins, en
prenant des précautions dont les perfonnes les moins fufpectes font ufage,
auffi tôt que la chute du jour oblige
d'éclairer les appartemens ?

» A la confrontation, l'Accufée a
reproché à cette Couturiere d'avoir été
infpirée dans fa dépofition par un efprit de vengeance, provenant du refus
qu'elle lui a fait plufieurs fois de lui
donner fa pratique; & elle lui a foutenu que cette dépofition étoit fauffe.
L'autre, qui craignoit d'être confondue,
fe retourna, & fit femblant de ne pas
entendre le mot *proftituer*, dont elle
s'étoit fervie, ou du moins de n'en
pas fentir toute la force. Elle fe le fit
expliquer, & dit auffi-tôt que ce n'é-
toit pas cela qu'elle avoit entendu, &
fubftitua à l'idée que préfente ce mot,
des libertés qui ne font pas conformes
à la ftricte décence, mais qui font bien

éloignées du crime exprimé par le mot qu'elle avoit employé. Ce témoignage ne mérite donc aucune foi.

» Mais voici deux témoins qui méritent la plus grande attention. Si leurs dépositions étoient vraies, l'Accusée seroit coupable de ce que les Loix appellent proprement *lenocinium*, & mériteroit les peines prononcées contre ce crime.

» Marie - Louise Duchesne, dite *Saint-Germain*, & Jeannette Duchesne, dite *Athalie*, sa sœur cadette, déposent qu'elles ont été débauchées & prostituées par l'Accusée, avant leur âge de puberté. Non contentes de lui imputer la perte de leur innocence & de leur honneur, elles l'accusent d'avoir corrompu une autre fille du même âge qu'elles, & d'avoir réussi à prostituer la fille d'une de ses locataires.

» Il est de principe qu'une femme publiquement prostituée ne peut être reçue à déposer en matiere criminelle, où il faut que les preuves soient plus claires que le jour, & exemptes de tout soupçon.

» Comment, en effet, pourroit-on asseoir une condamnation sur le témoi-

D iv

gnage de femmes perdues de débauche, qui ont dépouillé toute pudeur,
qui ont méconnu tous les principes de
la morale naturelle ? Il eſt impoſſible
que ces femmes puiſſent avoir la confiance de la Loi ; & , loin que leur témoignage mérite la moindre créance,
elles ne doivent même pas être écoutées.

» Or c'eſt préciſément de cette eſpece que ſont les deux ſœurs nommées
Saint-Germain. Elles ont été proſtituées dès leur plus tendre jeuneſſe,
& ont toujours vécu depuis dans la débauche, ſucceſſivement à Sedan, à Saint-
Germain, & à Paris.

» Mais, outre que leurs mœurs devoient les exclure de toute dépoſition
en Juſtice, il eſt prouvé par écrit, &
par pieces authentiques, que leur témoignage eſt faux.

» On a vu en effet, par les pieces que
la Gourdan préſenta à la confrontation,
& qu'elle fit enſuite produire ſous les
yeux de la Juſtice, que ces deux filles
en avoient impoſé ſur leur âge, ſur
l'époque de la mort de leur mere. A
ces pieces, l'Accuſée ajouta des lettres
par leſquelles ceux qui les avoient
écrites atteſtoient que, dans des temps

antérieurs à celui où ces deux filles faisoient remonter leur liaison avec la Gourdan, ils les avoient connues; les uns ajoutoient qu'elles leur avoient communiqué les fruits de leur débauche; les autres, qu'ils les avoient traitées & guéries.

» A l'égard de la petite-fille qui logeoit avec sa mere chez la Gourdan, & qu'elle étoit accusée par les Saint-Germain d'avoir prostituée dès l'âge de dix à onze ans, la fausseté de ces faits est encore prouvée par pieces. L'extrait baptistaire de cette fille, produit au procès, prouve qu'elle est née le 2 Août 1754. Elle étoit donc dans sa quinzieme année au mois de Décembre 1768, qui est le temps où elle alla, avec sa mere, occuper un appartement chez l'Accusée.

» Toutes ces circonstances démontrent la fausseté des entreprises imputées à l'Accusée contre l'honneur & contre les mœurs de la fille d'un Tapissier de Saint-Germain, & d'une jeune ouvriere en modes de Paris.

» Il ne reste donc aucune preuve concluante de cette information.

» En terminant sa défense, l'Accusée

D v

ose espérer, disoit son Avocat, que
ses Juges voudront bien jeter les yeux
sur sa triste position, & sur la maniere
dont elle s'est comportée dans son domestique, & par rapport à ses malheureux enfans. L'inconduite d'un mari
absent depuis long-temps, dont elle
ignore le sort, qui l'a ruinée, ainsi que
toute sa famille, est la premiere de
toutes ses infortunes. Deux filles sont
les seuls enfans qui lui restent : elle les
a élevées avec le plus grand soin, &
leur a donné l'éducation la plus chré-
tienne : l'une a fait profession en Religion, depuis environ cinq ans ; l'autre
est Pensionnaire dans le même couvent,
& n'en est pas sortie depuis l'âge de
huit à neuf ans. Elle se flatte, dit-elle
en finissant, que ces traits doivent suffire pour la faire connoître de ses Juges,
& lui mériter leur bienveillance & leur
protection «.

Par Sentence rendue au Bailliage du
Palais, le 14 Août 1776, sans avoir
égard aux dépositions de Marie-Louise
& Jeanne Duchesne, dites *Saint-Ger-*
main, qui ont été rejetées du Procès, ni aux Requêtes d'atténuation &
demandes de la Gourdan, dont elle

fut déboutée, elle fut déclarée dûment atteinte & convaincue de commerce honteux, maquerellage & prostitution publique. Pour réparation, elle fut bannie, pour cinq ans, de la ville, Prévôté & Vicomté de Paris, avec les injonctions ordinaires, & condamnée en trois livres d'amende envers le Roi.

Le Procureur du Roi acquiesça à ce Jugement, qui étoit conforme à ses conclusions. La Gourdan en interjeta appel; &, par Arrêt rendu en la Tournelle criminelle, le 19 Août 1776, au rapport de M. Marquet, elle fut mise hors de Cour sur l'accusation.

Cet Arrêt, d'après la réputation de la Gourdan dans cette capitale, a pu paroître à ceux qui n'avoient pas connoissance de la procédure, dicté par l'indulgence; mais il est certain que, d'après sa confrontation, d'après les pieces que l'Accusée avoit mises sous les yeux de la Justice, & ses moyens, il ne restoit pas matiere à asseoir un Jugement de condamnation. La réputation ne fut jamais une preuve aux yeux de la Loi. On sait avec quelle force & avec quelle constance les Ma-

D vj

giftrats & les Jurifconfultes François fe
font élevés, de tout temps, contre la
notoriété de fait, dont on a tant de
fois voulu abufer, & dont on a tant
de fois démontré l'incertitude & le
danger.

ACCUSATION D'ADULTERE.

LE fieur Thery d'Oppy avoit époufé la demoifelle Michelet. Le fieur d'Oppy eft fils d'un des prémiers Magiftrats de la ville de Douai. Son oncle étoit Grand - Bailli de la même ville.

Le pere de la demoifelle Michelet étoit Commiffaire d'artillerie, & tant par lui que par la dame de Buffy, fa mere, elle eft alliée à beaucoup de familles diftinguées dans fa Province.

Les facrifices que firent la mere & l'oncle du mari, les avantages confidérables qu'ils lui affurerent fur fes freres & fur fes fœurs, pour parvenir à cette alliance, font la preuve du prix que le fieur d'Oppy y attachoit.

La mere du futur ne réferva aux freres & à la fœur que les rotures des deux fucceffions, qui pouvoient à peine fournir leurs légitimes.

Ces conventions réduifoient à bien peu de chofe la fortune, & même les efpérances des freres & de la fœur du futur époux : auffi, difoit la dame d'Oppy, ils ne m'ont pas pardonné l'espece de médiocrité à laquelle les condamnoit mon mariage. C'est à la haine qu'elle prétend qu'ils conçurent dès-lors pour elle, qu'elle attribue les événemens singuliers dont nous allons rendre compte (a).

Quant à elle, sa dot consistoit en 100,000 livres.

Le sieur d'Oppy aimoit beaucoup ses freres, & avoit la plus grande déférence pour les volontés de sa sœur.

Leur ressentiment ne se manifesta d'abord que par des inspirations secretes, des tracasseries intérieures, dont la foiblesse du sieur d'Oppy formoit autant de nuages, mais que dissipoit, quoiqu'avec peine, une femme jeune & aimable.

Voici le portrait que la dame d'Oppy à tracé de son mari. »C'est, dit-elle, un homme sans caractere, une de ces ames qui appartiennent, en quelque sorte, à celui qui sait le mieux s'en emparer; naturellement bon & honnête, mais facile, ne sachant ni agir ni pen-

_____

(a) Nous prévenons nos Lecteurs que la narration qu'on va lire est tirée des Mémoires imprimés de la dame d'Oppy.

fer d'après lui, recevant le mouvement de tout ce qui l'approche, & ne le confervant que jufqu'à ce qu'une force fupérieure vienne lui en communiquer un différent. Cet empire appartient, depuis dix ans, à fes freres & à fa fœur.

»Les deux époux avoient leur domicile à Douai, & y avoient demeuré pendant les premieres années de leur mariage. La dame d'Oppy fentit la néceffité de fuir un féjour qu'habitoient les ennemis de fon repos. Elle avoit engagé fon mari à acheter la terre d'Eppeville, à peu de diftance de la ville de Ham. Il avoit trouvé une partie du prix de cette acquifition dans la fucceffion de la mere de fa femme, montant à 70,000 livres, & l'on avoit inféré dans le contrat toutes les déclarations néceffaires pour opérer un remplacement valable de cette fomme; en forte que la fortune de la dame d'Oppy fe trouva monter à 170,000 livres.

»C'eft dans cette terre que le fieur d'Oppy confentit, à la follicitation de fa femme, de fixer leur habitation; & elle put enfin fe flatter de pofféder feule le cœur de fon mari.

» Plufieurs enfans avoient été le fruit

de leur union ; trois moururent en peu de temps : un feul reftoit, que fa mauvaife conftitution dévouoit à une mort prochaine, & qui n'a en effet furvécu que de quelques années. Cette circonftance faifant difparoître un des obftacles qui éloignoient de fa fortune les collatéraux du fieur d'Oppy, ils n'en trouvoient plus qu'un ; c'étoit la dame d'Oppy, & les claufes du contrat de mariage. Un moyen fut imaginé de perdre l'une & d'anéantir les autres : ce fut une accufation d'adultere.

» La dame d'Oppy étoit venue quelquefois d'Eppeville à Paris ; fon mari, retenu dans fa terre par fon indolence naturelle, connoiffant d'ailleurs l'activité & l'intelligence de fa femme, lui remettoit fes pouvoirs en main, & l'envoyoit dans la Capitale régler les affaires qu'il pouvoit y avoir. Elle y étoit en 1766. Le hafard (du moins elle le crut alors) lui fit rencontrer au fpectacle un Chevalier de Saint-Louis, qu'elle avoit vu à Douai, chez fes beaux-freres, la premiere année de fon mariage, & qui étoit fort lié avec eux. Il obtint de la dame d'Oppy la permiffion d'aller lui rendre fes devoirs chez elle ; il devint

assidu, & sut gagner la confiance de la
dame d'Oppy, par les apparences du
respect, du dévouement; mais sur-tout
par des offres de services dont elle se
donna bien de garde alors de soupçonner
les motifs & la pureté.

» Le besoin de société est le premier,
peut-être même le plus pressant, qui
se fasse sentir à ceux que leurs affaires
ou leurs plaisirs amenent, du fond de
leur Province, dans la Capitale. La
dame d'Oppy l'éprouvoit. Le Chevalier lui fit remarquer le vuide que mettoit dans sa vie le manque de connoissances. Au nombre des siennes
étoit, lui dit-il, une femme de condition, d'un certain âge, bien répan-
due, tenant un état considérable, &
recevant chez elle la meilleure compagnie. C'étoit précisément ce qu'il falloit à une femme qui, avec un nom,
de la figure, & sur-tout de la jeunesse,
avoit besoin, pour paroître décemment
dans le monde, d'une personne de son
sexe, qui lui servît en quelque sorte de
répondante. Le tableau étoit fait pour
séduire; il fit son effet sur la dame
d'Oppy, &, le jour pris, la prétendue

Comtesse prévenue, elle s'y laissa conduire.

„Une vaste & belle maison, un domestique nombreux, des appartemens
superbement meublés, l'air de l'opulence, le masque de la décence; tout
ce qui s'offrit d'abord aux yeux de la
dame d'Oppy, lui persuada que le
Chevalier ne lui en avoit point imposé.
La maîtresse du logis ne démentit en
rien cette idée favorable. C'étoit la
mise, le ton, la conversation même de
la femme la mieux née. Elle accabla
d'honnêtetés la dame d'Oppy, se félicita
d'avoir fait sa connoissance, en remer-
cia le Chevalier, à qui elle la devoir,
& engagea beaucoup la dame d'Oppy
à revenir la voir. Celle-ci se retira également contente de la dame, du Chevalier, & d'elle-même.

„Malheureusement elle partoit quelques jours après pour Eppeville; elle
ne put remplir sa promesse. Elle fit un
voyage à Paris en 1767; mais d'autres
affaires, ou d'autres sociétés, lui avoient
déjà fait oublier sa Comtesse. Revenue
en 1768, elle y pensoit aussi peu que
l'année précédente, lorsqu'à un bal de

l'Opéra, un masque se fit reconnoître à elle pour la femme chez laquelle elle avoit été présentée. Grands reproches d'une part, excuses de l'autre. Le masque jura qu'il ne pardonneroit une négligence, qu'il regardoit comme une injure, qu'autant qu'on la répareroit à l'avenir; & comme la dame d'Oppy le promettoit, on exigea, pour sûreté de sa parole, qu'elle vînt souper un jour qu'on indiqua.

» La dame d'Oppy y alla; il n'y avoit en femmes qu'elle & sa nouvelle amie; le reste des convives étoient des hommes, qu'à leurs noms, vrais ou faux, la dame d'Oppy reconnut pour gens du plus haut parage. Le souper fut gai, mais sans indécence; & il étoit à peine minuit quand la dame d'Oppy se retira chez elle.

» Un assez long temps se passa sans qu'elle entendît parler de la Comtesse; mais le 15 Avril 1768, un laquais vient chez elle, de la part de cette femme, lui dit que sa Maîtresse avoit à l'entretenir sur des objets de la plus grande importance; mais que, ne pouvant sortir, elle la prioit de passer chez elle dans l'après-midi, entre six & sept heures.

La dame d'Oppy étoit sans défiance.
Elle se rend à l'heure indiquée ; elle
entre. Au même instant, sortent d'une
piece voisine, & se précipitent dans
celle où la dame d'Oppy causoit tranquillement, deux hommes, dont l'air
& l'habillement seuls annonçoient quelque chose de sinistre, l'un en robe,
l'autre en épée. C'étoit Marais, Inspecteur de Police, & le Commissaire
Mutel. La dame d'Oppy apprend tout
à la fois qu'elle est arrêtée par ordre du
Roi ; que le lieu où elle est, est un lieu
de prostitution ; que la femme qu'elle
croit son amie, son égale, est la Sinclair
de Paris ; qu'elle se nomme la *Gourdan*,
nom trop célebre dans la Capitale, mais
pour tout autre que pour une femme
honnête.

» Accablée sous tant de coups impré-
vus, la dame d'Oppy tomba dans un
long évanouissement. Rappelée à la vie,
par le sentiment même de la douleur,
elle entend la Gourdan, aux pieds de
laquelle elle étoit tombée mourante,
vomir contre elle un torrent d'injures,
composer, sous le nom de déclaration,
une suite de fables aussi atroces que
grossieres, & lui prêter des aventures

dignes de la derniere des proſtituées
qu'elle recevoit chez elle. Elle s'apperçoit en même temps que ſes poches ſont
vidées, qu'on lui a arraché ſes giran-
doles, en lui mettant les oreilles en
ſang, & qu'on l'a dépouillée de tous
ſes autres bijoux. Le Commiſſaire ver-
baliſoit ſous la dictée de la Gourdan &
de Marais. Celui-ci, tantôt avec des
menaces effroyables, tantôt avec une
feinte douceur, engageoit la dame
d'Oppy, par l'eſpoir de l'impunité, à ſe
déclarer coupable. Elle n'a jamais pu
ſe rappeler ſi, dans le trouble où elle
étoit, & ayant perdu de temps en
temps l'uſage de ſes ſens, elle a pu répondre à des queſtions toujours trop
captieuſes pour être intelligibles.

» Ce qu'il y a de certain, dit-elle,
c'eſt que le procès-verbal dreſſé, on le
lui préſenta à ſigner. A la vue des horreurs qu'il contenoit, & des aveux
qu'on avoit l'audace de lui prêter, elle
eut, malgré ſon abattement, la force
de proteſter que, plutôt que de lui arracher ſa ſignature, on lui arracheroit
ce qui lui reſtoit de vie.

Elle ſupplia du moins qu'on la con-
duiſît chez un Magiſtrat ; on lui ré-

pondit que la Justice n'avoit rien à faire
là où il s'agiſſoit d'ordres du Roi. Son
beau-frere, le Chévalier de . . . . ,
voyoit tout, entendoit tout de l'appartement voiſin. Fier du ſuccès de ſon
entrepriſe, il encourageoit par ſa préſence les barbares exécuteurs de ſon
complot; il jouiſſoit du ſupplice de ſon
infortunée belle-ſœur; il triomphoit.

» Il ne reſtoit plus rien à faire chez la
Gourdan. Toute la troupe ſe tranſporta
dans l'appartement qu'occupoit la dame
d'Oppy, rue du Parc-Royal. On fouilla
ſes cartons, ſes commodes & ſes ar-
moires. Quoiqu'on eût déjà viſité ſes
poches, on les retourna une ſeconde
fois. On ne trouvoit rien qui fournît
la moindre trace du crime que l'on vouloit établir. Enfin les ſcellés furent mis
ſur tous ſes effets.

» Cette ſcene cruelle dura neuf heures
entieres. Elle ſe termina par traîner, à
trois heures du matin, la dame d'Oppy,
une mere de famille, à l'inſçu de ſon
mari, à l'inſçu de ſes parens, dans une
de ces maiſons qui recelent ce que la
débauche & le crime ont de plus abject,
que le Gouvernement a deſtinées à purger les familles & la Société de leurs

plus vils rebuts, & à servir d'asile aux
forfaits contre la honte du supplice,
à Sainte-Pélagie. C'est là que, dépouillée de ses habits, couverte d'une robe
infame, la dame d'Oppy est jetée dans
une espece de cachot, où elle passe sur
un grabat le reste de la nuit ; le jour lui
montre, avec toute l'horreur de sa prison, les compagnes avec lesquelles elle
alloit la partager. Bientôt, confondue
avec elles, elle fut forcée de prendre la
même nourriture, de vaquer aux mêmes travaux, de remplir les mêmes devoirs, &, pour comble de malheur, de
recevoir, de la part de ces méprisables
créatures, de ces consolations que le
crime seul donne au crime, & qui
toutes se terminent à l'inutilité de s'affliger d'un châtiment que la douleur
même aggravera sans l'abréger.

»Que faisoit cependant le sieur d'Oppy,
tandis qu'on le déshonoroit d'une maniere aussi cruelle dans la personne de
sa femme ? Tranquille dans sa terre, il
attendoit avec impatience le retour de
la dame d'Oppy. Quelques jours même
auparavant, il lui écrivoit avec ce ton
d'intimité, de confiance, qui ne regne
qu'entre deux époux bien unis, & il

terminoit fa lettre par ces expreſſions amicales : *Je vous embraſſe de tout mon cœur*, *& votre fils*.

» Toute cette intrigue avoit donc été conduite à ſon inſçu. Le Chevalier & l'Abbé de . . . ., ſes freres, & la dame . . . ., ſa ſœur, venus exprès à Paris, pour mettre à fin le projet qu'ils avoient concerté depuis pluſieurs années, ne l'avoient prévenu de rien. Eux ſeuls avoient conduit le complot; eux ſeuls avoient obtenu l'ordre de Police, en avoient apoſté les agens : c'étoit d'eux que venoit le meſſage du 15 Avril, & l'invitation faite à la dame d'Oppy de ſe rendre chez la Gourdan.

» A peine le coup étoit fait, & la dame d'Oppy priſonniere, que le Chevalier de . . . . . . partit en poſte pour Eppeville. Le procès-verbal, dont il avoit eu la précaution de ſe nantir, le lieu où la femme avoit été arrêtée, tout paroiſſoit autoriſer les accuſations les plus atroces. Mais le ſieur d'Oppy qui, pendant quatorze ans de cohabitation, n'avoit jamais eu lieu de ſoupçonner la vertu de ſa femme, ne put imaginer qu'elle ſe fût précipitée auſſi ſubitement dans les horreurs d'une débauche, dont l'habitude

bitude de la proſtitution la plus déter-
minée rendroit à peine capable. Cependant, à force d'inſinuations, de raiſon-
nemens captieux, & après deux jours
de réſiſtance, il ſe laiſſa amener à Paris:
on lui fit, au nom même de l'honneur,
une loi d'approuver tout ce qui s'étoit
paſſé; il céda, mais à regret.

» Quelques jours après, il ſe rend lui-
même à Sainte-Pélagie; il y voit ſa
femme, il l'entend, &, dès ce premier
entretien, il eſt convaincu de ſon innocence, des manœuvres qu'on a em-
ployées pour la perdre, & de l'erreur
dans laquelle on l'a lui-même plongé.
Il fait plus, il cherche ailleurs des éclair-
ciſſemens; tout lui en offre à l'envi; il
interroge les hôtes de ſa femme, ſes
domeſtiques, ſes connoiſſances, ſes
amis; un cri général unanime s'éleve
en ſa faveur. Alors il voudroit ſe rétracter: mais dans une ame puſillanime,
le ſentiment de la crainte fut toujours
plus fort que celui de la juſtice & même
de l'amitié. Le Chevalier de . . . .
& la dame . . . ., effrayés d'un
changement qui tendoit à leur enlever
leur victime, l'obſedent, l'aigriſſent:
il n'oſe pas leur réſiſter en face; mais,

Tome VI.   E

par une espece de composition avec lui-
même , il recommanda à la Supérieure
d'adoucir le sort de sa femme ; il exigea qu'elle fût mieux nourrie que les
autres pensionnaires , & se soumit à
payer le double de la pension.

» Ne pouvant enfin s'accoutumer à
voir sa femme dans ce lieu d'opprobre , où il étoit bien convaincu qu'elle
n'auroit jamais dû entrer , il obtient du
Ministre que la lettre de cachet expédiée pour Sainte-Pélagie le seroit pour
Eppeville : & , pour empêcher dès-lors
que la dame d'Oppy ne trouve à Paris
des conseils & ne s'occupe des moyens
de se venger judiciairement , le sieur
d'Oppy fait ajouter la défense de revenir dans la Capitale , sous quelque prétexte que ce soit.

» Le départ de la dame d'Oppy pour
Eppeville étoit fixé au premier Juin. La
veille , le sieur d'Oppy passa la plus
grande partie de la journée à Sainte-
Pélagie ; il aida sa femme à faire ses
malles ; il resta tout l'après-midi avec
elle dans une chambre extérieure , non
grillée ; il ne la quitta le soir qu'après
l'avoir tendrement embrassée , lui avoir
souhaité bon voyage , & lui avoir pro-

tefté qu'il l'accompagneroit, fi des affaires, qu'elle connoiffoit elle-même,
ne le retenoient encore pour quelques
temps à Paris.

» Ce fut le premier Juin au foir que
la dame d'Oppy arriva à Eppeville. Elle
y étoit depuis trois femaines, & le fieur
d'Oppy, pendant cet intervalle, avoit
entretenu avec elle une correfpondance
réguliere. Le 25 ou le 26 Juin, elle
reçut de lui une lettre par laquelle il la
prévenoit que fa fœur vouloit l'emmener de Paris à Douai; qu'il pafferoit
par Péronne le 28, & qu'il s'y arrê-
teroit à telle auberge; il l'engageoit à
venir l'y trouver, & finiffoit par lui
témoigner combien il auroit de plaifir
à la revoir.

» Il n'étoit pas difficile à la dame d'Oppy, d'après la connoiffance qu'elle avoit
du caractere de fon mari, de juger que
ce langage n'exprimoit que la moitié
de ce qui fe paffoit au fond de fon ame;
qu'on lui faifoit violence pour le conduire à Douai, & qu'il ne défiroit que
de venir rejoindre fa femme à Eppeville. Le 28, elle partit d'Eppeville,
arriva à Péronne, & defcendit à l'auberge indiquée.

E ij

»Au bout de quelques heures, un carroſſe s'arrête : la dame d'Oppy apperçoit ſon mari ; elle vole à lui, & ſe
jette dans ſes bras. Mais au même
inſtant s'élance de la voiture, l'œil en
feu, le viſage étincelant de colere, la
dame .... Elle ſe précipite entre les deux époux, tourne ſur ſon frere
des regards où étoient peints le mépris
& l'indignation, &, d'un ton d'autorité,
ordonne à la dame d'Oppy de ſortir à
l'inſtant de l'auberge. La dame d'Oppy
n'avoit point appris à reſpecter de pareils
ordres, elle reſta. Le ſieur d'Oppy lui-
même oſa prendre le parti de ſa femme,
& tel une fois qu'il auroit dû l'être toujours, il impoſa ſilence à ſa sœur.

» La dame ....., furieuſe de voir
ſa belle-sœur protégée contre elle par
ſon mari, courut chez le Major de la
place, & chez le Commandant de la
Maréchauſſée ; elle leur dénonça la
dame d'Oppy comme une femme ſortie, au mépris des ordres du Roi, de
la retraite où elle étoit confinée par une
lettre de cachet ; elle leur perſuada qu'il
étoit du devoir de leur place de s'aſſurer
de la perſonne de cette fugitive, & leur
demanda main-forte.

» Dans un moment l'auberge fut in-
veſtie de gens en armes , & la place couverte de peuple , que la ſingularité du
ſpectacle avoit attiré. Inſtruit du motif
de ce concours extraordinaire , le ſieur
d'Oppy ſe préſenta aux deux Comman-
dans, leur déclara que la perſonne qu'ils
prétendoient enlever étoit ſa femme ,
qui venoit au devant de lui pour prendre enſemble la route de leur terre ;
qu'aucun ordre du Roi ne lui ôtoit la
faculté de ſe trouver à Péronne avec ſon
mari; que l'eſclandre , dont il avoit
droit de ſe plaindre , ne provenoit que
d'un mal-entendu de la dame . . . . . ;
qu'il ſe chargeoit de tout , & qu'ils
pouvoient ſe retirer. Ils le firent , mais
non ſans avoir reproché à la dame
. . . . l'indiſcrétion & même l'indécence de ſa démarche. Couverte de
confuſion & la rage dans le cœur , elle
remonta dans ſon carroſſe , ſans dîner ,
ſans dire adieu à ſon frere , & partit
pour Douai.

» Délivré du tyran qui captivoit juſ-
ques aux plus doux ſentimens de ſon
cœur , le ſieur d'Oppy y donna un libre cours. Il dîna paiſiblement avec ſa
femme , monta enſuite avec elle dans

E iij

la même voiture, & la ramena à Eppeville, *dans la maifon conjugale.* Ce
retour étoit un vrai triomphe, & ce
jour fut auffi un jour de fête pour tout le
château, & même pour tout le village
d'Eppeville. Les deux époux fouperent
enfemble; ils fe retirerent dans le même
appartement, coucherent enfemble; &
le lit conjugal n'eut cette fois qu'à fcel-
ler une paix déjà faite.

» Cependant, à travers les marques de
fatisfaction que donnoit le fieur d'Oppy,
à travers les preuves de tendreffe qu'il
prodiguoit à fa femme, elle avoit cru
démêler un trouble, une contrainte,
une agitation qu'il diffimuloit mal. Elle
l'avoit interrogé plufieurs fois; elle lui
avoit demandé fi elle avoit encore quelque chofe à craindre. Des monofylla-
bes, des regards mêlés de douleur &
de tendreffe, quelques larmes même
échappées au fieur d'Oppy, avoient été
fes feules réponfes; &, loin de raffurer
la dame d'Oppy, elles n'avoient fait
que redoubler fon inquiétude & confirmer fes foupçons.

» Cet état d'incertitude & d'angoiffe
ne lui permit pas de goûter un inftant
de fommeil. Le jour commençoit à pa-

roître, elle apperçut l'habit de fon mari
étendu fur un fauteuil ; à l'inftant, fon
efprit eft frappé de l'idée que cet habit
renferme le funefte fecret qu'on lui cache, & que n'a pas ofé lui révéler fon
trop foible époux. Il dormoit profon-
dément ; elle fe leve, s'avance vers l'habit, en tire les papiers, s'approche de la
fenêtre, &, à la lueur naiffante du jour,
fe hâte de les parcourir.

» Elle y voit toute la correfpondance
de fes beaux-freres & de fa belle-fœur
avec fon mari ; mais la piece vraiment
importante, étoit un plan & des inftructions dreffés par la dame . . . . . , &
tout entiers écrits de fa main. Suivant
ce Mémoire, une nouvelle lettre de cachet transféroit la dame d'Oppy dans un
Couvent à la Fleche. Marais, ce même
Marais, l'agent de la premiere expédi-
tion exécutée chez la Gourdan, en étoit
le porteur ; il devoit arriver le lendemain ; la dame . . . . prévoyoit
tout, difpofoit tout, la marche de
Marais, l'heure de fon arrivée, les précautions qu'il devoit prendre pour fe
faifir de la perfonne de la dame d'Oppy ;
enfin jufqu'à la quantité de linge, & au

E iv

nombre de robes qu'il devoit seulement lui permettre d'emporter.

» Tout ce que la dame d'Oppy avoit souffert vint alors se retracer à son esprit ; ce n'avoit été jusque-là que complots , que violences , qu'opprobres ; & l'on alloit y mettre le comble par une prison éternelle ! & c'étoit encore l'ouvrage de ses beaux-freres & de sa belle-sœur ! & l'homme timide , que l'on outrageoit si indignement , en empruntant son nom pour légitimer tant d'atrocités, le savoit ! il se contentoit d'en gémir , & ne l'empêchoit pas ! quel secours implorer , si elle n'en trouvoit pas chez celui que la Nature & la Loi lui avoient donné pour protecteur ? Où chercher un asile , si la maison conjugale n'en étoit plus un pour elle ? Elle prit enfin un parti ; mais elle ne voulut pas le suivre , sans y être autorisée par le conseil d'un personnage grave & respectable.

» Sur les dix heures du matin , elle fit inviter M. . . . . , Conseiller au Parlement , & qui demeuroit dans le voisinage, à se rendre chez elle ; il vint : elle l'emmena dans son parc , lui fit lire d'un bout à l'autre tous les papiers dont elle s'étoit emparée ; & quand elle en fut venue aux inftructions de la dame ...., elle lui demanda ce qu'elle avoit à faire , & s'il lui reftoit un autre parti que celui de la fuite? M....... fut forcé de convenir que c'étoit fon unique reffource, & la dame d'Oppy fe détermina à partir dès le jour même.

» On fervit le dîner. M......., & le Prieur d'Eppeville étoient les feuls convives. A quatre heures, elle demanda fes chevaux ; on les avoit menés à Ham pour les ferrer ; elle alla elle-même à la ferme , & fit atteler à fon carroffe ceux du Fermier. Tout cela fe faifoit en préfence du fieur d'Oppy. Témoin immobile & muet, il voyoit l'agitation de fa femme, les apprêts de fon départ, il ne pouvoit en ignorer le motif, & ne s'oppofoit à rien. La dame d'Oppy lui demanda de l'or pour de l'argent blanc ; il lui en donna , l'embraffa, & la vit monter en voiture. Elle partit, fans même avoir fongé à faire une toilette, en déshabillé, en bonnet de nuit, en pantouffles , n'emportant rien que quelque argent & des bijoux.

» A quelque diftance de Ham, elle fongea qu'il étoit poffible que Marais eût

E v

fait diligence, qu'il devançât d'un jour
les inftructions de la dame.......,
& qu'il la rencontrât dans la ville. Elle
defcendit de carroffe, donna ordre à
fon cocher de traverfer la ville, d'aller
l'attendre à l'autre porte, fe jeta à pied
dans les marais qui environnent Ham,
les franchit avec des peines incroyables,
fit le tour, & regagna fon carroffe.

» Arrivée, à toutes jambes, à Saint-
Quentin, elle craint encore, fi elle entroit dans la ville, d'y être confignée;
elle quitte fon carroffe, commande à
fon cocher, pour lui donner le change,
de l'attendre dans ce même endroit,
s'enfonce dans les blés, & marche toute
la nuit. Au point du jour, elle fe trouve
près d'une ferme, s'y traîne exténuée par
la faim, la fatigue & les inquiétudes.
Là elle quitte fes habits, les échange
contre ceux de la Fermiere, &, un
panier à fon bras, après s'être frotté de
boue les mains & le vifage, elle fe re-
met en route.

» Après bien des peines, des défagré-
mens & des dangers de toute efpece,
auxquels l'expofa mille fois un déguifement peu fait pour elle, elle paffa d'a-
bord dans la Flandre Impériale; s'y

croyant peu en sûreté, elle partit pour la Hollande; les mêmes terreurs ne lui permirent pas d'y rester plus d'un jour, &, revenue à Calais, elle s'embarqua pour l'Angleterre & aborda à Douvres.

» Là du moins elle étoit libre. Mais qu'étoit-ce que cette liberté sans l'honneur? Et l'honneur peut-il être pour une femme, là où n'est ni son époux, ni sa maison, ni sa famille? Le sieur d'Oppy n'avoit qu'à dire un mot, & elle recouvroit, avec tous ces biens, sa premiere existence. A peine arrivée à Douvres, elle lui écrivit dans les termes les plus pressans; elle le conjura de faire révoquer la lettre de cachet qui avoit nécessité sa fuite, & de donner sa parole d'honneur qu'elle seroit désormais en sûreté; à ce prix elle lui protesta qu'elle étoit prête à repasser en France, & que son vœu le plus cher étoit de se rejoindre à lui.

» La dame d'Oppy ne s'en tint pas là. Elle se jeta aux genoux de tous les François qu'elle put rencontrer à Douvres, pour les supplier d'être ses médiateurs auprès de son mari & de sa famille. Plusieurs le firent; les uns écrivirent; les autres, de retour en France, parlerent.

E vj

Tout fut inutile. Le fieur d'Oppy, fes freres, fa fœur, foit de vive voix, foit par lettres, répondirent unanimement que fi la dame d'Oppy s'avifoit de remettre le pied en France, elle feroit arrêtée & renfermée pour toute fa vie.

» D'après cela, la dame d'Oppy n'avoit plus à choifir. La famille de fon époux, & fon époux lui-même, rompoient tous les nœuds qui les attachoient à elle; la France n'étoit plus pour elle qu'une prifon; tout pays où elle trouvoit fa liberté devenoit fa patrie: elle fe détermina donc à refter en Angleterre. L'argent qu'elle avoit apporté étoit épuifé; elle avoit même eu bien de la peine à fubfifter à Douvres des fecours de quelques Négocians François; elle crut en trouver à Londres de plus abondans, elle y paffa au bout de fix femaines.

» Sa mifere & fa conftance l'y fuivirent. Elle y trouva des ames généreufes que fes malheurs touchèrent, qui crurent honorer leurs richeffes en les faifant fervir à foulager fon infortune, & qui n'exigerent de leurs bienfaits d'autre prix que fa reconnoiffance, & le témoignage de leur propre cœur.

»Cependant la dame d'Oppy tournoit fans ceffe les yeux vers la France. A la tête des illuftres Négociateurs qu'elle eut le bonheur d'intéreffer à fa caufe, voulurent bien paroître MM. du . . . . . & de . . . . , fucceffivement Ambaffadeurs de France à la Cour de Londres. A eux fe joignit M. . . . . , Miniftre Plénipotentiaire en Angleterre , & à tous trois une foule de gens diftingués , foit François , foit même Anglois. Ces tentatives , cent fois répétées pendant quatre années , ne furent pas plus heureufes que ne l'avoient été les premieres ; les réponfes du fieur d'Oppy & de fa famille furent ce qu'elles avoient toujours été , un refus abfolu de recevoir la dame d'Oppy , & la menace d'une prifon éternelle , fi elle ofoit reparoître en France.

» Un événement que des caracteres particuliers diftinguent des événemens de ce genre, qui , prefque tous les jours, arrivent dans les grandes villes , apprit dans ce même temps à la dame d'Oppy , que les correfpondances de fes perfécuteurs s'étendoient jufqu'à elle , & que leur haine ingénieufe & prévoyante, peu satisfaite de lui fermer le retour dans sa patrie, cherchoit à lui ravir, si jamais elle y revenoit, jusqu'aux moyens de se justifier & de démasquer leurs complots. Tout ce que la dame d'Oppy avoit à cet égard de renseignemens & de preuves écrites, les lettres de ses beaux-freres & de sa belle-sœur, celles qu'elle avoit reçues de son mari, soit à Sainte-Pélagie, soit à Eppeville, pendant qu'il étoit resté à Paris, mais sur-tout les fatales instructions dressées par la dame . . . . . ., étoient rassemblées dans un coffre fermant à clef ; & ce coffre étoit lui-même dans un cabinet de l'appartement qu'occupoit la dame d'Oppy.

» Un soir, en rentrant chez elle, elle trouva ce coffre enlevé, &, ce qui ne laissoit point de doute sur la nature du vol & sur l'intention de ceux qui l'avoient ordonné, le voleur n'avoit pas même touché à une montre & à une boîte d'or qui étoient sur la cheminée, ni à quelques autres effets plus précieux, & d'un transport également facile. Le vol & les objets volés furent, ce jour même, constatés par la déclara-

tion que fit la dame d'Oppy devant le
fieur Fielding, Juge de paix du quartier de Covent-Garden.

» Tandis que cette femme infortunée,
fous un ciel étranger, luttoit tout à la
fois contre l'indigence, les chagrins &
l'obftination dénaturée qui s'oppofe à
fon retour, voyons ce qui s'étoit paffé
en France depuis le 29 Juin 1768.

» Ses alarmes n'avoient été que trop
fondées. Les inftructions de la dame
.... avoient été fidélement fui-
vies. Marais étoit parti de Paris avec la
lettre de cachet ; il avoit couru toute la
nuit, étoit arrivé à Ham de grand matin, & defcendu chez le Subdélégué,
y avoit fait demander main-forte au
fieur Roman, Major de la place. Mais
la fage précaution que la dame d'Oppy
avoit prife de fe dérober, par la fuite,
à la perfécution opiniâtre de fes ennemis, rendit inutiles toute cette diligence, toutes ces précautions, & ne
laiffa à l'ardent porteur d'ordres, & à
ceux qui les avoient obtenus, que le
chagrin d'avoir manqué leur proie.

» Marais ne voulut pas au moins perdre la récompenfe pécuniaire de fa
courfe. Il fe rendit à Eppeville, où il

trouva le fieur d'Oppy affez tranquille;
& méditant en lui-même s'il devoit
fe réjouir ou s'affliger de l'évafion de
fa femme. Il dreffa le procès-verbal de
la fuite de la perfonne qu'il vouloit mettre dans les fers, &, muni de cette
piece qui lui affuroit fon payement, il
revint à Paris.

» Ce même jour, fur le midi, c'eft-à-
dire, à l'heure où, fuivant les calculs
de la dame . . . ., la dame d'Oppy
devoit, avec Marais, être fur la route
de la Fleche, arriverent à Eppeville
l'Abbé de . . . . . . à leur tête, trois perfonnes venues exprès de Douai pour
apporter des confolations à l'époux malheureux qu'on avoit dû, quelques momens auparavant, priver de fa femme.
L'Abbé de . . . . ne voulut pas du
moins perdre en entier le fruit de fon
voyage, il emmena le fieur d'Oppy
à Douai.

» Quelque temps après, on fut, par
la dame d'Oppy elle-même, qu'elle
avoit choifi l'Angleterre pour retraite.
C'étoit, pour fes beaux-freres & pour fa
belle-fœur, l'équivalent de l'exécution
de la lettre de cachet; il ne fallut plus
que perfuader au fieur d'Oppy qu'il de-

voit, pour jamais, renoncer à elle ; & ils y réussirent. A compter de ce moment, il se comporta comme si la dame d'Oppy n'eût plus existé & n'eût jamais dû exister pour lui. Diamans, bijoux, robes, linge, en un mot tout ce qui étoit à son usage, fut vendu, donné ou dissipé.

» Absente de sa patrie, mais toujours citoyenne, éloignée par la violence, mais non bannie par un Jugement légal, la dame d'Oppy, du fond de l'Angleterre, conservoit encore en France, & sous la protection des Loix, son nom, son état, sa propriété, tous ses droits enfin, & par conséquent ceux que les conventions de son mariage lui donnoient sur la fortune du sieur d'Oppy. Le moment étoit venu de les lui enlever sans retour, en la faisant juger adultere; & la chose étoit d'autant plus facile, que, séparée par les mers, elle ne pourroit pas se défendre.

» Ce ne fut que le 28 Juin 1769, un an après la fuite de la dame d'Oppy, que fut rendue, devant le Juge de Noyon, Juge du domicile du sieur d'Oppy, la plainte en adultere.

» Cette plainte ne portoit que sur un

seul fait. On ne lui reprochoit rien de la conduite qu'elle avoit tenue pendant les quatorze premieres années de son mariage. Elle s'étoit bien conduite à Douai, à Eppeville. Mais on a supposé qu'à Paris, où elle pouvoit, dans son appartement, se livrer à toutes ses fantaisies, elle étoit allée se prostituer dans les lieux publics.

» On n'avoit point à craindre de contradicteur. Aussi l'instruction & la preuve furent-elles dignes de l'accusation. La Gourdan, deux autres femmes publiques, le Commissaire Mutel, & Marais, tels furent les témoins entendus dans l'information faite à Paris dans le mois de Septembre 1769, sur commission rogatoire, adressée au Lieutenant-Criminel du Châtelet, par le Juge de Noyon.

» Sur ces dépositions, fut rendu, par contumace, le Jugement du Bailliage de Noyon, du 16 Août 1770, qui déclare la dame d'Oppy convaincue d'adultere, & la condamne aux peines de l'authentique.

» On n'avoit oublié, dans la partie des conclusions, relative aux peines pécuniaires, rien de ce qui pouvoit rendre

plus lucrative , pour le fieur d'Oppy ,
la condamnation de fa femme ; on
avoit conclu contre elle à la déchéance
du douaire & de toutes les conventions
matrimoniales ; & quant aux biens per-
fonnels, fi l'on avoit bien voulu confen-
tir que la propriété en fût confervée à
l'enfant qui vivoit alors , on avoit demandé au moins , pour le fieur d'Oppy ,
60,000 livres de dommages & intérêts
par prélévement , & l'ufufruit de tout
le refte pendant la vie de la dame
d'Oppy.

Tout fut accordé au fieur d'Oppy.

» Une Loi fage , amie de l'humanité ,
qui fait toujours préfumer l'innocence ,
a voulu que l'effet des condamnations
par contumace fût fufpendu pendant
cinq ans. Cet intervalle falutaire parut
trop long au fieur d'Oppy & à fa famille ; ils fe mirent en devoir de dif-
pofer du patrimoine de la dame d'Oppy , comme d'une conquête dont elle
étoit irrévocablement dépouillée.

» La terre d'Eppeville avoit été , comme on l'a dit , acquife en partie de deniers qui lui étoient propres. On s'empreffa de la vendre. On vendit en
même temps deux autres terres , Gau-

laincourt & Villette. L'acquéreur étoit
M. le Duc . . . . ; mais , inftruit
depuis des vraies circonftances , & du
peu de fûreté d'une vente dont la validité étoit fubordonnée à un Jugement
par contumace , il a demandé la réfi-
liation du contrat , & l'on a été forcé
d'y foufcrire.

» La Sentence de Noyon parvint enfin
à la dame d'Oppy. A cette nouvelle ;
fon ame fembla fe relever du long abattement où elle avoit été plongée. Plus
de doutes , plus de craintes ; la haine
de la famille du fieur d'Oppy , les ordres du Roi qui fubfiftoient encore , le
danger du retour , tout cela ne fut plus
rien pour elle ; elle ne vit plus que fon
honneur attaqué , injuftement flétri &
perdu pour jamais , fi , par un lâche filence , elle fe rendoit contre elle-même
la complice de fes ennemis.

* Elle quitte donc l'Angleterre en
1772 , & repaffe en France ; fa propre
famille lui procure un afile , d'abord en
Franche-Comté , puis en Suiffe , jufqu'à
ce qu'elle ait obtenu la révocation de fa
lettre de cachet. Elle y parvient enfin
en 1773 , reparoît & fe difpofe à demander juftice. Elle interjeta appel de

toute la procédure de Noyon, & en demanda la nullité.

» Les Conseils du sieur d'Oppy ne pu-
rent se dissimuler que son accusation en
adultere souffroit au moins beaucoup de
difficulté. 1°. Sa femme avoit été punie
par la lettre de cachet sollicitée & obtenue en son nom, pour la faire enfermer à Sainte-Pélagie. *Non bis in
idem.* 2°. Son mari avoit mangé &
couché avec elle à Eppeville. Ces deux
circonstances sont le gage le plus carac-
térisé du pardon & de la réconciliation :
or tout le monde sait qu'un mari ne
peut plus poursuivre sa femme en adultere, quand il lui a pardonné.

» Mais on sait aussi que ce pardon ne
lui lie pas tellement les mains, qu'il ne
puisse plus agir pour les rechutes qui
peuvent suivre ce pardon. On prit donc
le parti de rendre une nouvelle plainte
en adultere, dont les faits étoient tirés
de la conduite que la dame d'Oppy avoit
tenue en Angleterre.

» On fit dire par son mari, dans cette
plainte, que, cédant aux instances de sa
femme, qui avoit été enfermée par ordre du Roi à Sainte-Pélagie, il avoit
consenti que la lettre de cachet fût ex-

pédiée pour la terre d'Eppeville, où elle
avoit été conduite au mois de Juin
1768; qu'elle en avoit ôsé sortir le 27.
du même mois, escortée de deux
paysans, pour se rendre à Péronne, où
son mari, qui étoit malade, passoit pour
retourner à Douai, & l'avoit entraîné à
Eppeville, où ils étoient arrivés sur la
fin du jour.

» Qu'il se disposoit à partir le lendemain pour Douai; mais que, tandis
qu'il faisoit quelques arrangemens au
rez de chaussée, sa femme, à l'aide
d'une échelle posée sous la fenêtre de
sa chambre à coucher, avoit pénétré
dans son appartement, fouillé dans les
poches de son habit, enlevé les bijoux
& les diamans qu'il avoit apportés de
Paris, & pris la fuite en paysanne.

» Qu'elle étoit entrée dans les Etats de
l'Impératrice-Reine, d'où elle s'étoit
embarquée pour l'Angleterre, & s'étoit
rendue à Londres, où elle avoit sé-
journé jusqu'à la fin de 1774, vivant
dans la débauche la plus effrénée.

» Que, comme elle vouloit *faire ré-
sulter une fin de non-recevoir, & effacer les faits antérieurs, par l'enlève-
ment de Péronne, & le séjour momen-*

rané de fon mari à *Eppeville* ; qu'elle
vouloit faire paffer pour une réconci-
liation, il demandoit qu'il lui fût donné
acte de fa plainte par addition des faits
de débauche à Londres, notamment
avec Georges Clarke, permis d'informer, même de dépofer, au Greffe de la
Cour, neuf lettres & un billet écrits
par la dame d'Oppy à Georges Clarke,
pour en tirer telles inductions qu'il ap-
partiendroit.

» Le 6 Septembre 1775, fur les conclufions de M. d'Aguelfeau, intervint
un Arrêt, qui ordonne que le Procès
commencé au Bailliage de Noyon, à
la dame d'Oppy, à la requête de fon
mari, fera continué ; que la dame
d'Oppy fera mife hors des prifons de
la Conciergerie du Palais, à la charge
par elle de fe repréfenter dans l'état d'a-
journement perfonnel ; & auffi à la
charge par elle, fuivant fes offres, depuis deux ans qu'elle eft à Paris, de
demeurer dans une Communauté non
cloîtrée. Donne acte au fieur d'Oppy de
fa nouvelle plainte par addition ; condamne le fieur d'Oppy à payer à fa
femme, 1°. la fomme de 3000 livres
pour linges, nippes & habillemens né-

cessaires à son usage ; 2°. celle de 2000
livres par forme de provision, pour subvenir aux frais nécessaires à sa défense.
Faisant droit sur les conclusions du
Procureur-Général du Roi, lui donne
acte de la plainte qu'il rend des faits
de prostitution, débauche & maquerellage, contre les nommées Marguerite
Stock, femme Gourdan ; Marie Guerin, veuve Tray, dite *Grenier*, &
Louise Gaspard, femme Eudes. Et,
attendu les aveux faits par lesdites
femmes Gourdan, Eudes & veuve
Tray, dite *Grenier*, dans toutes leurs
dépositions en l'information faite devant le Lieutenant-Criminel au Châtelet de Paris, les 15, 18 & 20 Septembre 1769, ordonne que lesdites
femmes seront, dès à présent, prises &
constituées Prisonnieres ès prisons de la
Conciergerie du Palais, &c.

Avant de passer aux détails de la
seconde procédure, il est nécessaire de
faire le tableau des charges qui firent
la base de la premiere. Elles se trouvent dans les dépositions des trois femmes publiques, qui, sur la commission
rogatoire du Juge de Noyon, avoient
été entendues en témoignage en 1769.

Louise

Louife Gafpard, femme de Louis Eudes, ancien Receveur du Bureau des Coches de Saint-Germain, elle n'ayant aucun état, dépofa qu'il y avoit environ dix-huit mois que la dame Michelet d'Oppy étoit allée plufieurs fois chez elle en fiacre, pour la prier de lui trouver quelqu'un pour une de fes parentes; mais que n'ayant pu rien obtenir, elle fe préfenta enfin dans un carrofle avec deux laquais. Sa parure, fort recherchée, étoit relevée par des diamans. Elle s'annonça pour une femme comme il faut, fans dire fon nom. Elle déclara alors que c'étoit pour elle-même qu'elle cherchoit, & que tantôt elle eftimoit fes faveurs vingt-cinq louis, tantôt cinquante louis.

La femme Eudes, ne pouvant rien faire par elle-même, & cédant cependant aux follicitations empreflées de cette femme, la mena chez la nommée *Grenier*, qui tenoit lieu public vis-à-vis Saint-Roch. La dame d'Oppy fit à la Grenier les mêmes propofitions qu'elle avoit faites à la femme Eudes. La Grenier lui promit que, le fur-lendemain, elle lui feroit faire connoiffance avec un homme comme il faut.

Tome VI.   F

La dame d'Oppy se tenoit toujours le visage caché sous sa caleche. La Grenier insista pour la voir; mais elle refusa constamment, disant qu'elle ne vouloit point être connue. Elle promit à la femme Eudes de lui envoyer l'adresse de sa Couturiere, chez laquelle ce Monsieur comme il faut se rendroit, & où elle se trouveroit. Le rendez-vous eut lieu chez la Couturiere, près le Pont-Marie.

Quelques jours après, la dame d'Oppy retourna chez la femme Eudes, lui dit que le Monsieur n'avoit pas manqué, & lui avoit donné vingt-cinq louis. Elle la pria de l'accompagner une seconde fois chez la Grenier, à l'effet d'avoir un autre Monsieur. La femme Eudes y consentit. La dame d'Oppy resta dans son fiacre, tandis que sa compagne monta chez la Grenier. Elles revinrent, un instant après, joindre la dame d'Oppy, accompagnées d'un étranger. Il fut question, dans le fiacre, de savoir où l'on iroit pour se parler en particulier. La femme Eudes les mena chez un Sellier de sa connoissance, rue de Grenelle-Saint-Honoré. Il étoit dix heures & demie du soir; le Sellier & sa femme étoient couchés;

ils se leverent, & donnerent une chambre. Les deux proxénetes resterent dans un cabinet à côté. La femme Eudes entendit l'étranger & la dame d'Oppy beaucoup parler ensemble, sans distinguer ce qu'ils disoient ; elle entendit seulement remuer de l'argent. Au bout de deux heures & demie, la dame d'Oppy appela la femme Eudes pour s'en aller. La femme Eudes entra, & ne s'apperçut point que le lit eût été dérangé. L'étranger donna dix-huit liv. à la Grenier, qui en donna six à la femme Eudes, & six à ceux qui avoient prêté la chambre. Ils remonterent tous les quatre dans le fiacre, retournerent à la porte de la Grenier, où le carrosse de l'étranger étoit resté. La dame d'Oppy y monta avec lui, & ils s'en allerent on ne sait où. La Grenier & la femme Eudes firent leur déclaration chez l'Inspecteur Marais, qui leur apprit qu'il avoit arrêté la dame d'Oppy.

Marie Guérin, veuve Tray, dite *Grenier*, prenant la qualité de *femme du monde*, déposa que la dame Michelet d'Oppy lui fut adressée par une autre femme du monde, nommée *Eudes* ; qu'elle alla plusieurs fois chez elle dans sa voiture, mais qu'elle restoit à la porte, & faisoit demander la Grenier, qui descendoit pour lui parler; que dans toutes leurs conversations, il étoit question, de la part de la dame d'Oppy, de se prostituer. La premiere fois, elle fit affaire avec le sieur de V......, à raison de vingt louis par mois. Elle donna, à cet effet, rendez-vous à ce Monsieur chez une Couturiere, rue des Nonandieres. Mais, dit la Grenier, la femme Eudes instruira mieux la Justice de ces circonstances.

La seconde fois, la Grenier proposa à la dame d'Oppy un Capitaine de Dragons. L'entrevue se fit chez un Tailleur, rue de Grenelle; & la dame d'Oppy donna rendez-vous à cet Officier chez elle, rue du Parc-Royal, hôtel d'Orléans. Ce fut alors seulement que la Grenier apprit le nom & la demeure de la dame d'Oppy, s'étant tenue dans un petit cabinet, d'où elle l'entendit, Pour se dérober aux recherches que la Police impose la nécessité de faire aux personnes de l'état de la Grenier, sur les femmes qui ont recours à leur ministere, la dame d'Oppy se servoit d'un commissionnaire attaché au Petit-Saint-

Antoine, qui, pour n'être pas suivi, passoit toujours par la porte conventuelle du Petit-Saint-Antoine. Au reste, la Grenier ne croit pas que le crime ait été porté jusqu'à la consommation entre la dame d'Oppy & l'Officier de Dragons, puisque celui-ci s'est fait rendre les quinze louis qu'il avoit donnés.

La Grenier parle d'une troisieme visite de la dame d'Oppy chez elle. Un homme qu'elle ne connoissoit pas, s'y trouva alors. Il monta en fiacre avec la dame d'Oppy, & elle ne sait où ils allerent.

La Gourdan, prenant la qualité de *femme du monde*, déposa que la dame d'Oppy lui avoit été amenée, par un Chevalier de Saint-Louis; que ce Chevalier de Saint-Louis passoit pour le parent de la dame d'Oppy, qui le présentoit sous cette qualité à tous ceux qui alloient la voir. Lorsqu'elle alla chez la Gourdan, elle ne cacha ni son nom ni sa qualité; elle se disoit même Marquise. Elle annonça d'abord la résolution la plus déterminée de se prostituer, voulant, disoit-elle, réparer des pertes considérables qu'elle avoit faites au jeu. Le Chevalier de Saint-Louis

F iij

tint le même langage. La dame d'Oppy
a fréquenté la maison de la Gourdan
pendant les hivers de 1767 & 1768 ;
& cette fréquentation n'étoit interrom-
pue que par les voyages que la dame
d'Oppy faisoit en Picardie, d'où elle
écrivoit à la Gourdan, qui ne lui a
jamais fait de réponse.

Toutes les fois, ajoute la Gourdan,
que la dame d'Oppy a passé les soirées
chez elle, elle s'est prostituée à tous ceux
qui l'ont désiré. Elle nomme ensuite
plusieurs personnes, auxquelles elle af-
sure que la dame d'Oppy a vendu ses
faveurs, & fixe le prix qu'elle a reçu
de chacun. Elle fut même, dit-elle,
rencontrée par plusieurs personnes chez
qui elle alloit, & qui furent fort éton-
nées de la voir galante à si peu de
frais.

La Gourdan se donne la gloire de
lui avoir fait des représentations sur sa
conduite, & de l'avoir exhortée à abdi-
quer une vie si honteuse, & qui ne
pouvoit que la perdre ; elle n'en tiroit,
dit-elle, d'autre réponse, sinon : *Que
voulez-vous ? j'aime cela.*

Elle assure ensuite que jamais elle
n'a écrit à la dame d'Oppy pour l'at-

tirer chez elle, si ce n'est quand elle y fut contrainte par ordre de la Police, dans le temps qu'on la cherchoit pour l'arrêter. Quand elle fut arrêtée chez elle, ajoute la Gourdan, elle avoua à l'Inspecteur Marais, qu'elle s'étoit présentée deux ou trois fois à la Grenier, femme du monde, pour le même sujet qui l'avoit amenée chez la Gourdan, mais qu'elle n'avoit osé y monter.

Le Commissaire Mutel, l'Inspecteur Marais, & quelques autres témoins furent entendus, sur les mêmes faits, au Bailliage du Palais. On rendra compte de leurs témoignages en parlant des confrontations.

La femme Eudes fut la premiere confrontée. La dame d'Oppy déclara qu'elle ne la connoissoit pas ; mais que l'Arrêt du mois de Septembre lui avoit appris que cette femme tenoit un lieu de prostitution & de débauche, & que, par cela seul, elle étoit récusable. La femme Eudes répondit qu'elle n'étoit pas assurée que l'Accusée fût celle dont elle avoit parlé dans sa déposition, ne l'ayant jamais vue, parce qu'elle avoit une grande caleche qui lui cachoit la

F iv

totalité du visage; mais qu'elle lui avoit paru plus grande & plus mince que celle qu'elle voyoit actuellement. Quant à son nom, elle ne l'avoit su que par Marais.

La dame d'Oppy observa ensuite qu'on avoit pu se servir d'une aventurière pour arranger une supposition aussi infame, & que tout ce qui s'étoit passé concouroit à l'assurer que ce complot avoit été concerté.

La Grenier parut à son tour. La dame d'Oppy ne la reconnut pas; mais elle la récusa, attendu sa qualité de femme publique. La Grenier, de son côté, dit que la femme qui avoit été chez elle, *n'étoit pas de la structure de l'Accusée.* On lui lut sa déposition. Aussitôt qu'elle entendit prononcer le nom de la dame d'Oppy, elle interrompit le Greffier, & dit en propres termes: » Je ne connoissois pas le nom de ma- » dame d'Oppy; c'est M. le Lieutenant- » Criminel qui m'a dit : *Que savez-* » *vous de madame d'Oppy ?* Je lui ai » fait réponse que je ne savois pas le » nom de la dame qui étoit venue chez » moi, & qu'elle s'appeloit donc *ma-*

» dame d'Oppy «. Et c'eſt ſous ce nom que la dépoſition fut achevée (a).

Quand la Grenier en eut entendu la lecture, elle dit que l'adreſſe ne lui avoit pas été donnée rue du Parc-Royal. Se reprenant enſuite, elle dit que le laps de temps pouvoit lui avoir fait oublier les faits (b); mais qu'elle ne pouvoit dire ſi c'étoit de la perſonne qui lui étoit confrontée qu'elle avoit parlé dans ſa dépoſition, n'ayant jamais vu le viſage de la dame en queſtion, qui n'étoit même pas faite comme celle qu'elle avoit devant les yeux.

L'Inſpecteur Marais fut auſſi confronté. La dame d'Oppy le reprocha, parce qu'en ſa qualité d'Inſpecteur de Police, il avoit intérêt de faire paſſer pour coupables les perſonnes les plus

_____

(a) Ceci eſt en contradiction avec la dépoſition de cette femme, où elle parle autrement de la maniere dont elle a ſu le nom de la dame d'Oppy.

(b) La dépoſition que l'on venoit de lire à la Grenier, eſt du mois de Septembre 1769, & la confrontation dont il s'agit ici, eſt du mois de Décembre 1775.

F v

innocentes, sa place étant lucrative à proportion des captures qu'il peut faire. Elle ajouta qu'il étoit un des principaux agens du complot formé contre elle ; que sans lui & un Chevalier de Saint-Louis, elle ne seroit pas dans le cas où elle se trouvoit, & qu'elle ne finiroit pas, si elle vouloit rapporter tout le mal qu'elle avoit entendu dire sur le compte de Marais.

L'Inspecteur répliqua qu'il ne connoissoit ni le Chevalier de Saint-Louis, ni les freres du sieur d'Oppy , & qu'il n'avoit fait que mettre l'ordre du Roi à exécution. La dame d'Oppy, pour preuve de sa fausseté , répliqua que l'ordre du Roi n'étoit arrivé à Sainte-Pélagie que quinze jours après sa détention ; que la preuve en étoit consignée dans le registre de la Supérieure.

Elle rendit compte ensuite des mauvais traitemens qu'elle avoit essuyés chez la Gourdan, pour la contraindre à signer un procès-verbal qui contenoit des réponses qu'elle n'avoit pas faites; Marais ne cessant de lui répéter : » Dites » comme moi ; convenez que vous avez » couché avec plusieurs hommes , sinon » je vais vous mener dans une maison

» de force pour le reste de vos jours ;
» au lieu que si vous avouez vos fautes,
» je vous rendrai la liberté, & vous
» obtiendrez votre grace «.

Il fut question ensuite de deux lettres déposées & paraphées par Marais. Il attesta que l'une étoit écrite par la Gourdan, & l'autre par la Grenier. Cette assertion étoit fondée sur la parfaite connoissance qu'il disoit avoir de l'écriture de ces deux femmes. Celle de la Gourdan contenoit une invitation de se rendre chez elle, pour prendre des arrangemens avec un Monsieur qui paroissoit disposé à donner un bon prix. Celle de la Grenier avoit le même objet, & étoit écrite dans le même style.

La dame d'Oppy soutint qu'elle n'avoit jamais reçu ces lettres, qu'elles étoient supposées ; & cette assertion étoit appuyée de deux circonstances. La Grenier, à qui, lors de sa confrontation, on représenta pour la reconnoître, la lettre qu'on lui attribuoit, ne la reconnut pas comme l'ayant écrite à la dame dont elle avoit parlé dans sa déposition.

D'un autre côté, Marais a dit dans sa déposition, qu'il avoit trouvé ces

F vj

deux lettres dans le tiroir d'une commode placée entre les deux croifées de l'appartement que la dame d'Oppy occupoit rue du Parc-Royal. Mais elle a articulé & offert de prouver que jamais il n'y a eu de commode placée dans cet endroit.

La Gourdan qui étoit alors en fuite ne fut pas confrontée. Mais on peut joindre ici la déclaration qu'elle fit après s'être mife en prifon, dans l'interrogatoire qu'elle fubit le 5 Août 1776, fur cet objet. Elle déclara que la dame d'Oppy fut arrêtée chez elle, d'après une invitation que *Marais l'avoit forcée de lui faire*, quoiqu'elle ignorât fa demeure, & fous peine d'être punie fi elle n'obéiffoit pas à l'ordre qu'il lui donnoit.

Elle ajouta que la premiere fois que la dame d'Oppy avoit été chez elle, elle étoit accompagnée d'un Chevalier de Saint-Louis, qu'ellé dit être fon parent; que Marais & le Commiffaire Mutel, qui arrêterent la dame d'Oppy, favoient qu'elle devoit aller chez elle, par fa réponfe à l'invitation que Marais lui avoit *ordonné* de faire. » Au » refte, dit-elle, je ne fais pas au jufte

» combien de fois la dame d'Oppy eſt
» venue chez moi; mais elle y eſt ve-
» nue pluſieurs fois «.

Quant au Commiſſaire Mutel, il
fut récuſé comme s'étant rendu Partie
dans l'affaire & ayant dreſſé ſon procès-verbal ſous la dictée de Marais, &
non pas ſur ce qu'elle avoit dit, puiſqu'elle s'étoit trouvée ſi mal, qu'il lui
auroit été impoſſible de s'expliquer,
& que Marais ne ceſſoit de lui répéter
que ſi elle ne vouloit pas convenir de
ſes torts, elle ſeroit enfermée.

Le Commiſſaire répondit que ſon
procès-verbal avoit été rédigé chez la
Gourdan, en exécution des ordres qui
lui avoient été adreſſés par la Police;
qu'il avoit reçu ſes réponſes; & que,
ne la connoiſſant pas, il n'avoit aucune part aux ſtatagêmes qu'elle imputoit à ſes adverſaires & à l'Inſpecteur.

Telle eſt la maſſe des faits & des
preuves qui formoient l'objet des pour-
ſuites du ſieur d'Oppy au ſujet des déréglemens qu'il imputoit à ſa femme,
avant ſa retraite en Angleterre. Paſſons
aux imputations qui ont rapport à la conduite qu'elle tint dans ce pays.

Le fieur d'Oppy préfenta une Requête pour obtenir la permiffion d'informer fur de nouveaux faits ; & attendu que la plupart des témoins qu'il croyoit devoir faire entendre étoient domiciliés à Londres, qu'ils étoient des domeftiques & gens de peine, il demanda qu'il fût permis d'avancer à chacun des témoins, telle fomme qu'il plairoit à M. le Lieutenant-Général de fixer, à compte des falaires qui leur feroient taxés après leur dépofition. Il demanda en outre permiffion de dépofer au Greffe plufieurs lettres écrites par fa femme.

Sentence conforme à fes conclufions, & qui permit d'avancer à chaque témoin Anglois, la fomme de 240 livres.

» Les freres du fieur d'Oppy (difoit-on) avoient eu foin de fe munir d'un agent à Londres pour y chercher des témoins. Il femble que l'opération auroit été beaucoup plus fimple de les faire dépofer fur les lieux, devant le Juge national, en vertu d'une commiffion rogatoire qu'il auroit acceptée. Mais, difoit la dame d'Oppy, l'affaire du Comte de Guines, dans laquelle cette formalité s'étoit obfervée, avoit fait connoître que par les précautions que prend le Juge Anglois, il est très-difficile de réussir.

» On pensa donc qu'il seroit beaucoup plus avantageux de les faire venir à Paris, quoiqu'il eût été plus conforme aux regles de commencer par les faire entendre devant le Juge de Calais, dont on avoit pris le *pareatis* pour l'exécution de la Sentence, sauf à les appeler à Paris pour la confrontation, si elle se trouvoit nécessaire. On ne choisit point cette route, & l'on commença cette procédure par un acte trop singulier & trop important, pour n'être pas copié ici dans son entier. Il fut passé à Londres, le 29 Janvier 1776, devant Ogier, Notaire «.

Après avoir indiqué cinq témoins choisis dans ce qu'il y a de plus vil, il est dit » que, sur l'information de M. Guillaume Cottrelle, Négociant de cette ville, *agent du sieur d'Oppy*, il y avoit une plainte incidente rendue par M. d'Oppy contre la dame son épouse, tendante à fin de permission d'informer des faits de prostitution de ladite dame pendant son séjour à Londres, & que ledit sieur Guillaume Cot-

trelle ayant appris que les comparans
(qui font les cinq temoins) avoient
des connoiſſances évidentes de ladite
proſtitution : je dit Notaire à la requête
dudit ſieur Guillaume Cottrelle, ai in-
vité les comparans à ſe trouver aujour-
d'hui dans mon étude, où je leur ai
donné l'avis ci-deſſus, les invitant de
la part dudit ſieur Guillaume Cottrelle,
à ſe rendre directement à Paris pour y
être admis en dépoſition ſur les faits de
ladite plainte, & y être récolés, &, ſi
beſoin eſt, confrontés avec ladite dame.

» A quoi leſdits comparans ont répondu que pour aider à Juſtice, ils
étoient près de partir de cette ville
pour Paris, obſervant néanmoins qu'il
leur ſera impoſſible de le faire, n'ayant
point le moyen de fournir aux frais
néceſſaires pour ſe tranſporter à Paris,
*étant tous gens qui gagnoient leur
pain journellement, & n'avoient pas le
moyen de faire des frais extraordinaires.*

» Sur quoi eſt comparu auſſi par-devant moi ledit ſieur Guillaume Cottrelle, lequel a répliqué aux comparans, que *la prudence dudit ſieur d'Oppy,* appuyée de l'autorité des Loix,

avoit pourvu à cette objection, & que
le Tribunal devant lequel les informations devoient se faire, sur la requête
observatoire dudit sieur d'Oppy, avoit
permis à ce dernier de fournir aux comparans, & à chacun d'eux provisoire-
ment, une somme de 240 livres tournois, ou dix guinées, ou dix louis d'or,
pour subvenir aux frais dudit voyage;
la Justice se réservant d'ordonner à chacun des comparans, telle autre somme
qu'elle jugera devoir leur être payée pour
leurs salaires, perte de temps & frais
de retour.

» De quoi chacun des comparans a
paru satisfait; & en conséquence eux
& chacun d'eux séparément, pour eux-
mêmes & lui-même, déclarant avoir
reçu comptant dudit sieur Cottrelle la
somme de 240 livres tournois en dix
guinées, au moyen de laquelle eux &
chacun d'eux se soumettent à la condition sous laquelle la Justice a accordé
audit sieur d'Oppy de faire cette avance; & moyennant le payement à eux
ainsi fait sur le champ par ledit sieur
Guillaume Cottrelle en présence de moi
dit Notaire, le reçu duquel eux & chacun d'eux reconnoît par les présentes,

chacun defdits comparans m'ont promis
à moi dit Notaire de fe pourvoir con-
jointement d'une voiture pour partir
demain le trentieme jour du préfent
mois de Janvier, pour fe rendre à Douvres, & de là s'embarquer pour Calais,
où ils defcendront chez le fieur Deffein,
Aubergifte, & là, de concert avec ledit
Deffein, ils prendront une voiture convenable pour fe rendre à Paris & obéir
à Juftice; de tout quoi acte étant requis
de moi dit Notaire par ledit fieur Guillaume Cottrelle, agent dudit fieur
d'Oppy, je lui ai accordé les préfentes pour valoir & fervir ce que de
raifon «.

C'eft en conféquence de cet acte,
que les cinq témoins Anglois font venus
débarquer à Calais, où ils ont été affi-
gnés : de là ils fe font rendus à Paris, où
ils ont defcendu dans la même auberge, & ont été entendus en dépofition
le 9 Février, avec le fecours d'un Interprete. Nous allons rendre compte de
leurs dépofitions, en faifant le tableau
de la confrontation.

Le premier que l'on a fait paroître, a
été le nommé Charles Cottrelle. La
dame d'Oppy lui a déclaré qu'elle le

connoiſſoit ; qu'elle l'avoit vu à Londres domeſtique chez la dame de Fontenelle ; que ſa mere étoit de la ville
de Douai , & ſon pere Négociant à
Londres. Qu'elle étoit fort ſurpriſe de
ce que , parlant le François , il ſe fai-
ſoit aſſiſter par un Interprete ; & a demandé qu'il fût interpellé ſur ces faits ,
& ſinguliérement ſi les François qui venoient à Londres ne le prenoient pas
quelquefois pour domeſtique.

Cottrelle a été forcé de convenir *qu'il
parloit & entendoit le François, mais
qu'il ne l'entendoit pas aſſez pour pouvoir engager ſa conſcience dans une
affaire auſſi délicate ; que d'ailleurs il
avoit reſté un temps conſidérable ſans
avoir l'uſage de parler François, en-
ſorte qu'il pourroit ne pas bien entendre ce qu'on lui diroit , ou ne pas rendre exactement ſa réponſe.* Que des
malheurs qu'il avoit éprouvés dans le
commerce , l'avoient brouillé avec ſon
pere , & qu'il étoit entré dans le ſer-
vice. Qu'il connoiſſoit la dame d'Oppy , pour l'avoir vue demeurer chez un
Marchand de tabac, & depuis dans une
maiſon appelée la *Cour du Sceptre* ,

où elle étoit entretenue par le sieur Norton.

La dame d'Oppy a continué de soutenir que Cottrelle parloit très-bien le François, & a offert de le faire certifier tant par la dame de Fontenelle, que par le sieur Rittberg, Lieutenant-Colonel du Régiment de Beaufremont, & par le sieur Taaff, Anglois qui étoient alors à Paris.

Au surplus, elle a proposé pour reproches contre ce témoin, qu'il étoit un mauvais sujet, que son pere & sa belle-mere avoient chassé de chez eux, & qui, par ses escroqueries, les avoit mis dans le cas de ne vouloir plus en entendre parler. Cottrelle est encore convenu que par son inconduite il avoit dissipé son bien & celui de sa femme; que se voyant sans ressource, il s'étoit fait laquais & ensuite soldat; mais qu'il avoit expié ses fautes, & que son pere avoit eu la bonté de lui rendre ses bonnes graces.

La dame d'Oppy a insisté, & lui a demandé s'il n'étoit pas vrai qu'en sortant de la maison où il étoit laquais, pour voler au secours de l'Etat, il n'avoit pas emporté, sans le consentement de son maître, l'habit que celui-ci ne lui avoit pas donné. Cottrelle avoua encore ce fait par un modeste silence.

Enfin la dame d'Oppy a observé que si ce témoin n'avoit pas été gagné par argent & suborné par les promesses d'une grande récompense, il n'auroit pas passé la mer, pour venir déposer dans une affaire qui lui étoit étrangere, & qui étoit déjà ancienne. Cottrelle a répondu qu'il n'avoit compté que sur ce que la Justice lui donneroit, & qu'il n'avoit accepté de venir en France, que parce que sa conscience ne lui permettoit pas de taire ce qu'il savoit sur l'Accusée.

Au surplus, la déposition de ce témoin portoit en substance, qu'il avoit fait la connoissance de la dame d'Oppy, lorsqu'elle demeuroit chez le sieur Cook, Marchand de tabac, où elle étoit entretenue par le sieur Clarke, ce qui ne l'empêchoit pas d'aller très-souvent dans des *bagnio*. Que s'étant présentée dans un comme une Marchande de modes qui voudroit être entretenue, elle avoit accepté les offres d'un sieur Norton, Chirurgien à Londres, qui avoit chargé le fieur Right, fon ami, de louer une maifon pour elle, & de la meubler. Qu'elle avoit vécu environ deux ans avec le fieur Norton, qui paffoit les nuits chez elle; après quoi il l'avoit mife à la porte à caufe de fa mauvaife conduite.

Qu'alors fe trouvant fans reffource, elle s'étoit retirée chez la dame de Fontenelle, qui étoit une femme du monde, & y avoit demeuré trois ans ou environ, pendant lequel temps il avoit été chargé par la dame d'Oppy, qui vouloit fe raccommoder avec le fieur Norton, de lui porter des lettres; mais que celui-ci les avoit refufées, en difant qu'elle étoit une très-méchante femme; que fi elle avoit eu de la conduite, il ne l'auroit pas laiffé manquer.

La dame d'Oppy déclara qu'elle ne fe fouvenoit pas d'avoir demeuré chez le fieur Cook; & interpella le témoin de dire comment il avoit fait fa connoiffance.

Il a répondu qu'il demeuroit dans un quartier éloigné; que fes affaires l'ont mené dans le quartier où demeuroit la dame d'Oppy; que le hafard lui a fait voir une grande femme affez

bien faite ; que cela a piqué sa curiosité ; qu'alors il s'est rappelé qu'il connoissoit la fille de Cook , & avoit su
d'elle que la personne dont il s'infor-
moit , étoit une dame Françoise , entretenue par le sieur Clarke ; qu'un garçon de *bagnio* étoit venu demander à
la dame d'Oppy sa récompense d'usage , pour lui avoir procuré la connoissance du sieur Norton , & que le sieur
Right étoit venu la prendre dans la
maison de Cook , pour la transférer
dans celle qu'il avoit été chargé de lui
louer.

La dame d'Oppy est convenue qu'elle
avoit demeuré dans une maison que
le sieur Norton lui avoit prêtée par générosité , & dans la vûe de lui faire du
bien ; mais elle a dénié le surplus , &
a interpellé Cottrell de déclarer s'il
l'avoit vue commettre des indécences
avec qui que ce fût. Sa réponse a été
que non , parce qu'en pareil cas on
ne prenoit pas de témoins ; mais que
tout le monde la connoissoit pour une
femme entretenue ; & singuliérement
le sieur Right , qui seroit venu déposer , s'il n'avoit pas été malade.

Il est vrai, dit la dame d'Oppy , que

le fieur Right eft un mauvais fujet ;
mais le fieur Norton eft un homme
généreux qui foutient plufieurs familles,
& qui lui avoit fait du bien. Qu'il en
étoit de même du fieur Clarke, fans
qui elle feroit morte de faim en arrivant en Angleterre ; mais qu'elle n'a-
voit jamais été dans aucun lieu public,
& n'avoit pu par conféquent y faire la
connoiffance du fieur Norton. Que, s'il
en avoit été queftion entre lui & elle,
ils n'auroient pas pris pour leur confident, un domeftique qui avoit toujours
été un très-mauvais fujet.

La dame d'Oppy ayant fupplié M. le
Lieutenant-Général d'obferver que l'Interprete, également dévoué à fes adver-
faires, avoit non feulement fait les réponfes du témoin, mais même y avoit
mis du fien ; Ce**elle, fur l'inter-
pellation qui lui a été faite, s'eft empreffé de répondre en François, que
l'Interprete avoit plutôt dit du moins
que du plus. Une déclaration auffi précipitée ne permet pas de douter que
ce n'eft pas fans raifon que, quoiqu'il
fût le François, il a eu la mauvaife
foi d'exiger que l'Interprete, en qui on
lui avoit dit d'avoir confiance, parlât

pour

pour lui. On verra par la suite le motif de cette précaution.

On a ensuite fait paroître Thomas Rogers, garçon de *bagnio* (a), que la dame d'Oppy a affirmé ne pas connoître, mais qu'elle a reproché comme étant par son état un infame, accoutumé à vendre l'honneur des femmes qui veulent se prostituer, & par conséquent le sien; que s'il n'avoit pas été suborné par ses ennemis, & non par son mari, qui n'en étoit pas capable, il n'auroit pas passé la mer pour déposer dans une affaire où il étoit sans intérêt.

Le témoin s'est défendu de cette inculpation bien singuliérement. Il a prétendu que la profession de Marchand de vin n'étoit pas déshonorante : que pour le devenir, il falloit avoir fait son apprentissage dans un *bagnio*; que quand on en étoit sorti, on étoit sur le même ton que les autres Bourgeois, parce que les *bagnio*, que le Gouvernement autorise, ne sont point infa-

_____

(a) C'est le mot anglois qui répond à celui par lequel on exprime, en françois, un lieu de prostitution.

Tome VI.　　　　　G

mes. Il a même offert de prouver que ces lieux n'étoient tenus que par des Marchands de vin.

La dame d'Oppy n'ayant pas fourni d'autres reproches contre un témoin qu'elle ne connoiffoit pas, lecture a été faite de fa dépofition, contenant en fubftance, qu'il avoit vu fur la fin de 1769, la dame d'Oppy venir dans fon bagnio avec le fieur Norton, dont elle avoit fait la connoiffance dans un autre bagnio; que n'en ayant pas récompenfé le garçon comme il eft d'ufage, il étoit venu chez elle lui demander fon payement; qu'elle en avoit fait fes plaintes au fieur Norton, qui depuis n'a-voit plus voulu retourner dans ce ba-gnio. Il a ajouté que la dame d'Oppy étoit venue fouvent dans fon bagnio avec & fans le fieur Norton; qu'elle lui avoit demandé plufieurs fois de lui procurer des hommes, en lui promet-tant trois guinées, & qu'il l'avoit effec-tivement préfentée à plufieurs perfon-nes; qu'il étoit fûr qu'elle avoit reçu différentes fois une guinée, qu'un jour elle en avoit reçu deux ou trois, pour-quoi elle lui avoit donné quatre ou cinq fchelings; qu'il avoit fu de tous les au-

tres garçons de bagnio, que la dame
d'Oppy leur faifoit les mêmes propofitions, & qu'elle y avoit une très-
mauvaife réputation, parce qu'elle diffimuloit ce qu'elle recevoit pour leur
donner moins ; que l'on ne devoit pas
douter que les hommes dont elle avoit
eu de l'argent, avoient eu fes faveurs,
parce que c'eft l'ufage ; que depuis, le
fieur Norton l'avoit entretenue, &
avoit vécu avec elle pendant deux ans.

La dame d'Oppy nia tous ces faits,
& ajouta qu'elle n'avoit jamais été dans
aucun bagnio, & que fi elle y avoit
été trouvée par le fieur Norton, qui
eft un homme honnête, bienfaifant
& très-riche, il n'auroit pas voulu lui
donner des fecours & la loger dans une
maifon à lui ; qu'il ne s'y étoit déterminé qu'après s'être informé chez l'Ambaffadeur de France, fi elle étoit de
bonne famille ; qu'un Gentilhomme
François qui étoit chez l'Ambaffadeur,
lui en avoit fait le détail, & lui ayoit
dit qu'il étoit charmé de ce qu'elle
avoit trouvé les moyens de fubfifter
honnêtement, fachant que fes ennemis empêchoient fon mari de lui envoyer des fecours.

G ij

Rogers répliqua que le sieur Norton, après avoir vécu avec elle pendant deux ans, l'avoit mise à la porte sans lui laisser emporter que les hardes qui étoient sur elle. Il a ajouté que Laud, maître d'un bagnio, avoit passé plusieurs fois des heures entieres avec elle, tant en la compagnie du sieur Norton, que sans lui, & que même il étoit arrivé au sieur Laud de sortir une fois avec elle dans un carrosse.

La dame d'Oppy répondit que le sieur Norton étant sujet à se prendre de vin, son frere qui vouloit avoir sa maison, avoit saisi un moment d'ivresse pour le faire consentir à ce qu'elle en fût expulsée ; mais que le sieur Norton revenu à lui-même, & convaincu de la fausseté des mauvais rapports qui lui avoient été faits, avoit fait mettre ses hardes & linges dans un coffre qui lui avoit été envoyé par le sieur Clarke, & qu'elle avoit déposé dans la maison voisine, occupée par les sieur & dame Vaillant.

Que d'ailleurs, la maison que lui avoit prêtée le sieur Norton, & qu'elle tenoit seule, avoit plusieurs étages meublés ; en sorte qu'elle n'avoit pas besoin d'aller avec lui dans des bagnio pour s'y mal comporter, si elle en avoit été capable, ni même d'y aller chercher des hommes, lorsqu'elle avoit la liberté de voir chez elle toutes sortes de personnes.

Le témoin ayant persisté dans ses allégations, la dame d'Oppy a demandé qu'il fût interpellé quel intérêt il avoit de s'informer comment elle avoit été renvoyée de la maison du sieur Norton. Il a répondu qu'il en avoit été instruit par le bruit public, & que les femmes qui fréquentoient son bagnio lui en avoient dit toutes les circonstances, dont *il croyoit se ressouvenir*, malgré le laps de temps.

Comparut ensuite un Porteur de chaise, nommé *Jean Dalley*, que la dame d'Oppy n'a pas reconnu. Le témoin, au contraire, a soutenu qu'il l'avoit vue demeurer dans la Cour du Sceptre, & qu'elle s'appeloit la dame d'Oppy.

Sur le reproche qu'il étoit un malheureux qui s'étoit laissé suborner pour passer la mer, il a répondu *que, par ses sentimens & sa conduite, il étoit au dessus d'elle; qu'un porteur de chaise valoit infiniment mieux qu'une P.* ;

G iij

qu'il n'avoit jamais vu qui que ce soit de la famille, si ce n'est une personne qu'il avoit apperçue dans la cour du Palais, & qu'on lui avoit dit être un des parens. Que les Seigneurs Anglois, qui étoient à Paris, pourroient certifier ses mœurs. Que depuis trois ans, il occupoit *une maison de 52 livres sterlings*, ce qui prouvoit qu'il n'étoit pas un manant. Qu'il étoit venu pour rendre témoignage à la Justice, & déposer des mauvais traitemens que la dame Norton avoit supportés au sujet de l'Accusée.

Sa déposition contient en substance, qu'il avoit connu la dame d'Oppy en 1770; qu'elle étoit entretenue par le sieur Norton, fameux Chirurgien, qui a 25000 livres sterlings de rente, qui lui donnoit deux guinées par semaine pour ses dépenses de bouche, des robes, & de l'argent pour ses menus plaisirs. Que pendant ce temps, qui avoit duré deux années, lui & son camarade l'avoient portée dans plusieurs bagnio, & très-souvent chez Milord Marche & le sieur Wilks, Lord-Maire de Londres, qui lui rendoient de fréquentes visites.

Qu'il avoit la confiance du sieur Norton, qui lui faisoit faire ses commissions ; & que toutes les fois qu'il est entré dans la chambre de la dame d'Oppy, il les a trouvés couchés dans le même lit. Que le sieur Norton ayant appris qu'elle couroit les bagnio, l'avoit chargé de l'espionner, ce qu'il avoit fait pendant dix-huit jours, & avoit vu entrer chez elle jusqu'à quatre hommes par jour. Qu'il alloit tous les soirs chez le sieur Norton pour lui en rendre compte, mais qu'il ne l'avoit trouvé que le dix-huitieme jour ; & que lui ayant dit qu'il y avoit un homme chez la dame d'Oppy, le sieur Norton étoit venu le vérifier, & lui avoit ordonné en sortant, de rester à la porte jusqu'à son retour. Que le sieur Norton, ayant pris un exécutoire du Juge pour expulser la dame d'Oppy, étoit revenu quelque temps après, avec son frere & un Avocat, qui l'avoient mise à la porte sans lui laisser emporter que ce qu'elle avoit sur son corps, ne sachant au surplus ce que la dame d'Oppy étoit devenue depuis.

Il savoit, a-t-il ajouté, que cette dame avoit été entretenue par le sieur Clarke avant le sieur Norton, & qu'elle

G iv

se servoit d'un pauvre commissionnaire pour porter ses lettres au sieur Clarke. Qu'elle étoit très-fâchée de le voir entrer dans sa chambre pendant qu'elle étoit au lit avec le sieur Norton ; mais que celui-ci, qui est un homme très-violent, l'exigeoit absolument ; que la dame Norton, qui savoit que son mari entretenoit la dame d'Oppy, s'étoit plaint, à lui témoin, des mauvais traitemens qu'elle éprouvoit à son sujet. Qu'elle lui avoit un jour montré ses épaules qu'il avoit vues toutes coupées à coups de fouet, qui avoient porté jusque sur son sein. Que d'autres fois, il lui avoit vu les yeux tout noirs, & toujours à cause de la dame d'Oppy, chez qui il venoit tant de monde en chaises à porteurs, que les voisins en étoient incommodés, & vouloient dénoncer sa maison à la Justice pour être interdite. Qu'elle avoit même l'apparence d'un mauvais lieu, vu qu'il y a à la porte une sonnette comme à tous ces endroits : ce qui n'est pas d'usage dans les maisons bourgeoises, où il y a des marteaux à la porte.

La dame d'Oppy est convenue que le sieur Norton lui avoit rendu des ser-

vices pendant tout le temps de fon féjour en Angleterre , dans la vûe de lui
faire du bien & de l'encourager à la
patience, parce qu'il comptoit qu'elle
pourroit obtenir fa liberté , & que fes
ennemis , fachant qu'elle n'étoit pas
dans la mifere , ne fe flatteroient plus
que le befoin la forceroit à des démarches contraires à fon honneur. Mais
elle a foutenu que tout le furplus de
la dépofition du témoin ne contenoit
que des menfonges & des abominations.

Dalley lui a répondu qu'elle étoit
une P. connue, qu'il l'avoit portée dans
les bagnio, & qu'il l'avoit vue couché
avec le fieur Norton. Mais la dame
d'Oppy lui a foutenu qu'il étoit un
menteur , & a articulé que , tant qu'elle
avoit été à Londres, elle ne s'étoit pas
fervie une feule fois d'une chaife à porteur. Alors Dalley l'a interpellée de foutenir fes dénégations devant le Chrift ,
ajoutant que dans la cour où elle avoit
demeuré , elle étoit connue fous le nom
de P. Françoife ; ce qu'il étoit en état
de prouver par un très-grand nombre
de témoignages.

La dame d'Oppy fe défendit de cette

nouvelle attaque, en difant qu'elle avoit
eu un certificat figné par plus de foixante
perfonnes de fon voifinage, légalifé par
M. le Comte de Guines, & contre-fi-
gné par fon Secrétaire; qu'il avoit été
fait fous ferment devant le Commiffaire du quartier, & que fi elle avoit tenu
une mauvaife conduite, M. le Comte
de Guines n'auroit pas écrit à fes parens pour les engager à lui donner
des fecours; que M. Francès, Miniftre Plénipotentiaire du Roi en Angleterre, avoit bien voulu s'intéreffer pour
elle; qu'elle voyoit tous fes voifins,
notamment la dame Vaillant & fa fille,
avec qui elle avoit été deux ou trois
fois à la promenade.

La demoifelle Vaillant, répondit
Dalley, étoit & eft une P. privée, qui
eft pire qu'une P. commune telle que
vous.

A la fuite d'un combat auffi opiniâtre, on fit paroître Marie Winlow,
fervante d'un Bourgeois de Londres,
que la dame d'Oppy n'a pas connue,
mais qu'elle a accufée de s'être laiffé
fuborner, & qui ne feroit pas venue
de fi loin, avec quatre hommes, pour
dépofer dans une affaire qui ne la con-

cernoit pas, si elle n'étoit pas une fille de mauvaise vie.

La Winlow a nié la subornation. Sa déposition contient en substance, que la dame d'Oppy étant venue, en 1770, occuper une maison appartenante au sieur Norton, elle s'étoit liée avec la servante de cette dame, qui l'avoit un jour envoyée dans la chambre à coucher de sa maîtresse chercher un réchaud; qu'elle y avoit vu la dame d'Oppy dans le lit avec le sieur Norton, son bras autour de son cou; que, quoique le sieur Norton l'entretînt & lui donnât suffisamment, elle s'abandonnoit au premier venu, & qu'il y avoit souvent à sa porte cinq à six chaises à porteurs; que Milord Marche y venoit très-souvent, & que le sieur Norton, offensé de son inconduite, l'avoit fait sortir de sa maison, après avoir cassé une guittare & jeté au feu la coiffe qu'elle avoit sur sa tête; qu'au surplus, la dame d'Oppy étoit connue dans son quartier pour une femme prostituée à tout venant.

La dame d'Oppy, après avoir observé qu'il n'étoit pas vraisemblable que cette fille, qu'elle ne connoissoit pas,

G vj

fût entrée chez elle, sur-tout lorsqu'elle étoit au lit avec le sieur Norton, qui lui avoit bien recommandé de se tenir en garde contre les voleurs, a demandé qu'elle fût interpellée de déclarer à quel étage étoit sa chambre à coucher.

Cette fille ayant répondu qu'elle étoit dans le parloir du derriere au rez de chaussée, la dame d'Oppy a assuré qu'elle avoit toujours couché au premier, & jamais avec le sieur Norton, qui, dans ses libéralités, n'avoit jamais eu que des vûes très-honnêtes ; que si elle avoit voulu faire du mal, elle se seroit retirée dans les appartemens du haut, où les domestiques n'entroient pas ; qu'elle ne recevoit chez elle que quelques Seigneurs Anglois ou François, qui n'y étoient jamais venus en chaises à porteurs ; en sorte qu'on ne pouvoit pas en avoir vu cinq ou six devant sa porte ; que Milord Marche étoit venu quelquefois chez elle pour la prier à dîner quand il avoit du monde, & que tout ce que cette fille avoit dit sur son expulsion étoit faux, puisque le sieur Norton n'y avoit pas assisté.

La Winlow persista dans sa déposition, & paſſa même ſon bras autour du cou du Greffier, pour peindre l'attitude dans laquelle elle prétendoit avoir trouvé la dame d'Oppy.

Enfin l'on a préſenté George Pardons, ci-devant garçon de bagnio, que la dame d'Oppy a déclaré ne pas connoître, mais qu'elle a reproché, tant par l'infamie de ſon état, que par la ſubornation.

Pardons a ſoutenu qu'il étoit d'une profeſſion honnête ; que pour devenir Marchand de vin, il falloit faire ſon apprentiſſage dans un bagnio, & qu'il en avoit couté à ſon pere 80 guinées ; que depuis, il en avoit tenu un à 100 livres ſterlings par an ; que ces lieux n'étoient déshonorans que pour les femmes qui venoient s'y proſtituer, & non pour leurs maîtres & leurs garçons ; qu'il y avoit vu venir la dame d'Oppy avec ou ſans le ſieur Norton, & qu'elle en connoiſſoit très-bien toutes les pratiques.

La dame d'Oppy a demandé que ce témoin fût tenu de déclarer ſi, en Angleterre, il n'arrivoit pas aux femmes honnêtes d'aller aux bagnio. Pardons eſt convenu que, quand on y te

noit des bains chauds ou froids, les
femmes y alloient pour se baigner ou
pour se rendre fertiles ; mais que dans
ceux dont il avoit parlé, n'y ayant pas
de bains, on n'y voyoit que des femmes
libertines & intéressées.

Ce préliminaire rempli, lecture a été
faite de sa déposition, contenant en
substance, que vers la fin de l'année
1769, il avoit vu une Françoise, qu'on
lui avoit dit s'appeler la dame d'Oppy,
se présenter souvent dans son bagnio &
même dans d'autres ; qu'elle attendoit
dans la chambre où se tiennent les
femmes prostituées ; qu'il l'avoit présentée à plusieurs hommes, & entre
autres au Capitaine Specer ; sur quoi
il est entré dans un détail trop obscene
pour pouvoir être rapporté ; qu'elle est
venue très-souvent dans le bagnio avec
le sieur Norton, qui l'entretenoit ; qu'un
soir elle étoit venue en carrosse à la porte
du bagnio de la fontaine ; que Laud,
un des Maîtres, étoit monté dans la
voiture, & avoit dit au cocher de les
conduire à un autre bagnio, où il y a
des lits, & qu'il étoit sûr qu'ils y avoient
passé la nuit, parce que la première fois

que Laud avoit vu la dame d'Oppy, il avoit dit : Quand cette femme reviendra, j'irai coucher avec elle.

La dame d'Oppy a démontré, par des raisons de convenance, & en invoquant le témoignage des François qui alloient chez elle, que cette déposition étoit contre toute vraisemblance.

Au surplus, elle a déclaré qu'elle n'avoit jamais connu le Capitaine Specer. Qu'il étoit vrai que, quand le sieur Norton étoit ivre, il se faisoit quelquefois descendre chez elle, & se jetoit sur le lit, au rez de chaussée, où elle lui donnoit tous les secours dont il avoit besoin ; jusqu'à passer la nuit auprès de lui avec ses domestiques, parce que la fermentation des liqueurs dont il étoit rempli, lui occasionnoit une fievre très-violente ; qu'elle auroit cru manquer de reconnoissance, si, lorsque sa santé étoit compromise, elle n'avoit pas pris soin de lui.

Le témoin répliqua que les porteurs de chaise, qui avoient amené la dame d'Oppy au bagnio, lui avoient dit son nom, & qu'il l'avoit encore su par le garçon qui l'avoit suivie afin d'avoir la rétribution usitée, pour lui avoir pro-

curé la connoiſſance du ſieur Norton;
qu'il ſe pouvoit faire que le Capitaine
Specer ne lui eût pas dit ſon nom,
parce que c'eſt aſſez l'uſage des hommes
qui fréquentent les bagnio; mais que ſa
dépoſition étoit véritable.

La dépoſition du Marquis de . . . .
contient en ſubſtance, que la dame
d'Oppy alloit ſouvent chez des femmes publiques, pendant ſes différens ſéjour à Paris; qu'étant parti pour
Londres au commencement de 1770,
il avoit vu la dame d'Oppy, qui étoit
entretenue par un Chirurgien dont il
ne ſe rappeloit pas le nom, & lui
avoit repréſenté combien elle s'oublioit. Qu'elle en avoit rougi & pleuré, & avoit paru vouloir changer de
conduite; mais qu'elle avoit toujours
continué, & qu'on lui avoit même dit
qu'elle alloit dans les bagnio, qui ſont
des lieux de proſtitution publique.

La dame d'Oppy a interpellé le témoin
de déclarer par qui il avoit ſu qu'elle
alloit à Paris chez des femmes publiques. Il répondit qu'il ne s'en ſouve-
noit pas. Elle ſoutint qu'elle n'avoit jamais été que chez la Goudan, où elle
avoit été conduite par un Chevalier de

Saint-Louis qui lui en avoit imposé.
Au surplus, elle est convenue des visites du témoin; mais elle lui a demandé
si toutes les fois qu'il étoit venu chez
elle, il ne l'avoit pas trouvée seule &
sans le sieur Norton, & si sa maison
& son domestique n'avoient pas le ton
de l'honnêteté.

Le témoin en étant encore convenu,
la dame d'Oppy a soutenu que le sieur
Norton ne l'avoit jamais entretenue
comme sa maîtresse, mais par pure générosité, pour une femme qu'il voyoit
abandonnée, & sans aucun mauvais dessein, puisqu'il y venoit très-rarement.

Le sieur de . . . . lui ayant dit
qu'elle lui avoit fait la confidence
qu'elle vivoit avec le sieur Norton,
elle lui a répondu que le connoissant
pour ami de son ennemi, qui étoit,
ainsi que lui, dans le Régiment du.....
si le fait eût été vrai, elle n'auroit
pas eu l'imprudence d'en convenir.
Qu'il avoit sans doute oublié qu'elle
n'avoit parlé que de la générosité du
sieur Norton, & qu'elle n'avoit pleuré
que parce que sa conversation lui rappeloit les malheurs dont elle étoit ac-

cablée par les perfécutions de fes ennemis.

Elle a encore interpellé le témoin
de déclarer par qui il avoit fu qu'elle
alloit dans les bagnio ; il a répondu
qu'il ne s'en fouvenoit pas ; & cependant il a foutenu qu'il fe rappeloit
très-bien ce qu'il avoit dit à Londres,
il y avoit plus de fix ans, à une femme
qui n'étoit ni fa parente ni fon amie.

On a enfuite fait paroître le fieur
T.... de V...., dont la dépofition eft
on ne peut pas plus finguliere.

Il a dit qu'au mois d'Avril 1768,
la Gourdan ou la Grenier lui avoit
annoncé que la dame d'Oppy défiroit
le connoître ; qu'il y avoit été, & lui
avoit propofé vingt louis par mois ;
mais qu'elle avoit répondu qu'il falloit
commencer par fe connoître. Qu'étant
un jour chez elle, fur la peinture qu'elle
lui fit de fon embarras, il lui avoit
offert vingt-cinq louis, qu'elle avoit re-
fufés en difant : Non, Monfieur, quand
nous aurons fait affaire enfemble, &
quand nous nous connoîtrons mieux.
Qu'une autre fois, comme il la preffoit
beaucoup, elle dit qu'elle étoit incom-

modée, qu'il falloit attendre que son
indifpofition fût paffée, & le remettoit ainfi de jour en jour. Qu'enfin étant
retourné quelque temps après chez cette
dame, on lui avoit dit qu'elle étoit
partie la nuit.

La dame d'Oppy s'en eft tenue à une
fimple dénégation de tous ces faits.

Reftoit à s'expliquer fur des lettres
que le fieur d'Oppy avoit jointes à la
procédure, & qu'il prétendoit que fa
femme avoit écrites au fieur Clarke
pendant qu'elle étoit en Angleterre. Il
en a beaucoup été parlé dans le fecond
interrogatoire que l'on a fait fubir à la
dame d'Oppy ; & d'abord on lui a demandé comment & où elle avoit fait
la connoiffance du fieur Clarke ? — » Je
» l'ai connu, parce que j'ai demeuré chez
» lui, ayant appris qu'il y avoit dans fa
» maifon une chambre à louer «.

» Avec quoi viviez-vous pendant que
» vous avez demeuré chez le fieur Clar-
» ke ? — J'avois reçu environ vingt
» louis de France, qui m'avoient aidée
» à vivre, & on m'en avoit prêté à
» Londres «.

» Qui avoit meublé l'appartement que
» vous occupiez ? — Il étoit tout meu-

» blé, & je le louois dix-huit fchelings
» par femaine «.

» Quand avez-vous fait connoiffance
» du fieur Clarke ? — Quelques mois
» après que j'étois venue demeurer dans
» fa maifon; je dînois & foupois avec
» lui, quand il rentroit chez lui, at-
» tendu que j'y étois en penfion «.

» Pour quel motif en êtes-vous for-
» tie ? — N'ayant point d'argent, je ne
» pouvois pas le payer ; d'ailleurs j'avois
» appris qu'il étoit en relation avec mes
» ennemis «.

» Depuis votre fortie, n'avez-vous
» pas cherché à vous raccommoder avec
» lui? — Non «.

» Lui avez-vous parlé, & ne l'avez-
» vous pas engagé par écrit à venir vous
» voir? — Quand j'étois en penfion
» chez lui, je n'avois pas été dans le
» cas de lui écrire, & je ne lui avois
» pas écrit. Je ne me fouviens pas fi je
» l'ai vu depuis; mais je ne lui ai point
» écrit «.

Pour la convaincre de la prétendue
fauffeté de fes réponfes, on lui a repréfenté dix lettres, dont cinq à l'adreffe
du fieur Clarke, & les cinq autres fans
adreffe. Elle a été fommée de les recon-

noître, figner & parapher, & de dire fi ce n'étoit pas elle qui les avoit écrites. — » Elles ne font pas de moi, dit-elle » après les avoir examinées; elles font » fauffes ; & je n'ai jamais écrit au fieur » Clarke «. Elle refufa de les figner.

» En arrivant à Londres, lui dit le » Juge, n'avez-vous pas été dans diffé- » rens bagnio, où vous avez fait la con- » noiffance du fieur Clarke ? — Je n'y » ai jamais été; j'en ai fait la connoif- » fance dans fa maifon «.

» Ne vous entretenoit-il pas à titre » de maîtreffe? — Non. Dans le com- » mencement, je lui ai payé une pen- » fion, & n'ai ceffé de la payer que » lorfque je n'ai plus eu d'argent «.

» Ne vous êtes-vous pas brouillée » avec le fieur Clarke, parce que vous » meniez une vie libertine avec plu- » fieurs perfonnes, & alliez dans dif- » férens bagnio? — Il n'avoit aucun » droit de veiller fur ma conduite, » qui d'ailleurs étoit très-bonne «.

On lui a préfenté la lettre n°. 1, d'où il réfultoit une liaifon intime entre elle & le fieur Clarke. A dit que ces lettres étant fauffes, ne pouvoient faire preuves.

Pour lui prouver qu'elle avoit été
entretenue par le fieur Clarke, avec qui
elle vivoit, on lui a repréfenté la lettre
n°. 4, où fe trouvent ces mots : » Je
» n'en veux qu'à moi-même de per-
» dre un cœur qui m'intéreffoit; j'au-
» rois fouhaité avoir affez d'agrémens
» pour le retenir : au moins foyez mon
» ami «. Et dans un autre endroit : » Je
» fais mon poffible pour m'arracher à
» ces fentimens qui me tiraillent «.
Ailleurs : » Non, Monfieur, je ne rou-
» gis point des fentimens qui m'occu-
» pent; je fuis pénétrée de reconnoif-
» fance pour vous. Envoyez ces lettres
» à mes parens, fi vous voulez. Encore
» une fois, je n'en fais pas myftere «.
    » Réfléchiffez, Monfieur, un inftant,
» dit-elle ailleurs, à ma malheureufe
» fituation, à la tyrannie de mes parens,
» que rien ne peut fléchir, dans un pays
» étranger, où tout me manque, fans
» amis, puifque je vous ai perdu. Que
» voulez-vous que je faffe «?
    Quoique ces lettres ne continffent
rien d'où l'on pût conclure autre chofe
qu'une liaifon d'amitié entre la perfonne qui les écrivoit & celle qui les

recevoit, la dame d'Oppy ne laiſſa pas de les déſavouer conſtamment.

Telles étoient les charges qui formoient le Procès intenté & ſuivi contre la dame d'Oppy ; & c'eſt ſur le fondement de ce Procès, que ſon mari demanda que ſa femme fût déclarée atteinte & convaincue du crime d'adultere & de proſtitution publique à prix d'argent.

La dame d'Oppy ſe défendit d'abord par des fins de non-recevoir tirées de la Loi. Que les faits de la premiere plainte du mari fuſſent réels ou non, le ſieur d'Oppy ne pouvoit plus en faire la matiere d'une accuſation, pour deux raiſons : il a puni ; il a pardonné.

Il a puni. La Nature, chez tous les Peuples, les mœurs chez pluſieurs, les Loix poſitives chez quelques-uns, ont élevé au mari un Tribunal domeſtique, d'où il peut, Juge ſuprême, & ſans le ſecours des formes, infliger à ſa compagne infidelle les peines que mérite ſon crime. Si notre Légiſlation a envié au mari cette juriſdiction, cette eſpece de magiſtrature privée, le Gouvernement a cru devoir, en quelque ſorte, l'en dédommager. Jamais un

mari outragé par fa femme dans la portion la plus fenfible de lui-même, n'a vai-
nement réclamé contre elle l'autorité
fouveraine; il eft fûr d'y trouver la vengeance que fa délicateffe & la crainte
d'une publicité fcandaleufe l'empêchent
de chercher dans les Tribunaux. C'eft
ordinairement fur lui que le Miniftre
fe repofe du foin d'en pofer les bornes;
c'eft lui qui prefcrit le châtiment, &
qui en fixe le lieu, la nature & la
durée.

Mais s'il a une fois adopté ce tem-
pérament, fi, plutôt que d'invoquer la
Juftice, il a armé l'autorité, & que
l'autorité ait, à fa priere, décerné des
peines, dès ce moment fon droit de
vengeance eft confommé : y donner des
effets ultérieurs, ce feroit géminer le
châtiment pour un même crime; & un
axiome confacré dans tous les Tribunaux, parce qu'il eft émané de la raifon
& de l'humanité, le défend. *Non bis
in idem.*

C'eft ce parti qu'a pris, en 1768, ex
fieur d'Oppy. Il s'eft laiffé conduire au
pieds du Miniftre; il a d'abord ratifié
l'ordre qui, en fon abfence & à fon
infçu, avoit été expédié, à la follicitation

tation de sa propre famille ; & c'est en vertu de cet ordre, devenu par son approbation, au moins apparente, son propre ouvrage, que la dame d'Oppy a gémi, pendant plus d'un mois, dans un asile de crime & d'infamie.

Là ne se terminent pas encore les peines de la dame d'Oppy. En obtenant la révocation de la lettre de cachet expédiée pour Sainte - Pélagie, le sieur d'Oppy demande qu'elle le soit pour Eppeville, avec des défenses expresses à la dame d'Oppy de revenir à Paris. Ainsi, à une détention ignominieuse succede un exil, qui, pour être moins dur, n'en est pas moins sensible, parce que le Public ne le sépare pas de l'idée du crime qu'il suppose.

Le sieur d'Oppy, après avoir puni, *a pardonné*.

Quelque influence qu'ait dans l'ordre social le crime d'adultere, cependant nos Loix, différentes en cela des Loix Romaines, l'ont traité comme un crime purement privé, qui n'offense que le mari, & que lui seul aussi a le droit de poursuivre. Elles ont même imposé silence à la seule Magistrature, qui, chez nous, retrace encore quelque ombre

Tome VI.   H

de la censure des Romains, au Ministere
Public ; & nous n'avons point , en matiere criminelle, d'axiome qui reçoive
plus strictement son application , que
celui qui réserve au mari seul la vengeance de l'affront fait au lit conjugal,
Maritus est solus thori genialis vindex.

A ce droit du mari , nous en avons
joint un autre plus précieux, plus doux ,
celui de pardonner l'adultere , & de
l'effacer en le pardonnant. Le ressentiment de la Justice ne précede jamais
celui du mari , ou ne lui survit jamais.
Les Tribunaux n'ont plus d'injure à
punir, dès l'instant où celui à qui seul
elle s'adressoit , a bien voulu en faire
remise. Il y a plus , ce pardon n'a pas
besoin de preuves juridiques ; des lettres, des visites fréquentes, des propos,
des procédés même qui annoncent de
l'intérêt & de l'amitié, pourront suffire
pour faire croire que le mari a pardonné. Mais s'il a de lui-même ramené
sa femme dans la maison conjugale ,
s'il a partagé avec elle la même table,
sur-tout le même lit, il ne peut plus
y avoir de doute, l'accusation tombe
d'elle-même , si elle est formée ; & si
elle ne l'est pas, elle ne peut plus l'être ;

en un mot, le mari y a renoncé implicitement, mais irrévocablement.

1°. *A Paris*. Il va voir sa femme à Sainte-Pélagie ; il lui écrit une infinité de fois. Dans toutes ses visites, il lui parle avec amitié ; il passe avec elle, dans un parloir extérieur, toute la journée qui précede son départ pour Eppeville ; il l'aide à faire ses malles ; il se charge même de quelques emplettes pour elle, d'une navette & d'autres bagatelles. En la quittant le soir, il l'embrasse tendrement, & lui proteste qu'il ira la rejoindre aussi-tôt qu'il aura terminé les affaires qui le retiennent encore pour quelques jours à Paris.

2°. *A Péronne*. Ce n'est qu'après avoir été prévenue par son mari lui-même du jour où il arrivera, que la dame d'Oppy s'y rend. La dame. . . . . veut la faire arrêter ; il s'y oppose. Il dîne avec la dame d'Oppy, monte dans la même voiture, & prend avec elle la route d'Eppeville.

3°. *A Eppeville*. De retour chez lui, il ne dissimule point la satisfaction que lui cause une réunion tant désirée ; il soupe avec sa femme, se retire ensuite

H ij

avec elle dans le même appartement:

Confcius ecce duos accepit lectus amantes.

Même fin de non-recevoir contre la feconde plainte. Tout ce qui avoit précédé étoit oublié, pardonné. La dame d'Oppy fortoit du lit nuptial aufli pure, aufli innocente aux yeux de fon époux, que le jour que l'hymen l'y avoit fait entrer pour la premiere fois. Il venoit de renoncer, dans les bras de fa femme, au droit d'attenter à fa liberté. Il ne devoit, il ne pouvoit plus être queftion ni de punition, ni de vengeance; & cependant la dame d'Oppy apprend, dans ce moment même, qu'elle fera enlevée le lendemain, pour être enfermée le refte de fes jours. Quel autre parti a-t-elle à prendre que de fuir? Elle fuit.

Quel eft le caractere de cette fuite? Eft-ce celle d'une femme coupable, condamnée, ou prête à l'être, & que pourfuit la jufte fureur du mari qu'elle a déshonoré? Non. C'eft celle d'une mere de famille, qui, le moment d'auparavant, étoit dans les bras de fon mari, qui, l'inftant d'après, va être arrachée de fa maifon & traînée dans une

prifon, dont la mort feule doit l'affranchir. Elle n'eft point criminelle, cette
fuite ; elle eft néceffaire ; elle eft caufée
par la crainte de la violence : ce n'eft
point une fuite, c'eft un banniffement
injufte.

A peine elle a mis le pied fur les
côtes d'Angleterre, qu'elle demande
inftamment à revenir en France, pourvu
qu'il lui foit permis d'y revenir libre.
Cette condition étoit jufte ; elle avoit
le droit de l'impofer ; & fon mari ne
pouvoit refufer d'y accéder, fans commettre une iniquité, fans fe démentir
lui-même, fans ufurper de nouveau
le droit de punir, qu'il n'avoit plus,
parce qu'il y avoit renoncé.

Cependant qu'arrive-t-il ? On lui
interdit le retour, on la menace & on
la fait menacer d'une captivité éternelle,
fi elle ofe fe remontrer en France. Et
ce font dix perfonnes différentes qui
reçoivent & qui lui font paffer cette
réponfe unanime. Après cela, comment
lui reprocher d'être reftée en Angleterre,
d'y avoir refpiré un air libre, de n'être
pas venue reprendre d'elle même des
fers que fon époux avoit brifés, &

H iij

dont il vouloit cependant la charger encore !

Que réfulte-t-il de cette conduite du fieur d'Oppy ? Un abandon abfolu, une abnégation entiere de fa qualité d'époux, de maître, de concitoyen ; il en réfulte, qu'à compter de ce moment, ont ceffé, par fon propre fait, tous les rapports de devoirs, de foumiffion, d'é-gards, de fidélité même. Bannie par fon mari, forcée par lui d'aller vivre fous un ciel étranger, placée dans l'af-freufe alternative ou de renoncer pour jamais à fa patrie, ou de n'y revenir que pour y être enfermée, une femme doit fans doute encore, & à la Reli-gion, & au refpect pour le nœud facré qui l'enchaîne, & à elle-même, d'être vertueufe & fidelle à fes fermens ; mais elle ne doit plus rien à fon mari : en devenant adultere, elle commet un crime ; mais il a perdu le droit de lui en demander compte. En deux mots, l'adultere eft un délit purement rela-tif ; il n'intéreffe qu'un feul homme, il lui donne une action qui lui eft propre, perfonnelle. Pourquoi donc n'en feroit-il pas privé, comme il peut l'être de toutes les autres, s'il s'en rend indigne ? Et

cette indignité, qui la produira, si ce
n'est un bannissement rigoureux, un
délaissement absolu, un refus des choses
les plus nécessaires à la vie ?

Une femme avoit été livrée à des
égaremens scandaleux. Son mari, après
en avoir tiré une vengeance modérée,
avoit paru tout espérer de son indulgence & du repentir de la coupable.
L'enchaîner désormais auprès de lui par
les liens de l'amitié, la ramener insen-
siblement aux goûts honnêtes dont elle
s'étoit écartée, éloigner sur-tout les
occasions auxquelles elle n'avoit pas su
résister, voilà ce qu'il avoit à faire :
voici ce qu'il a fait. Le lendemain
même du jour qui a consommé leur
réconciliation, il la met dans la cruelle
nécessité de fuir, si elle ne veut pas
être enfermée pour toujours. Trop instruit de ses malheureux penchans, il
leur fournit un nouvel aliment ; au goût
effréné qu'il lui connoît pour le plaisir,
il ajoute l'aiguillon du besoin & de la
misere ! Et c'est cet homme qui vient
ensuite, au nom des mœurs, au nom
de l'honneur, soulever les Tribunaux,
revendiquer les droits de la foi conjugale, & demander, à titre de vengeance

H iv

ou de confolation, les dépouilles de celle
dont il a volontairement caufé la perte!

Si, pour être admife à la preuve, la
dame d'Oppy avoit befoin d'un commencement de preuve par écrit, elle
le trouveroit dans un nombre infini de
lettres écrites, foit par fon mari & fes
beaux-freres, foit par plufieurs autres
perfonnes dignes, par leur rang, par
leur état, par une probité univerfelle-
ment reconnue, de la plus grande, de
la plus entiere confiance. Voici quelques traits de ces lettres.

Dans l'une, fignée des trois freres
du fieur d'Oppy, de fa fœur, & du
mari de cette derniere, & qui eft
comme le vœu, ou plutôt le décret de
la famille du fieur d'Oppy, on lit entre
autres chofes : » M. d'Oppy a déjà écrit
» à Meffieurs Minet & Factor, Banquiers
» à Douvres; à M. Beauvais, Négociant
» à Paris, & qui a une maifon en An-
» gleterre; à M. du Mouftier de Saint-
» Quentin; enfin à M. de Briffac, Ca-
» pitaine Anglois, dont la conduite
» en cette occafion a obtenu toute
» notre eftime. M. d'Oppy a fignifié à
» tous ces Meffieurs que l'argent qu'ils
» prêteroient à madame d'Oppy refte-
» roit à leur charge, d'autant mieux

» que nous avons la certitude qu'elle
» n'en manque point, & qu'elle en
» aura affez pour rentrer en France &
» s'y retirer dans un couvent honnête,
» qu'on lui affignera fous les yeux & la
» protection de fa famille «.

Mais fous quelle loi vivra-t-elle dans
ce couvent ? C'eft par un perfiflage
cruel, que fes ennemis annoncent
leur intention à cet égard : » Nous
» lui promettons, entre vos mains,
» Monfieur, difent ils au particulier à
» qui ils écrivent, & au nom de M.
» d'Oppy, de lui payer une penfion
» convenable dans ce couvent, où elle
» n'aura aucun mauvais traitement à
» effuyer, *ni une clôture plus févere*
» *que celle des Religieufes cloîtrées* «.

Le fieur d'Oppy écrivoit lui-même à
un Magiftrat du Parlement de Douai,
qui, fur les prieres de la dame d'Oppy, avoit bien voulu s'entremettre d'une
négociation, pour obtenir le retour de
la dame d'Oppy : » Notre fort n'aura
» plus déformais rien de commun; j'ai
» obtenu du Bailliage de Noyon une
» Sentence qui la condamne à être ré-
» clufe dans un couvent... Je m'en tien-
» drai donc à ce Jugement, que je fe-

H v

» rai exécuter dès qu'il fera possible,
» c'est-à-dire, quand elle rentrera en
» France ; je vous prie, Monsieur, de
» ne plus me parler de grace, ni d'a-
» doucissement : je n'écouterai plus per-
» sonne là-dessus ; & ce seroit de votre
» part une importunité inutile, que vo-
» tre prudence & votre amitié voudront
» bien m'épargner «.

La vérité du motif qui avoit forcé
la dame d'Oppy à fuir, c'est-à-dire,
la funeste découverte des desseins formés
contre sa liberté, est déjà prouvée par une
autre lettre du sieur d'Oppy : » J'ar-
» rivai à Eppeville, dit-il, le 27 Juin
» au soir ; & c'est le 28 dans l'après-
» dîner qu'elle se sauva. Dans le peu
» d'heures que nous fûmes ensemble,
» elle ne me dit pas un mot qui ait
» rapport à ce qu'elle écrit aujourd'hui,
» parce qu'elle n'en savoit rien alors,
» & qu'elle n'a pu l'apprendre *que par*
» *quelques papiers qu'elle a enlevés*
» *bien à la hâte dans mes poches.*

Le Défenseur de la dame d'Oppy
passoit ensuite à la discussion de l'accusation de prostitution, tant à Paris
qu'à Londres. D'abord, pour les faits
dont le sieur d'Oppy accuse sa femme

pendant fon féjour à Paris, il produit deux efpeces de preuves, des preuves littérales, & des preuves vocales. Ses preuves littérales font le procès-verbal dreffé chez la Gourdan, & deux lettres prétendues écrites à la dame d'Oppy, & trouvées chez elle. Quant à fes preuves vocales, elles confiftent dans les dépofitions de huit témoins.

» Cette énumération paroît effrayante; mais, difoit le Défenfeur, c'eft le faifceau de la Fable; il ne faut que le divifer pour le rompre.

» Et d'abord, qu'eft-ce que ce procès-verbal dreffé chez la Gourdan, par Marais & le Commiffaire Mutel? peut-il même être produit & tenir un rang dans les pieces du Procès?

» Confidéré en lui-même, il eft la fuite & l'exécution d'un coup d'autorité, que la Juftice réglée ne peut reconnoître.

» D'où ce procès-verbal tireroit-il donc fon authenticité? feroit-ce de la miffion de ceux qui l'ont rédigé? mais cette miffion même eft méconnue par les Tribunaux; les effets pourroient-ils valoir, quand la caufe eft rejetée? Seroit-ce de la qualité des Officiers?

H vj

Mais celle d'Infpecteur de Police ne communique point à celui qui en eft revêtu, l'autorité publique, feule avouée par les Tribunaux; celle de Commiſ-faire ne donne quelque degré d'au-thenticité aux actes émanés de ceux qui la poffedent, qu'autant qu'ils les font dans le cours de leurs fonctions ordinaires. Ici le Commiffaire Mutel n'étoit, comme Marais, qu'un fim-ple délégué; & leur miniftere en ce moment n'étoit pas plus public que celui de la Gourdan, qu'ils affocierent aux honneurs de l'exécution. C'eft par *l'ordre de Marais* qu'elle a agi; c'eft Marais qui l'a menacée *de la punir ſi elle n'obéiſſoit pas.* Elle l'a déclaré en propres termes dans fon interrogatoire.

» Veut-on apprécier ce procès-verbal par fon contenu? il conftate que la dame d'Oppy a été arrêtée dans un lieu de proftitution. Elle l'avoue; mais elle fou-tient, elle prouve qu'elle ne connoiſ-foit ni le métier de la perfonne chez qui elle étoit, ni le lieu où la fraude l'avoit conduite.

» Mais, dit-on, en même temp que ce procès-verbal conftate que la

dame d'Oppy a été trouvée chez la Gourdan, il conftate l'aveu de fa part, qu'elle
y venoit habituellement, & qu'elle avoit
avec la Gourdan des relations incon-
ciliables avec l'ignorance dans laquelle
elle voudroit faire croire qu'elle étoit.

» La dame d'Oppy fe rappelle à la
vérité, que le 15 Avril, au milieu de
cette fcène humiliante, que l'on per-
pétua pendant neuf heures entieres, au
milieu des mauvais traitemens dont
Marais & la Gourdan l'accablerent, au
milieu de l'évanoüiffement mortel qui
fut la fuite de ces infultes, de ces outrages, le Commiffaire Mutel lui fit la
lecture d'un papier qu'il tenoit à la
main; que dans ce libelle, on l'intro-
duifoit s'accufant elle-même d'une longue fuite d'erreurs; qu'on lui propofa
de les figner; que Marais l'en preffa
vivement, en lui difant toujours, qu'à
cette fignature étoit attachée fa liberté,
& que fur fon refus il alloit la conduire à Sainte-Pélagie; mais elle fe
rappelle auffi, qu'à cette propofition,
la colere lui rendit fes forces, qu'elle
protefta contre cet écrit, & qu'elle répéta cent fois, avec des fanglots, le
ferment de mourir, plutôt que de fe-

connoître, par son seing, les abominables impostures qu'il contenoit. Voilà
ce que n'auroient pas dû omettre les
Rédacteurs du procès-verbal. S'ils ne
l'ont pas fait, c'est sans doute qu'il
n'en eût pas fallu davantage pour dévoiler toute l'intrigue, & que tout étoit
perdu, si l'œil du Ministre ou du Public
soulevoit jamais un coin du voile qui
couvroit ce mystere odieux.

» Voilà donc une premiere piece indigne de la plus légere confiance ; il
faut en dire autant de deux billets prétendus trouvés chez la dame d'Oppy,
le 13 Juin, & qui sembleroient prouver une correspondance entre elle,
la Gourdan & un autre commerçante
du même genre. La dame d'Oppy a
constamment nié, & dans ses interrogatoires, & à la confrontation, que jamais elle les eût reçus ; & sa dénégation suffit, lorsque rien ne la détruit
d'ailleurs. La dame d'Oppy a fait plus ;
elle a indiqué l'artifice à la faveur duquel ces deux missives ont pu être trouvées chez elle ? Qui a empêché ses ennemis de les faire placer, pendant son
absence, dans son appartement ? Qui
a empêché Marais de les y placer lui-

même, dans le moment de l'incursion qu'il eſt venu y faire, au ſortir de chez la Gourdan? Seroit-ce donc la premiere fois que ce ſtratagême auroit été mis en pratique, ſoit par des gens peu délicats, ſoit par les ſubalternes chargés de veiller ſur la contrebande?

» On a vu d'ailleurs que Marais a déclaré avoir trouvé ces deux pieces dans une commode qui n'a jamais exiſté.

» Ainſi, point de preuves littérales de ce premier chef d'accuſation.

» Paſſons aux dépoſitions des témoins; ils ſont au nombre de huit. Mais d'abord, ſur ces huit, Marais & le Commiſſaire Mutel ne doivent pas même être comptés. Leurs dépoſitions ne ſont que la répétition de leur procès-verbal, & l'on ſait à quoi s'en tenir ſur ce procès-verbal.

» Deux autres, la femme Eudes & la femme Grenier, paroiſſent d'abord charger la dame d'Oppy; elles attribuent à l'individu qu'elles appellent de ce nom, des faits qui ne conviennent effectivement qu'à la femme la plus déréglée. Mais tout s'éclaircit à la confrontation. Cet individu ne ſe trouve plus être la dame d'Oppy; ce n'eſt plus

ni son air, ni sa taille; si elles l'ont
nommées dans leur déposition, ce n'a
été, disent-elles, que parce qu'elles
ont appris ce nom; *l'une de Marais,*
l'autre du Lieutenant-Criminel, à l'instant & dans le cours même de la déposition. Voilà encore deux témoins qui
ne prouvent absolument rien contre la
dame d'Oppy.

» Quelle foi mérite la déposition de
la Gourdan?

» D'abord la Gourdan n'a point été
confrontée, parce qu'elle étoit en fuite,
& cette circonstance rend sa déposition
nulle au Procès.

» D'autres motifs encore ne permet-
tent pas d'avoir aucun égard au témoignage de la Gourdan.

» Le premier est l'infamie de son
état. Il seroit inoui qu'une créature accoutumée à commercer de l'honneur,
en fût constituée l'arbitre, & fût admise à l'acte le plus auguste que la vérité ait choisi pour parvenir jusqu'au
sanctuaire de la Justice. Inutilement on
opposeroit que des faits passés dans un
lieu infame, ne pouvant être éclaircis
que par ceux qui l'habitent, ils sont
témoins nécessaires.

» Il eſt prouvé par tout ce qui précede, que la Gourdan a été la coopé-
ratrice de l'œuvre d'iniquité pratiquée
pour perdre la dame d'Oppy ; qu'elle
a prêté pour cela ſon nom, ſon miniſtere, ſa maiſon : ſon témoignage man-
quoit encore ; mais il étoit la ſuite de
ſes premiers engagemens ; ſans doute il
étoit compris dans le paƈte ténébreux
fait entre elle & les ennemis de la
dame d'Oppy.

» Reſtent trois témoins entendus
dans les additions d'information ; mais
leur témoignage tend à la décharge de
l'Accuſée.

» Quant au ſecond chéf d'accuſation, un ſimple coup-d'œil jeté ſur
le vrai motif qui a déterminé la ſeconde plainte du ſieur d'Oppy, ſuffi-
roit pour inſpirer pour cette plainte
& pour les preuves le plus juſte mépris.

» Ce motif a été d'étayer la premiere accuſation, que le ſieur d'Oppy
& ſes Conſeils reconnoiſſoient n'être pas
ſoutenable.

» C'eſt encore ſur des faits de proſtitution que roule la ſeconde plainte
du ſieur d'Oppy ; c'eſt auſſi ſur des
preuves littérales, & ſur des preuves

vocales qu'elle eſt appuyée. Pour preuves littérales, on produit quelques
lettres que l'on prétend avoir été écrites par la dame d'Oppy ; pour preuves
vocales, on invoque les dépoſitions de
huit témoins, dont trois François &
cinq Anglois.

» Les lettres ont été méconnues par
la dame d'Oppy ; elle a conſtamment
nié qu'elles fuſſent de ſon écriture ,
& c'en ſeroit aſſez pour les écarter du
Procès.

» Mais ces lettres, euſſent-elles été
écrites par la dame d'Oppy , que prou-
vent-elles ? Rien n'y annonce un commerce mal-honnête ; on y trouve ſeulement une femme pénétrée de reconnoiſſance , dominée même , ſi l'on veut ,
par un goût vif, craignant qu'il ne
prenne ſur elle trop d'empire , luttant
contre elle-même pour l'éteindre , & y
cédant enfin, parce que la nature des
ſentimens ſur leſquels il eſt fondé, ne
le rend point inconciliable avec ſes
devoirs. En faudroit-il d'autres preuves
que les expreſſions que nous avons rap-
portées plus haut ?

» Mais ſi ces lettres ſont vraiment de
ſa femme, comment le ſieur d'Oppy

eſt-il parvenu à ſe les procurer? Ce ne peut être que par un crime. Ou on les a dérobées à celui à qui elles étoient écrites, ou celui-ci a eu la baſſeſſe de les livrer. Dans le premier cas, c'eſt un vol dont il faut punir les auteurs; dans le ſecond, c'eſt une trahiſon, non moins déshonorante pour ceux qui, après l'avoir exigée, veulent en recueillir le fruit, que pour celui qui a eu la lâcheté de s'y prêter.

» Ce n'eſt pas tout encore. Une inſcription que portent ces lettres, prouve qu'elles ont été envoyées à Douai en 1770. Pourquoi n'en a-t-on fait alors aucun uſage? & pourquoi n'eſt-ce qu'au bout de cinq ans, en Septembre 1775, qu'on eſt venu les produire? Ou l'on reconnoiſſoit alors qu'elles ne prouvoient rien, ou l'on y renonçoit; &, dans l'un comme dans l'autre cas, on s'eſt interdit à ſoi-même le droit de les invoquer aujourd'hui.

» Enfin, s'il étoit vrai que ces lettres prouvaſſent une inconduite de la part de leur auteur, & que cet auteur fût la dame d'Oppy, qu'en réſulteroit-il? qu'en 1770, ſon mari auroit eu, grace à ſes correſpondances, la connoiſſance la plus parfaite & de ſes déſordres & de ſa miſere ; qu'au lieu de faire ceſſer l'un & l'autre , ſoit en rappelant ſa femme en France, ſoit en la redemandant au Gouvernement Anglois, qui ne pouvoit la lui refuſer , il a fermé les yeux & ſouffert ſans ſe plaindre ; que cette inaction même eſt, de l'avis de tous les Auteurs, une connivence criminelle, ou du moins une négligence impardonnable , & que c'en eſt aſſez pour former contre ſon accuſation une fin de non-recevoir fondée ſur ſon indignité perſonnelle.

» Paſſons aux dépoſitions des témoins.

» Cinq ſeulement méritent une attention ſérieuſe ; ce ſont celles des témoins Anglois, entendus à Paris.

» Le ſieur d'Oppy rend une nouvelle plainte, attendu l'inſuffiſance de la premiere. Comme la ſcene ſe paſſe à Londres, il lui faut des témoins Anglois. Heureuſement il a à Londres un agent. Cet agent, mari de la fille de ſon Menuiſier de Douai, eſt un homme actif, intelligent , qui lui eſt tout dévoué. C'eſt lui que l'on charge de trouver des témoins. Trouver des témoins dans

une ville telle que Londres, eſt la
choſe la plus aiſée, quand trois circonſtances ſe réuniſſent, quand on les
paye largement, quand on n'eſt pas
difficile ſur le choix, mais ſur-tout
quand il s'agit d'aller dépoſer dans un
autre royaume, parce que la difficulté
de reconnoître la vérité & de convaincre un témoin de parjure, croît
en proportion de l'éloignement. En
effet, Cotterelle en raſſemble cinq. A
la tête, il met ſon propre fils (C'étoit
une bonne affaire, dont il étoit tout
naturel que ſa famille profitât de préférence) ; il lui aſſocie un porteur de
chaiſe, une ſervante, & deux garçons
de bagnio.

» Le marché conclu, Cotterelle les
conduit chez un Notaire appelé *Ogier*.
Là, on dreſſe un acte bizarre.

» Conſidéré ſous un premier point
de vue, c'eſt un acte nul, qui n'a jamais eu ni pu avoir d'exiſtence réelle,
& qu'il faut regarder comme non avenu.
C'eſt la conséquence néceſſaire du fait
prouvé au Procès, que les cinq Anglois
qui y ont paru, n'avoient pas même
la plus légere notion de la Langue
Françoiſe. En effet, ces cinq particu-

liers font les vraies parties de l'acte;
ils en font les interlocuteurs; ils y par-
lent, ils s'y engagent : fans eux, fans
leur acceptation, il n'y auroit point
d'acte, ou l'acte n'auroit point d'objet.
Sans doute ils favent ce qu'ils font,
ils entendent ce qu'on leur dit, ce qu'on
leur fait dire : point du tout; car tout
cela fe fait & fe dit en langage François, & ils n'en favent pas un mot.
La preuve en réfulte de ce que, d'après
la déclaration expreffe qu'ils en ont faite
au Bailliage du Palais, leur dépofition,
leur récolement, leur confrontation fe
font faits par le moyen d'un Interprete.
Qu'ont-ils donc figné? Rien; ou, fi
on l'aime mieux, un chiffon qu'ils ne
comprenoient point, & qui, à leur
égard, ne conftatoit pas plus ce qu'on
leur avoit propofé, que ce qu'ils avoient
promis.

» Voici la conféquence de ces obfervations. Il eft de principe que tout témoin qui s'offre de lui-même, ne doit
point être écouté. On préfume qu'un
homme qui s'ingere ainfi de remplir
un miniftere qu'on ne lui demandoit
pas, eft bien moins animé de l'intérêt
de la vérité, que de tout autre intérêt

mal-honnête. Or, ſi l'acte du 29 Janvier 1776 eſt nul, ou, ce qui revient au même, s'il n'a aucune réalité à l'égard des cinq témoins, que ſeront-ils autre choſe que des témoins qui ſe feront offerts d'eux-mêmes ? Qui les aura, tous enſemble, fait ſortir de Londres ? Qui les aura amenés à Calais, & enſuite à Paris ? Ils n'ont quitté leur pays, ils ne ſont venus en France que pour dépoſer; & cependant ils y ſont venus ſans en avoir été requis, ſans y avoir été appelés judiciairement; ils ſe ſont donc offerts « ?

» Mais ils ont été aſſignés à Calais : « ce n'eſt donc pas d'eux-mêmes qu'ils » ſe ſont offerts à Paris pour dépoſer « ?

» Cela n'eſt qu'une équivoque. La démarche qui caractériſe vraiment *cette offre ſpontanée* de leur témoignage, c'eſt leur paſſage d'Angleterre en France, ſans autre objet que de dépoſer, & c'eſt auſſi cette démarche, dont l'aſſignation donnée à Calais ne couvre ni le motif ni l'irrégularité. Pour que les témoins ne fuſſent pas cenſés s'être offerts d'eux-mêmes en France, il eût fallu les aſſigner avant leur paſſage : or ils ne pouvoient, ſuivant l'Ordonnance, l'être

qu'au domicile de M. le Procureur-Général, & c'eſt ce qui n'a point été
fait.

　» Sous le ſecond point de vue que
préſente cet acte, on peut le regarder
comme authentique, quant à la forme;
mais il n'en eſt que plus défavorable au
ſieur d'Oppy, & il ne répand que plus
d'irrégularité ſur tout ce qui l'a ſuivi.
Dans notre procédure criminelle, l'acte
primordial d'accuſation, la plainte, doit
être tenue ſecrete; le témoin doit ignorer tous les faits ſur leſquels elle porte,
& n'en être inſtruit que par la lecture
qu'on lui en fait au moment même
de ſa dépoſition. Et cependant nous
voyons, dans l'acte du 29 Janvier, que
l'on inſtruit tout au long les cinq témoins, & du ſujet de la plainte; c'eſt
une accuſation d'adultere, & de ce qui
forme les caracteres particuliers de l'accuſation; ce ſont *des faits de proſti-*
tution, on ajoute même *qu'ils ont de*
ladite proſtitution des connoiſſances
évidentes. Ainſi, déjà tout le myſtere
de l'accuſation, tout le myſtere de l'information même eſt révélé; les témoins
ſont inſtruits de ce ſur quoi ils ont à
dépoſer. Les agens de l'Accuſateur le
　　　　　　　　　　　　　　ſont

font également de tout ce qu'ils dépo-
feront, & tout cela eft conftaté par le
même acte, où on les avertit & où
ils conviennent qu'ils ont des connoiffances évidentes de la proftitution. Ce
rapport, établi d'avance entre les témoins & celui qui les produit, ou fes
repréfentans, eft un indice affez frappant du concert & de la fubornation.

» Une idée qui fe préfente d'abord,
eft de demander pourquoi cette information n'a pas été faite à Londres plutôt qu'à Paris? Il falloit bien que le
fieur d'Oppy y trouvât un avantage
réel, puifqu'il a facrifié, foit pour le
voyage, foit pour les indemnités de ces
témoins, des fommes confidérables,
qu'il auroit épargnées en faifant informer à Londres.

» On fait comment fe font, en Angleterre, les informations : elles font
publiques. L'Accufateur conduit le témoin devant le Juge deftiné à l'entendre. L'Accufé eft préfent, ou fon fondé
de procuration pour lui. Là, il peut
lutter contre le témoin, l'interpeller,
lui faire des obfervations, le démentir;
le témoin, de fon côté, peut rectifier
fa dépofition, la modifier, la rétracter

Tome VI.   I

même en tout ou en partie; il eſt contenu d'ailleurs par la publicité de ſon
témoignage : cent bouches peuvent,
d'un moment à l'autre, s'ouvrir contre
lui, le convaincre de fauſſeté, & rendre
hommage à l'innocence de l'accuſé qu'il
inculpe. Un autre avantage de cette
même publicité, c'eſt de rendre beaucoup plus facile la découverte des reproches perſonnels que le témoin peut
encourir. Comment peut-il eſpérer de
dérober ſon état, ſes mœurs, ſa vie
paſſée, ſes flétriſſures, s'il en a eſſuyées,
lorſqu'une ville entiere a les yeux ou-
verts ſur lui, & que tout ce qui l'environne peut révéler ſa turpitude & le
faire punir, ou du moins le faire rejeter avec ignominie ?

» 1°. Londres eſt le lieu de la ſcene.
C'eſt à Londres, c'eſt même en partie
dans des lieux dont le régime nous eſt
inconnu, que les témoins placent la
plupart des faits dont ils dépoſent.
Comment veut-on que la dame d'Oppy,
à Paris, puiſſe diſtinguer toutes les fauſſetés, toutes les contradictions, toutes
les invraiſemblances que peuvent répan-
dre dans leurs dépoſitions les mœurs,
les uſages, les Loix, le local même ?

Ces fauſſetés, ces contradictions, ces invraiſemblances, le témoin n'eût jamais oſé les haſarder devant un Officier Anglois, devant un Public Anglois, devant un Défenſeur Anglois, qui auroit repréſenté la dame d'Oppy. Certain d'être convaincu auſſi-tôt que coupable, il auroit refuſé ſon miniſtere, il n'auroit pas même dépoſé.

» 2°. Les témoins ſont Anglois. A un ſeul près, que la dame d'Oppy connoît foiblement, mais qu'elle connoît aſſez pour le couvrir de reproches, elle n'en a jamais vu, connu, entretenu aucun. Elle eſt dans une impuiſſance morale de fournir contre eux d'autres reproches perſonnels, que ceux qu'ils lui ont adminiſtrés eux-mêmes par leur propre déclaration ; &, quoiqu'ils ſoient bien ſuffiſans pour faire rejeter les dépoſitions, il en ſubſiſte probablement beaucoup d'autres, dont l'effet eût été encore plus ſûr, dont cependant ni la dame d'Oppy, ni ſes Conſeils, ni ſes Juges ne peuvent avoir même la moindre idée, mais dont aucun n'auroit échappé à un Juge national, encore moins au Juriſconſulte qui auroit ſtipulé pour la dame d'Oppy.

I ij

» Mais, de bonne foi, penfera-t-on que jamais on eût ofé, de la part du fieur d'Oppy, amener aux pieds d'un des Tribunaux de Londres, pour y être les arbitres de l'honneur d'une femme de condition, cinq individus, dont le plus honnête eſt un Porte-faix? Avec quel mépris eût été accueillie cette vile recrue!

» 3°. Les cinq témoins font repaffés à Londres. Soumis pour quelques inſtans feulement à la Jurifdiction du Tribunal François dans lequel ils font venus dépofer, ils n'ont plus rien à craindre des fuites de leurs dépoſitions, en cas qu'elles foient arguées de fauffeté. La Juftice Françoife ira-t-elle chercher à Londres le témoin fuborné pour le décréter, s'il eſt prévenu, pour lui faire fubir l'épreuve de la confrontation? Ou le Juge Anglois le pourfuivra-t-il pour un délit commis dans un Etat étranger?

» Quoique la richeffe foit de toutes les regles la moins fûre pour mefurer la probité & la foi due à un témoin, les Loix ont cependant attaché à l'extrême pauvreté une forte de défiance, dont la fource eſt dans la préfomption qu'un témoin pauvre fe prête plus facilement à vendre fon témoignage.

» Les cinq témoins Anglois se sont eux-mêmes rangés dans cette classe, lorsque, dans l'acte du 29 Janvier, ils ont obervé *qu'ils étoient tous gens qui gagnoient leur pain journellement, & n'avoient pas les moyens de faire des frais extraordinaires.*

» Dira-t-on que deux de ces témoins, le Porteur de chaise & le nommé *Pardons,* l'un des deux valets de bagnio, ont écarté ce reproche, en prétendant, le premier, *qu'il occupoit une maison de cinquante deux livres sterlings de loyer;* l'autre, *qu'il avoit tenu un bagnio, dont il rendoit cent livres sterlings ?* Mais, ou cette déclaration est fausse, &, en ce cas, le reproche de pauvreté subsiste; ou, si elle est vrai, ils sont des imposteurs avérés, puisque, dans l'acte du 29 Janvier, ils ont déclaré qu'ils n'avoient aucun bien, & qu'ils gagnoient leur pain journellement.

» L'espece de communauté dans laquelle ont constamment vécu les témoins, depuis le moment où ils se sont engagés à venir déposer en France, est encore un moyen de récusation contre tous en général. Est-il possible de ne pas présumer la connivence la plus caracté-

I iij

rifée & la plus coupable entre cinq témoins, qui, foudoyés par un Accufateur, partent tous enfemble de leur
pays, pour venir dépofer fur le même
objet, dans un autre Royaume, &
n'ont, pendant toute la route, ou pendant leur féjour, qu'une voiture, un
logement, une table? Intéreffés par l'efpoir de la récompenfe qui leur eft pro-
mife, à bien fervir celui aux gages duquel ils fe font mis, intéreffés pour
eux-mêmes à ne pas fe contredire; qui
croira qu'ils ne fe font pas recordés,
qu'ils n'ont pas rapproché, calculé,
combiné leurs dépofitions? Mais qui le
croira fur-tout, lorfqu'à leur tête on
voit Charles Cotterelle, le fils de l'a-
gent du fieur d'Oppy, détaché par fon
pere pour répéter aux quatre autres témoins qu'il eft chargé d'accompagner,
les leçons que fon pere leur avoit déjà
données avant leur embarquement?

» Le premier qui fe préfente eft ce
Charles Cotterelle, digne fils de l'agent
du fieur d'Oppy.

» C'eft par la voie d'un Interprete
que Cotterelle a dépofé. Ce canal, fouvent infidele, toujours fufpect, a déplu
à la dame d'Oppy; elle a demandé

pourquoi Cotterelle n'avoit pas dépofé
en françois. Il a foutenu qu'il ne le
favoit pas, quoiqu'il ait parlé françois,
même pendant la confrontation. Pourquoi cette impofture de fa part? pourquoi cette obftination à ufer d'Interprete & dans fa dépofition & dans fa
confrontation ? C'eft uniquement parce
que, dans l'une & dans l'autre, mais
dans la derniere fur-tout, un témoin infidele a bien plus d'avantage que s'il s'exprimoit fans moyen & dans la Langue
de l'Accufé. Les coups que celui-ci lui
porte arrivent plus foibles & moins fûrs,
en paffant, en quelque maniere, à travers l'Interprete; l'action de la confrontation eft moins chaude, l'épreuve
moins vive pour le témoin : s'il a
avancé des fauffetés, il n'a point à les
foutenir en face à l'Accufé, & il ment
avec plus d'affurance quand il ment par
l'organe d'un tiers. D'un autre côté,
tout s'altere, tout s'affoiblit ou s'aug-
mente dans la bouche & fous la tra-
duction de l'Interprete : un mot pour
un autre, une tournure plus ou moins
claire, changent une dépofition, déna-
turent un fait, forment une charge.

» Quant à la dépofition même de

I iv

Cotterelle, c'est un Roman absurde, un tissu de contradictions, d'invraisemblances, sur-tout la maniere dont il raconte qu'il a connu la dame d'Oppy.

» Viennent ensuite deux garçons de bagnio, *Rogers* & *Pardons*. Leur qualité seule forme le titre de leur réprobation. Ce n'est pas que ceux qui les ont administrés ne l'aient bien senti : on leur a suggéré une espece de défense contre ce reproche ; on leur a fait dire que c'étoient des Marchands de vin qui, à Londres, tenoient les bagnio, & que cet état n'avoit rien de déshonnête, ni pour eux, ni pour leurs garçons ; mais malheureusement ils ont bientôt démenti ces idées, en se représentant eux-mêmes comme les appareilleurs de ces temples de Vénus, comme les ministres subalternes des honteux plaisirs que l'on y goûte. Ainsi leur défense, loin d'effleurer le moyen de récusation, ne fait que lui prêter un nouvel appui, en justifiant la vérité du fait.

» Quant au fond de ces dépositions, la dame d'Oppy ne pouvoit les réfuter en détail. On lui parloit de lieux dont le nom seul lui inspiroit du dégoût & de l'horreur.

» Mais fi l'honnêteté publique ne permet pas même à la dame d'Oppy de discuter les dépofitions de ces deux témoins, elle lui permet au moins de faire quelques obfervations plus que fuffifantes pour démafquer l'impofture.

» 1°. Dans le même temps où, fi l'on en croit ces deux hommes vils, la dame d'Oppy fréquentoit les lieux immondes auxquels ils préfidoient, la dame d'Oppy prouve, ou offre de prouver qu'elle voyoit les meilleures compagnies de Londres. Elle oppofe d'ailleurs que cette imputation n'eft pas même vraifemblable, parce qu'elle occupoit à elle feule une maifon compofée de plufieurs étages, & que, fi elle avoit eu les goûts abjects que lui prêtent ces témoins, elle auroit été la maîtreffe de les fatisfaire chez elle avec bien plus de facilité, & même avec plus d'utilité, fi l'efpoir d'un lucre infame y étoit entré pour quelque chofe.

» 2°. Ils ofent fuppofer aux bienfaits du fieur Norton un motif malhonnête ; & la dame d'Oppy, pour prouver toute la pureté des intentions de cet homme généreux, expofe & articule, qu'avant de fe déterminer à lui faire du bien,»

I v

il a pris fur elle des informations auprès
de ceux des François qui étoient alors
à Londres, & dans la maifon de M.
l'Ambaffadeur de France lui-même; que
ce n'eft que d'après le compte favorable
qui lui a été rendu de toutes parts, qu'il
n'a plus balancé à placer fes bienfaits
fur une tête qui en étoit digne, & que
les gens diftingués qui y avoient contribué & qui l'ont appris, en ont paru
charmés, & l'en ont félicitée.

» 3°. L'un de ces témoins, Rogers,
raconte dans fa dépofition, comme un
fait paffé fous fes yeux, que le fieur
Norton a expulfé de fa maifon la dame
d'Oppy; il orne même fon récit de
toutes les couleurs qui peuvent l'aggra-
ver : la dame d'Oppy l'interpelle, à la
confrontation, de déclarer comment il
a fu le fait. Il héfite, & finit par répondre qu'*il l'a appris par le bruit
public*, & *par les femmes qui venoient
dans fon bagnio*. Voilà qui caractérife
bien un témoin pratiqué.

» Là vilité de l'état du Porte-faix,
fa pauvreté, conftatée par fa qualité
feule, & par l'acte du 29 Janvier, dans
lequel il dit qu'il gagne journellement
fon pain, fuffiroient, indépendamment

des reproches qu'il partage avec les autres témoins, pour empêcher d'admettre sa déposition. Mais c'est fur-tout par elle-même qu'elle se détruit.

» 1°. Dalley avance que la réputation de la dame d'Oppy étoit fort décriée dans le quartier où elle demeuroit. La dame d'Oppy répond, que quand elle quitta ce même quartier, elle en emporta un certificat passé devant un Officier public, signé fous la foi du ferment, par plus de foixante personnes du voifinage, & légalisé par M. l'Ambassadeur.

» 2°. Il dépose qu'il a une infinité de fois porté la dame d'Oppy en chaise au bagnio. La dame d'Oppy articule que, pendant tout fon féjour à Londres, elle n'a jamais été en chaise à porteur.

» 3°. Il dépose que, comme il étoit le commissionnaire du fieur Norton, il est plufieurs fois entré dans fa chambre pendant qu'il étoit couché, & qu'il a vu la dame d'Oppy couchée avec lui. Ainfi le fieur Norton auroit facrifié la répugnance d'une femme qu'il aimoit, au plaifir d'accorder à fon commissionnaire la libre entrée de fa chambre !

I vij

» La fille Winlow prétend auffi avoir
vu, comme Dalley, la dame d'Oppy couchée avec Norton ; mais l'occafion qui
lui a procuré ce fpectacle eft bien plai-
fante. Elle étoit domeftique d'une voifine de la dame d'Oppy. Un beau
matin , elle vint chez la dame d'Oppy ;
la fervante du logis la prie d'aller chercher un réchaud dans la chambre à
coucher de la dame d'Oppy ; elle y va ;
& c'eft alors qu'elle voit ce dont elle
a dépofé.

» Une fervante étrangere envoyée
par celle de la maifon dans la chambre
de fa maîtreffe ! dans la chambre où fa
maîtreffe eft couchée avec fon amant !
Et pour quoi faire ? Pour chercher un
réchaud !

» La dame d'Oppy a interpelé la
Winlow de déclarer où étoit la chambre
à coucher ; elle a répondu que c'étoit
au rez de chauffée : la dame d'Oppy
articule encore que fa chambre à coucher a toujours été au premier , & jamais au rez de chauffée.

» En voilà fans doute affez pour pouvoir joindre la Winlow à fes quatre
compagnons de voyage & d'impofture.

» On eft maintenant en état de juger.

concluoit le Défenſeur de la femme,
ſi les preuves que le ſieur d'Oppy a raſ-
ſemblées à l'appui de ſon ſecond chef
d'accuſation, ſont plus concluantes que
celles qu'il avoit d'abord conſacrées à
l'établiſſement du premier, & dont il
a depuis reconnu l'impuiſſance «.

Juſqu'ici nous n'avons employé que
la défenſe de la dame d'Oppy ; il eſt
juſte de lui oppoſer celle de ſon mari.
Nous l'avons puiſée dans un Mémoire
imprimé, qu'il fit paroître.

» Le ſieur Thery d'Oppy, Gentilhomme de la Flandre Françoiſe (diſoit
M. Aved de Loizerol, ſon Défenſeur),
appartient aux Maiſons les plus diſtin-
guiées de ſa province & de celle de
Picardie. Elevé dans le Régiment de
Languedoc, ſous les yeux du Comte
de Duglas, ſon couſin & ſon Colonel,
il a toujours mérité ſon eſtime, ſa confiance, & l'amitié de tous ſes cama-
rades. Devenu dans la ſuite Capitaine
au Régiment de Royal-Wallon, pendant les guerres de Flandre, il s'eſt
autant diſtingué par ſa bravoure que
par les qualités du cœur & de l'eſprit ;
par-tout il a montré cette bonté, cette
franchiſe qui ſont le partage des belles

ames , & que la méchanceté feule peut confondre avec la foibleffe. C'eft la juftice que lui rendent tous ceux qui le connoiffent.

» Il a époufé , en Septembre 1754, Marie - Charlotte - Antoinette-Jofephe Michelet, encore mineure, fille d'un Commiffaire d'Artillerie de Bapaume. Trop fouvent le jeune homme , qui cherche à devenir à fon tour pere de famille, ignore le caractere de la compagne qu'il fe choifit; il croit voir des vertus dans cette efpece de nullité d'ame, qui eft dans une jeune fille la fuite malheureufe de nos préjugés dans l'éducation des femmes. La réferve dans le maintien lui paroît être l'effet de la modeftie ; la jeuneffe, les graces extérieures le féduifent ; tout confpire à corrompre fon jugement. Comment éprouveroit-il quelque défiance ? comment des foupçons injurieux s'éleveroient-ils dans fon ame , quand il reçoit une époufe de la main d'une famille eftimable? Livré aux efpérances les plus flatteufes , il ne voit dans l'avenir que des jours femés de fleurs. Le temps feul amene une fatale expérience qui le détrompe.

» Tel a été le sort du sieur d'Oppy.
Un secret impénétrable couvroit à ses
yeux & à ceux du Public les saillies ardentes qui avoient signalé la jeunesse
impétueuse de la demoiselle Michelet ;
il ne savoit pas que , dès l'âge le plus
tendre , elle avoit annoncé un tempé-
rament toujours prêt à s'enflammer ; il
ignoroit que le couvent où elle avoit
été mise , n'avoit été pour elle qu'une
école inutile , & qu'elle en avoit esca-
ladé les murs. Rien n'avoit transpiré
au dehors.

» Le contrat de mariage que la dame
d'Oppy représente comme un germe
de dissention pour la famille de son
mari , devoit au contraire resserrer les
nœuds de l'amitié qui en animoit tous
les membres. Il ne renferme que les
dispositions les plus communes dans
l'usage habituel de la province. Les avantages & les gains de survie y sont réci-
proques.

» La seule chose qui eût pu troubler
l'amitié qui régnoit entre le sieur d'Oppy
& ses freres & sœur , c'est la donation
que son oncle paternel lui faisoit , par
cet acte , de son Office de Grand-Bailli
de la ville de Douai , des terres d'Oppy,»

de Fouquevillers, du Blocus, & de Gra-
velle en partie ; mais ils étoient trop
attachés à leur frere, pour qu'une préférence donnée à celui qu'ils regar-
doient comme le foutien de leur Maifon, pût faire naître entre eux la
moindre diffention. Et, quoique trois
des terres dont on vient de parler
foient fituées dans la Coutume d'Artois, qui ne permet de les donner
qu'avec le confentement des héritiers
apparens ; quoique par cette raifon ils
euffent pu engager la dame de Jumelles
& la démoifelle de Sailly, fœurs & hé-
ritieres préfomptives du donateur, à
réclamer, après fa mort, contre cette
difpofition illégale ; quoique par-là ils
fe fuffent procuré l'efpérance d'en profiter un jour, à l'exclufion de leurs ne-
veux alors vivans, ils ont préféré la
paix & l'union à des avantages pécuniaires ; & leur frere, gratifié d'une donation qui rendoit fa fortune vingt fois
plus confidérable que la leur, n'en a
pas moins été leur ami que s'ils euffent partagé avec lui les bienfaits de
leur oncle.

» Ce font eux cependant que la
dame d'Oppy ofe accufer d'avoir porté

le trouble & la division dans son ménage ! C'est à leur soif pour l'or de son
époux qu'elle ose attribuer les trop justes
& trop nécessaires poursuites dont elle
a commencé d'être l'objet, dans un
temps où il lui restoit encore un fils
d'une constitution robuste ! Ce sont eux
qu'elle représente comme les maîtres
absolus, comme les tyrans du sieur
d'Oppy ! — Il est certaines impostures
qu'il suffit de placer sous leur vrai point
de vue pour les détruire.

» La dame d'Oppy n'avoit-elle pas
déjà assez outragé son mari ? Falloit-il
donc y ajouter l'injure de supposer qu'il
ne pût être ébranlé que par des impressions étrangeres ? Quoi ! l'honneur
le force à rompre ce silence, & ce
ressort ne seroit pas assez puissant pour
le faire agir de lui-même ? Un Gentilhomme, moins fait qu'un autre pour
méconnoître la voix puissante, auroit
besoin, pour se mouvoir, de l'impul-
sion de ses freres & de sa sœur ? Il y
a long-temps que la ressource de ces
personnages épisodiques est épuisée :
nécessaires dans les Romans & dans
les Pieces de théatre, ils ornent la
fiction & soutiennent l'intérêt ; mais

le fanctuaire de la Justice rejette les déclamations , & n'admet que des preuves.

» Le fieur d'Oppy l'avoue , & cet aveu n'a rien qui l'humilie ; malgré les défordres & l'inconduite auxquels fa femme fe livroit déjà publiquement à Douai, il a eu pour elle, dans les quatorze premieres années de fon mariage, une confiance prefque fans bornes. Dans l'efpérance de l'occuper d'objets honnêtes , & de l'écarter de tous les autres, il lui avoit donné un pouvoir général pour régir , adminiftrer , & même pour vendre fes biens. Son caractere ouvert, plein de probité & de franchife , préfumoit facilement , de la part de la dame d'Oppy, un retour à la vertu qu'il chériffoit.

» La réunion de la fortune des deux époux leur affuroit un état honorable dans leur province, & ils avoient à Douai une maifon où l'opulence fixoit tous les agrémens ; mais l'éclat qu'y faifoient fes intrigues, & l'efpérance de les voiler avec plus d'art dans un autre pays, dégoûterent la dame d'Oppy de ce féjour : elle défira que fon mari achetât la terre d'Eppeville , près de

Péronne ; il le fit, & les deux époux s'y retirerent.

» Bientôt ennuyée dans son château, la dame d'Oppy voulut passer les hivers à Paris. Le besoin de conclure quelques affaires fut son prétexte. Le sieur d'Oppy ne jugea pas à propos de la suivre dans la Capitale ; mais il n'épargna rien pour lui procurer les moyens d'y paroître d'une maniere convenable à son état & à son rang ; il ne la laissa même jamais sans un carrosse & plusieurs domestiques.

» Les premiers pas de la dame d'Oppy dans la Capitale, furent consacrés à la recherche des temples les plus renommés de Vénus. La maniere dont elle fit son entrée dans celui qui étoit présidé par la G....., mérite des détails particuliers.

» A entendre la dame d'Oppy, c'est le besoin de société qui lui a fait connoître cette femme malheureusement trop célebre ; elle la prenoit pour une Comtesse, & c'est un Chevalier de Saint-Louis, qu'elle ne nomme pas, qui l'a plongée dans cette erreur funeste ; mais un Roman n'est pas une apologie. D'abord il est faux que la dame d'Oppy eût jamais manqué à Paris de sociétés honorables : long-temps avant l'époque de sa connoissance avec la G....., elle étoit admise dans plusieurs maisons respectables & opulentes.

» Le 30 Mars 1768, le Chevalier de ...... & la dame ...... ayant été avertis des désordres de la dame d'Oppy, le 15 Avril suivant, M. le Lieutenant-Général de Police la fit arrêter chez la G.... même, & conduire à Sainte-Pélagie.

» La dame d'Oppy, enfermée dans un Couvent, crut pouvoir toucher encore l'époux malheureux qu'elle avoit outragé si cruellement ; elle lui écrivit à cet effet plusieurs lettres.

» Si la dame d'Oppy n'eût pas été coupable, auroit-elle cherché à atténuer son crime ? Auroit-elle tâché d'en adoucir l'idée par le nom d'imprudence ? Auroit-elle réclamé la pitié de son mari ? Lui auroit-elle promis une meilleure conduite ? Auroit-elle demandé, comme une grace, d'être mise au Couvent ?

» Ces lettres firent sur le sieur d'Oppy l'effet que son épouse désiroit ; il consentit d'aller la voir dans sa retraite, sans se laisser ébranler par ses larmes, ni séduire par ses excuses artificieuses. Il lui fit cependant entrevoir qu'elle pouvoit espérer un meilleur sort, en effaçant, par une vie réguliere, les écarts scandaleux dont elle avoit à rougir; &, cédant à ses vives instances, il lui promit de lui faire expédier une lettre de cachet pour sa terre d'Eppeville.

» Cette promesse fut exécutée. Quelques jours après, le Commis du sieur Marais conduisit la dame d'Oppy à Eppeville, & lui notifia l'ordre du Roi de n'en point sortir.

» Le sieur d'Oppy ne tarda point à se repentir de cet acte de complaisance. La dame d'Oppy ne couchoit point dans le château pendant les quinze derniers jours qu'elle y passa; elle erroit sans cesse dans les fermes qui en dépendent, & dans les lieux circonvoisins. C'étoit sans doute pour préparer & concerter les mesures nécessaires à son évasion; du moins elle en est convenue dans son interrogatoire du 11 Février 1776.

» Il y avoit près de trois semaines qu'elle étoit à Eppeville, lorsqu'elle apprit, non par une lettre du sieur d'Oppy, comme elle ose le supposer,

mais par des voies fecretes , qu'il devoit paſſer à Péronne le 17 Juin , pour
ſe rendre à Douai avec la dame......
Auſſi-tôt elle bâtit ſur cette nouvelle le
projet d'une réconciliation factice ; elle
part d'Eppeville malgré l'ordre du Roi
qui l'y confinoit , arrive à Péronne
eſcortée de deux payſans , apprend l'arrivée de ſon mari & de ſa belle-ſœur ,
vole à leur auberge , y donne la ſcene
la plus ſcandaleuſe , raſſemble par ſes
cris une foule de perſonnes , & proteſte
à haute voix qu'elle ne ſe ſéparera jamais de ſon mari.

» La dame ......, effrayée par ſes
clameurs , & tremblante ſur l'état de
ſon frere , alors malade , ne courut point
elle-même , comme on le prétend , mais
envoya chercher main-forte pour re-
pouſſer les violences de cette femme
emportée. Mais rien n'arrête la dame
d'Oppy. Pleine de ſon projet , elle force
les obſtacles , & parvient à la chambre
où le ſieur d'Oppy s'étoit retiré.

» Dans cette poſition , le ſieur d'Oppy ,
abattu par la maladie , craint de ſe donner plus long-temps en ſpectacle , &
d'amuſer , par le récit de ſes malheurs ,
la curioſité maligne du Public ; il prend

le parti de reconduire fa femme au château d'Eppeville. La dame ...... elle-même l'y engage, en lui faifant fentir que fa préfence fur les lieux pourra d'avance rompre les mefures que la dame d'Oppy prendroit à l'avenir pour fortir de fon exil.

» Mais la dame d'Oppy, traveftie en payfanne, prend la fuite, & tient long-temps une marche incertaine & vagabonde. Elle échappe, à la faveur de fon déguifement, aux premieres recherches. Elle arrive, le 2 Juillet, à Tournai, d'où elle fe rend à Oftende. Là elle donne des foupçons, en montrant indifcrétement de l'or; on la prend pour une femme de chambre qui a volé fa maîtreffe; on faifit le panier qu'elle portoit au bras; on y trouve les diamans qu'elle avoit enlevés à fon mari, & qu'il n'a recouvrés qu'en vertu d'une Sentence du Magiftrat d'Oftende, du 12 Juillet 1772, rendue après quatre ans de procédure contre elle, contre fes créanciers qu'elle faifoit agir, & contre fon Procureur.

« Echappée d'Oftende par la négligence de fes gardes qu'elle enivre, la dame d'Oppy s'embarque, arrive en Angleterre, & paffe de Douvres à Londres, où elle eſt reſtée juſqu'au commencement de 1774 : & qu'y a-t-elle fait? Des preuves multipliées ; un grand nombre de témoins, dont deux dépoſent *de viſu* ; pluſieurs lettres écrites de ſa propre main à George Clarke, qu'elle oſe dénier, mais dont la vérification a été faite contradictoirement avec elle par des Experts, démontrent qu'elle s'eſt abandonnée en Angleterre dans la maiſon de Clarke, dans celle du ſieur Norton, & dans les *bagnio*, à la débauche la plus honteuſe & la plus effrénée.

» Loin cependant de lui interdire les moyens de rentrer en France, on lui en applaniſſoit la route, & l'on n'y mettoit d'autre condition que de vivre dans une retraite décente, qu'elle eût dû déſirer elle-même pour cacher ſa honte.

» Le ſieur d'Oppy ayant perdu tout eſpoir de déterminer la dame d'Oppy à ſuivre une conduite décente & honnête, prit le parti de préſenter au Lieutenant-Criminel du Bailliage de Noyon, Juge de ſon domicile, la plainte qui a fait la baſe de toute la procédure portée depuis au Parlement de Paris.

» Cette

» Cette plainte eſt du 28 Juin 1769. La Sentence définitive n'a été rendue que le 16 Août 1770. La dame d'Oppy en a interjeté appel par acte du 18 Janvier 1771, ſignifié au ſieur Leclercq, Procureur du ſieur d'Oppy à Noyon. Le 12 Février 1772, le ſieur d'Oppy l'a fait aſſigner au domicile de M. le Procureur-Général, pour procéder ſur cet appel, & il a obtenu un Jugement par défaut le 5 Septembre de la même année, qui déclare la dame d'Oppy non-recevable dans ſon appel, faute par elle de s'être miſe en état, conformément à l'Ordonnance de 1670.

» On eſt ſurpris d'entendre dire à la dame d'Oppy, que ſa famille lui a procuré un aſile lors de ſon retour en France. Pour détruire ce menſonge, & faire connoître le degré de confiance que méritent les aſſertions de la dame d'Oppy, le ſieur d'Oppy a produit & tranſcrit dans ſon Mémoire les lettres que les plus proches parens de ſon épouſe lui ont écrites au ſujet de ſes déſordres, les 22 Juillet & 10 Novembre 1768, 25 Avril & 17 Septembre 1769, 14 & 28 Septembre & 5 Dé-

Tome VI.   K

cembre 1770 : toutes portent l'empreinte de la plus vive indignation
contre les débordemens de la dame
d'Oppy.

» Nous ne fuivrons le Défenfeur du
fieur d'Oppy, ni dans le détail de la
procédure qui a fuivi le retour de la
dame d'Oppy en France, ni dans l'expofé des informations faites à Noyon
& à Paris. On retrouve l'un & l'autre
dans l'analyfe que nous avons donné
ci-devant du Mémoire publié par M.
Hardouin. Nous nous bornerons à un
précis des moyens qui compofoient la
défenfe de M. Aved de Loizerol.

» D'abord, point de fin de non-
recevoir contre le fieur d'Oppy. Le récit des faits prouve qu'il n'y a eu ni
réconciliation à Eppeville, ni délaiffe-
ment en Angleterre ; & fi la féquef-
tration de la dame d'Oppy dans le couvent de Sainte-Pélagie a dû fufpendre
l'accufation d'adultere tout le temps
qu'elle a duré, elle n'a pu l'éteindre &
l'anéantir. Jamais un châtiment décerné
en vertu d'un ordre immédiat du Roi,
n'a été un moyen légal de fouftraire le
coupable aux pourfuites de la Juftice.

» Au fond, la défenfe de la dame

d'Oppy ne préfente qu'un tiffu de menfonges romanefques. Ses affiduités chez la G...... font démontrées par le procès-verbal du Commiffaire Mutel, par les informations, par les regiftres de la G...., par fes propres aveux. On fe rappelle qu'elle eft convenue d'avoir été plufieurs fois dans ce lieu infame, *dans le deffein d'y trouver un homme avec qui elle pût faire une compofition honnête pour être entretenue.*

» Il eft également prouvé par fes lettres à George Clarke, & par un concours nombreux de témoins de toutes les claffes, qu'elle a vécu en Angleterre dans la crapule la plus honteufe.

» En vain cherche-t-elle à écarter fes lettres à George Clarke, fous prétexte qu'elles n'ont pu fortir des mains de ce particulier que par l'effet d'une trahifon concertée entre lui & le fieur d'Oppy. Jamais le fieur d'Oppy ni fa famille n'ont eu la moindre relation avec George Clarke. C'eft celui-ci qui, de fon propre mouvement, & pour fe venger des infidélités multipliées de la dame d'Oppy, qu'il entretenoit, a envoyé au fieur d'Oppy les lettres que l'on a produites. On voit par ce qu'elles

K ij

contiennent, qu'il l'avoit déjà souvent menacée de le faire; & assurément il n'y a, de la part du sieur d'Oppy, ni crime, ni trahison à s'en servir.

» A l'égard des témoins, il en est deux ; le Vicomte de V..... & le Marquis de V... V..., contre lesquels la dame d'Oppy n'a pas osé hasarder le plus léger reproche, quoique leurs dépositions la couvrent de honte.

» Les cinq témoins Anglois sont encore plus précis ; il y en a même deux qui attestent avoir trouvé la dame d'Oppy *in ipsis actibus venereis*. Aussi a-t-elle épuisé contre eux tous les reproches qu'une imagination féconde en mensonges a pu lui suggérer. Le plus fort (& il peut servir de regle pour apprécier les autres) est de dire qu'il auroit fallu faire déposer ces témoins sur les lieux, devant le Juge national, en vertu d'une commission rogatoire qu'il auroit accceptée ; ou du moins, que l'on auroit dû commencer par les faire déposer par-devant le Juge de Calais, sauf à les appeler à Paris pour la confrontation, si elle eût été nécessaire.

» Le sieur d'Oppy n'a voulu ni n'a

dû prendre l'un ou l'autre de ces partis. C'étoit à Paris que le Procès s'instruisoit. Il étoit, dans tous les cas, néceffaire que les témoins vinffent à Paris pour la confrontation avec l'Accufée : il a fuivi la marche que la Loi lui prefcrivoit; il n'a pas dû être plus fage qu'elle.

» Quant à l'acte fait le 29 Janvier 1776, devant Ogier, Notaire à Londres, il a été paffé pour obéir à la Sentence du Bailliage du Palais, qui a ordonné que l'on tireroit quittance, par-devant un Officier public, de la fomme de 240 livres qu'elle a permis d'avancer à chacun des témoins. On ne peut en cela critiquer ni la conduite du fieur d'Oppy, ni celle de Guillaume Cotterel, Négociant de Londres, qui ne lui a jamais fervi d'*agent* qu'en cette occafion.

Le Bailliage du Palais ordonna fur tous les faits qui faifoient l'objet des deux plaintes, une plus ample information.

Sur l'appel par Arrêt du 20 Août 1776, le fieur d'Oppy fut déclaré non-recevable dans fa premiere plainte, & fut mis hors de Cour fur la feconde.

K iij

DEMANDE en réparation, dommages & intérêts, pour l'inexécution d'une promesse de mariage.

L'AFFAIRE de la demoiselle Peloux & du sieur Lévêque peut être rangée au nombre des Causes singulieres. L'un & l'autre se prétendoient également victimes de la séduction; & ces deux amans faisoient à la Justice des portraits bien différens d'eux-mêmes, & bien odieux. Leur histoire est une espece de Roman commencé par les sentimens les plus purs, & dégénéré ensuite en scenes scandaleuses, jouées par les passions les plus viles. Nous allons d'abord rapporter les faits d'après le sieur Lévêque, & nous rétablirons, d'après la demoiselle Peloux, ceux qu'elle prétend altérer par son Adversaire.

Le sieur Lévêque est originaire de la ville d'Aix. Son pere étoit Substitut de M. de Montclar, Procureur-Général au Parlement de Provence. Il entra, à l'âge de treize ans, dans la Société des Jésuites d'Avignon; il y resta six ans.

A l'époque de la diffolution de la Société, il en avoit dix-neuf.

Rendu au monde, il vint dans la capitale. Les connoiffances qu'il avoit acquifes pour l'éducation de la jeuneffe, le déterminerent à traiter du fonds d'une penfion au Roule : cet établiffement étoit négligé ; le fieur Lévêque le remonta fous le titre d'*Inftitution de la jeune Nobleffe*. Plus de vingt penfionnaires faifoient fon état.

Un fieur Abbé Paftourel avoit fait fes études avec le fieur Lévêque. Il vint le voir, paffa une après-midi entiere à l'entretenir de la demoifelle Peloux, lui fit un tableau touchant de fes malheurs, voulut intéreffer fa pitié, la préfenta comme une fille fans reffource, exagéra fes qualités perfonnelles, fa naiffance, fon éducation & fes mœurs. L'innocence, la candeur, la vertu, la fageffe, les qualités du cœur & de l'efprit, les charmes de la figure, de l'entretien & des talens furent employés pour perfuader un homme crédule & facile à s'enflammer. Quand cet ancien ami eut amené le fieur Lévêque au degré d'enthoufiafme où il paroiffoit être lui-même fur les agrémens & fur la conduite de la fille Peloux, il essaya de lui prouver combien elle pourroit être utile pour sa pension & pour la direction de sa maison; il lui fit promettre de s'intéresser à son sort, & de lui donner des secours pressans dont elle avoit besoin. Elle ne recevoit, lui dit-il, aucun soulagement de sa famille; elle étoit obligée de fuir les mauvais traitemens d'un beau-pere cruel & barbare. Elle étoit alors à Rouane, chez le sieur Ponchon, ami de l'Abbesse de Bénissons-Dieu; il l'avoit reçue dans sa maison, lorsqu'elle sortit de cette communauté; & l'intérêt que le sieur Ponchon prit à elle, peut tenir place dans l'éloge de cette fille. Ceux qui le connoissent savent qu'à beaucoup d'esprit & de pénétration, il joint une grande délicatesse de sentiment.

Le sieur Lévêque, dans le premier moment d'enthousiasme qu'on lui avoit inspiré, écrivit à la demoiselle Peloux la lettre suivante : » Cette lettre va vous » surprendre; elle est d'un homme qui » n'a pas l'honneur de vous connoître, » mais qui a de la probité, & qui sait » s'intéresser au sort des infortunés. Je » connois vos malheurs; ils m'ont attendri. Que n'en ai-je été plus tôt instruit!

» Ne vous mettez point en peine de
» favoir qui me les a racontés. Qu'il
» vous fuffife d'apprendre que, dès ce
» moment, vous avez en moi l'ami le
» plus fincere. Il fera pour vous tout ce
» qui dépendra de lui. Ne craignez pas
» de l'importuner : s'il peut vous prou-
» ver tout ce qu'il fent pour vous, il
» fera le plus heureux des hommes.....
» Mais qu'il me foit, avant tout, permis
» de vous demander une grace ; c'eft de
» tenir bien fecret le commerce de let-
» tres qui va commencer entre vous &
» moi, & fur-tout de brûler celle-ci.
» Vous connoiffez auffi-bien que moi
» l'injuftice des hommes. Incapables de
» faire le bien, ils ne favent qu'em-
» poifonner celui qu'ils voient faire......
» Mandez-moi tout de fuite qu'elle eft
» votre fituation actuelle, quels font
» vos projets & vos reffources. Je puis
» vous obliger. Il ne tient qu'à vous
» d'être, après ma mere, le feul objet
» de mes foins. Ne prenez point ceci
» pour le langage d'un étourdi ; je n'ai
» jamais aimé que la vertu & les mal-
» heureux. C'eft ce principe qui feul a
» dicté cette lettre. Je n'ai d'autre vûe,
» en l'écrivant, que de juftifier à vos

K v

» yeux la providence, envers laquelle
» les infortunés ne font que trop souvent
» ingrats «. Dans la lettre étoit inclus un
papier, fur lequel étoit écrit : » Vous
» pourrez adreffer votre réponfe à M.
» Lévêque, Inftituteur de la jeune No-
» bleffe, hôtel du Roulle, près la
» grille des Champs Elyfées «.

On peut juger de la furprife de la
demoifelle Peloux à la lecture de cette
finguliere lettre. Elle la montra aux fieur
& dame Ponchon. Leur étonnement
fut égal au fien. Elle ne vouloit pas
répondre ; ils l'y engagerent. Que rif-
quez vous, lui dirent-ils ? Ce myftere
n'a rien de finiftre. Cet inconnu n'annonce que des intentions honnêtes.
Eclairciffez-vous, fans vous compromettre ; exigez qu'on vous inftruife du nom,
de l'état, de la fortune de l'homme qui
vous a écrit. Elle fuivit ces confeils ; ils
furent la regle de fa réponfe. Mais, ne
comptant que comme elle le devoit fur
cette aventure, elle ne changea rien
à fon premier deffein.

Le fieur Ponchon avoit intéreffé pour
la demoifelle Peloux un Chanoine de
Tours, qui l'avoit fait agréer à madame
de Condé, Abeffe de Beaumont-les-

Tours. Elle alloit partir, quand elle reçut la lettre que l'on vient de lire, & partit en effet le 16 Mars 1771.

En arrivant à Tours, elle apprit la mort de son Chanoine ; mais elle retrouva heureusement un protecteur dans un des Curés de cette ville, son compatriote. Ce fut chez lui qu'elle reçut la seconde lettre de son inconnu. Il lui apprenoit qu'il étoit de son pays ; qu'il s'appeloit *la Touloubre*, de son nom de famille, & *de Lévêque*, d'un nom de terre. Il lui rendoit compte de la maniere dont il étoit parvenu à la connoître, & comment il avoit conçu pour elle les sentimens qu'il lui témoignoit. » Vous m'apprenez, ajoutoit-il avec feu, » que vous partez pour le couvent. Ah ! » Mademoiselle, qu'allez-vous faire ? » Supportez vos malheurs avec force ; » bravez encore quelque temps le sort » qui vous poursuit : je ne vous de- » mande que trois mois, & je jure d'ap- » porter un remede à vos peines. Oui, » j'ose le dire, votre vertu, votre sa- » gesse vous rendent adorable à mes » yeux. Ah! si j'avois une épouse douée » d'aussi belles qualités ; une épouse, » j'allois dire qui vous ressemblât !... »

K vj

» Mais j'oubliois combien facilement
» vous vous scandalisez «.

Tout le reste de sa lettre étoit écrit
avec la même honnêteté, mais avec la
même chaleur. Tant d'apparence de
vertu, de noblesse, de sensibilité sur-
tout, toucherent la demoiselle Peloux.
Mais, ne voulant rien faire de sa tête,
elle montra au Curé, sous l'aile duquel
elle s'étoit mise, les deux lettres du sieur
Lévêque.

Elle devoit entrer incessamment dans
un couvent, dans lequel, de concert
avec la Superieure des Capucines de
Tours, il lui avoit procuré une place.
Il l'engagea à ne rien précipiter. Cet
homme, lui dit il, ne vous demande
que trois mois. Pourquoi ne pas les lui
accorder? Pourquoi ne pas attendre,
dans une retraite honnête, la conclusion de cette affaire, & le terme de
ses promesses? La proposition la flattoit assez pour qu'elle n'opposât pas
beaucoup de résistance. Elle entra donc,
en qualité de Pensionnaire, au couvent
des Dames de l'Union-Chrétienne de
Tours. Le sieur Lévêque lui fit passer
des secours.

Il s'établit alors un commerce de

lettres suivi entre ces deux amans qui ne s'étoient jamais vus. Les lettres du sieur Lévêque portoient l'empreinte de l'honnêteté, de la délicatesse; c'étoit le style d'un homme de Lettres aimable; c'étoit l'ame d'un Philosophe tendre & sensible; mais toujours il en revenoit à un point unique, c'étoit l'extrême envie qu'il avoit de voir sa maîtresse. Il eût volé à ses pieds, si son état & les affaires ne l'eussent enchaîné dans la capitale. Il la conjuroit, la supplioit de se rapprocher de lui, puisqu'il ne lui étoit pas possible de se rapprocher d'elle.

Enfin, soit qu'elle fût pressée par le désir de voir cet amant inconnu, & d'accélérer l'effet de ses promesses, soit qu'elle cédât à ses invitations, elle se détermina à se rendre à Paris.

Elle arrive, le 21 Septembre 1771, à l'hôtel d'Aligre, rue Saint-Honoré, chez le sieur Rose de Chantoiseau, fait savoir son arrivée au sieur Lévêque, qui se rendit auprès d'elle. A cette premiere vue, dit il, elle employa les larmes, déplora son sort & ses malheurs, se plaignit amérement de l'injustice de sa mere, de la dureté & de l'inhumanité de son beau-pere. Ses larmes, ses discours exciterent la pitié du sieur Lévêque; &, dès cet instant, il résolut de faire cesser des malheurs qu'il ne croyoit pas mérités.

Il donna des secours à cette fille, engagea le sieur de Chantoiseau d'avoir des égards pour elle. Mais bientôt, & peu de jours après son arrivée, son hôte porta des plaintes contre elle; il chercha à s'en débarrasser. Le sieur Lévêque, prévenu en faveur de cette fille, crut que ces plaintes n'étoient pas fondées; il lui chercha une nouvelle demeure, & la plaça chez le sieur Domme, Limonadier, Porte Saint-Honoré. Elle y entra sous le nom de *madame d'Hugue.*

Ce changement de nom fit impression au sieur Lévêque, lui laissa des soupçons; mais la demoiselle Peloux sut encore lui persuader qu'elle prenoit cette précaution pour tromper les poursuites de son beau-pere.

Elle resta un mois chez le sieur Domme. Pendant ce temps, le sieur Lévêque ne cessa de l'exhorter à retourner à Orléans, attendre qu'on eût trouvé à la placer. Cette proposition, qui n'étoit pas conforme à ses vûes, lui fit employer toutes ses ressources pour séduire le fieur Lévêque, & l'amener au point où elle le défiroit.

Il n'eft pas difficile à une fille de trente-fix ans de fubjuguer, d'entraîner & de vaincre un homme de vingt-deux ans, fur-tout quand elle eft douée des artificieux talens dont la demoifelle Pe-loux fait fi bien faire ufage ; elle pria, conjura, employa tous les charmes de la féduction, & lui extorqua enfin une promeffe de mariage.

L'aveuglement du fieur Lévêque étoit tel, qu'avant de figner cet écrit, il en-voya à la mere de la demoifelle Peloux la lettre fuivante :

» *Paris,* 10 *Octobre* 1771.

» M A D A M E,

» Des circonftances dont il feroit inu-
» tile de vous faire ici le détail, m'ont
» procuré la connoiffance de mademoi-
» felle votre fille. Ses malheurs & fes
» vertus, qui lui ont attiré l'eftime de
» toutes les perfonnes qui ont le bonheur
» de la connoître, m'ont attaché à elle.
» Je lui ai voué l'amitié la plus fincere
» & la plus conftante. Je n'ai tardé à
» avoir l'honneur de vous informer de

» mes difpofitions à fon égard, que pour
» avoir celui de m'affurer à mon tour,
» qu'elle avoit quelque eftime & quel-
» que amitié pour moi. Actuellement
» que j'ofe m'en flatter, j'ai l'honneur,
» Madame, de vous demander la grace
» d'approuver les juftes fentimens que
» j'ai conçus pour votre vertueufe fille,
» de me permettre d'afpirer au bonheur
» d'être un jour compté au nombre de
» vos enfans. Des obftacles que la pa-
» tience feule & la main du Tout-
» puiffant viendront à bout de furmon-
» ter, me privent actuellement de cette
» faveur finguliere. Mademoifelle votre
» fille n'a pour bien que l'heureufe édu-
» cation qu'elle a reçue auprès de la
» meilleure des meres ; je n'ai moi-
» même rien à attendre de ma famille,
» du vivant de ma mere. Je n'ai pour
» tout bien que de la probité, l'amour
» du travail, & un état honorable à
» la vérité, mais peu confolidé. Il faut
» que j'attende qu'il le foit. Si je m'u-
» niffois à mademoifelle votre fille avant
» qu'il le fût entiérement, je ferois in-
» failliblement fon malheur & le vôtre,
» & j'en mourrois de douleur. Je vous
» demande cependant une grace ; ne

» me la refufez pas, fi vous voulez hâter
» mon bonheur ; c'eft de vouloir bien
» tenir fecret, jufqu'au moment de la
» décifion, le projet que je forme au-
» jourd'hui, fi vous l'approuvez. Si vous
» ne gardez là-deffus la plus grande dif-
» crétion, mes amis & mes parens ne
» manqueroient pas de s'élever contre
» moi, & de former de nouveaux obf-
» tacles, plus difficiles à vaincre que
» les premiers. Non que le nœud qui
» me joindra à votre famille n'honore
» beaucoup la mienne ; mais vous fa-
» vez auffi-bien que moi qu'une riche
» dot eft la meilleure des raifons pour
» unir deux familles. Veuillez-bien ce-
» pendant, Madame, faire des infor-
» mations à mon fujet. Vous voudrez
» bien prendre pour prétexte, en parlant
» de moi, que j'ai eu le bonheur de
» rendre, dans la Capitale, quelques
» fervices à une de vos parentes. Vous
» avez, entre autres, à votre voifinage,
» le Comte de Bourbon, que j'ai le
» bonheur de compter au nombre de
» mes amis ; fon amitié m'honore à
» tous égards. Veuillez-bien auffi me
» marquer ce que vous affurez à ma-

» demoiselle votre fille après votre
» mort; & s'il ne seroit pas possible
» de lui faire prêter par sa famille quel-
» que argent; il serviroit à consolider
» entiérement mes affaires dans ce pays-
» ci, & nous serions bientôt en état
» de le restituer; nous donnerions pour
» cela toutes les assurances possibles. Je
» suis, avec un profond respect, Ma-
» dame, votre très-humble & très-
» obéissant serviteur, LA TOULOUBRE
» LEVEQUE «.

Quelques jours après cette lettre, &
sans en attendre la réponse, il écrivit
la promesse singuliere que voici :

» Je jure, par le serment le plus so-
» lennel, que je prends, de cet ins-
» tant, pour ma fidelle & tendre épou-
» se, mademoiselle Jeanne Peloux;
» que je ratifierai, au pied des autels,
» les engagemens sacrés que je forme
» aujourd'hui, dès que j'aurai un bien-
» être suffisant pour croire qu'elle ne
» sera pas malheureuse, ainsi que nos
» enfans; que dès cet instant j'aurai
» pour elle tout l'amour, toute la fidé-
» lité, & toutes les attentions qu'un
» mari doit à son épouse. Et si je man-

» que jamais à ces engagemens, je con-
» fens à être le plus malheureux des
» hommes, & l'exécration de tous les
» gens de bien. Fait à Paris, ce 23 Oc-
» tobre 1771. FELIX-LOUIS-CHRIS-
» TOPHE LA TOULOUBRE LÉVÊQUE «.

La demoiselle Peloux de son côté
en écrivit une dans ces termes :

» Je jure devant Dieu, & par tout
» ce qu'il y a de plus sacré sur la terre,
» que je prends bien volontiers, & dès
» cet instant, pour mon fidele ami
» & tendre époux, M. Félix-Louis-
» Christophe de la Touloubre Lévêque;
» que jamais, de son vivant, je ne
» m'unirai à d'autre qu'à lui, à moins
» d'un consentement verbal, ou écrit
» de sa main; que je ratifierai au pied
» des autels l'engagement que je prends
» ici, dès que des circonstances plus
» heureuses que celles où il se trouve
» maintenant le permettront; que, dès
» cet instant même, j'aurai pour lui,
» & lui conserverai toute la fidélité,
» toutes les attentions, toute l'amitié,
» toute la confiance, tout le respect
» que l'on doit à un époux; & si je
» manque jamais aux engagemens sacrés

» que je prends aujourd'hui, je con-
» fens à être abandonnée de mon ami
» & de toute la terre. Fait à Paris,
» au Café de Domme, à la Porte Saint-
» Honoré, le 23 Octobre 1771. *Signé*
» JEANNE-HIPPOLYTE PELOUX «.

Tel fut, difoit le fieur Lévêque, le fruit de la féduction, & l'effet de l'afcendant qu'avoit pris une fille de trente fix ans, exercée dans l'art de la tromperie, fur un jeune homme de vingt-deux, foible, fans expérience, qui fortoit du cloître, & n'avoit exercé fon efprit & fes talens qu'à l'étude.

Les circonftances où il fe trouvoit ne permettoient pas que fa maîtreffe reftât à Paris. Il obtint d'elle, à force de remontrances & de fupplications, qu'elle allât paffer quelque temps à Orléans. La piece dont elle étoit nantie, la tranquillifa fur fon abfence, & fur l'interruption qu'elle alloit être obligée de mettre à l'obfeffion qu'elle fentoit être néceffaire pour arriver à fes fins.

Peu de temps après fon départ, le fieur Lévêque écrivit à la mere de la demoifelle Peloux, la lettre fui-vante.

Paris, ce 30 Novembre 1771.

MADAME,

» J'ai reçu, avec toute la reconnoif-
» fance poffible, les marques d'eftime
» dont vous & M. de Monges m'avez
» honoré dans votre lettre. Je ne doute
» pas qu'il n'en coute infiniment à
» votre cœur de ne pouvoir pas rendre
» mademoifelle votre fille auffi heu-
» reufe que vous le défireriez. Mais en-
» fin, puifque la chofe eft impoffible,
» attendons de la main du temps ce
» que celle de la fortune nous refufe.
» Je vous prie de n'avoir aucune in-
» quiétude fur le fort de mademoifelle
» votre fille. J'y ai pourvu; & elle at-
» tend, dans un lieu décent & hon-
» nête, que tout foit terminé. Je ne
» puis pas encore prédire au jufte la fin
» de mes affaires; mais il ne tiendra
» pas à moi qu'elles ne foient bientôt
» terminées. Je fuis, avec un profond
» refpect, Madame, votre très-humble
» & très-obéiffant ferviteur, DE LA TOU-
» LOUBRE LÉVÊQUE «.

On voit que cette lettre eft liée avec
celle du 10 Octobre précédent, par

laquelle il avoit demandé des secours; qu'on lui avoit mandé qu'on ne pouvoit en donner, & que son amour lui faisoit prendre le parti de s'en passer.

Peu de temps après son arrivée à Orléans, la demoiselle Peloux lui écrivit qu'il lui étoit impossible de se placer dans Orléans, ni à Tours, & qu'il lui seroit plus aisé de trouver une place à Paris. Elle y revint en effet, & descendit à l'hôtel Bourgueil, rue de la Calandre, où le sieur Lévêque lui avoit fait préparer un appartement.

Après le premier transport de joie que leur inspira réciproquement le plaisir de se voir, la demoiselle Peloux parla de mariage; mais le sieur Lévêque demanda encore un délai, fondé sur ce qu'il avoit, dans sa Pension, un associé, avec qui il avoit des démêlés. Il vouloit disoit-il, en avoir justice, & l'expulser, de gré ou de force, de la Pension, pour n'en partager désormais avec personne, ni les soins, ni les bénéfices.

Ces retards alarmoient la demoiselle Peloux; ils alarmoient sa mere, à qui elle en faisoit part. Pour rassurer cette mere, le sieur Lévêque lui écrivit, le 7 Février 1772, qu'il espéroit que ses affaires seroient bientôt terminées, & lui laisseroient la liberté de mettre le sceau à son bonheur & à celui de la demoiselle Peloux.

Un hôtel garni n'étoit pas une demeure décente pour une fille honnête. Le sieur Lévêque l'engagea d'employer ses connoissances pour entrer dans un couvent; elle y consentit, & pria le célebre Vernet, Peintre du Roi, & la dame Gounod, épouse d'un Fourbisseur du Roi, logé au Louvre, de lui trouver une maison religieuse. On lui proposa Longchamp; mais elle ne voulut pas y entrer, attendu que la pension étoit trop chere.

Elle sortit de la rue de la Calandre, pour aller demeurer chez le sieur Tardieu, Graveur du Roi, où le sieur Vernet l'avoit fait agréer pour pensionnaire; mais, trois jours après, il la pria instamment de se retirer (a). De là, elle en-

_____

(a) Ces expressions, qui sont celles du sieur Lévêque, semblent donner à entendre que le sieur Tardieu expulsa la demoiselle Peloux. Mais celle-ci, pour écarter toute idée d'expulsion mal-honnête, raconte le fait

tra chez un sieur Philippe, Traiteur, porte Saint-Honoré. Le sieur Lévêque la nourrissoit là comme dans les autres endroits.

Au bout de deux mois passés chez Philippe, le sieur Lévêque lui-même apprend à sa maîtresse qu'il est enfin parvenu à se défaire de son associé. Elle se flatte que cette nouvelle est celle de leur hymen; elle lui fait part de ses espérances; mais il ne peut encore les réaliser. Cet associé, dit-il, lui a laissé plus de 6000 livres de dettes à payer, & l'embarras que cette circons-

---

ainsi : « J'y fus reçue; Lévêque vint m'y » voir. Mais la respectable austérité de mes » hôtes, & sur-tout la répugnance qu'ils » montroient à ce que Lévêque m'entretînt » en particulier, eurent bientôt déplu à ce- » lui-ci; &, sous prétexte de l'éloignement, » il exigea que je vinsse habiter l'apparte- » ment qu'il m'avoit arrêté chez le sieur » Philippe, rue Saint-Honoré. Ma sortie de » chez le sieur Tardieu est donc uniquement » son fait.... Mais, dit-elle, qu'ai-je besoin » de cette justification ?..... Dans ce moment- » ci même, & depuis six mois, je suis logée » chez cet homme estimable. Il m'a tendu » les bras; il est mon protecteur, mon Ange » tutélaire ».

tance

rance met dans ſes affaires , ne lui permet pas de s'occuper, quant à préſent,
de ſon mariage. Dans ce même temps, il
écrivoit à la mere de la demoiſelle Peloux. Voici ſa lettre.

Paris , ce 9 Juillet 1772.

MADAME,

» Mademoiſelle votre fille a dû vous
» dire que, depuis ſix mois, je ſuis
» ſurchargé d'occupations. J'en ai tant,
» & de tant d'eſpeces différentes, qu'il
» m'arrive plus d'une fois de ne pas
» trouver un moment pour prendre mes
» repas. Elles n'ont point encore fini,
» & ſemblent, au contraire, ſe mul-
» tiplier. J'avois dans mon état un aſ-
» ſocié (a). Trop de confiance en lui

Note de la demoiſelle Peloux.

(a) » Cet aſſocié eſt , comme moi, une des
» victimes de ſa bonne foi & de la ſcéléra-
» teſſe de l'Ex-Jéſuite. Il tenoit ſeul la Pen-
» ſion, lorſque Lévêque, proſcrit avec la
» Société dont il étoit membre, lui offrit de
» partager avec lui l'éducation de la jeuneſſe
» qui lui étoit confiée. Cet honnête homme
» le recueillit & ſe l'aſſocia. Pour prix de

Tome VI.   L

» m'a beaucoup dérangé dans mes affai-
» res. Il en a abusé indignement. Ce-
» pendant je ne pouvois me débarrasser
» de cet homme dangereux , qu'en
» lui faisant un procès qui eût été fort
» ruineux pour moi. Il m'a donc fallu
» prendre une autre marche pour men
» débarrasser. J'ai fait solliciter , par
» mes amis , des ordres pour le faire
» sortir de ma maison , & même de Pa-
» ris ; mais, comme je pouvois succom-
» ber dans mes poursuites, j'ai fait en
» même temps solliciter pour moi ,
» à la Cour , une charge dont les reve-
» nus sont considérables. Par ce moyen,
» je me ménageois toujours un abri. Si
» je ne pouvois me défaire de mon asso-
» cié , j'abandonnois mon état , & pre-
» nois la charge. Sa mauvaise conduite
» étoit si visible & si frappante , que je

» sa bienfaisance , Lévêque est parvenu à le
» chasser , à force d'intrigues & de manœu-
» vres. Cette cruelle catastrophe a pensé lui
» faire tourner la tête. Il traîne , depuis ce
» temps , une santé languissante , & je lui
» ai peut-être fourni la seule consolation qu'il
» ait encore goûtée, en allant pleurer avec
» lui des malheurs qui nous sont communs «.
Cet associé est le sieur Désavy,

» n'ai pas eu de peine à obtenir les
» ordres que je désirois. Il me laisse
» cependant, par sa retraite, près de
» 6000 livres de dettes à payer ; &,
» pour augmenter l'embarras où je me
» trouve, on me promet que j'aurai,
» au premier jour, l'agrément du Roi
» pour la charge que je sollicitois, &
» qu'il me faudra payer comptant &
» assez cher. A toutes ces inquiétudes,
» viennent se joindre celles que me
» donne la situation de mademoiselle
» votre fille. Cependant j'ose vous assu-
» rer, madame, qu'elle n'a manqué
» de rien jusqu'à ce jour, & je ne puis
» attribuer qu'à la Providence le bon-
» heur qu'elle a eu de ne pas ressentir
» les effets de l'extrême indigence où
» je me suis trouvé quelquefois. Ce
» que cette Providence a fait jusqu'à
» présent, espérons qu'elle le fera tou-
» jours, & n'ayez aucune inquiétude
» sur le sort de mademoiselle votre
» fille, tant que je respirerai. Je vais
» actuellement employer tous mes soins
» à rétablir mes affaires ; &, quelque
» délabrées qu'elles soient, je me flatte
» qu'elles seront bientôt en un bon état,
» parce que j'ai des amis, & des amis

» puiſſans.... Je ſuis avec un profond
» reſpect, &c. LÉVÊQUE «.

Cependant, à en croire le ſieur Lévêque, la demoiſelle Peloux déchiroit
la réputation de ſon biénfaiteur. Les
épithetes les plus groſſieres, les propos
les plus ſcandaleux, & tels que le ſieur
Philippe, en prévenant le ſieur Lévêque de l'ingratitude de celle qu'il obligeoit, n'oſa lui en rendre l'indécence.
Il lui dit qu'elle lui avoit montré, &
aux perſonnes de ſa maiſon, un paquet
de lettres ; &, par ſon récit, le ſieur
Lévêque ne douta pas des ſuppoſitions
hardies de la fille Peloux.

Cette conduite lui laiſſa la conviction qu'il nourriſſoit un ſerpent, &
lui fit ouvrir les yeux ſur la noir-
ceur du caractere de cette fille. Il ſe
hâta de faire des informations ſur ſon
compte.

Il apprit, par un ami de l'Abbé Paſ-
toürel, qu'elle étoit cauſe que cet
Eccléſiaſtique avoit été renvoyé du Séminaire.

Il lui écrivit à Aubenas, l'informa
de la maniere dont la demoiſelle Péloux s'étoit comportée, lui demanda
un aveu de ſa conduite, & qu'il lui don-

nât un éclaircissement qui devenoit important pour fixer son opinion.

L'Abbé Pastourel crut devoir ne pas dissimuler un fait qui étoit public ; il l'auroit caché en vain. Un Protecteur puissant l'avoit abandonné, lui avoit retiré ses bienfaits : une lettre singuliere, que la fille Peloux écrivit à M. l'Evêque de Sidon, aujourd'hui Evêque de Glandeve, pour excuser la foiblesse de celui qu'elle avoit séduit, fit perdre la confiance que le Prélat avoit dans celui qu'il protégeoit. Il n'avoit plus rien à espérer ; le coup étoit porté ; il ne hasardoit donc plus rien.

Il écrivit d'Aubenas au sieur Lévêque, le 31 Octobre 1772, & envoya copie de la lettre écrite à M. l'Evêque de Sidon.

» Permettez, Monseigneur, que je
» rende témoignage à la vérité, en
» faveur du pauvre Abbé. Vous savez
» ma foiblesse pour lui ; vous savez
» jusqu'ici à quel excès elle a été por-
» tée : mais vous ne savez pas combien
» de résistance mon fol amour a trouvé
» dans la pudeur & la religion de ce
» jeune Ecclésiastique. Il ne s'est rendu
» mon complice, que vaincu à force

L iij

» de careffés, & des expreffions tendres
» que j'employois, foit dans mes let-
» tres, foit dans les converfations que
» je pouvois avoir avec lui.

    » Tremblant pour les fuites de notre
» foibleffe commune, j'ai fait part de
» mes craintes à mon amant. Si ma
» faute a été connue, c'eft parce qu'on
» a violé la foi & la fûreté d'un dépôt
» public, en décachetant ma lettre. On
» abufa de cette infidélité, pour me
» renvoyer du couvent. La même lettre
» envoyée à Paris, a fait auffi chaffer
» ce pauvre Abbé du Séminaire. Mais
» il n'y a jamais eu en moi aucune
» fuite de la faute que j'ai commife.
» Je fuis là-deffus en état de vous
» en donner la preuve, en permettant
» à des matrones de me vifiter. Si j'ai
» paru marquer le contraire, c'étoit
» pour me faire plaindre de ce Mon-
» fieur & pour me l'attacher davantage.
» Elle finit par fe jeter aux pieds du
» Prélat, pour le fupplier de rendre fes
» bonnes graces à fon protégé, & par
» protefter elle-même qu'elle confer-
» vera, pour un crime d'un moment,
» un repentir éternel «.

    Ce langage n'eft pas celui d'une novice. La fille Peloux se met au dessus du préjugé & des mœurs ; elle s'avoue coupable de séduction.

On sent les inductions qui résultoient de ce fait ; aussi le sieur Lévêque fit-il ses efforts pour le prouver.

A ce fait, que peut opposer la demoiselle Peloux ? Elle compose un roman. » L'Abbé Pastourel, dit-elle » dans le public, est un jour venu chez » moi la poche remplie de lettres d'une » demoiselle qui lui étoit chere. Il me » pria de les lui copier, & je le fis. » C'est une de ces copies que l'Evêque » produit aujourd'hui pour sa justifica- » tion «. Mais si de pareilles défaites étoient reçues en Justice, il n'y auroit pas de coupables. Et qui obligeoit la demoiselle Peloux à tirer, non pas une copie, mais deux, de la lettre adressée à M. l'Evêque de Sidon ? Qui a pu la forcer à signer une piece aussi singuliere ? A qui peuvent se rapporter les faits qu'elle contient ? qu'à elle-même. N'est-ce pas elle dont la Supérieure de Châ-lons a décacheté une lettre ? N'est-ce pas elle qui a été chassée du couvent de cette ville pour le fait d'une gros-sesse ? Et quelle autre femme peut avoir

L iv

invoqué le témoignage *des matrones?*
Quelle autre qu'elle peut avoir écrit une
pareille lettre ?

Quoi qu'il en foit, la défaite de la
demoifelle Peloux ne prévaudra ni contre fon écriture, ni contre fa fignature,
ni contre le double témoignage de
l'Abbé Paftourel, ni contre celui du
Prélat, poffeffeur d'une de ces deux
pieces, qu'il a reçue, non de la main
d'une maîtreffe de l'Abbé Paftourel,
mais de celle de la demoifelle Peloux.

Le fieur Lévêque apprit encore que
la demoifelle Peloux s'étoit mal comportée dans fa province, fous les yeux
même de fes parens ; qu'elle avoit été
renvoyée de plufieurs couvens, de Tarafcon, & d'autres villes de Provence.
Que fa famille, mécontente de fa conduite, l'avoit fait enfermer ; qu'elle
étoit fortie par violence, & avoit toujours été errante dans les villes d'Aix,
d'Avignon, de Montpellier, de Vienne, de Grenoble, de Lyon, de Tours,
d'Orléans, de Châlons, & de Clermont
en Auvergne.

Quand une fille fans fortune s'expa-
trie, quand elle court tout le Royaume fans favoir ce qu'elle doit deve-

nir, il est bien difficile de se persuader que sa vertu la force à une vie
ambulante. Il est plus naturel de croire
à sa légéreté, à son amour pour l'indépendance, & au libertinage même.

Pour prévenir l'impression que sa vie
errante pouvoit faire, on a essayé de
lui donner un air de vertu ; mais on
la trouve toujours courant de ville en
ville.

Elle n'avoit point de fortune, dit-
elle : dès son enfance elle fut vouée
au cloître pour le reste de sa vie. Elle
sut prendre des mesures pour rendre
cette volonté de ses parens sans effet :
sa résistance irrita les vûes de sa mere.
Ce fut sans doute là le motif de ses
courses vagabondes. Elle convient que
des personnes charitables l'avoient placée à l'Abbaye de Montmartre ; mais
le beurre lui étoit contraire, & ce motif la fit sortir pour entrer dans un couvent de Châlons. Là, elle ne trouve
pas ce qu'elle cherchoit. Elle a donné
pour prétexte de sa sortie, qu'il entroit
alors dans ses projets, de choisir un
plus vaste théatre, & de s'aggréger à
une maison plus opulente. Ce motif

L v

annoncé fa futilité. La vraie caufe de fa fortie fut une caufe honteufe.

L'aveu de fa faute, continue le fieur Lévêque, l'auroit fait plaindre, fi fon complice avoit pu la réparer, & que fon attachement eût pu devenir légitime. Mais un femblable aveu, relativement à un Eccléfiaftique, n'annonce-t-il pas une ame corrompue par le libertinage le plus outré ?

Chaffée de l'Abbaye de Châlons, elle paffe à celle de Béniffon-Dieu, où elle ne put fe faire aggréger, faute de preuves. Mais en y allant, elle favoit bien qu'elle n'étoit pas en état d'en faire ; qu'étant fille d'un Vitrier, & fans fortune, ce n'étoit pas un titre pour être reçue. Selon elle, la Nature l'avoit douée d'une belle voix, & de grands talens pour le chant. La mufique & fa vertu étoient un titre pour entrer en religion : on l'auroit reçue là, comme dans tout autre cloître, fi elle y avoit apporté des vûes pures, & une bonne vocation.

De Béniffon-Dieu, elle convient avoir été à Rouane.

De Rouane, la même étoile l'a conduite à Clermont, où elle trouva des perſonnes charitables, qui, touchées de ſon état, lui donnerent des ſecours. On va voir comment elle ſe comporta, d'après une lettre écrite au ſieur Lévêque par la dame de Bauregard.

» Mademoiſelle Peloux arriva dans
» cette ville, ſi je ne me trompe, en
» 1770, en carême, vint débarquer
» chez moi, ſous les auſpices & la pro-
» tection d'un certain Abbé Paſtourel,
» camarade d'étude de mon fils l'Abbé
» de Reinaud, au Séminaire de S. Louis.
» Cette viſite, à laquelle je ne m'atten-
» dois pas, ayant fait écrire à ſon pro-
» tecteur que je n'avois pas de logement
» pour cette demoiſelle, ni aſſez de cré-
» dit pour la faire recevoir dans une
» maiſon religieuſe, ſeulement pour
» ſa belle voix. Mais, ſans attendre la
» réponſe, elle ſe rendit dans ma
» famille, qui étoit trop nombreuſe
» pour qu'elle y trouvât place. Je la
» prie inſtamment de vouloir chercher
» une auberge; en attendant je prie
» une dame de mes amies de la rece-
» voir pour la premiere nuit : le lende-
» main, je l'envoie dans un cabaret,
» où étoit logé un Monſieur de ſa con-
» noiſſance, avec qui elle avoit fait la

L vj

» route. Après lui avoir donné quinze
» livres fur l'expofé de fa mifere, peu
» de jours après, l'hôteffe, qui étoit une
» femme de mérite, vint m'en faire
» des plaintes, & me dire que cette
» foi-difant dévote mangeoit un quar-
» tier d'agneau à fa collation, & qu'elle
» ne vouloit plus garder chez elle une
» fille aventuriere, dont les propos &
» la conduite étoient auffi indécens. Je
» la mene à l'Abbaye de Sainte-Claire,
» où j'ai des filles & des fœurs, qui
» eurent bientôt fait le même jugement
» que l'Aubergifte : je la fis propofer,
» pour un mois, dans une autre maifon
» religieufe, où j'ai une parente, &
» offert de payer fa penfion pour ce
» mois ; mais on n'en voulut point. Ne
» fachant qu'en faire, je lui propofai
» la maifon du Bon-Pafteur ou Refu-
» ge ; ce qui l'offença fi fort, qu'elle
» ne me répondit que par des injures :
» enfin, Monfieur, une demoifelle dé-
» vote de la ville la prit charitablement
» fous fa protection, la logea chez elle,
» fit une quête dans la ville, & n'eut
» d'autre témoignage de reconnoiffan-
» ce, que les injures les plus atroces
» & les menaces ; l'accufant de voler

» la moitié des charités qu'on lui fai-
» foit, & la menaçant de la tuer à coups
» de piftolet. Cette fille s'eft compor-
» tée vis-à-vis les perfonnes qui lui fai-
» foient du bien, à peu près de la
» même maniere. Environ quinze jours
» ou trois femaines qu'elle a refté à
» Clermont, fur les plaintes qu'on en
» fit au Lieutenant-Général de Police
» de cette ville, il donna des ordres
» pour qu'elle en fortît. Voilà, Mon-
» fieur, ce que je puis vous dire de cette
» jeune Peloux, dont le plus grand re-
» gret, difoit-elle en partant, étoit de
» ne m'avoir pas tiré un coup de pifto-
» let dans la cervelle. Je n'entrerai pas,
» fur fon compte, dans d'autre détail;
» mais ce qui eft certain, c'eft qu'elle
» a paffé dans cette ville pour un très-
» mauvais fujet «.

C'eft en vain que la demoifelle Peloux a voulu élever des nuages fur cette
lettre. » Ils fe diffipent, dit le fieur Lévêque, devant une nouvelle lettre de la
même dame, fignée du Magiftrat prépofé
à la Police de Clermont en Auvergne,
ainfi que de tous les habitans qui ont
eu occafion de connoître notre voyageufe
pendant le court féjour qu'elle y a fait;

& devant le témoignage de l'Abbé de Bauregard, fils de cette dame, Prêtre habitué à Saint-Roch «.

La demoiselle Peloux passa ensuite à Tours & à Orléans. Elle ne s'est pas mieux comportée dans la premiere ville. Le Curé de la Riche, qui l'avoit reçue, logée & nourrie, a été obligé de l'abandonner. Il eut la charité de taire ses motifs de plaintes ; mais une lettre du sieur Dubois, son Vicaire, va prouver le cas que ce Pasteur faisoit d'elle. » Je réponds à votre lettre pour M. le » Curé de la Riche, décédé depuis » un mois. Je ne saurois vous dire autre » chose que ce que j'ai entendu de » feu M. Verat, qui m'a souvent dit » que la demoiselle Peloux étoit un fort » mauvais sujet «.

Le sieur Lévêque ne pouvant donc plus douter qu'il avoit été cruellement abusé par une aventuriere & une intrigante, fit des reproches à la fille Peloux, sur ce qu'elle l'avoit trompé, & lui dit que, d'après les preuves de ses aventures & de sa conduite, il ne pouvoit, sans se manquer à lui-même & à sa famille, effectuer sa promesse, & la pria de lui rendre ses papiers & ses lettres. Elle refusa, en le menaçant de le traduire devant ses Supérieurs, & de le perdre.

Il ne restoit au sieur Lévêque d'autre parti que celui de continuer à réunir toutes les preuves qui pourroient dévoiler son ennemie à ceux auprès de qui elle se proposoit de le dénigrer. Cela n'étoit pas difficile ; elle en fournissoit elle-même. Elle apprit, peu de jours après, au sieur Lévêque, que son hôte, le sieur Philippe, l'avoit accusée à la Police de lui avoir volé un cachet d'or. Sa lettre existe. *M. Philippe vient de me faire une alerte à la cuisine ; me demande un cachet en or, & m'a dit de ne pas coucher chez lui ce soir.* Elle prioit le sieur Lévêque d'aller rendre un compte fidele chez le Commissaire Thirion, où elle avoit été traduite. Il refusa de s'y rendre, & la pria même de ne pas prononcer son nom.

Dès ce moment elle s'apperçut bien que le sieur Lévêque vouloit rompre avec elle. Pour tirer parti de sa dupe le plus qu'elle pourroit, ses demandes d'argent se multiplierent : elle proposa à son hôte de doubler le montant d'un

mémoire qu'il devoit préfenter au fieur
Lévêque, & de lui en remettre la moitié. Philippe fe refufa à cette lâcheté.
Elle écrivit au fieur Lévêque, pour lui
demander fa montre avec menace. Il
ne réfifta pas à ce dernier coup. Il confia tous fes chagrins au fieur Germain,
fon ami; lui montra la lettre de la
fille Peloux, les preuves qu'il avoit contre elle. Cet ami fe rendit chez elle.
Il n'en reçut que les expreffions de la
fureur & de la rage, & confeilla au fieur
Lévêque dè faire quelque facrifice, &
de retirer fa promeffe.

Le fieur Lévêque, d'après ce récit,
vit cette fille; lui déclara expreffément
que, d'après fa conduite, il ne pouvoit
pas exécuter fa promeffe. Elle confentit
qu'elle reftât fans effet, la rendit. Le
fieur Lévêque lui affura qu'il ne conti-
nueroit plus fes liaifons & fes bienfaits,
l'engagea à fe placer. *Ma mere*, répon-
dit-elle, *pourra feule remédier à ma
fituation; votre témoignage me récon-
ciliera infailliblement avec elle.* Le
fieur Lévêque lui écrivit. Sa lettre ne
fit aucun effet, & la demoifelle Peloux
ne reçut aucun foulagement de fa fa-

mille. Il promit de la soutenir jusqu'à ce qu'elle fût placée.

Philippe ne vouloit plus la garder. Le sieur Lévêque trouve une autre chambre garnie, chez un nommé Raynaud, près Saint-Roch, où elle entra le 12 Septembre 1772. La maison & les personnes qui l'habitoient étoient inconnues au sieur Lévêque & à la demoiselle Peloux. Cette remarque est essentielle.

Il faut entrer ici dans quelques détails minutieux; ils composent la catastrophe.

La demoiselle Peloux ne fut pas huit jours dans sa nouvelle demeure, qu'elle se brouilla avec ses hôtes; on lui donna congé pour la fin du mois; & on la pria de rester jusque-là dans sa chambre. Elle se réfugia chez les sieur & dame Potier; autre débat. Les uns & les autres rendirent deux plaintes dans un mois.

Elle n'avoit plus qu'une nuit à rester dans cette maison, & elle employa ce peu de temps à désoler Raynaud, qui se mit en devoir de la corriger; la scene fut vive. Parmi les personnes préfentes, il fe trouva, heureufement pour la fille Peloux , une dame Boucher , demeurant avec fa fille dans la même maifon. Cette dame la prit dans fes bras, & la garantit de la punition dont elle étoit menacée.

La demoifelle Peloux craignit de coucher dans fa chambre; elle pria la dame Boucher , fa libératrice, de la recevoir jufqu'au lendemain. La pitié lui fit accorder fa retraite. Elle courut prendre un carton où étoient fes chiffons, qu'elle plaça fur une table; & elles coucherent toutes les trois dans la même chambre.

Le lendemain , la fille Peloux eut des inquiétudes qu'elle confia à fes noüvelles hôteffes. » Telle que vous me
» voyez, leur dit-elle, j'ai un amant,
» il m'a placée ici, c'eft lui qui doit
» m'en tirer. Il viendra fûrement au-
» jourd'hui; il apprendra de mes hôtes
» la fcene d'hier; on la lui contera in-
» fidélement; je voudrois le prévenir.
» Mais j'ai des raifons pour ne pas pa-
» roître dans fa maifon; faites-moi le
» plaifir de m'accompagner, vous en-
» trerez, & *moi je vous attendrai* «.
Elles voulurent bien lui rendre ce fer-

vice. Auffi-tôt le fieur Lévêque fe rendit chez Raynaud.

Lévêque reprocha à la demoifelle Peloux fes vivacités & fes querelles éternelles. Elle fe retira confufe dans fa chambre ; il reconduifit la dame Boucher & fa fille dans leur appartement. En fortant, on lui remit le carton de chiffons pour le porter à la demoifelle Peloux. Il s'en chargea pour le lui rendre, & ayant trouvé le frere de cette fille fur l'efcalier, il lui donna le carton pour le remettre à fa fœur.

La fille Peloux reçut fon carton des mains de fon frere. Elle n'imagina pas alors de dire que fa promeffe & les lettres du fieur Lévêque étoient dans ce carton, qu'elles lui avoient été volées ; elle ne fe plaignit pas, ne fit aucune réclamation fur le prétendu enlévement de fes papiers. C'eft deux années après qu'elle invente cette fable, pour donner un air de réalité, d'apparence & de fondement à fa perfécution, pour fe faire plaindre du Public, & rendre le fieur Lévêque odieux.

Nous allons raconter cette fcene, d'après la demoifelle Peloux elle-même,

après avoir encore entendu le sieur Lévêque sur quelques faits préalables.

Le frere de la demoiselle Peloux,
dit-il, étoit arrivé à Paris, peu de jours
avant la scene de sa sœur avec le sieur
Raynaud ; elle avoit caché son arrivée
au sieur Lévêque. Cette affectation à
garder le silence lui parut suspecte. Un
jour que la dame Raynaud se plaignoit
de la fille Peloux, elle cita son propre frere pour témoin de son inconduite
& de son imposture. Est-ce qu'elle a
un frere ? Oui. Il m'a raconté, en présence des sieur & dame Potier, du
sieur Briard & du sieur Montgiraut,
» que sa sœur, loin d'être fille de con-
» dition comme elle le disoit, ils
» étoient l'un & l'autre enfant d'un
» Vitrier du village de S. Remi en Pro-
» vence ; que son frere étoit garçon Re-
» lieur avant de venir à Paris ; que sa
» sœur avoit couru toute la France;
» qu'elle avoit été enfermée deux fois
» dans une maison de force ; qu'à Avi-
» gnon elle avoit volé une tabatiere
» d'or à une dame *chez laquelle elle*
» *logeoit* «.

Le sieur Lévêque courut aussi-tôt chez

là dame Raynaud, & la pria d'envoyer chez lui le fieur Peloux, qui arriva le lendemain. Sur les plaintes qui lui furent faites, il répéta, en préfence du fieur Germain, tout ce qu'il avoit dit à la dame Raynaud; il ajouta même, *que fa mere en étoit fi mécontente, qu'elle vouloit la faire enfermer.*

Paffons à la fcene en queftion. D'après le fieur Lévêque, la demoifelle Peloux lui avoit rendu, fans réfiftance, fes lettres & fa promeffe de mariage. Elle foutenoit au contraire qu'elle avoit gardé fes papiers bien précieufement, & qu'ils lui furent enlevés par un ftratagème.

» C'eft-là, dit-elle, que fe confomme enfin le vol que Lévêque projetoit depuis fi long-temps, & qu'éclata enfuite la confpiration qui devoit, en me privant de l'honneur, me priver pour jamais de la liberté.

» Tout confpirateur a des conjurés. Lévêque avoit les fiens, & tous lui étoient dévoués. C'étoient d'abord mes hôtes: c'étoient quelques locataires de la maifon, dont les noms paroîtront à mefure que la fcene fe développera. Mais c'étoit fur-tout la femme à laquelle il

a donné depuis la foi qu'il m'avoit
promise.

» Cette rivale s'appeloit *mademoiselle
Boucher*. Elle habitoit avec sa mère
un appartement voisin du mien dans la
maison de Raynaud. J'ignore à quelle
époque avoient commencé ses liaisons
avec Lévêque ; je ne puis leur donner
de date, que celle de son refroidisse-
ment pour moi. Dès-lors sans doute
leur mariage étoit décidé ; ma présence, les droits que j'avois sur Lévêque,
les preuves écrites qui les constatoient,
formoient autant d'obstacles qui en empêchoient la conclusion : il falloit m'enlever d'abord mes lettres & ma promesse de mariage, me faire ensuite
disparoître moi-même. Telles étoient
les deux branches du complot arrêté
entre Lévêque & la demoiselle Boucher. --

» Il me reste encore à faire connoître
un des acteurs qui figurèrent sur ce
théâtre d'iniquité. J'avois un frere ; depuis quelques jours seulement il étoit
arrivé à Paris. J'espérois l'y placer par
le moyen de mes connoissances ; j'avois
pensé que Lévêque, en y joignant les
siennes, accéléreroit le succès de mes

vûes sur lui. Je le lui avois présenté ; il l'avoit accueilli avec toute la chaleur de l'amitié. Mais un sentiment bien différent l'animoit ! A compter de ce moment, il s'étoit emparé de lui. Quoique logeant sous le même toit, quoique devant manger à la même table, je ne le voyois plus. Ce temps que Lévêque obligeoit mon frere de passer loin de moi, il l'employoit à le séduire, à plier son esprit simple & facile à ses idées, à ses projets. Il fut convenu qu'il feroit mon dénonciateur auprès de ma mere, & que Lévêque appuieroit de son côté la dénonciation.

» Pour entamer l'exécution du traité, mon frere écrivit à ma mere, le 26 Octobre 1772, la lettre qui contient la délation. J'y suis représentée comme la plus vile & la plus criminelle des créatures. Les couleurs se nuancent & s'épaississent par degrés. J'y parois d'abord sous les traits d'une furie qui seme par-tout, sur son passage, le trouble & la discorde, qui ne paye les bienfaits que de la plus affreuse ingratitude, qui, par ses calomnies, attaque & détruit l'état de l'homme à la main duquel elle prétend. Ces accusations font place à

d'autres bien plus graves. Je fuis livrée
à la débauche la plus effrontée, la plus
fcandaleufe. J'ai volé; on va même jufqu'à défigner l'objet du vol; c'eft un
cachet d'or. Traduite devant un Commiffaire, j'ai nié le fait; j'en ai été convaincue. Mon frere accumule contre
moi mille autres horreurs du même
genre, & voici comment il conclut:
» Je penfe, ma chere mere, que, pour
» votre tranquillité & celle de toute no-
» tre famille, & encore plus parce
» qu'elle nous déshonore, il feroit à
» propos de la faire enfermer. Moyen-
» nant ce, je vous prie d'écrire une
» lettre circonftanciée, que vous aurez
» la bonté de m'adreffer fous enveloppe,
» pour la donner à ce Monfieur qui
» veut bien m'obliger. Il la donnera
» lui-même à M. de Sartine, qui ne lui
» refufera point vos demandes. Il ne
» vous en coutera rien pour fa penfion.
» Voyez, ma mere, que je dois me
» trouver heureux d'avoir trouvé un
» homme qui s'intéreffe pour vous &
» pour moi, de vous débarraffer d'un
» mauvais fujet qui pourroit nous déf-
» honorer avant qu'il fût peu. Je vous
» prie de faire attention à ce que j'ai

                           » l'honneur

» l'honnéur de vous marquer. Vous ne
» devez point vous refuser à votre tran-
» quillité & à la mienne..... Je vous
» prie de prendre les précautions qu'il
» vous fera possible, de peur qu'elle ne
» s'en aille de Paris «. » Dans un autre
endroit de la lettre, il recommande à
ma mere » de lui envoyer la réponse
» sur le champ, signée du Curé, de son
» mari, & d'elle «.

» La lettre de Lévêque suivit de
près celle de mon frere : elle est du 6
Novembre.

» Il commence par me reprocher d'a-
» voir rendu publiques les intentions
» qu'il avoit à mon égard (c'est-à-dire,
» en bon françois, de n'avoir pas souf-
» fert qu'on me crût sa concubine). Il
» est donc arrivé, Madame, ajoute-t-il,
» que depuis cinq ou six mois tous mes
» amis, & j'en ai beaucoup dans ce pays-
» ci, sont venus me dire bien des hor-
» reurs sur son compte, que je n'ai point
» le temps d'approfondir. Ce qui est sûr,
» & dont je suis convaincu par moi-
» même, c'est qu'elle ne peut rester deux
» mois chez la même personne, & que
» ses différens hôtes m'ont porté contre
» elle des plaintes, qui, si elles sont fon-

Tome VI. M

» dées , doivent , Madame , mériter
» toute votre attention. *On en est venu*
» *même à l'accuser d'un crime que les*
» *Loix punissent avec sévérité , & ne*
» *puniroient , Madame , qu'en désho-*
» *norant le nom qu'elle porte......* Mais,
» encore une fois, je n'ai nullement le
» temps..... d'approfondir les accusa-
» tions qu'on lui intente. D'ailleurs ,
» Madame, votre situation m'afflige ,
» je dois respecter vos droits de mere ,
» ne consulter que vous dans cette triste
» occasion , & n'agir que d'après vos
» ordres. Je vous le demande donc en
» grace ; faites vous-même les informa-
» tions que la prudence exige de vous ;
» *mais faites-les bien secrétement* , car
» si mademoiselle votre fille en est ins-
» truite, *& si elle est aussi perdue qu'on*
» *dit qu'elle l'est* , elle fuira, & ira ail-
» leurs achever *de se déshonorer.* J'ap-
» prends, par exemple, que M. votre fils
» est dans ce pays-ci : chargez-le de vos
» ordres à cet égard, *& n'en chargez*
» *que lui :* s'il a de l'honneur, personne
» ne sera plus intéressé que lui à savoir
» la vérité & à garder le silence «.
» Après les détails sur les dépenses qu'il
prétend que je lui occasionne, après des

offres de services en faveur de mon frere, il finit ainsi : » Tout presse , & il est » inutile de vous recommander d'ou- » blier , dans ce moment, la tendresse, » & de n'écouter que le devoir & l'hon- » neur. Je vous avoue encore que , si » je n'ai pas fait moi-même les démar- » ches que vous allez faire , c'est que » j'ai craint de trouver mademoiselle » votre fille telle qu'on me la dépei- » gnoit ; & le seul respect, Madame, » que je vous porterai toute ma vie, » ainsi qu'à M. de Monges , m'a arrêté. » Quoi qu'il en soit au reste de tout » ceci, comptez que je suis le plus mal- » heureux, s'il est vrai que j'ai voulu » tout sacrifier *pour un mauvais sujet* : » mais cela ne diminuera en rien l'esti- » me que je conserverai toute ma vie » pour vous , Madame, & l'affection » que je voue à toute votre famille , » *pour qui je ferai toujours autant* » *que pour la mienne.* Je suis avec res- » pect, &c.

» Cependant j'ignorois toute cette intrigue. Je savois que Lévêque voyoit la demoiselle Boucher : mais la simple amitié avoit l'air de les unir ; ou plu- tôt il sembloit que je fusse moi-même

M ij

le lien qui les rapprochoit. D'ailleurs,
sa conduite, ses discours étoient toujours les mêmes ; je n'avois de chagrin
que celui de voir éloigner sans cesse le
terme de notre mariage. Cette fatale
tranquillité me perdit, je me livrai moi-
même ; & ce vol qu'on regardoit comme
si intéressant, fut enfin consommé le 11
Novembre, trois jours seulement après
la lettre de Lévêque à ma mere. Voici
comment la chose se passa.

» Mon frere étoit absent depuis huit
jours : il n'étoit pas même revenu coucher, selon sa coutume. Cette dispari-
tion me plongea dans une inquiétude
mortelle. Il revint enfin le 9 Novembre
au soir. Aux premiers transports de joie
que son retour & sa présence me cau-
serent, je fis à la vérité succéder des
reproches très-vifs. Il y répondit avec
aigreur. Raynaud & sa femme, une
dame Pothier, locataire, prirent son
parti. La scene fut vive ; les défenseurs
de mon frere finirent par m'injurier. Je
succombai enfin à tant de violentes
épreuves, &, rentrée dans mon appartement, je tombai évanouie.

» La dame Boucher & sa fille avoient
été spectatrices du différent. Elles me

donnèrent leurs foins, & quand je fus revenue à moi, elles m'engagerent à ne pas coucher feule cette nuit-là, dans la crainte que la révolution que tout cela m'avoit caufée n'eût des fuites, & que je ne fuffe privée des fecours dont je pourrois avoir befoin. Je confentis d'aller coucher chez elles. N'oubliez pas au moins, me dirent-elles, d'apporter le petit coffre dans lequel font renfermés vos papiers. Votre malle ne ferme pas bien; Raynaud a une double clef de tous les appartemens de la maifon; il fait combien ces papiers vous font précieux : on ne fait pas ce qui peut arriver. Je les remerciai de leur prévoyance; je pris le coffre & le remis entre les mains de la demoifelle Boucher. Avant que de l'emporter, la demoifelle Boucher voulut s'affurer fi la promeffe de mariage y étoit : je la lui montrai; elle la lut, & la remit au fond du coffre avec toutes les autres lettres. Il y en avoit cent quatre-vingt-deux. Je fermai le coffre, j'en pris la clef : la demoifelle Boucher le prit fous fon bras; elle prit auffi un manteau de lit : nous defcendîmes. Arrivées dans fon apparte-

M iij

ment, elle ferra le coffre dans fon ar-
moire, & je me couchai.

» Elles me propoferent d'aller le lendemain matin inftruire Lévêque de ce
qui s'étoit paffé. J'acceptai encore leurs
offres : le lendemain matin, 10 Novembre, elles allerent à Chaillot ; je
les attendis à Saint-Roch. Elles vinrent
m'y trouver, & me dire que Lévêque
avoit pris les devants, & qu'il devoit
être actuellement chez moi. J'y vole,
je le trouve ; il favoit tout. Je le vis avec
plaifir partager mon indignation & mon
reffentiment ; il fut le premier à me
preffer de fortir d'une maifon où l'on
avoit pu manquer aux égards qu'on me
devoit : le Jeudi 12 Novembre fut
fixé pour ma fortie.

» La dame Boucher & fa fille furent
abfentes toute cette journée. Elles ne
rentrerent que très-tard, au moyen de
quoi je ne pus retirer mon coffre de chez
elles «. La demoifelle Peloux entre enfuite dans le détail de plufieurs circonftances, qui lui annonçoient que l'on
vouloit lui voler fes papiers. » Enfin, dit-
elle, on frappe à ma porte : j'ouvre ;
c'étoit mon frere. *Tenez*, me dit-il de

deſſus le ſeuil de la porte où il étoit, *voilà un paquet que mademoiſelle Boucher m'a chargé de vous remettre.* Ce paquet étoit le manteau de lit que j'avois porté chez la dame Boucher deux jours auparavant ; il enveloppoit quelque choſe : je touche, je ſens mon coffre; je frémis de joie, je le découvre : il étoit enfoncé ; il n'y reſtoit plus que les deux papiers, dont l'un ſervoit d'enveloppe aux lettres, & l'autre à la promeſſe de mariage. Un inſtant après, je vois Lévêque ſortir de la cuiſine de Raynaud, & s'enfuir à toutes jambes du côté de la rue «.

La demoiſelle Peloux fait enſuite le tableau de ſes ſouffrances & des éclats par leſquels elle inſtruiſit tout le voiſinage de ſes douleurs. Mais un ſurcroît de chagrins mit le comble à ſes maux.

Il s'établit une correſpondance ſuivie entre ſon frere, le ſieur Lévêque, Mongirot, Raynaud, & la femme Boucher réunis, & la mere de la demoiſelle Peloux. Il ſeroit trop long de tranſcrire ici cette correſpondance, qui avoit deux objets ; l'un, de retirer des mains de cette mere les lettres que le ſieur Lévêque lui avoit écrites, & qui auroient

M iv

pu tenir lieu de la promeſſe de mariage, qu'on avoit eu tant de peine à ſouſtraire : l'autre étoit d'ôter à la demoiſelle Peloux les moyens de pouvoir jamais faire entendre ſa juſtification, en la faiſant enfermer à perpétuité.

On vint à bout, à force d'imputations atroces & détaillées, de convaincre cette mere, que ſon honneur, celui de ſa famille, & ſa propre ſûreté, exigeoient que cette fille fût pour jamais hors d'état de ſe replonger dans ſes déportemens; qu'une correction momentanée ne feroit que l'irriter davantage, & qu'elle pourroit enfin couvrir d'infamie tous ceux qui avoient le malheur de lui appartenir.

Mais cette grace ne pouvoit s'obtenir que par la protection du ſieur Lévêque, qui ne demandoit, pour prix de ce bienfait, & des bienfaits dont il combloit le ſieur Peloux, que la reſtitution dés lettres qu'il avoit écrites dans ſon enthouſiaſme.

Enfin, on détermine cette mere infortunée à écrire elle-même à M. de Sartine, qui étoit alors à la tête de la Police.

Elle trace en peu de mots les ſujets

de plainte qui l'animent contre sa fille ;
elle se jette aux genoux de ce Magistrat, pour obtenir qu'il la fasse enfermer pour le reste de ses jours.

Cette lettre étoit signée de la mere &
du beau-pere de la demoiselle Peloux ;
& au bas étoit l'approbation de la plainte
& de la demande, signée du sieur Sar-
rante, Curé de la Paroisse.

Par une autre lettre écrite à son fils :
» Exécutez promptement, lui disoit-
» elle, l'ordre que vous avez obtenu
» par mon ordre contre votre sœur ;
» & sur-tout observez que ce soit pour
» sa vie, ainsi qu'on a eu la bonté de
» vous promettre, & que mes maux
» puissent finir un jour «.

Enfin, le Magistrat importuné par
le frere de la demoiselle Peloux, &
déterminé par les instances de la mere,
lâcha l'ordre. Il chargea le sieur Sarriere,
Inspecteur de Police, de faire les informations. Mais on eut la mal-adresse,
dit la demoiselle Peloux, de faire venir
en témoignage la dame Gounod ; &
cette femme honnête se fit montrer
tout ce qui avoit été écrit contre la
victime que l'on alloit sacrifier. Elle
prend lecture, entre autres, du Mémoire:

M. v.

qui avoit été présenté au Magistrat.
» Elle frémit, dit la demoiselle Peloux,
» à la vue des horreurs qu'il renferme.
» Elle y substitue tout ce qu'elle sait,
» tout ce qu'elle a vu & de moi &' de
» Lévêque. Elle plaide ma cause «.

» Elle ne s'en tient pas là ; en fortant
de chez l'Inspecteur , elle écrit à ma
mere , lui prouve qu'elle a été indignement trompée , & par son fils , & par
Lévêque; qu'il n'est d'autre moyen de
réparer son erreur , que de s'en accuser
elle-même auprès du Magistrat, de démentir le Mémoire qu'elle a signé , &
de demander la révocation de l'ordre
qui devoit en être le fruit.

» A la dame Gounod se joignirent,
comme par acclamation , une infinité
d'autres personnes également recom-
mandables. Leurs lettres arriverent
presque en même temps.

» On croira aisément que ma mere
ne balança pas à prendre le parti qu'on
lui proposoit. Déjà les esprits se dif-
posoient en ma faveur; & l'Officier
chargé des informations voyoit , dans
la bouche de tous ceux qu'il entendoit , se changer en éloges les imputations atroces que renfermoit le Mé-

moire, & qu'on lui avoit promis de voir confirmer par des témoignages unanimes.

» Aux retardemens que l'ordre éprouvoit, au peu d'empreſſement avec lequel, malgré ſes courſes, ſes ſoins & ſes dépenſes, il étoit ſervi, Lévêque s'apperçut bientôt que l'air des bureaux ne lui étoit pas favorable. Il ſut que la dame Gounod avoit été entendue ; dès-lors il ne douta plus que ces difficultés ne fuſſent ſon ouvrage ; il jura d'écarter, à quelque prix que ce fût, cet incommode témoin. Mon frere fit encore la fonction de Secrétaire. Sa lettre eſt du 18 Janvier 1773 «. Il ſe plaint des obſtacles qu'oppoſe la dame Gounod à la capture de ſa ſœur ; exhorte ſa mere à lui impoſer ſilence , & à écrire à M. de Sartine une lettre bien *pénétrante.* Il entre enſuite dans le détail des nouveaux bienfaits dont Lévêque l'accable. Il lui a donné un Maître de muſique , & un de goût : il l'a fait recevoir dans la ſociété de M. Gobelin , pour lui montrer le jeu du théatre ; ce qui lui coute dix écus par mois : il lui a donné des étrennes , un habit galonné , un manchon. Mais la manier

M vj

dont se termine cette énumération, mérite d'être remarquée : » Il est tout » porté à nous rendre service ; s'il peut » parvenir à faire enfermer ma sœur, il » sacrifiera un bras pour lui faire finir » ses jours dans une maison de force, » & il sacrifiera l'autre pour me faire » avoir du pain. Que je suis heureux » d'avoir trouvé un si bon bienfai- » teur « !

Mais il n'étoit plus temps, dit la demoiselle Peloux ; la dame Gounod avoit mis le sieur Sarriere sur la route de la vérité ; il l'avoit trouvée, & l'a- voit mise sous les yeux du Magistrat de la Police. Sa mere n'écrivit plus à son fils, que pour l'accabler de reproches sanglans ; & au Magistrat, que pour s'accuser elle-même d'avoir cédé à la séduction, & demander la liberté de sa fille (a).

Mais cette liberté ne lui fournissoit

(a) La demoiselle Peloux, pendant cet orage, s'étoit tenue cachée dans la maison du Curé de Lille, près Saint-Denis ; & ce respectable Ecclésiastique voulut bien venir plusieurs fois à Paris, dit-elle, pour travailler à sa liberté.

pas les reſſources néceſſaires à ſa ſubſiſtance : elle vouloit toujours, diſoit le ſieur Lévêque, le mettre à contribution ; & voici la ſurpriſe qu'il lui impute d'avoir imaginée, pour lui arracher des ſecours.

Il reçut, dit-il, une lettre le 12 Mars, ſignée de la dame Chalais Délouche. » Je vous prie, Monſieur, d'a-» voir la bonté de paſſer chez moi, » demain Vendredi, dans la matinée, » pour mettre mon fils en penſion chez » vous, & prendre des arrangemens » convenables, devant partir pour la » Province. L'adreſſe eſt rue de Vau-» girard, vis-à-vis le petit Calvaire «.

Cette invitation ne paroiſſoit pas ſuſpecte. Il ſe tranſporta à l'adreſſe indiquée ; monta à une chambre au quatrieme étage ; trouva une vieille femme qui ſe dit être la dame Delouche, la fille Peloux, un vieux Officier invalide, & quelques autres perſonnes. A la vue de la fille Peloux, & de la miſere que préſentoit ce repaire obſcur, il vit qu'on l'avoit trompé. Il dit à la dame Delouche que la viſite qu'elle lui avoit demandée cachoit quelque myſtere. La fille Peloux lui répond avec furie : *Oui*, *c'eſt pour t'égorger qu'on t'a fait venir ici.* Sa violence fut fuivie des empor-temens, des imprécations, des propos les plus outrés ; les meubles, les pelles, les pincettes, les chenets, tout fut en l'air. Le fieur Lévêque fut affez heureux de gagner un coin de la chambre, & ne parvint à fe dérober de cette cohorte, qui lui demandoit cent écus pour le laiſ-fer fortir, qu'à la faveur de fon épée, qui fit faire des écarts & lui ouvrit le chemin de la porte & de l'efcalier.

Sauvé du danger qu'il avoit couru, il porta fa plainte à la Police. M. de Sartine chargea les fieurs Durocher & Defmarets, Infpecteurs, de vérifier les faits. Leurs lettres exiftent, dit le fieur Lévêque, elles feront produites.

La fille Peloux ne fe rebuta pas. Il lui falloit de l'argent. Elle s'adreffa à deux perfonnes, aux fieurs Hubert & Durant ; l'un & l'autre firent, au fieur Latouloubre, un tableau effrayant des perfécutions qu'il devoit éprouver. La fille Peloux étoit, difoient-ils, *déter-minée à le diffamer chez tous les pa-rens de fes éleves, s'il ne lui donnoit pas une quinzaine de louis d'or.* Elle envoya encore un nommé Chazal, gar-

con Perruquier, & son confident, lui
faire la même proposition. Celui-ci vouloit que le sieur Lévêque répondît de
trois louis, qu'il disoit avoir prêtés à
la fille Peloux.

Voyant qu'elle ne pouvoit réussir,
elle prit le parti de le diffamer chez
les parens de ses pensionnaires ; le pei-
gnit sous les traits les plus vifs & les
plus odieux ; chercha à l'intimider par
les menaces les plus violentes, en disant qu'elle attenteroit à ses jours. Plusieurs fois elle s'est présentée à sa maison du Roule la nuit & le jour, tantôt
seule, d'autres fois avec des hommes
qui restoient en embuscade à la grille
des Champs-Elisées, ou au coin de
son jardin.

Ces persécutions, ces fureurs, met-
toient de plus en plus le sieur Lévêque
dans la nécessité de se débarrasser d'une
persécutrice aussi acharnée. Il avoit eu
le bonheur de retirer sa promesse de
mariage, & les lettres qu'il avoit écrites
à la demoiselle Peloux. Mais il en avoit
adressé à la mere de cette fille, qui,
comme on a pu en juger, pouvoient lui
tenir lieu de ce qu'elle avoit remis au
sieur Lévêque. Il étoit donc question

de les retirer des mains de la mere, avant qu'elle les eût remises à sa fille, avec qui elle paroissoit être sur le point de se réconcilier. Voici le stratagême que la demoiselle Peloux l'accuse d'avoir imaginé pour escamoter ces papiers. C'est elle qui va parler.

» J'avois autrefois connu par lui, dit-elle, un certain Abbé, ex-Jésuite comme lui, nommé l'Abbé de la Marche. Trompée par le même extérieur d'honnêteté & de vertu, je crus devoir le distinguer de son ami, lors même que j'eus éprouvé la perfidie de celui-ci. Quelque temps après le vol du 11 Septembre 1772, j'allai le trouver. Je l'instruisis de mon aventure. Il me plaignit, s'emporta contre Lévêque, & m'offrit ses secours, pour me trouver un asile tout à la fois sûr & décent. J'acceptai ses offres, &, par son moyen, je fus reçue au couvent des Miramionnes, où je restai tant qu'on ignora l'espece de crainte qui m'obligeoit à me cacher.

» En s'acquérant des droits à ma reconnoissance, l'Abbé de la Marche en acquéroit en même temps à ma confiance. Je ne lui dissimulai pas l'usage que j'espérois faire contre Lévêque des lettres qu'il avoit écrites à ma mere. Comme il n'avoit pas cessé d'entretenir avec lui ses intelligences ordinaires, & que le mal qu'il affectoit de m'en dire, n'avoit d'autre objet que de détourner mes soupçons & de me donner le change, Lévêque fut bientôt instruit de mon dessein. D'après cela, ils concerterent entre eux les moyens de me priver de cette derniere ressource. Il fut arrêté que, sous le nom de la Bastide, Avocat, l'Abbé de la Marche écriroit à ma mere; qu'il s'annonceroit pour mon Défenseur, & qu'en cette qualité il demanderoit qu'on lui envoyât les lettres, qui seules pouvoient former la base de sa défense.

» En conséquence, l'Abbé de la Marche écrivit à ma mere la lettre suivante. Elle est sans date; mais les faits dont il est question annoncent assez qu'elle fut écrite dans le temps même où Lévêque se remuoit pour me faire enfermer «.

» Madame, je viens de faire la con- » noissance de mademoiselle votre fille. » Il est singulier, Madame, que vous » abandonniez ainsi votre sang en butte » aux calomnies les plus atroces, dé-

» laissée de celui qui lui avoit donné
» sa foi, sans feu, sans pain, sans se-
» cours, sans consolation. Il semble que
» le Ciel veuille éprouver sa constance
» & sa fidélité. Pour vous, Madame,
» qui l'avez mise au monde, & qui
» l'abandonnez, vous auriez bien mieux
» fait de l'étouffer dans son berceau,
» que d'ajouter, par votre coupable in-
» différence, aux malheurs sans nom-
» bre qui l'accablent. Vous avez des
» lettres de M. Lévêque, & vous re-
» fusez de les lui envoyer ; mais savez-
» vous que votre fille est perdue, si vous
» vous obstinez à garder les monumens
» qui doivent la venger ? Je vous prie,
» Madame, de m'envoyer sur le champ
» les principales, & d'affranchir votre
» lettre, sans quoi le paquet retourne-
» roit à vous. J'ai besoin de ces lettres
» pour justifier votre fille des horreurs
» qu'on lui suppose. Ainsi ne tardez
» pas à me les envoyer, sans quoi je
» fais arrêter votre fils, qui a volé à la
» sœur la promesse de mariage, pour
» la remettre au traître qui la lui avoit
» donnée, & qui la déshonore par les
» calomnies les plus absurdes & les plus
» détestables. Je suis, Madame, votre

» très-humble & très-obéiſſant ſerviteur » DE LA BASTIDE. Mon adreſſe, *de la* » *Baſtide*, Avocat, à l'hôtel Saint-Am- » broiſe, petite rue du Four, quartier » Saint-Hilaire, à Paris «.

» Pénétrée de reconnoiſſance pour l'honnête inconnu qui s'offroit de ſi bonne grace à me venger, ma mere, quelques jours après, fît part de cette heureuſe nouvelle à une perſonne à la-quelle elle écrivoit. J'en fus inſtruite ; ma ſurpriſe fut extrême ; mais ma mere ne marquoit pas l'adreſſe de l'Avocat : & comment la trouver ? Je n'épargnai ni recherches ni démarches ; tout fut inutile. Mes idées tomboient ſi peu ſur l'Abbé de la Marche, que je lui fis part à lui-même de ce qui m'arrivoit. L'hy-pocrite me conſeilla de redoubler mes recherches ; il me donna même des adreſ-ſes, & l'on ſe doute bien qu'elles fu-rent auſſi inutiles que les autres. Enfin, je pris le parti d'écrire moi-même à ma mere, pour la prier de me mar-quer où habitoit ce bénévole, mais in-trouvable la Baſtide. Elle me le marqua, en m'ajoutant qu'elle venoit de lui adreſ-ſer, avec ſa réponſe, les remercîmens qu'elle croyoit lui devoir. Auſſi-tôt je

vole à l'hôtel Saint-Ambroife; j'y demande M. de la Baftide, Avocat. J'apprends que l'Abbé de la Marche a chargé
le neveu de l'hôteffe de retenir, & de
lui renvoyer à fon nouveau logement,
toutes les lettres qui viendroient fous le
nom *de la Baftide, Avocat.*

» Ce fut un trait de lumiere pour
moi. Je vole chez l'Abbé de la Marche : Eh bien ! me dit-il en me voyant,
votre la Baftide, l'avez-vous enfin dé-
terré ? Je ne le cherche plus, lui dis-je
tranquillement. Tenez, ajoutai-je avec
un air détaché, pardonnez ma franchife; les malheureux font fouvent injuf-
tes; mais je vous ai foupçonné d'être
ce la Baftide; & pour m'en affurer,
j'ai envoyé à ma mere, comme piece
de comparaifon avec votre écriture,
un billet que vous m'écrivîtes il y a
quelque temps. A ces mots, je vis mon
homme pâlir. Après un moment de réflexion : Il faut vous l'avouer, me dit-
il; oui, mademoifelle, c'eft moi qui
fuis le fieur la Baftide. Je n'ai pris ce
biais que pour ne pas me compromettre vis-à-vis d'un homme que je mé-
prife, mais que je crains. Au refte, ce
ne change rien à mes intentions, & n

doit rien changer à votre façon de penser à mon égard ; laissez arriver ces lettres ; remettez-les moi, & je me charge, & de la composition & de l'impression de votre Mémoire.

» Il avoit trop d'esprit pour croire que je fusse la dupe de ces belles protestations. Je m'empressai de désabuser ma mere ; sans doute il craignoit pour lui l'effet du compte que je rendrois ; il prit le parti d'être lui-même son apologiste auprès d'elle. Il lui écrivit, le 4 Avril 1773 : » Madame, ce la » Bastide qui a eu l'honneur de vous » écrire, s'appelle *l'Abbé de la Mar-* » *che*. Si je n'ai pas signé mon nom, » c'est que, connoissant le sieur Ven- » tre (*a*) comme je le connois, je crai- » gnois que ma lettre ne lui fût com- » muniquée, & que je devinsse la vic- » time de ses basses calomnies. Vous » le savez, Madame, les hypocrites & » les méchans sont toujours à craindre ; » &, comme je suis Ecclésiastique, & » que j'ai entrée dans la plupart des

_____

(*a*) C'est le vrai nom de la famille de Lévêque ; celui de *la Touloubre* & de *Lévêque* sont des surnoms.

» grandes Maisons de Paris, en consi-
» dération des revers de mon infor-
» tunée famille, je n'ai point cru de-
» voir entrer en lice avec *un polisson*,
» ou, pour mieux dire, *avec un vil co-*
» *quin*, la lie *du Corps respectable*
» qu'il a quitté. Ainsi, Madame, ne
» croyez point que j'aye voulu, en dé-
» guisant mon nom, vous trahir, vous
» & votre *chere & vertueuse* demoiselle.
» Je suis jeune encore, il est vrai; mais
» je suis héritier de l'honneur & de la
» probité d'un homme connu par ses
» Ecrits, & à qui mes parens eurent
» le bonheur de confier mon enfance.
» Vous le voyez, Madame, je vous
» ouvre mon cœur. Si j'étois plus puis-
» sant & plus riche, mademoiselle votre
» fille seroit plus heureuse; je serois plus
» heureux moi-même, si j'avois la con-
» solation de pouvoir adoucir la rigueur
» de son sort. Quoi qu'il en soit, Ma-
» dame, je ferai tout ce qui dépendra
» de moi pour la faire triompher *de*
» *l'hypocrite coquin qui l'a jouée*. J'ai
» vu les papiers que vous avez eu la
» prudence d'envoyer à mademoiselle
» Peloux & je vais en conséquence,
» composer son Mémoire, & le faire

» imprimer par mon Imprimeur même;
» & je me flatte de l'espérance agréable,
» non seulement de faire ôter *au petit*
» *scélérat* l'éducation d'une jeunesse
» qu'il est indigne de gouverner, mais
» encore de le rendre odieux à tous les
» honnêtes gens de la capitale.

» Quoique je n'aye point l'honneur
» de vous connoître, Madame, per-
» mettez que je vous embrasse en idée,
» & que je vous assure du profond res-
» pect avec lequel je suis, &c. DE LA
» MARCHE. Et plus bas. Je vous de-
» mande un secret profond sur cette
» lettre «.

» Il n'y avoit de vrai dans la lettre
de l'Abbé, que le portrait de Lévêque;
le reste étoit un tissu de mensonges. Ce
sieur *Ventre, qu'il connoissoit si bien,*
cet hypocrite, ce méchant, ce polisson,
ou, pour mieux dire, ce vil coquin,
la lie du Corps respectable qu'il a
quitté, ce petit scélérat indigne de
gouverner la jeunesse, il est demeuré
son ami; il l'a toujours vu; il le voit
encore; j'ai même depuis ce temps
des preuves écrites de leur intelligence.

» Je reçus enfin ces lettres, après
lesquelles Lévêque & moi nous soupi-

rions depuis fi long-temps, mais par des motifs fi différens «.

Le fieur Lévêque combat ce récit avec des armes qui, au premier coup-d'œil, paroiffent bien triomphantes. Il a fait imprimer les extraits de fix lettres de l'Abbé de la Marche, qui femblent prouver que cet Abbé a eu celles de la mere de la demoifelle Peloux en main, & que le fieur Lévêque ne s'eft point entendu avec lui pour efcamoter ces papiers.

Les cinq premieres lettres de l'Abbé de la Marche au fieur Lévêque contiennent les exhortations les plus vives, pour en venir à un accommodement. Mais la fixieme eft la plus remarquable de toutes, & acheve, dit le fieur Lévêque, de jeter le plus grand jour fur toute cette affaire. Cette lettre a pour but de déterminer le fieur Lévêque à prévenir le Jugement par un arrangement ; & pour l'y déterminer, il l'avertit que la demoifelle Peloux a dans fes mains, & les Mémoires qui ont été préfentés à la Police, & les lettres qui ont été écrites à la mere ; & pour prouver qu'il les a fous les yeux & qu'elles fourniffent des armes terribles contre

Lévêque,

Lévêque, l'Abbé de la Marche en copie quelques paſſages & en indique les dates.

» L'Abbé de la Marche, dit le ſieur Lévêque, a donc eu en main les lettres de la mere de la demoiſelle Peloux : puiſqu'il ne me les a pas remiſes, je ne me ſuis pas entendu avec lui : puiſqu'il les a remiſes à la demoiſelle Peloux, c'eſt ſur elle ſeule que doit tomber tout l'odieux d'un faux dont elle avoit voulu me faire l'auteur «.

D'après ces faits, le ſieur Levêque préſentoit ſes moyens.

Si la demoiſelle Peloux, diſoit-il, avoit été victime de l'amour, qu'elle eût été ſéduite par un raviſſeur libre, qu'elle articulât des faits de ſurpriſe, qu'elle préſentât à la Juſtice le fruit de ſa foibleſſe, & demandât de rétablir ſon honneur, alors elle auroit droit à une indemnité proportionnée à la fortune de celui qui l'auroit trompée ; ſa cauſe ſeroit celle des mœurs ; elle pourroit intéreſſer la ſenſibilité des Magiſtrats.

Mais quand les Magiſtrats verront, dit-il, une fille errante, artificieuſe,

qui a trompé & féduit elle-même un
mineur de vingt-deux ans, pour obtenir de fa foibleffe une promeffe de
mariage ; qu'elle a confenti que fon engagement reftât fans effet, en le rendant, & laiffant marier, fans réclama-
mation, l'homme auquel elle étoit attachée ; lorfqu'ils verront les preuves de
fon inconduite, & fa famille demander
qu'elle foit renfermée : alors la pitié
qu'elle a obtenue doit fe tourner contre elle, & tous les vœux doivent fe
réunir en faveur d'un homme qui s'eft
laiffé entraîner par fa fenfibilité, & qui
s'eft conduit par l'honneur.

Le premier de ces fentimens l'a attaché à la fille Peloux fans la connoître ;
il n'a eu d'autre objet que de l'obliger,
& il l'a fait.

Le fecond l'a détaché d'elle, quand
il l'a bien connue, & qu'il a été
convaincu qu'elle étoit indigne de fes
bienfaits, de fon eftime & de fon
amitié.

Pour avoir connu une pareille créature, pour s'être intéreffé à fon fort,
pour lui avoir fait du bien, le fieur
Lévêque devoit-il s'attendre à voir

compromettre sa fortune, son état & sa liberté (a) ?

Eh! quelle est celle qui demande que son honneur lui soit payé par des dommages & intérêts ? c'est une ancienne aventuriere de trente-six ans, que le goût pour l'indépendance a portée à sortir du cloître, à fuir sa famille & sa province ; qui a couru de ville en ville, &, pour ainsi dire, le Royaume ; qui paroît avoir laissé par-tout des traces de son inconduite & de son mauvais caractere ; qui a commencé, soit dans la capitale ou ailleurs, par séduire un jeune Abbé qui, fatigué d'elle, intéresse le sieur Lévêque à son sort pour lui faire du bien : il cede aux impressions qu'on lui donne. Elle emploie ce que peut une femme adroite auprès d'un jeune homme facile de vingt-deux ans, qui a été élevé dans le cloî-

_____

(a) Par Sentences du Châtelet des 29 Mars & 11 Août 1775, le sieur Lévêque avoit été condamné en vingt mille livres de dommages & intérêts envers la demoiselle Peloux ; &, le 12 Septembre suivant, elle l'avoit fait constituer prisonnier ès prisons de la Conciergerie, faute de payement de cette somme.

N ij

tre; parvient à le subjuguer & à surprendre de sa foiblesse une promesse de mariage.

On ne regarde plus les filles comme séduites, lorsqu'elles ont atteint l'âge de majorité.

On ne considere pas la promesse d'un mineur comme un engagement qui puisse l'obliger.

La promesse étoit conditionnelle; elle étoit subordonnée à un événement; il ne devoit se marier *que quand sa situation changeroit, quand les circonstances le permettroient.* L'intention des Parties étoit donc subordonnée aux circonstances. Or elles sont devenues telles, qu'un homme de bien ne pouvoit effectuer sa promesse sans rougir, sans s'exposer aux plus vifs reproches de sa famille, de ses parens & de ses amis. Quel est l'homme qui, après les preuves d'une conduite aussi extraordinaire que celle de la fille Peloux, lui auroit donné sa main & sa foi ? Elle n'a pas osé la réclamer & y prétendre. Elle s'est fait justice elle-même, puisqu'elle a rendu la promesse & les lettres du sieur Lévêque; qu'elle l'a laissé marier à la demoiselle Bou-

cher, sans opposition ni réclamation.
Si elle avoit eu des droits, elle n'auroit pas manqué de les faire valoir avant
le mariage. Son union avec la demoiselle Boucher n'a pas été clandestine,
elle a été publique ; la fille Peloux ne
l'a pas ignorée ; & par quel droit l'auroit-elle empêchée, elle n'avoit point
de titre ? Il est bien étonnant que, dix-
huit mois après, sans aucun droit, sans
titre, sur une chimere, & parce qu'il
a existé une liaison entre les Parties,
que le sieur Lévêque, par humanité,
a fait du bien à la demoiselle Peloux,
elle ait osé former une demande en condamnation de dommages-intérêts, pour
l'inexécution d'une prétendue promesse
qui n'existe plus, dont on ne justifie pas,
& qu'elle a rendue.

La demoiselle Peloux, dans sa défense, réfuta les faits qui tendoient
à la rendre défavorable, & rétablit les
preuves de ceux dont elle accusoit Lévêque.

» Je ne suis point fille d'un Vitrier
de Saint-Remy, disoit-elle, mais d'un
Négociant de Saint-Remy ; & ma mere,
devenue veuve, a épousé un très bon

Gentilhomme de Tarafcon , le fieur de Monge.

» Quant à mon âge, que l'on perfiffle une coquette furannée, qui pour donner le change fur fes rides & retenir auprès d'elle une jeuneffe folâtre dont le cercle s'éclaircit, ajoute le menfonge, cela n'eft que plaifant ; mais qu'un homme foit affez vil pour fe prévaloir de ce qu'une femme à laquelle il a fait une promeffe de mariage, avoit près du double de fon âge ; qu'il étoit alors mineur, & qu'elle l'a féduit ; qu'il imprime ce fait ; qu'il appuie, à chaque page, fur cette différence frappante des âges, qu'il s'en faffe un moyen triomphant pour écarter les indemnités auxquelles l'expofe fon manque de foi, & que tout cela fe trouve faux ; alors le Public & les Magiftrats s'indignent ; & par les impoftures dont cet homme fe rend coupable fous leurs yeux mêmes, ils jugent de ce qu'il a pu faire, lorfqu'il ne craignoit pas encore leurs regards.

» Or l'extrait baptiftaire de Lévêque prouve qu'il eft né à Aix le 18 Mai 1746. Le mien prouve que je fuis née à Saint-Remy en Provence, le 8 Février

1745. Ainsi, au 27 Octobre 1771, époque de sa promesse de mariage, il avoit vingt-cinq ans & cinq mois, & moi j'en avois vingt-six & quelques mois aussi «.

La demoiselle Peloux faisoit ensuite le détail de sa vie jusqu'en 1771, époque de sa liaison avec le sieur Lévêque. Depuis l'âge de trois ans jusqu'à dix-sept, elle a été pensionnaire dans deux couvens, l'un à Saint-Remy, l'autre à Tarascon; & elle rapporte les certificats les plus détaillés des Supérieures, qui attestent qu'elle s'y est très-bien comportée.

Rentrée dans le sein de sa famille, elle s'y est conduite avec toute la décence, la retenue & la modestie qui fait l'apanage de son sexe. Elle en fournit encore la preuve, par les certificats des différens Curés sur les Paroisses desquels elle a résidé avec sa mere & son beau-pere.

Elle s'attache ensuite à se laver de ce fait de débauche qui lui est imputé, avec un jeune Abbé, & dont on prétendoit que la preuve existoit entre les mains de M. l'Evêque de Glandeve.

» On m'a attribué, dit-elle, bien

N iv

des féductions qui fe font rapidement fuccédées. Une femme à qui la réputation de fes charmes feroit plus précieufe que celle de fon honneur, pourroit fe trouver flattée qu'on lui prêtât, en fi peu de temps, de fi fingulieres conquêtes, & pardonner à la calomnie en faveur de l'amour-propre. Je ne me fens pas difpofée à tant d'indulgence, & je demande juftice de cette impofture.

» Elle réfide toute entiere dans une prétendue lettre écrite par moi à M. l'Evêque de Sidon, aujourd'hui Evêque de Glandeve.

» Cette lettre ne dépareroit pas un de nos Romans modernes. Il y a plus : on ne peut difconvenir qu'il n'y ait dans le procédé de cette femme quelque chofe d'héroïque qui intéreffe pour elle. Se rendre fa propre dénonciatrice, fe charger feule d'une faute qu'un autre a partagée, & probablement fait naître ; attirer fur foi le mépris d'un refpectable Prélat, pour conferver fon eftime au vrai coupable ; c'eft une efpece de facrifice d'un genre abfolument neuf ; c'eft un excès de délicateffe incompatible avec une ame tout-à-fait corrompue. Elle trouveroit fans doute des cenfeurs, mais

peut-être plus d'admirateurs encore. Lévêque a donc manqué son objet, en
rendant l'héroïne de l'aventure intéref-
fante, tandis qu'il vouloit & qu'il devoit même la rendre odieufe.

» Mais il prétend que c'eft moi qui fuis
cette heroïne ; & voilà ce qu'il eût été
effentiel de prouver. Apparemment qu'il
rapporte l'original de la lettre prétendue
écrite à M. de Sidon : point du tout.
Il convient qu'il ne l'a pas ; il attefte que
M. de Sidon l'a entre les mains ; il a
l'impudence d'inviter le Public à l'aller
lire chez M. de Sidon ; & M. de Sidon
m'autorife à lui donner le démenti fur
tout ce qu'il dit à cet égard.

» Il fait plaider, il imprime, qu'il
en exifte une copie écrite de ma main,
& qu'elle eft dépofée chez le Commiffaire Thierrion. Mon Procureur fe tranf-
porte chez le Commiffaire Thierrion ; &
cet Officier lui répond qu'il ne fait ce
qu'on veut lui dire ; qu'il n'a point de
copie de lettre à M. de Sidon, & il
autorife même mon Procureur à démentir Lévêque fur tout ce qui le concerne.

» Que lui refte-t-il donc? Un chiffon
écrit d'une main étrangere ; & c'eft-là

N v

ce qu'il appelle une lettre de moi à M.
l'Evêque de Sidon.

» A l'égard de Clermont, dit-elle,
Lévêque rapporte une lettre d'une madame de Beauregard, dans laquelle je
ne suis pas ménagée. On m'y taxe *d'a-
voir mangé un quartier d'agneau à ma
collation ; d'avoir menacé de tuer à
coups de piſtolet une dévote reſpectable
qui m'avoit rendu des ſervices.* Ces accuſations ne ſont que ridicules ou invrai-
ſemblables, & ne décelent que beaucoup de petiteſſe avec beaucoup de
méchanceté ; mais l'Hiſtorienne ajoute,
& c'eſt-là le grave, *que, ſur les plaintes
qu'on fit de moi au Lieutenant-Général
de Police de la ville, il donna des
ordres pour que j'en ſortiſſe.*

» J'ai envoyé le Mémoire de Lévêque
aux deux Magiſtrats qui faiſoient alors les
fonctions, l'un de Procureur du Roi,
l'autre de Lieutenant de Police : ils ont
lu la diatribe de la correſpondance de
Lévêque, & l'ont démentie chacun par
un certificat, qui porte en ſubſtance :
» qu'il ne leur eſt ſurvenu aucune plainte
» ſur le compte de la demoiſelle Peloux;
» qu'il ne lui a été fait aucune injonc-
» tion de ſortir de la ville ; & qu'il

» n'exiſte, ni au Greffe de Police, ni » dans les mains d'aucuns Commiſſaires, » par qui ils s'en ſont fait inſtruire, au- » cune mauvaiſe note ſur elle «.

» Quel motif, quel intérêt, dit-elle, a donc pu déterminer la dame de Beau- regard, une femme que je connois à peine, que je n'ai qu'entrevue, mais à laquelle je n'ai, à coup ſûr, jamais fait de mal, à ſe déchaîner contre moi avec fureur, à imaginer, pour ſervir mon Adverſaire, des imputations ſi abſurdes, ſi groſſieres ? Voilà ce que je me de- mandois à moi-même, quand j'ai ap- pris que le fils de la dame, un Abbé de Beauregard, Prêtre habitué de Saint- Roch, demeurant par conſéquent à Paris, étoit un Ex-Jéſuite, autrefois camarade, aujourd'hui ami de Lévêque. Alors toute mon incertitude, toute ma ſurpriſe ont ceſſé; alors j'ai reconnu la fabrique, j'ai reconnu la main qui avoit guidé celle de la gazetiere de Cler- mont «.

On accuſoit encore la demoiſelle Pe- loux d'avoir toujours été errante dans les villes d'Aix, d'Avignon, de Mont- pellier, de Vienne, de Grenoble, de Lyon, de Châlons, de Tours, d'Orléans.

» Des six premieres villes que Lévêque nomme, dit-elle, les trois premieres, Avignon, Aix, Montpellier,
ne m'ont jamais vue qu'accompagnée
de ma mere, qui y alloit pour ses
affaires ; je n'ai jamais vu les trois autres, Vienne, Grenoble, Lyon, qu'en
passant, & parce qu'elles se trouvent
sur la route de Saint-Remy à Paris. Il
n'en eût pas couté davantage de me
peindre *errante* dans toutes les villes,
villages ou hameaux qui bordent le
chemin ; la liste eût été plus nombreuse,
& le mensonge eût fait plus d'effet.

» Restent donc Châlons, Tours &
Orléans. Dans laquelle de ces trois villes
ai-je été *errante* ? A Châlons? J'entrai,
en y arrivant, dans un couvent, où
j'étois annoncée, attendue. Je n'y restai
que deux jours, parce qu'il ne répondoit
pas à l'idée qu'on m'en avoit donnée, &
je quittai en même temps la ville. A
Tours ? Le temps que j'y ai passé a été
partagé entre le Curé d'une des paroisses
de cette ville, & le couvent de l'U-
nion-Chrétienne. Le Pasteur est mort ;
il avoit été mon protecteur & mon hôte,
il étoit demeuré mon ami. J'ai le certificat des Religieuses. Est-ce donc enfin

à Orléans ? L'imposteur qui m'accuse
d'y avoir été errante, sait que je n'y
allois que pour lui, qu'à sa priere. Il
sait qu'il me sollicitoit alors, dans toutes
ses lettres, de choisir un séjour qui le
rapprochât au moins de moi. Il sait que
j'y avois pour société ce qu'il y avoit de
plus respectable dans tous les états. Il
sait.... Mais je ne finirois pas si je
voulois tout dire. Un calomniateur est
l'hydre de la Fable ; il faut des heures
pour abattre chaque tête ; il ne faut qu'un
instant pour les faire renaître.

» Jusqu'ici ma conduite est pure ,
mes mœurs intactes. Je réunis les témoignages les plus flatteurs & les plus authentiques.

» La seule chose que j'aye craint, en
rapportant l'histoire de cette liaison ,
c'est, je l'avoue, qu'on n'eût peine à
m'en croire sur la maniere dont elle
avoit pris naissance. En effet , ce n'est
que dans les Romans que l'on voit un
homme se passionner, sur de simples
récits, pour une inconnue ; lui faire ,
par lettres, une premiere déclaration
suivie de vingt autres , & lui offrir
enfin, avant que de l'avoir vue, son
cœur, sa fortune & sa main. Lévêque ,

en convenant que c'eſt ainſi que nous
nous ſommes liés, me tire d'embarras,
ou du moins m'évite la peine d'articuler
le fait & d'en faire la preuve.

» Mais un aveu, dans la bouche d'un
méchant, n'eſt jamais qu'un piége. Semblable au Parthe qui bleſſe en fuyant, ce
qu'il perd par ſon aveu même, il cherche à le regagner par les reſtrictions.
Ainſi Lévêque convient bien qu'il m'a
écrit ſans me connoître, & ſur le ſeul
tableau qu'on lui avoit fait de moi ; mais
il ne convient pas qu'il m'ait dès lors
parlé de mariage ; il prétend qu'il ne
m'offrit que de ſimples ſervices pour me
faire trouver une place à Paris ; qu'il
n'avoit pour moi de ſentimens que ceux
de la bienveillance ; enfin, *que mon*
cœur brûloit ſeul d'un feu qui n'étoit
pas encore parvenu juſqu'au ſien.

» Une femme ſi facile à s'enflammer,
ne pouvoit être qu'une femme mépri-
ſable. J'articule donc le fait précis,
» que, dès la ſeconde lettre que Lévê-
» que m'écrivit, il me parla & de ſa
» tendreſſe & de l'hymen qu'il pro-
» jetoit ; que, dans toutes celles que je
» reçus depuis, ſoit à Tours, ſoit à
» Orléans, il m'entretenoit également
» & de ſa paſſion & du déſir qu'il avoit

» de devenir mon époux ; qu'il y en
» avoit même plusieurs dans lesquelles
» il ne me donnoit dès-lors d'autre
» nom que celui de *sa chere*, de *sa*
» *tendre épouse* «.

» Il n'y eut pas une de ses lettres dans
laquelle il n'employât les prieres les plus
fortes, les plus ardentes pour me déterminer à venir le rejoindre à Paris,
où il ne m'attendoit que pour me mener
à l'autel ; dans toutes il s'excusoit de
venir lui-même à Orléans, sur *l'impof-*
fibilité de quitter sa penfion, *feulement*
pendant vingt-quatre heures ; je ne
partis pour Paris qu'après avoir pris des
informations sur lui, sur son état, sur
sa fortune ; enfin, je ne voulus y venir
qu'autant que j'y descendrois chez quelqu'un de sûr & de connu ; & ce fut
pour satisfaire ma délicatesse, que les
sieur & dame Legall m'adresserent ici
au sieur Rose de Chantoiseau, chez
lequel je vins effectivement loger en
arrivant, & chez lequel je vis Lévêque
pour la premiere fois «.

Est-ce-là la marche d'une femme qui
se jette à la tête, & qui voit un mari
dans le premier homme qui lui témoi-
gne le moindre intérêt ? Nous ne sui-

vrons point la demoiselle Peloux dans
le détail de sa justification sur une
foule d'imputations minutieuses dont
elle se lave par les certificats les plus
honorables, émanés de ceux mêmes que
le sieur Lévêque indique comme témoins & comme victimes de sa mauvaise conduite, & par des argumens
tirés des circonstances auxquelles il ne
paroît pas qu'on puisse faire de réplique
raisonnable. Mais il faut éclaircir la
scene singuliere de la rue de Vaugi-
rard.

Après avoir rapporté cette histoire
d'après le sieur Lévêque, elle ajoute :
» C'est ici le combat des abeilles ; un
grain de poussiere les dissipe ; un mot
réduit à rien le récit héroïque de mon
Adversaire. Si ce guet-à-pens est réel,
si le Magistrat en a été instruit, si des
Officiers de Police ont vérifié le fait,
pourquoi ni mes complices ni moi n'a-
vons - nous été punis ? pourquoi pas
même réprimandés ?

» Veut-on savoir ce que c'est que ces
prétendues lettres de prétendus Inspecteurs qui prouvent le fait ? D'abord,
il n'y en a qu'une adressée à Lévêque ;
elle est d'un sieur Durocher, Exempt

de Maréchauffée à Paffy. Voici ce qu'elle porte : *J'écris à madame de Louche, dont je vous prie de mettre l'adreffe. Le Cavalier va porter la lettre. A votre égard, reftez tranquille jufqu'à ce que vous ayez de mes nouvelles. Paffy, ce 16 Mars 1773.* Ce fieur Durocher n'avoit aucun ordre de la part de M. de Sartine ; je fus à portée de m'en convaincre par moi-même : je me tranfportai chez ce Magiftrat ; je lui fis part des deux lettres que la dame de Louche & moi avions reçues par un Cavalier de Maréchauffée, avec injonction d'aller le trouver à Paffy. M. de Sartine me défendit d'y aller, & me dit, en propres termes, *que c'étoit à Paris, & non à Paffy, que je ferois jugée.* Je fis réponfe fur ce même ton au fieur Durocher, & je n'ai plus entendu parler de lui, ni de fa prétendue jurifdiction.

» Mais il n'eft pas inutile de faire connoître le fond de l'aventure, dégagé des fictions dont l'a embelli Lévêque. Au nombre des perfonnes honnêtes qui n'avoient pu refufer des larmes à mes malheurs, & qui défiroient pouvoir contribuer à y mettre fin, étoit la dame

Chalais de Louche, femme de condition. Elle logeoit, non pas à un quatrieme & dans un galetas, comme Lévêque a l'audace de le dire, mais à un
très-beau fecond, dans un appartement
très-richement meublé. Elle imagina
que mon perféçuteur lui-même fe laif-
feroit toucher au tableau qu'elle lui feroit de l'état affreux dans lequel il m'a-
voit plongée, & qu'il facrifieroit volontairement, pour éviter l'éclat des Tribunaux, une partie de ce que j'avois le
droit de demander judiciairement. Un
petit-fils qu'elle avoit avec elle, lui fervit de prétexte pour mander Lévêque.
Elle lui écrivit, le 12 Mars 1773, la
lettre qu'il rapporte. Il vint le lendemain. Dans ce moment étoit chez elle
un Chevalier de Saint-Louis, le fieur
Dumoulin. J'étois prévenue, j'avois
même promis de n'entrer qu'après que
Lévêque feroit parti. La curiofité l'emporta ; j'arrivai ; je prêtai l'oreille ; je
l'entendis débiter toutes les horreurs,
toutes les calomnies infernales dont il
compofoit ordinairement mon portrait :
je ne pus y tenir, j'ouvris la porte & me
montrai. A ma vue, il devint pâle &
tremblant. Les mots d'impofteur, de

traître , de scélérat échapperent, j'en conviens, de ma bouche : il craignit sans doute les effets ultérieurs d'un trop juste ressentiment, il sortit ; mais les meubles & même son épée, s'il en avoit une , demeurerent en leur place ; une femme respectable par sa naissance & par ses vertus , un ancien Militaire décoré du signe de l'honneur & de la bravoure, ne firent pas l'office de voleurs de grand chemin ; Lévêque n'alla pas même se plaindre à M. de Sartine , & des Inspecteurs de Police ne furent pas chargés de faire des informations. Je fus seulement grondée ; mon estimable médiatrice se contenta de blâmer en moi la pétulance provençale : la médiation fut rompue, & il fut décidé que je plaiderois.

» Chacun de ces faits que je reproche au sieur Lévêque est un crime. Le premier est un vol ; le second un complot contre ma liberté ; le troisieme un faux. C'est, ou pour me perdre , ou pour étouffer ma réclamation, qu'ils ont été commis.

» Tout crime suppose un intérêt dans le coupable. Lévêque avoit-il intérêt à m'enlever sa promesse de mariage & ses

lettres ? Oui, sans doute. D'où naissoit
cet intérêt ? Des circonstances où il étoit
alors à mon égard.

» Une trahison, que rendoient plus
criminelle encore tant de circonstances
réunies, me donnoit le droit d'invoquer les Tribunaux, & d'y réclamer ou
la foi du parjure, ou des indemnités
proportionnées à l'affront & au préjudice qu'il me faisoit essuyer. S'il nioit
ses engagemens, je les prouvois par sa
promesse de mariage, & par près de
deux cents lettres ; sa conscience lui
disoit plus éloquemment encore que
mes reproches & mes menaces, quel
terrible usage je pouvois en faire contre
lui ; le déshonneur, une partie de sa
fortune, des entraves à ses nouvelles
amours, voilà ce qu'il avoit à craindre ;
& voilà ce qu'il crut pouvoir éviter, en
me dérobant les titres qu'il m'avoit
fournis contre lui.

» Intéressé à le commettre, voyons
s'il l'a commis effectivement.

» Mes preuves se partagent entre
deux époques. Les unes antérieures au
vol, ne sont que des présomptions,
mais des présomptions très-fortes ; les
autres, relatives au fait même du vol,

font des preuves complettes, & répandent le jour de l'évidence fur le crime de Lévêque.

» Quelque temps avant le vol dont je me plains, il n'eſt point de circuits que Lévêque n'ait pris, point de démarche qu'il n'ait tentée pour tirer de mes mains ſa promeſſe de mariage & ſes lettres, & de l'autre, qu'il n'eſt point de précautions que je n'aye été obligée de prendre pour parer à ſes mauvais deſſeins «.

Elle entre enſuite dans un détail circonſtancié des efforts que fit le ſieur Lévêque pour lui enlever, ſoit par force, ſoit par ruſe, les papiers qu'il avoit intérêt d'anéantir, & qu'il lui importoit ſi fort à elle de conſerver.

Elle fait enſuite le récit de la ſcene du 11 Novembre, que nous avons rapportée plus haut. Elle articule tous les faits qui en compoſent le détail, & demande à en faire preuve.

Paſſons au complot formé pour faire enfermer la demoiſelle Peloux, auquel le ſieur Lévêque prétendoit n'avoir eu aucune part.

» On demandera ſans doute, dit-elle, quel intérêt avoit Lévêque à ce

que je fuffe enfermée ? Celui qui l'avoit
porté à m'enlever fes lettres & fa promeffe de mariage ; la crainte des dommages & intérêts qu'ils m'affuroient,
fubfiftoit encore. Depuis, le vol de mes
lettres y en ajoutoit un autre plus vif,
plus preffant encore, celui d'éviter les
peines auxquelles l'expofoit ce nouveau
délit. Il falloit me fermer la bouche,
intercepter mes cris, & les empêcher
d'arriver jufques aux Tribunaux ; une
prifon éternelle en étoit le moyen le
plus fûr, & c'eft celui qui fut adopté.

» Déterminer ma mere à demander
contre moi un ordre, c'étoit prefque
l'avoir obtenu ; le Gouvernement le
plus fage, d'ailleurs en garde contre les
délations des Citoyens, parce qu'elles
peuvent être dictées par la haine, la
cupidité, & en général par les paffions
les plus méprifables, peut rarement réfifter au vœu d'une famille qui l'implore pour retrancher de fon fein un
membre gangrené. C'étoit donc un coup
de partie que de gagner ma mere ; &
Lévêque y attachoit le fuccès de fes
deffeins. Mon frere étoit l'un des inftrumens dont il fe fervoit pour me
calomnier auprès d'elle, pour lui per-

suader que j'étois plongée dans la débauche, convaincue des crimes lés plus déshonorans ; & que, réservée au plus infame des supplices, j'allois, si elle ne prévenoit les Tribunaux, flétrir à jamais son nom. Mais Lévêque avoit donné à mon frere plus d'un adjoint. La troupe affidée qui l'avoit si bien secondé lors de l'enlévement de mes papiers, lui continuoit encore ses secours ; les Reynaud, les Potier, les Mongirod, les Boucher appuyoient de leurs calomnies les calomnies de mon frere. Pour Lévêque, en Général habile, qui se regarde comme l'ame du corps qu'il fait mouvoir, & qui sait ménager sa personne, mais aussi en payer au besoin, il ne donnoit que dans les cas pressans, lorsque ses gens avoient le dessous, & qu'il falloit relever le combat.

» C'est donc tout à la fois & par les lettres de Lévêque, & par celles de mon frere, & par celles de Reynaud, Boucher, &c. que je prouve que Lévêque étoit le chef du complot formé pour obtenir les ordres supérieurs qui devoient me priver pour jamais de ma liberté «.

La demoiselle Peloux discute ensuite

les lettres de son frere à sa mere, &
démontre qu'elles étoient toutes dictées ou inspirées par le sieur Lévêque.
Elle fait voir, en rapprochant & com-
binant toutes ces lettres, que le *Mon-*
sieur dont on parle d'abord mystérieu-
sement, n'est autre que le sieur Lévêque. Il est enfin démasqué par son nom,
que le frere de la demoiselle Peloux
emploie expressément.

Dans une lettre du 26 Novembre,
il mande à sa mere : » Nous devons
» faire prendre ma sœur au premier
» jour ; M. Lévêque lui donne de quoi
» subsister en attendant, sans qu'elle
» sache que M. Lévêque la nourrit.
» M. Lévêque veut avoir un désiste-
« ment auparavant de la faire enfermer «.
Enfin, un *postscriptum* acheve de lever
toute équivoque sur le personnage désigné sous le nom de *ce Monsieur.*
» J'oubliois de vous dire que c'étoit
» M. Lévêque qui m'avoit fait ce billet
» de six cents livres «.

La demoiselle Peloux parcourt ainsi
toutes les lettres de son frere, en rapporte tous les morceaux, qui develop-
pent & prouvent la vérité qu'elle veut
établir.

Enfin

Enfin, la mere de la demoiselle Péloux, & le Curé de sa paroisse, com-
pléterent la preuve du complot qui les
avoit séduits. La premiere, par la ré-
tractation qu'elle fit auprès de M. de
Sartine, en faveur de sa fille, & par
une Requête qu'elle présenta au Parlement le 30 Décembre 1775. Elle demandoit à » être reçue Partie interve-
» nante dans le Procès pendant en la
» Cour entre sa fille & le sieur Lé-
» vêque; qu'il lui fût donné acte de
» ce qu'elle désavouoit les lettres qu'elle
» avoit écrites, & le Mémoire pré-
» senté en son nom au Magistrat de
» la Police, contre sa fille, le tout
» étant le fruit de la séduction & de
» la surprise méditée & exécutée par Lé-
» vêque, par le canal de Jean-Baptiste
» Peloux, qui, par instigation de Lé-
» vêque, avoit annoncé à elle sa mere,
» que Jeanne Péloux, sa fille, étoit
» coupable de crimes graves, que la
» Loi punissoit avec sévérité, & qu'elle
» étoit livrée à une débauche & à une
» prostitution publique, crimes de dé-
» bauche & de prostitution qui n'avoient
» jamais eu de réalité que dans la bou-

Tome VI.   O

» che & dans les écrits de Lévêque &
» de ses adhérens ».

Cette déclaration étoit accompagnée
d'un certificat du Curé de la Paroisse
des sieur & dame de Monges, portant
qu'il n'a signé le Mémoire que M. &
madame de Monges ont présenté à
M. de Sartine contre la demoiselle Peloux leur fille, qu'après avoir vu & lu
lui-même les diverses lettres venant de
Paris de la part du sieur Lévêque &
de ses adhérens.

A ces attestations il en faut joindre
une autre, qui n'a pas moins de force.
On se rappelle que la demoiselle Peloux avoit logé chez un sieur Philippe,
Traiteur à la Porte Saint-Honoré; qu'on
l'avoit accusée de lui avoir volé un cachet d'or, & d'avoir voulu l'induire à
doubler le montant d'un mémoire de
dépense qui devoit être payé par le
sieur Lévêque. Voici ce que ce même
Philippe atteste, dans un certificat du
21 Juillet 1773 : » Tant que la demoi-
» selle Peloux a demeuré chez lui, il
» n'a reconnu en elle que de la pro-
» bité & une conduite honnête; qu'elle
» étoit de si bonne foi, que souvent
» il oublioit des fournitures dont elle

» le faifoit fouvenir. Il a été follicité
» par le fieur Lévêque de la renvoyer,
» &, de la part du fieur Peloux, fon
» frere, d'aller chez M. Thierrion,
» Commiffaire, & ce trois fois confé-
» cutives, pour dépofer contre elle de
» faits qui tendoient à la faire enfer-
» mer. Mais ne connoiffant rien en
» elle, du côté des mœurs ni de la
» conduite, capable de lui faire un
» fort auffi trifte, ma confcience, dit-il,
» m'auroit toujours reproché de perdre
» une perfonne que je pouvois croire
» innocente ; de forte que j'ai refufé
» conftamment d'aller chez le Com-
» miffaire, jufqu'à ce qu'un ordre fu-
» périeur m'y forçât; & encore n'au-
» rois-je pu dépofer qu'en fa faveur,
» par les raifons ci-deffus «.

Il eft donc prouvé que l'innocence
feule de la demoifelle Peloux lui épargna l'ordre qui devoit la tenir enfermée
pour le refte de fes jours.

» Veut-on à préfent calculer les indemnités qui me font dues, d'après
toutes les perfécutions que j'ai fouf-
fertes, d'après tous les maux que j'ai
endurés, d'après toutes les pertes que

j'ai effuyées? Dix fortunes comme celle
de Lévêque ne fuffiroient pas,

» Que celui qui croira que j'exa-
gere, parcoure avec moi tout le temps
qui s'eft écoulé depuis le moment où
j'ai été trahie, abandonnée, c'eft-à-
dire, depuis le mois de Novembre
1772, & qu'il juge enfuite s'il eft au
monde une femme dont la vie entiere
ait été agitée d'autant de tempêtes,
& femée de plus de traverfes que ces
trois années de la mienne. Délaiffée par
l'homme que je regardois comme le
feul appui de mon exiftence, dépourvue de connoiffances & de protections,
à plus de cent lieues de ma patrie &
de ma famille, il faut que je cherche
un afile, une place, un état. J'étois
libre au moins; bientôt je fuis menacée
d'être plongée dans une affreufe &
déshonorante prifon. Ma mere, fou-
levée contre moi, me retire fa tendreffe avec fon eftime, & ne s'arme
plus de fon autorité que pour me perdre; mon beau-pere, tremblant pour
la pureté de fon nom, fe joint à elle;
un Pafteur vénérable, un Miniftre de
paix croit fa Religion même intéreffée
à ma punition; le Magiftrat eft affailli

par mes délateurs, & j'apprends que, d'un inftant à l'autre, je puis être arrêtée.

» Obligée de fuir & de me cacher, tantôt dans une retraite, tantôt dans une autre, je quitte Paris; j'y reviens, toujours dans les tranfes, toujours accompagnée de mes alarmes, ne fortant que de nuit, ne marchant, comme le crime, que dans l'ombre, réduite, dans l'excès de mon défefpoir, à envier le fort des méchans qui me perfécutent, & à défirer leur tranquillité, au prix même de leurs remords. Enfin, le jour de la liberté luit pour moi; je cours hâter celui de la vengeance, je fuis prête à raffembler les armes qui me reftoient encore entre les mains de ma mere; un hardi fauffaire entreprend de s'en rendre le maître : après bien des peines, des courfes, des recherches, je parviens à le démafquer; mes titres me parviennent, je me difpofe à en faire ufage. Alors Lévêque effrayé parle de paix, entame des négociations. La crainte d'un Procès difpendieux, long & fcandaleux, faut-il le dire enfin ? ma propre mifere, tout me détermine à la conciliation. Lévêque fait des propofi-

O iij

tions, donne vingt paroles & n'en
tient pas une. Enfin, jouée de lui,
manquant de tout, dépourvue de toute
autre reſſource, je me préſente dans les
Tribunaux; mais ſes perſécutions m'y
ſuivent encore; vingt émiſſaires parcourent les maiſons où je ſuis reçue,
m'y peignent comme un fléau redou-
table, avertiſſent les maîtres de ſe tenir
en garde contre moi, de ſe défier même
de mes mains, les conjurent, pour leur
propre intérêt, de m'expulſer de leurs
maiſons. Voilà ce que je ſouffre depuis
plus de trois ans. Que l'on y ajoute les
dettes que j'ai été forcée de contracter,
la diſette dans laquelle je me ſuis ſouvent trouvée, le déſagrément affreux
pour une ame délicate, d'être à charge
à ſes amis, expoſée même à rebuter leur
bienveillance. Et que l'on juge maintenant ſi je puis, ſous ce ſecond aſpect,
porter trop haut mes prétentions!

» Il ne me reſte plus qu'à les apprécier par les calomnies dont j'ai été chargée. Méchanceté, débauche, ſéduction,
vol, faux, aſſaſſinat même, Lévêque a
tout épuiſé. Une ſeule de ſes inculpa-
tions prouvée fauſſe, devroit attirer un
châtiment à ſon auteur, & me don-

neroit droit à des réparations d'honneur & à des dommages & intérêts.
Mais quelle force n'acquierent pas mes
réclamations, lorsque, de toutes ces
imputations atroces, il n'en est pas une
seule dont je ne démontre que Lévêque est le criminel inventeur « ?

Par Arrêt rendu sur délibéré en la
Tournelle criminelle du Parlement de
Paris, au rapport de M. de Chavannes,
le 11 Mars 1776, la Sentence du Châtelet du 11 Août 1775 fut confirmée ;
& néanmoins les dommages adjugés
par cette Sentence, furent modérés à
huit mille livres. Les Mémoires du
sieur Lévêque furent supprimés : permis
à la demoiselle Peloux de faire imprimer & afficher le présent Arrêt, aux
dépens du sieur Lévêque, qui fut condamné en l'amende & en tous les dépens. Sur le surplus des demandes,
les Parties furent mises hors de Cour ;
& au nombre de ces demandes étoit
celle que Lévêque avoit formée en nullité de son emprisonnement.

Lévêque s'est présenté, la même année, à la Chambre des Vacations, a
demandé d'être reçu au bénéfice de
cession, & son élargissement. Tous ses

O iv

créanciers y ont confenti : la demoifelle
Peloux feule s'y eft oppofée. Il a offert
l'abandon de tout ce qu'il pouvoit avoir;
il a expofé qu'il lui étoit impoffible de
fatisfaire aux condamnations prononcées
contre lui, puifque fa captivité lui ôtoit
les moyens de faire ufage de fes talens.
Par Arrêt du 18 Octobre 1776, il a été
débouté de fa demande en liberté, &
condamné aux dépens.

Cette Caufe prouve que les circonftances feules font la mefure des dommages & intérêts qui s'accordent aux
filles féduites. Ici la féduction a été
fuivie des outrages & des perfécutions
les plus étranges ; & peut-être la Cour,
en réduifant à huit mille livres les vingt
mille qui avoient été accordées par le
Châtelet, a-t-elle ufé d'indulgence envers le fieur Lévêque.

SORCIER ESCROC.

SON histoire contient des faits singuliers, dont quelques-uns seroient à peine croyables, s'ils n'étoient constatés par la procédure la plus réguliere.

François Duthil, dit *Minette*, étoit né au village de Fontaine-la-Vagonne, proche Grandvilliers, bourg considérable, voisin de Beauvais. Il fut d'abord Garde-moulin en différens cantons du Beauvoisis. Mais son penchant pour la dépense & pour la débauche le déterminerent à abandonner un état dont les produits ne suffisoient pas pour satisfaire ses goûts; il se fit Sorcier. Il connoissoit si bien lui-même la futilité & l'abus de son prétendu art, qu'il ne craignit pas d'avouer à la Justice ce qu'il en pensoit. Au premier interrogatoire qu'il subit à Grandvilliers, le 26 Mars 1774, le Juge lui demanda à quoi il s'occupoit depuis plusieurs années. » Je » m'occupe, dit-il, à écouter les foux » quand ils viennent me trouver «.

Sans employer d'autre art dans le

O v

récit que nous avons à faire, nous allons suivre la vie de cet homme singulier, jusqu'au moment où la Justice
l'ayant fait arrêter, débarraffa le canton
d'un fripon qui ruinoit les familles
dont les chefs avoient la simplicité de
lui donner leur confiance, & déshonoroit toutes les filles qu'il avoit le talent
de féduire.

Le premier de ses faits qui soit venu
à la connoiffance de la Justice, est un
vol de deux louis d'or. Il va, un Samedi au soir, au moulin du village de
Haute-Épine, demande aux deux garçons de ce moulin, de fouffrir qu'il
couche avec eux cette nuit. Ils vont,
le lendemain Dimanche, à fept heures
du matin, à la Meffe, & laiffent Minette au lit. A leur retour, il étoit
parti. L'un d'eux fe rappelle qu'il a
laiffé la clef de fa caffette dans la poche
d'une culotte qu'il avoit placée fous le
chevet du lit. Il compte fon argent, &
s'apperçoit qu'il lui manque un double
louis en efpece; & depuis, quelques
perquifitions qu'il ait faites, il n'a pu
joindre fon fripon.

Minette apprend qu'un Charpentier
du canton a une incommodité dont un

Chirurgien a voulu inutilement le guérir, il va le trouver, & lui promet une
guérison affurée, s'il veut lui donner fa
confiance & de l'argent. Voici la reconnoiffance qu'il lui fit ; elle eft fin-
gulière. » Je fouffigné *Jean - Baptifte*
» Duthil, de Cernoy, *ancien Devina-*
» *trice*, reconnois avoir reçu de Nicolas
» France la fomme de feize piftoles &
» demie, pour un mal qu'il a, que
» ceux qui l'ont travaillé n'ont pu trou-
» ver guérifon. Mais moi, avec l'aide
» de J. C., je compte le guérir, fi le
» mal eft guériffable. En faute que ledit
» France ne foit point guéri, je lui
» remettrai fon argent, & lui étant
» obligé de me payer pour mon travail
» & mes voyages. Moi *Jean-Baptifte*
» *Duthil* «.

Il a toujours protefté que ce billet
n'étoit pas de lui ; & la preuve qu'il en
a donnée, c'eft qu'il ne fe nommoit
pas *Jean - Baptifte*, mais *François-*
Philippe.

Il étoit un jour à boire dans un
cabaret tenu par la mere de la femme
d'un nommé Defnoyelles, Chirurgien
du canton ; & qui logeoit chez elle fa
fille & fa bru. Il dit beaucoup de galan-

O vj

teries à la dame Defnoyelles ; & après
l'avoir difpofée à l'écouter favorablement , il ajouta qu'elle méritoit un fort
plus brillant que celui dont elle jouif-
foit ; qu'elle n'étoit pas faite pour être
femme d'un Chirurgien de village, mais
pour tenir un rang diftingué dans une
ville ; que, fi elle vouloit, elle pouvoit devenir une groffe dame & rouler
carroffe ; que s'il voyoit fon mari , il lui
propoferoit de lui faire faire fortune ,
& lui en ouvriroit les moyens.

Il joignit enfin le fieur Defnoyelles ,
& lui dit qu'il avoit un moyen tout
fimple de le rendre riche; qu'il favoit un
endroit où étoient cachés trente millions en efpeces. Il lui montra en même
temps une lifte fignée de toutes les perfonnes les plus diftinguées du canton , qui
avoient , difoit-il , foufcrit pour fournir
à la dépenfe néceffaire pour la découverte du tréfor , & que chacun profite-
roit à proportion de fa contribution. Le
Chirurgien , convaincu par des preuves
auffi pofitives , s'empreffa de donner
dix-huit louis d'or qu'il avoit.

Quelques jours après , Minette vint
retrouver fon homme, & lui dit que
la fomme qu'il avoit donnée n'étoit

pas suffisante, qu'il falloit y ajouter quinze autres louis ; le Chirurgien ne les ayant pas, Minette chercha à les lui faire prêter. Etant un jour, Minette & lui, dans un cabaret avec un nommé Julien, Fermier du canton & cousin de Desnoyelles, Minette proposa à ce Julien de prêter quinze louis à son cousin, disant qu'en l'obligeant il s'obligeroit lui-même. En même temps il tira de sa poche un livre, qu'il dit être un grimoire : dans ce livre étoit, entre autres, une image, sans laquelle, disoit-il, on ne pouvoit réussir. Mais Julien n'ayant pas paru faire grand cas ni des secrets ni du livre de Minette, celui-ci remit son livre dans sa poche.

Julien proposa cependant d'aller chez lui, & dit que là il prêteroit à son cousin les dix-huit louis en question. Arrivés, Julien parla si bien à son cousin, qu'il lui fit ouvrir les yeux, & que non seulement il refusa d'ajouter la somme qu'on lui demandoit, mais il voulut ravoir celle qu'il avoit donnée. Minette dit qu'il n'avoit aucun intérêt à la garder ; que peu lui importoit qui

auroit part au tréfor, & qu'il n'y auroit que ceux qui contribueroient à le
découvrir. Il envoie chercher fa femme, & lui fait dire d'apporter la bourfe
dans laquelle étoient les dix-huit louis
du fieur Defnoyelles. Elle arrive avec
la bourfe ; on la préfente à Defnoyelles,
qui refufe de la recevoir, fans examiner ce qu'elle contenoit. Minette là
retira, la mit dans fa poche, difant
qu'il n'y avoit plus que fix louis. Il confentit à faire un billet des douze autres,
& le figna. Defnoyelles, à qui le billet
fut remis, voulut le lire ; mais il étoit
griffonné demaniere qu'il étoit impoffible d'en déchiffrer un mot. Minette
le reprit & le déchira. Un des affiftans
offrit d'en écrire un ; Minette refufa
de le figner, & promit de payer quand
il auroit de l'argent. On en vint aux
coups ; Minette trouva le moyen de s'ef-
quiver, monta fur fon cheval, prit la
fuite, & jamais Defnoyelles n'a depuis
entendu parler de fon argent.

Il apprend qu'une veuve Doumel eft
attaquée d'une maladie de femme qui
la retenoit au lit depuis long-temps ;
il va la trouver, lui offre fes fervices, lui perfuade qu'il la guérira, &

lui demande 400 livres d'avance ; elle les lui envoie, & depuis elle ne l'a pas revu.

On ne finiroit pas si l'on vouloit entrer dans le détail de toutes les sommes qu'il a escroquées, sous prétexte de ses connoissances dans l'art de la Médecine & dans la magie.

Mais de toutes les escroqueries faites par Minette, voici la plus considérable & la plus singuliere.

Il y avoit, au village de Montalembert, paroisse de Charines, un bon Laboureur, bien à son aise, nommé Toussaint Demont. Minette jugea ce particulier propre à être sa dupe. Il va le trouver, & lui dit qu'il savoit que son pere avoit été volé, tant après qu'avant sa mort ; que le vol pouvoit monter à 6000 livres ; qu'il pouvoit lui faire trouver cette somme, mais que, pour le mettre en état de réussir, il falloit lui donner de l'argent, ayant bien du monde à mettre en œuvre, même des Prêtres.

Le bon paysan donna dans le panneau, se laissa conduire dans un cabaret, où il donna 500 livres à Minette,

qui lui en fit fa reconnoiffance ; mais,
au bout de fix mois, celui-ci trouva le
fecret de la retirer fous quelques prétextes, & ne l'a jamais rendue.

Quinze jours fe pafferent, fans que
Demont entendît parler de fon homme.
Il alla le trouver chez lui, & lui fit
des reproches de ce qu'il ne finiffoit
pas ce qu'il avoit commencé. Cela fini-
ra, dit Duthil ; mais il me faut du
fecours : revenez demain ici. Demont
ne manqua pas de s'y rendre. Il y trouva
un Prêtre, nommé Mathon, qui étoit
interdit, & qui fut depuis, par ordre
du Roi, renfermé à S. Venant. Nous
n'entrerons point dans le détail des fa-
criléges qui fe commirent entre l'Abbé
Mathon & Minette, en préfence du
pauvre Demont. Nous remarquerons
feulement que celui-ci dit à fon complice, après les cérémonies abominables
que nous paffons fous filence, que fi,
après la célébration de ces myfteres,
& avec le livre qu'il lui avoit donné,
Minette ne venoit pas à bout de fon
entreprife, il n'étoit pas capable d'être
homme.

Minette, qui comprit à quel homme

il avoit affaire, résolut d'en tirer beaucoup au delà des 500 livres qu'il en
avoit reçues; mais pour cela il falloit
le leurrer de la découverte d'une somme
bien plus considérable que les 6000
livres dont il avoit parlé d'abord. Il y
a, dit-il, dans un certain bois, un trésor énorme renfermé dans une cloche
enfouie dans ce bois; mais il me faut
de l'argent; & à mesure qu'il faisoit
une des opérations magiques dont nous
allons parler, il tiroit une somme de
sa dupe.

Il se faisoit accompagner, dans la
campagne, par le pauvre Demont; &
lorsqu'ils se trouvoient dans un carrefour, Minette s'arrêtoit, faisoit un cercle sur la terre avec le pied gauche,
plaçoit ce pied dans le cercle, balbu-
tioit des paroles que son compagnon
n'entendoit pas, levoit ensuite le pied,
& dans l'endroit où il l'avoit posé, il
faisoit voir à Demont des lettres tra-
cées sur la terre, disant que c'étoit le
Diable qui lui écrivoit pour lui indiquer le lieu où étoit l'argent. Il lisoit
ces prétendues lettres, & leur faisoit
signifier des sons auxquels personne n'entendoit rien.

Quelquefois il apportoit des lettres cachetées, difoit que c'étoit le Diable qui les lui avoit envoyées, les décachetoit, les lifoit ; mais il ne prononçoit que des fons à peine articulés : fi l'on fe plaignoit de n'y rien entendre, c'eft, difoit-il, le langage de la magie, qu'il ne m'eft pas permis de révéler.

Un jour Duthil étant chez Demont avec le nommé Laignier, il envoya celui-ci porter une lettre dans le bois de l'Homme-Armé, fitué à cent cinquante pas de la maifon où ils étoient. Lorfqu'il fut parti, Demont, fa femme, fes enfans & tous ceux qui étoient dans la maifon, accompagnés de Minette, allerent dans l'héritage qui étoit entre la maifon & le bois où devoit fe rendre le meffager. Au bout du temps que l'on jugea à peu près néceffaire pour qu'il pût arriver, on entendit un bruit qui approchoit de celui qu'auroient fait plufieurs chiens qui fe feroient battus, & ce tapage dura environ une demi-heure.

Au bout de ce temps, Laignier revint avec une lettre & un louis d'or, dont il dit que le Diable l'avoit chargé pour remettre à Duthil, ajoutant que ce n'étoit pas encore l'heure, & que l'argent se trouveroit, mais que ce n'étoit pas dans le bois qu'on en feroit la découverte.

Il faut donc chercher ailleurs, dit Minette, & je sais où c'est ; le Diable vient de me l'apprendre par sa lettre. Il y avoit, dans la chambre où couchoient Démont & sa femme, une futaille qui servoit à contenir de l'avoine ; Minette prend un chaudron, dans lequel il met une certaine drogue rougeâtre détrempée & liée comme une espèce d'onguent : il y joint une pierre, sur laquelle étoit gravée une croix. Il place le tout dans la futaille, après avoir fait beaucoup de simagrées, couvre la futaille avec grand soin, & s'assure bien que l'air n'y entre par aucun endroit. Il fit ensuite des défenses bien positives, de découvrir la futaille & d'oser regarder le chaudron, menaçant le premier téméraire qui oseroit céder à sa curiosité, de se voir tordre le cou par une main invisible. C'est dans ce précieux chaudron, disoit-il, que se trouvera le trésor ; mais il est réservé à moi seul de pouvoir l'en tirer. Il

remplit enfuite les portes & différens
endroits de la maifon de croix tra-
cées, les unes en rouge, les autres en
noir.

Cependant, en attendant l'effet des
fortiléges, on faifoit bombance dans
la maifon, à compte fur le tréfor futur:
Minette y étoit le maître, & tout ce
qu'il ordonnoit étoit exécuté à la lettre.
La fortune du malheureux Demont s'é-
puifoit par la dépenfe exceffive qui fe
faifoit journellement dans fa maifon,
par le temps qu'il perdoit avec fon forcier, & par les fommes qu'il lui fourniffoit affez fouvent.

La femme & les enfans de cet im-
bécille s'oppofoient, autant qu'il étoit
en eux, à ces profufions, & ne ceffoient
de lui repréfenter qu'il étoit la dupe
d'un fourbe qui le ruinoit. » Taifez-
» vous, difoit le bon homme, je fais
» mieux ce que je fais que vous, & M.
» Minette eft un habile homme, un
» honnête homme, qui veut m'enrichir.
» Taifez-vous, vous êtes des ingrâts,
» à qui il veut faire du bien malgré
» vous. «

Minette, qui ne vouloit pas lâcher
fa proie avant d'en avoir exprimé toute

la fubftance, craignit que ces remontrances ne fiffent enfin leur effet, &
que les yeux du bon homme ne vinffent à s'ouvrir avant le temps qu'il avoit
fixé pour l'abandonner. On l'a accufé
d'avoir voulu fe défaire de toute la famille par le moyen du poifon. Voici
du moins un fait qui donneroit affez
lieu de le croire ; plufieurs témoins l'ont
dépofé.

Minette, un jour, ordonna à la
femme Demont de lui faire une foupe
au lait. Lorfqu'elle fut faite, il en
prit fur une affiette & en mangea. Pendant qu'il mangeoit, la femme Demont fortit un inftant dans fa cour,
& le laiffa feul. Rentrée avec fes enfans
& des domeftiques, Minette lui dit
qu'il ne vouloit plus de foupe. » Vous
» pouvez la manger, vous autres, ajou-
» ta-t-il «. Il preffa même la mere &
fes enfans d'en manger : » elle eft ex-
» cellente, elle vous fera du bien,
» mangez-la donc pendant qu'elle eft
» chaude «.

Heureufement ce fripon n'avoit pas
la confiance de ceux à qui il parloit
Son empreffement à les faire manger
leur parut fufpect ; ils jeterent tous les

yeux fur la foupe, & crurent y apper-
cevoir quelque chofe d'extraordinaire.
Les uns dirent qu'ils n'aimoient pas la
foupe au lait ; les autres, qu'elle n'étoit
pas affez chaude : enfin, fous différens
prétextes, tout le monde s'abftint. On
la jeta dans la cour, les poules en man-
gerent, & fept moururent une demi-
heure après; ce qui donna lieu de croire
qu'elles étoient empoifonnées, c'eft
qu'auffi-tôt qu'elles en eurent mangé,
elles coururent chercher de l'eau, &
burent beaucoup plus qu'à l'ordinaire.

Cependant le chaudron étoit toujours
dans la futaille, & l'on attendoit avec
refpect le moment où M. Minette
croiroit le découvrir. Mais un nommé
Chrétien, Charron, qui avoit entendu
parler du tréfor qui devoit fe trouver,
& des fortiléges qui fe faifoient pour
y parvenir, vint un jour chez Demont
pour en favoir des nouvelles : » Eh bien,
» dit-il à la femme Demont en en-
» trant, où en eft le tréfor ? Oh ! pour
» le coup, dit-elle, il doit fe trouver
» dans cette futaille ; la preuve eft que
» voilà des croix rouges & noires par
» tout notre maifon «. Chrétien voulut
découvrir la futaille : » Ah ! mon Dieu !

» n'y touchez pas , dit la femme De-
» mont ; M. Minette a bien affuré que
» le Diable tordroit le cou au premier
» téméraire qui oferoit y toucher avant
» lui «. Cette menace n'arrêta point
l'intrépide Chrétien ; il découvre la futaille. Perfonne n'eut le cou tordu ; mais
le chaudron , la drogue & la pierre furent trouvés dans le même état. Minette
s'apperçut qu'on avoit touché à fa futaille , & s'en plaignit. On lui raconta
comment la chofe s'étoit paffée. » Je
» le fais , dit-il gravement quand il
» fut bien au fait. Chrétien eft fort heu-
» reux d'être de ma connoiffance ; c'eft
» un indifcret , un curieux étourdi ; mais
» c'eft un bon garçon que je n'ai pas
» voulu laiffer périr miférablement. Le
» Diable m'eft venu avertir au moment
» qu'il a porté la main fur la futaille,
» & il vouloit exécuter la menace qu'il
» avoit faite par ma bouche ; je l'en ai
» empêché. Mais fûrement Chrétien a
» dû fentir fa préfence ; il a dû fentir
» à la main une brûlure interne qui
» n'a pas laiffé de trace au dehors , mais
» qui n'en a pas été moins réelle &
» moins cuifante. Je le connois , il ne

» l'avouera pas ; mais je n'en fais pas
» moins à quoi m'en tenir. Quoi qu'il
» en soit, il nous a fait beaucoup de
» tort : une heure plus tard, nous
» avions dans le chaudron un tré-
» sor immense, & nous étions tous
» riches & heureux ; mais ce qui est dif-
» féré n'est pas perdu. Prenons courage ;
» je vais me retourner, & nous aurons,
» par une autre voie, ce que nous avons
» perdu par celle-là. Ce qu'il y a de
» fâcheux, c'est que, comme il faut
» changer de batterie & préparer de
» nouveaux ressorts, il faut aussi faire
» de nouvelles dépenses, & il faut que
» le papa Demont fouille encore à
» l'escarcelle. Allons, dit le bon
» homme, cela est bien malheureux ;
» mais, puisqu'il le faut, il le faut « ;
& Minette lui retira encore une somme.

Mais Minette étoit au bout de ses
stratagêmes : il y avoit deux ans qu'il
amusoit le pauvre Demont. Il lui avoit
fait vendre une grande partie de ses
terres, dont il avoit touché presque tout
le prix ; il lui avoit tiré tout son argent
comptant, & lui avoit fait faire des
dépenses énormes tant en voyages qu'en
parties de plaisir, où Minette se faisoit
accompagner

accompagner par fa femme & par fes amis.

Il fit cependant encore un effai, pour ne pas perdre totalement la confiance de fa dupe, & faire croire à Demont lui-même que c'étoit fa faute fi les chofes n'avoient pas réuffi. Celui-ci alla un jour l'inviter à venir fe réjouir chez lui le jour de la fête de fa Paroiffe ; il y engagea auffi un nommé Laignier & fa femme, voifins & amis de Minette. Minette monte fur un cheval dont Demont lui avoit fait préfent, & fit monter la femme Laignier en croupe. Pendant le chemin, il fit obferver à fes compagnons de voyage que les poches, tant de fon habit que de fa vefte, étoient pleines : » C'eft de l'argent, difoit-il, & voilà » enfin le tréfor, ou une grande par- » tie «. La femme Laignier a attefté qu'effectivement elles étoient fi pleines, qu'il n'y avoit pas de place pour mettre le doigt. Mais quand il arriva dans la cour de Demont, elles fe trouverent vides. La femme qu'il avoit en trouffe ne fut pas la dupe de la fourberie, & profita de l'occafion pour fe faire rendre

Tome VI.   P

une somme que le coquin avoit escroquée à son mari.

Laignier, qui voyoit journellement Demont aller & venir chez Minette, demanda à celui-ci quel étoit l'objet de tous ces voyages. » Je lui ai promis, » dit Minette, de lui faire trouver un » trésor. Je le peux ; c'est un brave » homme qui m'a obligé ; il a de la fa- » mille, & je veux le rendre heureux, » d'autant plus que je participerai avec » lui à ce trésor. — Nous sommes voi- » sins, nous sommes amis, tu devrois » m'en faire part aussi : tu aimes ma » femme, elle te veut du bien, & » quand nous serons riches, nous passe- » rons ensemble les jours à nous amuser, » — J'y consens ; mais, pour que tu » puisses y avoir part, il faut que tu » donnes de l'argent, & tu profiteras au » *prorata* de ta mise. — Je n'ai point » d'argent ; mais, si tu m'assures du suc- » cès, je saurai en trouver. — Si tu » doutes, il ne faut pas hasarder ton ar- » gent; je te conseille même de ne le pas » faire, & je suis intéressé à ce que tu » y renonces, puisque la part qui te » reviendra diminuera la mienne d'au- » tant «. Enfin Laignier se détermina ;

il vendit un coin de terre qu'il avoit,
en retira 100 livres, & en donna 51 à
Minette.

Mais l'aventure des poches pleines
& vidées fans qu'on s'en apperçût, ouvrit les yeux à la femme Laignier. » Tu
» es un frippon, dit-elle à Minette ;
» & si tu ne nous rends pas nos 51 li-
» vres, je fais tapage & je t'étrangle «.
Minette l'appaisa, lui promit de lui
rendre son argent, & tint parole trois
jours après.

Pour revenir à l'histoire de Demont,
Minette, en entrant dans sa cour, &
faisant voir que ses poches, qui étoient
pleines en arrivant, s'étoient trouvées
vides en passant le seuil de la porte,
s'écria qu'il falloit que la maison fût
maudite, puisque l'argent n'y pouvoit
entrer.

Après s'être bien amusé & avoir fait
bonne chere pendant deux jours, Minette tire son homme à part, & lui
dit : » Je vous avois défendu d'aller à
» la Messe ; vous y avez été, je le sais,
» & voilà pourquoi rien ne me réussit :
» j'ai bien affaire de la société d'un
» homme qui m'empêche de toucher
» un trésor que je pourrois garder pour

» moi seul, & que je veux bien par-
» tager avec lui. Si je n'avois pas été
» en société avec vous, il y a deux ans
» que je n'aurois pas besoin de me don-
» ner les peines que je me donne; &
» si vous aviez voulu vous laisser con-
» duire, vous auriez partagé mon bon-
» heur, Je ne vois plus qu'une ressource.
» Il faut que j'aye habitude avec une
» femme, ou une fille, à laquelle je
» ferai un enfant que je donnerai au
» Diable. Aussi-tôt nous aurons le trésor;
» & dès que la mere de l'enfant sera
» accouchée, je ferai venir des Prêtres
» qui le retireront des griffes du Diable;
» je vais chercher cette femme ou cette
» fille : mais cessons de nous voir; vous
» me feriez encore quelque tour qui
» dérangeroit mes mesures ; quand il
» en sera temps, je vous avertirai «. Il
le quitta, après avoir tiré de ce bon
homme plus de 1800 livres d'argent
comptant, & un cheval, Depuis, ils ne
se sont revus qu'à la confrontation devant le Juge.

Passons à la vie galante de notre
Héros. Les différentes escroqueries que
nous venons de raconter, & plusieurs
autres dont les détails ne sont pas in-

téreſſans, mais qui n'ont pas laiſſé de lui produire conſidérablement, l'avoient mis ſuffiſamment en fonds pour ſuborner & entretenir des payſannes.

La premiere inclination dont il ſoit fait mention dans ſon Procès, eſt une certaine veuve nommée *Véronique*. Elle avoit une fille âgée de douze ans. Pour vivre plus à l'aiſe avec la mere, il retira cette enfant chez lui, & en confia le ſoin à ſa femme. On verra par la ſuite, d'après ſon propre aveu, qu'il ne fut pas fort religieux obſervateur des loix de l'hoſpitalité envers cette petite innocente. Il a vécu avec la mere pendant quinze mois, & ne l'a quittée que parce qu'elle a voulu ſe remarier. Demont les a ſouvent trouvés couchés enſemble, ſoit chez elle, ſoit chez Minette, & elle diſoit, en employant l'expreſſion la plus énergique, que ſi elle accordoit des faveurs à Minette, il les payoit.

Mais voici quelque choſe de plus intéreſſant. La premiere perſonne à laquelle il adreſſa ſes vœux, après que ſa veuve l'eut quitté, fut une nommée *Agnès de Larche*, alors âgée de dix-huit à dix-neuf ans. Il faut l'entendre raconter fon hiftoire elle-même, telle qu'elle l'a rapportée dans fa dépofition.

» Duthil, connu dans le pays fous le nom de *Minette*, étoit Garde du moulin de Cernoy. Mon pere & ma mere m'y envoyoient faire moudre le blé néceffaire pour notre confommation. Les garçons du canton me difoient que j'étois jolie ; j'obfervois même que, quand j'étois avec d'autres filles de mon âge, j'avois toujours la préférence fur mes compagnes, & étois le principal objet de leurs attentions. Mais, accoutumée à leurs cajoleries, les douceurs que me difoit Minette ne me touchoient pas plus que celles des autres ; au contraire, le fachant marié, il étoit un de ceux que j'aurois le moins écouté, fi j'euffe eu intention d'écouter quelqu'un.

» Les affaires de mon pere ne lui ayant plus permis d'acheter du blé en gros, & l'ayant obligé de prendre fon pain en détail chez le Boulanger, je ceffai d'aller au moulin & de voir Minette. De fon côté, ayant maltraité un petit garçon, il fut pourfuivi en Juftice, obligé de quitter le moulin, & de fe tenir caché pendant une quinzaine de jours. L'affaire s'arrangea ; il retourna à Cernoy avec sa femme ; & , quoiqu'il vécût sans rien faire , ils paroissoient cependant l'un & l'autre , soit par leurs vêtemens, soit par leur maniere de vivre , être dans l'abondance.

» Minette passoit son temps à roder dans le canton, & à voir toutes les personnes qu'il avoit connues au moulin. Nous eûmes sa visite comme les autres. Il demanda à ma mere pourquoi elle n'envoyoit plus au moulin ; qu'il y avoit long-temps qu'il ne m'y avoit vue. Elle lui en dit la raison. Qu'à cela ne tienne, dit-il, j'ai de l'argent à votre service, & il la contraignit d'accepter sept liv. quatre sous pour acheter du blé.

» Il continua ses visites. Je jugeois bien que j'en étois le principal objet ; mais j'évitois soigneusement le tête-à-tête. Enfin , il me trouve un jour seule ; il ne me cache point qu'il est amoureux de moi. » Je suis dégoûté de ma » femme, me dit-il ; elle est d'une » humeur qui ne me permet plus de » vivre avec elle, & je suis déterminé » à l'abandonner. Je suis riche , & j'ai » une source de richesses intarissable. » Si vous voulez m'accompagner , nous

P iv

» pafferons en pays étranger ; nous nous
» y marierons, vous vivrez dans l'abon-
» dance, & fans que nous foyons obli-
» gés ni l'un ni l'autre de faire aucun
» travail «. » Je refufai fes offres. Il me
dit que fi je ne le faifois de bon
gré, il me le feroit faire de force.

» Je révélai à ma mere cette conver-
fation , & l'exhortai même à vendre
quelque effet, pour rendre à Minette
fes fept livres quatre fous. Elle me dit
que je ne devois pas faire attention à
des propos , & que Minette avoit voulu
fans doute s'amufer.

» Cependant il continua de nous venir voir , & me parla toujours de fon
amour , du deffein qu'il avoit de
paffer dans les pays étrangers & de
m'emmener avec lui ; il n'en faifoit
même plus myftere devant ma mere.
Il affura un jour qu'il avoit des fe-
crets pour m'obliger à le fuivre malgré
tout le monde & malgré moi-même.
Il me fit les fermens les plus exécrables
que jamais il ne m'abandonneroit, &
que je ferois , le refte de mes jours , la
plus heureufe de toutes les femmes. Il
me porta enfuite deux fois la main fur
la nuque du cou , & fe retira.

» Dès cet inftant mes fens furent bouleverfés ; je paffai la nuit fans dormir ; & , au lieu qu'auparavant je ne cherchois qu'à éviter Minette , je me fentois difpofée à l'aller chercher partout où je pourrois le trouver. Je fis part de mon état à ma mere , qui m'exhorta beaucoup à combattre , & me mit devant les yeux les fuites du faux pas que j'étois prête à faire. Son fermon & mes réflexions furent inutiles ; il me fut impoffible de réfifter au penchant qui m'entraînoit vers Minette. Il vint un foir me chercher , & je partis avec lui , malgré les inftances de mon pere & de ma mere , qui ne mirent d'autre oppofition à ma démarche que des remontrances.

» Notre premiere ftation fut chez le nommé *Magnier* , Laboureur , à une demi-lieue de la maifon de mon pere. Le mari & la femme nous connoiffoient bien l'un & l'autre : cependant ils nous reçurent , nous donnerent à fouper , & nous firent coucher dans le même lit , & ce fut là que je perdis ma virginité. Ainfi , loin de me détourner de fuivre Minette , ils m'y engagerent l'un & l'autre , me difant que j'étois fans bien ,

que Minette avoit de l'argent, & que
jamais je ne manquerois avec lui. Ils
vinrent nous conduire quelques lieues,
& nous laifferent dans un village où
nous couchâmes, nous faifant paffer
pour mari & femme «.

Nous ne fuivrons point nos deux
voyageurs dans les différentes courfes &
dans les différentes ftations qu'ils firent
pendant plufieurs femaines, fe donnant
toujours pour mari & femme, & cou-
chant toujours enfemble. Ils parcouru-
rent quelques villes de la Flandre, &,
dans le deffein de venir à Paris, ils
vinrent jufqu'à la Villette, mais n'entrerent pas dans cette capitale. Dans
la route, Minette fit quitter à fa compagne fes habits de payfanne, lui en
acheta d'un état fupérieur, & la fit
coiffer comme les bourgeoifes les plus
recherchées. Il prit un habit galonné,
& fe difoit fils d'un Gentilhomme, qui
voyageoit pour fon plaifir & pour amufer fa femme. Rien n'étoit trop bon
dans les auberges pour leur table. Ils
prénoient tantôt la pofte, tantôt les
voitures publiques, tantôt une charrette,
& tantôt ils marchoient à pied. L'argent commençant à manquer, Minette

vendit ſa montre avant que d'arriver
à la Villette. Le prix de ce bijou ayant
été conſommé, Minette laiſſa Agnès
à Boufflers, lui diſant qu'il alloit chercher de l'argent. Il vint la prendre au
bout de deux jours, paya la dépenſe,
la ramena au village de Vagunne, à
deux lieues de chez elle, lui dit d'a-
vertir ſa mere, & la laiſſa. Elle étoit
alors enceinte.

Avant de quitter cette aventure pour
paſſer à une autre, il faut encore entendre cette fille ſur quelques détails
de ſes courſes. » Minette, dit-elle,
avoit toujours deux livres avec lui,
qu'il avoit grand ſoin de cacher. Il
liſoit ſouvent dans l'un des deux, &
me diſoit quelquefois en pleurant : Ce
livre eſt cauſe de notre malheur à tous
les deux. Lorſque nous entrions dans
quelque ville, il en cachoit un dans ſa
culotte, & me donnoit l'autre pour le
cacher ; & quand nous étions prêts à
nous coucher, il les plaçoit entre deux
matelas, me diſant que c'étoient des
Grimoires, & que, ſi on les lui trouvoit, on ne lui feroit pas l'honneur de
le pendre, mais qu'il ſeroit brûlé. Au

reste, ne sachant pas lire, je ne peux dire ce que c'étoit que ces livres.

» Je lui demandai un jour d'où venoit tout l'argent qu'il avoit & qu'il dépensoit. » J'en ai, me dit-il, tant » que je veux, par la vertu de mon » livre «.

» Lorsqu'il s'apperçut que j'étois enceinte, il me dit que le Diable le tourmentoit pour que je lui livrasse mon enfant, & ne cessoit de me solliciter de consentir à ce sacrifice. Je refusai toujours constamment de me prêter à cette abomination. Un jour, lorsque je m'apperçus que l'argent commençoit à lui manquer, je lui dis de recourir à ce livre qui, à ce qu'il disoit, lui en procuroit tant qu'il vouloit. » Je ne le » peux pas, me dit-il, tant que tu ne » voudras pas me promettre de donner » ton enfant au Diable «.

» Depuis que je l'ai quitté, il m'a écrit deux fois chez ma mere, m'a demandé la permission de me venir voir, m'offrant de m'apporter de l'argent ; je l'ai refusé. Enfin il trouva moyen de s'introduire dans la maison, environ un mois avant mes couches : il me sollicita encore beaucoup de don-

nier mon enfant au Diable, m'affurant
que, fi je voulois le croire, lui & moi
roulerions, le refte de nos jours, fur
l'or & fur l'argent.

» Depuis mes couches, il a tenté
plufieurs fois, mais inutilement, de
s'infinuer dans la maifon pour me parler. Enfin il a envoyé la femme Magnier me dire que, m'ayant déshono-
rée, il étoit prêt à réparer fa faute, en
me donnant de l'argent, & me plaçant
dans telle ville que je jugerois à propos. Je déclarai que je ne le verrois &
ne lui parlerois de ma vie, que je ne
voulois point recevoir de l'argent qui
ne pouvoit lui venir que par des fources
criminelles. Au refte, l'enfant dont j'ai
accouché étoit un garçon, qui fut porté
aux Enfans-trouvés de Paris «.

C'eft ainfi que Minette confuma l'argent qu'il avoit efcroqué des différentes
dupes dont nous avons parlé. La difette
le força de reprendre fon ancien métier
de Garde - moulin. Il entra, en cette
qualité, dans celui de Drombon. Dans
le voifinage, demeuroit un nommé
Jacques-Antoine Chrétien, Serger de
fon métier. Il avoit époufé Marie-Louife
Duponchel, veuve d'Antoine - Louis

Caux. Elle avoit eu, de son premier
mari, une fille nommée *Marie-Anne*,
qui demeuroit avec elle & son second
mari. Cette fille étoit alors âgée de
dix-huit à dix-neuf ans. Minette alloit
quelquefois dans cette maison, de la
part de son Maître, chercher le prix
des moutures que Chrétien & sa femme
faisoient faire à son moulin. Marie-
Anne lui plut, & il résolut de la faire
succéder à Agnès, qu'il venoit de perdre. Le voisinage le mettoit à portée
d'épier les momens où elle étoit seule.
Il en profitoit pour aller chez elle. Il
s'abstint d'abord de lui parler des vûes
qu'il avoit sur elle. Mais s'étant introduit
dans sa confiance, elle lui avoua qu'elle
désiroit fort de se marier, & qu'entre
les garçons sur qui elle pouvoit jeter les
yeux, il en étoit un qu'elle préféreroit
à tous les autres, & pour lequel elle
se sentoit même beaucoup d'inclination ; mais qu'il étoit trop riche, &
qu'elle comprenoit bien qu'il aspiroit
à de plus hauts partis & ne songeroit
jamais à elle.

Minette lui dit qu'il étoit le maître
de lui faire épouser tel garçon qu'elle
voudroit choisir. Elle eut d'abord peine

à ajouter foi à cette promesse ; mais il
sut la persuader par tant de raisons &
par tant de sermens , qu'elle crut enfin
qu'il étoit le maître de son sort , & le
pria de mettre en pratique les secrets
dont il lui parloit.

Enfin , un jour qu'ils étoient seuls ,
elle le pressa d'exécuter ce qu'il avoit
tant promis. » Je le veux bien, dit-il ;
» mais il est une condition sans laquelle
» je travaillerois en vain pour vous sa-
» tisfaire ; c'est qu'il faut que ce soit
» moi qui aye vos premieres faveurs «.
Elle résista pendant plusieurs jours. Enfin
il la sollicita si fort , elle désiroit si
fort d'épouser celui qu'elle aimoit ,
qu'elle succomba.

Elle crut que ce premier sacrifice
suffiroit pour obtenir ce qu'elle désiroit ;
& lorsqu'elle refusa de se rendre une
seconde fois aux désirs de ce corrupteur, il la menaça de publier par-tout
ce qui s'étoit passé entre eux : la crainte
qu'il ne réalisât cette menace , soumit
encore cette malheureuse à ses désirs.
La menace fut réitérée tant de fois ,
& il fallut en prévenir tant de fois
les effets , qu'il se forma enfin entre
eux une habitude criminelle. Le moulin

étoit le lieu de leurs rendez-vous, &
le théatre de leurs plaifirs. Mais il prit
un jour fantaifie à Minette d'aller trouver fa maîtreffe dans fon lit.

La chambre où elle couchoit com-
muniquoit à celle de fon beau-pere &
de fa mere ; il falloit même traverfer
celle-ci pour s'y rendre ; mais elle avoit
en même temps une iffue fur un efcalier extérieur, auquel on montoit par
la cour. La porte qui étoit fur cet efcalier étoit mauvaife, & ne fermoit que
par le moyen d'un verrou qui étoit
à la difpofition de la fille. Minette
s'avife un foir d'entrer, à minuit, dans
la chambre de cette fille, & fe couche
à côté d'elle tout habillé. Elle a affuré
qu'il ne l'avoit point prévenue de cette
démarche, qu'elle ne l'attendoit pas,
& qu'elle dormoit lorfqu'il entra ; qu'il
avoit trouvé le moyen de pouffer le
verrou, en paffant fon doigt par un
trou voifin de ce verrou ; que la crainte
la prit, & qu'elle voulut le forcer de
fe retirer.

Quoi qu'il en foit, le beau-pere, qui
étoit couché dans la chambre voifine,
entendit quelque bruit. Il foupçonnoit

beaucoup la vertu de fa belle-fille , & imaginoit qu'elle avoit une intrigue avec Minette. Il l'avoit vue recevoir de lui un mouchoir de foie qu'elle ne voulut pas rendre , nonobftant fes remontrances , difant que fa tante lui donneroit de l'argent pour le payer. On l'avoit averti , en outre , qu'elle alloit quelquefois au moulin où demeuroit Minette , quoiqu'aucune affaire ne l'y appelât.

Ces préfomptions exciterent fa curiofité ; il voulut voir ce qui avoit occafionné le bruit qu'il avoit entendu dans la chambre de fa belle-fille. Il y entre , une lampe allumée à la main , & trouve Minette couché tout habillé à côté d'elle. Il fait tapage , donne un coup de poing au corrupteur. Celui-ci s'enfuit , & emporte avec lui un fufil qu'il avoit pofé dans la chambre en entrant. Il a dit depuis à cette fille , que Chrétien avoit bien fait de n'être pas forti dans fa cour ; qu'il l'avoit attendu long-temps , & qu'il l'auroit tué s'il eût paru.

Cette aventure fit , le lendemain , beaucoup de bruit ; la fille fut fort maltraitée , & toute la famille en fut inftruite. Marie - Anne ne put fupporter

tant d'avanies. Elle faifit le moment
que fa mere & fon beau-pere étoient
abfens, fit un paquet des hardes qu'elle
put attraper, & prit la fuite.

Son deffein étoit d'aller à Beauvais
y chercher une condition. La précipitation de fa fuite ne lui avoit permis que
de jeter fur elle quelques hardes au hafard. Elle s'arreta dans la campagne,
pour mettre plus d'ordre & de décence
dans fon habillement. Minette l'apperçut
de fon moulin, vint la joindre. Elle
étoit abfolument dénuée d'argent. Il la
détermina à fe rendre chez un nommé
Sergent qu'elle connoiffoit, lui promit
d'aller la trouver, & de lui porter quelque argent qu'il alloit demander à fon
maître. La femme Sergent avertit les
parens de Marie-Anne; ils refuferent de
la recevoir, & prierent cette femme
de la mener à Beauvais & de l'y placer
en condition.

Quinze jours fe pafferent ainfi, pendant lefquels Minette venoit la voir
tous les jours, mais fans parler d'argent. Enfin il arriva un jour à cheval,
dit que fa femme étoit morte, & demanda même fi l'on n'avoit pas entendu
fonner à Cernoys. On le connoiffoit

menteur, & on refufa de le croire. Il
revint le foir, affura encore qu'il étoit
veuf, qu'on avoit mis les fcellés chez
lui; qu'il avoit demandé à fes parens
leur confentement pour époufer Marie-Anne Caux, dont il vouloit réparer l'honneur qu'il lui avoit ôté. A force
de follicitations, il la détermina enfin
à l'accompagner, difant à Sergent &
à fa femme qu'il alloit à Senlis chercher de l'argent, & qu'il ne revien-
droit pas qu'il ne l'eût époufée. Ils par-
tirent enfemble à pied, allant de village en village, fe faifant paffer pour
mari & femme, & vivant comme s'ils
l'euffent été. Ils fubfiftoient de la vente
d'une partie des effets qu'ils avoient
emportés, & Minette reculoit toujours
pour aller à Senlis chercher l'argent
qu'il difoit lui être dû, fous prétexte
que la rente qu'il avoit à recevoir n'é-
toit pas échue. Il laiffoit quelquefois
fa compagne des huit jours feule dans
un cabaret, alloit enfuite la chercher,
ou l'envoyoit chercher, faifoit payer la
dépenfe, & lui affignoit un rendez-
vous, où elle l'alloit trouver.

La mere de Marie-Anne avoit ignoré
jufqu'alors les déportemens de fa fille,

qu'elle croyoit en condition à Senlis.
Enfin elle apprit qu'après avoir scanda-
lisé tout le pays, elle étoit, avec Minette, dans un cabaret au village de
Dommelier. Elle s'y rendit avec sa
belle-sœur, & deux hommes dont elles
se firent escorter. Minette fit d'abord
des difficultés de laisser aller sa compagne, soutenant qu'elle étoit à lui,
qu'elle étoit sa femme. Après quelques
altercations, il se retira, & laissa sa maîtresse entre les mains de sa mere & de
ceux qui l'accompagnoient.

Ils marchoient tranquillement tous
les cinq, pour regagner le domicile de
la mere, lorsqu'ils virent Minette sortir
d'un moulin, & venir à eux à travers
champs. Les gens de ce moulin ont
déposé que Minette y avoit demandé à
emprunter un fusil, ou un pistolet; qu'il
étoit furieux de ce qu'on lui refusoit des
armes, & étoit sorti, assurant qu'on en-
tendroit parler de lui, & qu'il alloit faire
un mauvais coup.

Quoi qu'il en soit, lorsqu'il fut à
trente pas de Marie-Anne & de sa
compagnie, il se dépouille de son habit, jette son chapeau à terre, prend
son bâton de la main gauche, & de la

droite préfente comme un piftolet,
menaçant de brûler la cervelle au pré-
mier qui approcheroit. Les deux hommes qui efcortoient les femmes lui dirent
qu'ils ne vouloient pas de bruit, & fe
retirerent paifiblement ; mais il fe
trouva que le prétendu piftolet qui
avoit tant effrayé les deux champions,
n'étoit autre chofe qu'une écritoire de
cuivre. Minette demanda à parler en
particulier à fa maîtreffe ; la mere &
la tante y confentirent ; il l'emmena
en leur préfence fans que perfonne s'y
oppofât, menaçant la mere & la tante,
fi elles faifoient la moindre réfiftance,
de les réduire en braife, fous peu de
jours, attendu qu'elles n'avoient pas
le droit de lui ôter une fille qui étoit
à lui,

Après avoir erré quelque temps de
village en village, ils fe fixerent à Breviette. Ayant vendu pour vivre tous les
effets dont ils pouvoient fe paffer à la
rigueur, Minette chercha & trouva une
place de garde-moulin ; avec fes gages,
il fourniffoit le pain à fa maîtreffe, &
elle gagnoit le furplus en filant de la
laine.

Ils fe faifoient toujours paffer pour

mari & femme, & se conduisoient en conféquence. Le Syndic de Breviette soupçonna qu'ils n'étoient pas mariés, & voulut voir leur extrait de mariage. Minette avoit le sien; mais l'âge de sa véritable femme, énoncé dans cet acte, ne pouvoit pas se rapporter à la figure de Marie-Anne; il y avoit à peu près huit ans qu'il étoit marié, & l'extrait de mariage portoit que sa femme avoit, quand il l'époufa, vingt-fept ans. Ceci se passoit au commencement de 1774. Sa femme avoit donc alors trente-cinq ans. Marie-Anne n'en avoit que vingt. Il n'est guere possible de prendre une fille de vingt ans pour une femme de trente-cinq. Que fait Minette pour sauver cette contradiction? Par une surcharge, il subftitue dix-fept ans à vingt-fept. A l'égard du nom de la femme, il ne s'en embarrassa pas. Marie-Anne étoit inconnue dans ce village; & elle pouvoit impunément adopter tel nom de fille qu'elle jugeroit à propos.

Le Syndic s'apperçut du faux, & exigea de Minette qu'il lui fît voir un extrait plus régulier. Minette demanda huit jours, envoya chercher du papier au timbre du lieu, & fabriqua un extrait de mariage. Sa compagne fut témoin elle-même de cette fraude. Elle en fut effrayée, & craignit enfin qu'il ne l'engageât dans quelque affaire qui la compromît avec la Justice. Elle forma la résolution de s'évader & de le quitter. Il s'en douta, devint furieux, la maltraita à plusieurs reprises. Il voulut même un jour la jeter dans la riviere; ce qu'il auroit peut-être exécuté, dit-elle, si elle n'eût été secourue. Elle trouva enfin le moyen de s'évader, & eut le bonheur d'échapper aux perquisitions que Minette ne cessa de faire pour la rejoindre. Arrivée chez son beau-pere, elle fut encore exposée à ses persécutions. Il alla s'établir dans le village où elle demeuroit, ne cessant de roder autour de la maison, pour écouter ce qui s'y disoit, & épier le moment où elle sortiroit, soit pour lui parler, soit même pour l'enlever de gré ou de force. Mais elle en fut débarrassée pour toujours; car pendant qu'il faisoit ces perquisitions, il fut arrêté & constitué prisonnier.

Dans le temps que Minette & Marie-Anne Caux ont vécu ensemble, il lui a fait des aveux bien singuliers. Ayant appris l'histoire du pauvre Demont, elle lui en fit des reproches. » Il l'a bien vou- » lu, disoit-il ; pourquoi étoit-il assez » bête, pour se laisser attraper « ?

Il lui a avoué qu'il avoit séduit plus de trente filles en sa vie. Il lui montra un jour une lettre dont elle ne put dé- chiffrer plusieurs mots ; & il lui dit que par le moyen de cette lettre, il avoit tout l'argent & toutes les filles qu'il vou- loit ; que si on l'arrêtoit, & qu'on le trouvât saisi de cette lettre, il seroit pendu. Il craignoit aussi qu'on ne prît la violence qu'il lui avoit faite sur le che- min, lorsqu'il l'avoit tirée des mains de sa mere, pour un rapt, & qu'on ne le pen- dît. Il lui avoua encore qu'il avoit vécu avec la veuve dont nous avons parlé plus haut, & avoit ensuite abusé de sa fille, qui n'étoit âgée que de douze ans. Enfin, il ne cessoit de lui répéter qu'il étoit Médecin, Chirurgien, Sor- cier, Magicien, & que quand il étoit question de faire un serment, il levoit la main, le pied, comme il buvoit un coup.

» Il

Il a commis tous ces crimes depuis 1762 jusqu'au 26 Mars 1774, qu'il fut constitué prisonnier.

Le Procureur du Roi de la Prévôté de Grandvilliers en Beauvoisis rendit plainte contre lui, le 31 Décembre 1770, sans détailler aucuns faits particuliers, mais en général de plusieurs rapts & de plusieurs escroqueries, sous prétexte de magie.

Sur cette plainte, il fut ordonné qu'il seroit informé ; & sur l'information, Duthil, dit Minette, fut décrété de prise de corps le 3 Janvier 1771. Toutes poursuites cesserent alors ; & le malheureux continua de commettre les crimes qui avoient excité l'animadversion du Ministere public. C'est dans l'intervalle de son décret à son emprisonnement, qu'il vécut avec Marie-Anne Caux. C'est dans ce temps-là qu'il escroqua les dix-huit louis d'or du pauvre Desnoyelles, Chirurgien.

La Justice du pays se réveilla enfin, & le décret fut mis à exécution dans le temps qu'il cherchoit à surprendre encore Marie-Anne Caux.

Le bruit des attentats de Minette se

Tome VI.   Q

répandit jufqu'à Beauvais, & le Procureur du Roi du Bailliage de cette
ville, le 17 Décembre 1773, rendit
plainte de l'enlévement de cette fille,
comme d'un rapt commis par violence & le piſtolet à la main. Après ſa
capture, il fut transféré dans les priſons de Beauvais.

Enfin, par Sentence de ce Bailliage,
du 23 Août 1776, François Duthil,
dit Minette, fut condamné à être marqué & aux Galeres à perpétuité. Jugement qui fut confirmé par l'Arrêt du
Parlement de Paris, du 28 Octobre
1776,

QUESTION D'ÉTAT.

LÉGITIMITÉ contestée à des enfans par des parens collatéraux de leur pere.

Simulatæ nuptiæ nullius momenti sunt. *Leg.* 30 , *ff. de Rit. nupt.*

DE toutes les questions qui s'agitent dans les Tribunaux , les plus importantes sans doute sont celles qui tendent à compromettre l'état des hommes. Depuis que nous sommes réunis en société , notre existence civile est devenue , en quelque sorte , aussi précieuse que notre existence naturelle. De là l'intérêt général qu'ont excité , dans tous les temps , les réclamations d'état. Il semble , lorsqu'une pareille question s'éleve , que chacun craigne pour soi , ou pour les siens , la même contestation. Chaque individu compare en secret les preuves qu'il a lui-même de l'état dont il jouit dans la société , avec celles qui sont administrées par le réclamant ; & le Jugement qui admet celui-ci dans une famille , ou qui l'en

Q ij

rejette, semble être un lien universel qui resserre toutes les familles en rapprochant chaque membre du tronc où il s'efforce de demeurer invinciblement attaché.

Plus ces questions font importantes, plus les regles établies pour les décider devroient être claires, lumineuses, & exemptes de toute équivoque; mais, comme la malice humaine est plus ingénieuse que la Loi, il n'en est peut-être pas où l'application des regles présente plus de difficultés.

Vers la fin du dernier siecle, Nicolas Hurot, fils d'un Charron du village de la Frette, près Certrouville, vint à Paris. Dépourvu de tout secours, il crût que son ardeur pour le travail & son application lui tiendroient lieu de fortune. Il entra chez le sieur Fromond, Marchand Lainier, rue de la Juiverie, Paroisse de la Magdeleine en la Cité. Une épreuve de plusieurs années servit à le faire connoître. Son intelligence & son exactitude engagerent le sieur Fromond à lui donner sa fille en mariage, avec une dot de 3000 livres. On voit, par le contrat passé le 4 Février 1690, qu'il n'avoit aucuns biens, pas même

quelques épargnes. Suivant les apparences, le beau-pere cherchoit à se procurer un gendre qui fût en état de l'aider & de le remplacer. Aussi paroît-il
que le sieur Hurot embrassa le commerce du sieur Fromond, & fut comme
lui Marchand Lainier.

Le 23 Février 1698, un fils, nommé
Jean - Baptiste - Nicolas, naquit de son
mariage : on ne voit pas qu'il ait eu
d'autres enfans. Le pere n'assista point
au baptême ; c'est une circonstance
qu'on croit devoir relever. La date du
décès de la mere est ignotée.

Le jeune Hurot, croissant en âge,
ne répondit pas aux désirs & à l'attente
de ses parens. En suivant le cours de sa
vie, rien de plus difficile que de le définir. L'idée la plus juste qu'on pourroit
donner de lui, seroit de dire qu'il
n'avoit point de caractere fixe & permanent.

Ses démarches rassemblées & combinées, apprennent qu'il étoit timide,
craintif, inquiet, ennemi de l'application, inattentif pour des choses essen-
tielles & critiques, partisan d'une sorte
de retraite, peu jaloux de se faire des
confidens & des amis.

Q iij

Ses jours furent un tiffu de fingula-
rités, de traits bizarres, d'efpeces de
myfteres & d'énigmes ; il auroit fouhaité pouvoir cacher jufqu'à fon véritable nom, fa réfidence, & fon domicile
ordinaire.

Il traita, & fut pourvu, en 1729,
d'une charge de Sommier de vaiffelle
échanfonnerie, commun du Roi. Cette
acquifition étoit fort analogue à fes
goûts ; elle n'impofoit ni gêne ni fatigue, & laiffoit au fieur Hurot une
pleine liberté. On a lieu de croire qu'il
avoit alors perdu fa mere, & que le
produit de fa fucceffion fervit à payer le
prix de cet office. Son pere n'ayant eu
aucuns biens, il n'étoit pas en fituation
de lui faire l'avance des 12,000 livres,
qui formoient le capital de la finance.
Quelle douleur d'être forcé, pour parer
à des coups fanglans, de rappeler des
foibleffes déjà divulguées, & que la religion, la tendreffe filiale, la reconnoiffance voudroient enfevelir dans un
éternel oubli !

Le fieur Nicolas Hurot pere avoit à
fon fervice une domeftique nommée
Anne Javorde. Son fils, emporté par le
feu de la jeuneffe, entretint avec elle

des liaisons secretes. Les trois enfans nés de leur commerce, subirent les disgraces qui devoient être la suite du vice de leur origine.

La mere eut bientôt occasion de se reprocher ses déréglemens, & d'en gémir. Expulsée de la maison de son Maître, méprisée & délaissée par le fils de famille qu'elle avoit séduit, la honte & la misere l'accompagnerent par-tout. Une maladie longue & aiguë éteignit en elle les facultés de l'esprit, les lumieres de la raison ; elle mourut à l'Hôtel-Dieu, dans un état de démence & d'imbécillité.

Une inclination plus décente & plus sérieuse attacha le sieur Hurot. La demoiselle Flot devint pour lui un objet persévérant de soins, d'attentions & de tendresse. On a su, par la voix publique, que cette jeune personne étoit de la Beauce ; mais on a toujours ignoré quel étoit le lieu de sa naissance. On n'est pas mieux instruit de ce qui regarde sa famille.

Ses agrémens & les qualités de son cœur fixerent le sieur Hurot ; mais plusieurs obstacles s'opposoient à l'union qu'il avoit projetée. L'office, dont il

Q iv

fe trouvoit revêtu , fembloit exiger ;
finon un extérieur brillant, au moins
quelques dehors qui miffent à l'abri du
foupçon de la mifere. Le fieur Hurot
avoit un revenu très-borné, & la demoifelle Flot n'en ayant peut-être aucun , comment foutenir les charges in-
féparables de l'engagement qu'on fe
propofoit de contracter ? Une autre
difficulté étoit d'obtenir le confentement du fieur Hurot pere. Le fils avoit
lieu de croire qu'il le refuferoit. La
crainte de caufer quelques chagrins à
ce vieillard accablé d'infirmités , en
faifant ufage des fommations refpectueufes, ou de courir les rifques de
l'exhérédation, en n'obfervant point les
formes prefcrites par la Loi , étoit bien
propre à le tenir en fufpens.

La paffion eft ingénieufe & fertile en
reffources. Le fieur Hurot époufa la demoifelle Flot en 1745, mais fans éclat,
fans informer de ce mariage fon pere
& les parens qu'il pouvoit avoir du côté
de fa mere.

Cet arrangement myftérieux , &
qu'on crut indifpenfable, en produifit
beaucoup d'autres du même genre. Le
fieur Hurot fils continua de demeurer

avec fon pere tant qu'il vécut. Sa nouvelle épouse conferva fon logement particulier.

La dame Hurot étant devenue enceinte, il fallut prendre un furcroît de
précautions pour cacher le mariage, &
cependant éviter les apparences fâcheu-
fes d'un commerce illicite. Avant que
la groffeffe pût être notoire, la dame
Hurot fut placée par fon mari chez la
demoifelle Laignier, Maîtreffe Sage-
femme; elle demeuroit rue Sainte-
Croix de la Bretonnerie, Paroiffe Saint-
Jean-en-Greve.

La dame Hurot étant accouchée d'un
fils le 20 Avril 1746, fon mari eut foin
que cet enfant reçût le baptême le lendemain à Saint-Jean-en-Greve, Paroiffe
de la Sage-femme, & qu'on lui donnât
le nom de *Jean-Baptifte*, le premier
des deux qu'il portoit. Voici l'extrait
des regiftres publics.

» L'an 1746, le Jeudi 21 jour du
» mois d'Avril, a été baptifé Jean-
» Baptifte, né le jour précédent, fils
» de Jean-Baptifte-Nicolas *Muro* &
» d'Hélene le Flot, inconnus; l'enfant
» préfenté par madame Laignier, Maî-
» treffe Sage-femme, demeurante rue

Q v

» Sainte-Croix de la Bretonnerie de
» cette Paroiſſe ; le parrain , François
» Laignier, Muſicien, demeurant dites
» rue & Paroiſſe; la marraine, Jacques-
» Catherine Peliſſier, femme de Jean-
» Baptiſte Braquemart , Marchand de
» bois , demeurant rue de la Coutelle-
» rie , Paroiſſe Saint-Merry «.

L'énonciation du nom de *Muro* , au
lieu de celui d'*Hurot* , n'étoit point
une défectuoſité eſſentielle. On a beaucoup d'exemples , par rapport aux ſieurs
Hurot pere & fils , comme à l'égard de
ceux qui ſe diſent habiles à ſuccéder au
défunt , de pareilles inexactitudes ;
qu'au lieu du mot *Hurot* , on a ſouvent
écrit *Uro* , *Muro* , *Murault* , *Huro*.
Ces variétés étoient les effets naturels
de la diverſité des prononciations , de
l'inattention ou des mauvaiſes oreilles
des Rédacteurs.

On ne doit pas être plus ſurpris que
l'Eccléſiaſtique , chargé de tenir les regiſtres publics , ait inſéré dans l'acte
baptiſtaire , que les pere & mere lui
étoient inconnus. Dès qu'ils ne demeuroient point ſur la Paroiſſe de Saint-Jean,
il ne pouvoit ſe diſpenſer de leur appliquer la qualification d'inconnus.

Ce fils fut envoyé en nourrice à Belle-Eglife, diocefe de Senlis. Le père remit au particulier chargé de le conduire, tous les effets qui étoient néceffaires pour le premier âge. Un mémoire qu'on a recouvré en contient l'énumération ; il eft intitulé : *Layette de Jean-Baptifte-Nicolas Hurot*. Le pere croyoit fans doute qu'on avoit donné fes deux noms à fon fils, baptifé à Saint-Jean.

On trouve au bas de cet état des notes écrites de la même main, & conçues en ces termes :

» Ladite layette a été donnée à Char-
» les Henrique, Jardinier à Belle-Eglife,
» par le fieur Hurot, Bourgeois de Paris,
» demeurant en la Cité, rue de la Jui-
» verie (chez fon pere), attenant la
» rue Saint-Chriftophe , attenant une
» grande boutique de Chandelier, au
» premier étage «.

Le pere ayant recommandé qu'on eût foin de lui donner fouvent des nouvelles de la fanté de fon fils, & de celle de la nourrice, il reçut une lettre, qui eft à la fuite du mémoire qu'on vient de rappeler.

» Monfieur Hurot, je vous demande
» que vous ayez la bonté de venir au

Q vj

» plus tôt à Belle-Eglife, proche Cham-
» bly (auprès de Beaumont-fur-Oife),
» parce que la nourrice a eu le malheur
» de tomber malade ; votre enfant fe
» porte bien, & je vous prie de ne point
» tarder.

  » L'adreffe, à Monfieur, Monfieur
» Hurot, à Paris, au bas du Pont-No-
» tre-Dame, rue de la Juiverie, chez
» un Chandelier, en la Cité «.

Le fieur Hurot pere mourut en 1747.
Quoique fa fucceffion ne fût pas confidérable, elle fervit à donner un peu
plus d'aifance à fon fils ; mais il ne fe
trouvoit pas encore dans une fituation
qui lui permît de rendre fon mariage
public, & de préfenter fa femme au
peu de perfonnes qu'il fréquentoit. Par
motif d'économie, il prit le parti d'a-
chever le bail foufcrit par fon pere, peu
d'années avant fa mort, d'une maifon
rue de la Juiverie, Paroiffe de Saint-
Germain-le-Vieux, & d'occuper l'appartement où il demeuroit.

  Ce terme étant expiré, il crut qu'il
étoit temps de mettre fin à la réticence,
& en ceffant de faire myftere de fon
mariage, célébré plufieurs années auparavant, de rendre à la dignité du facre-

ment les hommages qui lui étoient dus.
Le sieur Hurot quitta le quartier de la
Cité, où il étoit né, où il avoit toujours
demeuré, & loua un appartement rue
Saint-Jacques, Paroisse Saint-Benoît.
Ce fut là qu'il s'établit avec la dame
Flot son épouse, & qu'ils prirent leur
ménage. Ils y vécurent sans interruption, comme mari & femme. Le propriétaire de la maison, les autres locataires, les voisins, les personnes du
quartier, celles qu'ils fréquentoient plus
ou moins habituellement, & une partie
du Clergé de la Paroisse, les connurent
sous ces qualifications. La paix & une
heureuse harmonie régnerent toujours
entre eux.

Le 27 Août 1750, la dame Hurot
accoucha de deux fils, baptisés le même
jour à Saint-Benoît, Paroisse des pere &
mere. L'un fut nommé *François*, &
qualifié *fils de Jean-Nicolas Murot*,
employé chez le Roi, & *d'Hélene le*
Flot son épouse; c'est le puîné des enfans qui reste de ce mariage. On nomma
l'autre, *Henri-Augustin*, *fils de Jean-*
Nicolas Murot, *employé chez le Roi*.
Le pere étoit présent, & signa sur le re-

giftre. Le fecond de fes enfans mourut chez la nourrice.

Naiffance d'une fille, le 9 Avril 1752; elle fut baptifée le lendemain à Saint-Benoît, fous les noms d'*Hélene-Marguerite Uro, fille de Nicolas Uro, Bourgeois de Paris, & d'Hélene Flot.* Le parrain, Jofeph Barry, Chirurgien (mari de la demoifelle Amyot, Maîtreffe Sage-femme, dont fe fervoit la dame Hurot); la marraine, Marguerite Potel, époufe du fieur Bras, Marchand, tous deux voifins du fieur Hurot, demeurans rue & porte Saint-Jacques. Le pere affifta, comme en 1750, à la cérémonie du baptême, & figna fur le regiftre.

La dame Hurot étant accouchée d'une autre fille, le 27 Juin de l'année fuivante, elle voulut, ayant perdu la premiere, que celle-ci eût un de fes noms: elle fut baptifée trois jours après fous ceux d'*Hélene - Génevieve, fille de Jean Muro, Bourgois de Paris, & d'Hélene le Flot, fon époufe.* Le parrain, *Jean Muro,* frere de l'enfant, & alors âgé de fix ans; la marraine (*Martine Moliere, fille mineure,* à

peu près du même âge que le parrain):
lefquelles parties, *excepté le pere* (préfent), *déclarerent* (fuivant l'extrait)
ne favoir figner.

Il eft donc certain & prouvé par les
regiftres publics , que le fieur Hurot &
la dame Flot ayant eu cinq enfans , trois
fils & deux filles , le pere affifta au baptême de quatre : qu'il ne s'abftint de
paroître qu'à celui de fon aîné , & cela
parce que fon mariage n'étoit point encore déclaré ; que fa préfence à celui de
fa feconde fille , dont le fils aîné fut
parrain , fuppléoit à cette omiffion ; que
c'étoit un nouveau témoignage , & non
fufpect , de fa paternité.

L femme du nommé Nicolas Leprince, de la Paroiffe de Saint-Germain
de Magny , fut chargée de nourrir &
élever cette deuxieme fille ; elle l'a
confervée jufqu'à préfent.

Dans le cours de l'année fuivante ,
la dame Hurot fut attaquée d'une longue & fâcheufe maladie. Son mari lui
procura tous les fecours poffibles ; mais
ils n'eurent pas le fuccès qu'il en avoit
efpéré ; elle mourut le 24 Septembre
1754.

Il lui rendit les devoirs & les hon-

neurs que preſcrivent la Religion , la
tendreſſe , la décence. Au lieu de ſe
conformer à l'uſage introduit par une
fauſſe délicateſſe , il eut le courage
d'aſſiſter aux funérailles ; l'acte de ſé-
pulture eſt une piece importante.

» Le 25 Septembre , Hélene le Flot ,
» âgée d'environ trente -.quatre ans ,
» (elle avoit été mariée à dix-ſept ou
» dix-huit) , *épouſe du ſieur Nicolas*
» *Hurot , Officier chez le Roi* , dé-
» cédée d'hier , en ſa maiſon , rue Saint-
» Jacques , a été inhumée ſous les char-
» niers , par M. le Curé , en convoi de
» quatorze , après la Meſſe célébrée à
» ſon intention , *en préſence du ſuſdit*
» *ſieur ſon mari* , & *d'Edme du Bou-*
» *chez , Bourgeois de Paris , ſon cou-*
» *ſin , leſquels ont ſigné avec nous* «.

Depuis cette douloureuſe ſéparation ,
le ſieur Hurot ne vit plus que fort rarement un petit nombre de perſonnes
qu'il connoiſſoit. Les trois enfans qui
lui reſtoient de ſon mariage , prirent
tout ſon temps.

Pendant qu'il étoit occupé de ce qui
les regardoit , ceux de la nommée Javorde , qui n'avoient oſé paroître tant
que l'épouſe légitime avoit vécu , le

traduisirent au Châtelet. Le sieur Antoine Mauclair, se disant curateur à l'interdiction de leur mere, alors retirée à l'Hôtel-Dieu, le fit assigner au Châtelet, le 16 Juillet 1755, » pour être » condamné à fournir des alimens à » cette femme & à ses trois enfans, à » raison de 300 livres pour chacun ; à » les entretenir, les élever, & leur faire » apprendre des métiers. On demandoit » qu'à l'égard de ce dernier article, le » sieur Hurot fût tenu d'avancer une » somme de 1500 livres «.

Ce prétendu curateur alla plus loin : » il conclut incidemment, par de » quêtes, à ce que le sieur Hurot fût » tenu de lui remettre différentes som- » mes, qu'il articula & prétendit avoir » avancées pour raison des pensions, ali- » mens, habits, & autres dépenses, tant » de la mere que de ses trois enfans, » & spécialement de la fille, qui étoit » à la Communauté de la Providence «.

Le sieur Hurot étant convenu de bonne foi de ses liaisons passageres & anciennes, puisqu'elles remontoient à sa premiere jeunesse, ses aveux occasionnerent un Jugement contradictoire du 15 Juillet 1756. En donnant lettres

de ses déclarations, » il fut dit qu'il
» seroit chargé de ces trois enfans,
» comme étant leur pere naturel, de les
» faire élever dans la Religion Catholi-
» que , Apostolique & Romaine ; de
» leur faire apprendre des métiers ; de
» payer leurs nourritures, entretiens &
» tout ce qui conviendroit, jusqu'à ce
» qu'ils fussent parvenus à l'âge de maî-
» trise inclusivement ; de justifier *du*
» *tout* aux Gens du Roi, de trois mois
» en trois mois ; *sur le surplus des de-*
» *mandes du sieur Mauclair , on mit*
» *les Parties hors de Cour «.*

Cette Sentence fixoit pour toujours
la destinée de ces trois enfans, & ré-
gloit ce qu'ils avoient à prétendre. On
ne voit pas que le sieur Hurot ait été
poursuivi & inquiété à ce sujet.

Ces devoirs étoient bien subordonnés
à ceux dont il étoit tenu envers ses enfans légitimes , & jamais il ne les mit
en comparaison. Quelle indifférence,
& on diroit volontiers, quelle insensibilité pour les premiers ! Que d'affection,
que de soins pour les autres !

Les deux fils qui lui restoient de son
mariage , ayant été retirés des mains de
leurs nourrices , il les conserva chez lui

pendant quelque temps ; mais ne s'étant pas diſſimulé ſon peu d'aptitude pour leur donner une éducation capable de les dédommager de la médiocrité du patrimoine qu'ils avoient à eſpérer , il prit le parti de les placer dans une penſion ; il alloit les voir de temps en temps, pour s'aſſurer par lui-même de leurs progrès , & de ce qu'ils promettoient.

Ce n'étoit pas aſſez de veiller ſur ces commencemens d'éducation , il falloit penſer à l'avenir , ſonder des penchans qui n'étoient pas encore développés. L'art de l'écriture parut être du goût de l'un , & l'état de Perruquier de celui de l'autre. Le ſieur Hurot , peu favoriſé par la fortune , & ne pouvant procurer à ſes fils des établiſſemens d'un certain ordre , ſe crut obligé de ſeconder leurs inclinations. Après les avoir eus chez lui environ une année & demie , depuis leur ſortie de la penſion , il fit des traités avec un Maître de chacune des profeſſions qu'ils voulurent embraſſer. Le ſieur Yon , Maître d'écriture , fut chargé de l'un ; & le ſieur Soulatre , Perruquier , prit l'autre.

Les attentions que ces Maîtres avoient pour les enfans qui leur étoient confiés,

ne difpenferent pas le fieur Hurot de les
garder à vue. Ils alloient dîner chez
lui les Dimanches & les jours de Fêtes,
lorfque ces forties s'accordoient avec
leurs devoirs ordinaires. C'étoit auffi
pour eux des récréations que le pere leur
faifoit fouhaiter, & qui étoient la récompenfe de leur affiduité au travail.

La fille étoit encore au berceau, lorfqu'elle eut le malheur de perdre fa mere.
Le temps de la retirer étant arrivé, le
fieur Hurot fentit combien il feroit dangereux de l'avoir chez lui, & de s'en
rapporter, pour l'élever, à une domeftique qui pourroit être incapable de lui
donner les bons exemples, fi néceffaires
dans un âge fufceptible des plus légeres
impreffions. Il aima mieux la laiffer
chez la femme Leprince. Les témoignages avantageux qu'on rendoit à cette
nourrice, les preuves qu'il avoit eues,
qu'il acquit encore, de fes foins, de fa
vigilance, le déterminerent à prendre
ce parti. Les mois étoient exactement
payés, & l'ont été jufqu'à fon décès.

Une Communauté religieufe, ou
quelque penfion particuliere, auroit été
préférable pour fa fille au féjour de
Magny : mais fes défirs ne pouvoient

s'accorder fur ce point avec fon peu de revenus & fes charges indifpenfables.

Le fieur Hurot, déjà fort amateur de la vie cachée, fe livra à une retraite encore plus profonde. Il vendit à un fieur Deflandes fon Office, dont le fervice, quoique diftribué par quartiers, lui paroiffoit auffi gênant que difpendieux.

Quelques années après, c'eft à-dire, le 15 Septembre 1768, il acheta, moyennant une fomme de 3000 liv., deux petites maifons, fituées rue d'Orléans, fauxbourg Saint-Marcel, quartier le moins habité de la Capitale : on peut les appeler des mafures ; elles étoient occupées par des Blanchiffeufes & autres gens prefque réduits à la mendicité. Le deffein du fieur Hurot étoit de s'y former un petit logement, & de louer le furplus.

A peine y fut-il inftallé, qu'il tomba dangereufement malade. La fenfibilité & la tendreffe de fon fils aîné, quoiqu'encore fort jeune, furent alarmées du danger. Il quitta fes occupations ordinaires & fe piqua de la plus grande affiduité ; mais fon zele empreffé, fes

attentions & ſes vœux, n'eurent pas le
ſuccès qu'il déſiroit. Après de vives
douleurs, le ſieur Hurot mourut le 16
Décembre 1769, & fut inhumé le lendemain à Saint-Médard ; les frais de
ſes funérailles ne furent pas proportion-
nés au peu de bien qu'il laiſſoit. Les
deux fils qui lui reſtoient de ſon mariage avec la dame Flot, aſſiſterent au
convoi. L'aîné ſigna l'acte mortuaire
ſous ſa véritable qualité de fils du
défunt.

Le Commiſſaire du quartier, ayant
appris que les trois enfans du feu ſieur
Hurot n'avoient point de parens à Paris,
ſe crut obligé d'appoſer les ſcellés.

Le ſieur Languigneux, Marchand,
connoiſſoit ces pupilles ; il les avoit
vus dans la penſion où ils avoient été
élevés, à Clamart. Des ſentimens d'humanité l'engagerent à leur tendre les
bras. On lui conſeilla d'abord de faire
nommer un tuteur. Trois particuliers,
habitans de la campagne, parurent alors
pour traverſer les meſures qu'il prenoit
à ce ſujet. Un Praticien, Solliciteur de
Procès, n'eut pas de peine à les ſéduire.

La conformité dans la prononciation
des noms de leurs femmes, & dans la

maniere de les écrire, avec celui du feu ſieur Hurot, fût un des motifs employés pour abuſer de leur crédulité. L'inſtigateur vouloit auſſi ſe prévaloir de ce que les trois enfans ne demeuroient point avec leur pere au moment de ſon décès, & concluoit de cette circonſtance, qu'ils étoient illégitimes.

Ces (prétendus) collatéraux furent d'autant moins circonſpects, que, n'ayant rien à perdre, ils ne couroient aucuns riſques. Des condamnations de dommages - intérêts & de dépens ne pouvoient les effrayer.

Après avoir ainſi rendu compte des faits ſur leſquels le Défenſeur des enfans appuyoit leur légitimité, on va leur oppoſer ceux que les Collatéraux invoquoient pour prouver l'illégitimité de ces enfans.

» C'eſt une choſe aſſez curieuſe (diſoit le Défenſeur des Collatéraux) (*a*), que la maniere dont les Adverſaires rendent compte des premieres années de la vie de leur pere juſqu'à leur naiſſance. On diroit que ces enfans, qui rejettent ſur leur ignorance néceſſaire

_____

(*a*) M. Picard.

des faits de cette époque , l'impuissance
où ils font de rapporter l'acte de célébration de son mariage , ont vécu avec
lui dans la maison de leur aïeul , qu'ils
ont suivi toutes ses actions, qu'ils ont
été les témoins de ses démarches les
plus secretes. Ils remontent même plus
haut : ils rendent compte de l'adolefcence de cet aïeul, de ses vûes , de ses
projets d'établissement , de sa conduite,
de sa fortune , de son mariage , de la
naiffance de leur pere , de son éducation , de ses inclinations , de ses paf-
sions naissantes , de la contradiction
qu'il éprouva , disent-ils , de la part
de son pere. Toute cette premiere partie forme une espece de Roman , qui
peche à la fois contre la vérité & contre
la vraisemblance ; mais qui pourroit en
imposer aux Lecteurs de bonne foi , qui
n'imaginent pas que , dans une Cause
férieuse, dans une question d'état , qui
intéresse toutes les familles , par l'influence de sa décision, on ose présenter,
comme certains & reconnus , à la Juftice, des faits au moins équivoques, &
dont on n'a pas même d'indices , si nous
ne commencions par détruire ces im-
prefsions.

» Le

» Le jeune Hurot, croissant en âge,
disent-ils (c'est de leur pere qu'ils par-
lent), » ne répondit pas aux désirs & à
» l'attente de ses proches. En suivant le
» cours de sa vie, rien de plus difficile
» que de le définir. L'idée la plus juste
» qu'on pourroit donner de lui, seroit
» de dire qu'il n'avoit point de carac-
» tere fixe & permanent ; ses démar-
» ches rassemblées & combinées, ap-
» prennent qu'il étoit timide, craintif,
» inquiet, ennemi de l'application ;
» partisan d'une sorte de retraite, peu
» jaloux de se faire des confidens & des
» amis. Ses jours furent un tissu de sin-
» gularités, de traits bizarres, d'especes
» de mysteres & d'énigmes ; il auroit
» souhaité pouvoir cacher jusqu'à son
» véritable nom, sa résidence, & son
» domicile ordinaire ».

» Que personne, disoit M. Picard,
ne se laisse prendre à ce préambule in-
génieux, qui n'a d'autre but que de
préparer les esprits aux contradictions
qu'offriroit en effet la vie connue du
sieur Hurot : s'il étoit vrai, comme
on voudroit le faire entendre, qu'il
eût été marié, qu'il eût vécu publiquement, sous ce titre respectable, avec

Tome VI.   R

une femme attachée à son sort par les liens de la Religion & de la Loi, mais qui disparoîtront dès qu'on ne le présentera plus au Lecteur que comme un célibataire voluptueux, qui n'a jamais voulu se soumettre au joug du mariage, & qui cependant a goûté, a recherché avidement les douceurs de la jouissance & de la paternité ; alors on pourra le définir aisément. La timidité, l'inquiétude de ses démarches, son défaut d'application même seront expliqués ; son goût pour la retraite, la rareté de ses confidences auront une cause connue ; enfin, cette vie singuliere, bizarre, mystérieuse, énigmatique, sera dévoilée ; & le Lecteur ne sera pas tenté de demander pourquoi il désiroit *cacher son véritable nom & sa résidence ordinaire* ; aveux précieux arrachés à ses enfans par la force de la vérité, & qui donnent d'avance la clef des événemens extraordinaires qu'ils sont forcés d'annoncer.

» Pour ne pas nous exposer au reproche que nous faisons à nos Adversaires, nous ne hasarderons aucune conjecture sur le caractere du sieur Hurot, ni sur les faits de sa vie dont nous n'aurons pas la preuve ; nous nous contenterons de faire parler les actes ; le Lecteur en tirera lui-même avec nous l'induction qui lui paroîtra la plus convenable.

» Nous diviserons les faits, dont nous avons à rendre compte , en trois époques ; la première comprendra les naissances des enfans naturels du sieur Hurot , & ce que nous avons pu recueillir de certain sur la vie du pere , antérieurement à ces naissances : la seconde embrassera le traitement qu'ont éprouvé de lui , pendant sa vie , ceux qui réclament aujourd'hui le titre de ses enfans légitimés : enfin , la troisieme comprendra le récit des procédures & des faits postérieurs à son décès.

» En 1729 , le sieur Hurot étoit âgé de trente-un ans , & le Mémoire de nos Adversaires nous apprend qu'à cette époque il traita & fut pourvu d'une charge de Sommier de vaisselle échanfonnerie , commun du Roi. Ils ajoutent , dans leur style ordinaire , que *cette acquisition étoit fort analogue à ses goûts.* Nous n'en savons rien ; mais ce que nous pouvons dire , & ce qu'elle annonce , c'est qu'il paroît qu'alors le sieur Hurot se forma un établissement, prit un domicile , & vraisemblablement

R ij

cessa de vivre sous l'autorité paternelle, dans les liens de laquelle nos Adversaires affectent de le présenter encore dix-huit ans après, à l'époque de la naissance de Jean-Baptiste, dit *de Beaumont*, l'aîné d'entre eux.

» Le premier né de tous les enfans naturels du défunt sieur Hurot, est Jacques-Alexandre, né de lui & d'Anne Javorde. Nous ne pouvons représenter son acte de baptême; mais le fait est annoncé par les Adversaires eux-mêmes, & reconnu par toutes les Parties.

» Deux autres enfans sont nés de ce même commerce; mais, avant de parler de leur naissance, il faut dire un mot d'une autre liaison du pere qui la précéda & qui eut les mêmes suites.

» Anne Javorde étoit sa domestique. Elle sortit de chez lui pour faire ses couches, & n'y rentra pas. Elle n'en fut pas oubliée pour cela; la naissance des autres enfans le prouve : mais le sieur Hurot prit une autre domestique, nommée Hélene le Flot, qui partagea bientôt, avec Anne Javorde, les bonnes graces du Maître commun.

» Le 21 Avril 1746, Hélène le Flot accoucha, chez une Sage-femme sur

la Paroiſſe de Saint - Jean - en - Greve ,
d'un enfant qui y fut baptiſé comme fils
de Jean-Baptiſte-Nicolas *Muro* & d'Hélene le Flot , *inconnus*. Les enfans l'ont
rapporté tout entier ; c'eſt d'après eux
qu'il a été copié plus haut.

» Il ſeroit difficile de reconnoître
aux énonciations contenues dans cet
acte, aucun ſigne de légitimité. Non
ſeulement les pere & mere n'y ſont point
qualifiés époux ; mais l'acte porte qu'ils
ſont inconnus ; le nom du pere y eſt
déguiſé ſous celui de *Murot* au lieu de
Hurot. Tout annonce la naiſſance d'un
de ces êtres malheureux , fruits impré-
vus d'une paſſion illicite, qui n'ont
point de famille.

» Cependant, s'il faut en croire les
Adverſaires , l'enfant qui fut baptiſé
ſous cette forme n'en eſt pas moins
légitime. Le nom *Muro* que l'acte contient, au lieu de *Hurot*, eſt l'effet de
la mauvaiſe prononciation de ceux qui
le dicterent au Rédacteur ; & ce Rédacteur ne pouvoit qualifier que d'inconnus, des pere & mere qui ne demeuroient pas ſur la Paroiſſe : leur mariage n'en étoit pas moins conſtant ; &

voici comme on prend foin de l'annoncer d'abord.

» On commence par placer Anne Javorde au fervice du fieur Nicolas Hurot
pere, au lieu de dire qu'elle étoit la domeftique du fils. On fait de ce fils,
alors âgé de quarante-huit ans, revêtu
d'une charge chez le Roi, & maître
abfolu de fes actions, un fils de famille
emporté par le feu de la jeuneffe & féduit par cette domeftique dans la maifon paternelle. Mais la féductrice, née
en 1715, avoit dix-fept ans moins que
celui qu'elle féduifoit. On ajoute qu'elle
fut *expulfée de la maifon de fon Maître, meprifée & délaiffée par le fils de
famille qu'elle avoit féduit*. Enfin,
avant de parler des liaifons du fieur
Hurot avec Hélene le Flot, on la fait
retirer & mourir à l'Hôtel-Dieu, dans
la honte & dans *la mifere*, après avoir
furvécu à fon efprit, dont *une maladie longue & aiguë avoit éteint les
facultés*.

» Puis on paffe à ce qui concerne
Hélene le Flot, & voici la tranfition:
» Une inclination plus *décente* & plus
» férieufe attacha le fieur Hurot: la de-
» moifelle *Flot* devint pour lui un ob-

» jet *persévérant* de foins, d'attention
» & de tendreffe «. Qui ne croiroit
qu'on va-nous inftruire & de la famille,
& de l'état & des mœurs de la demoifelle *Flot*, tant pour juftifier le titre
qu'on lui donne, que pour autorifer ces
expreffions de *décence* dans l'inclination
du fieur Hurot, & de *perféverance*
dans fes foins, fes attentions & fa tendreffe pour elle ? Point du tout, on
continue ainfi : » On a fu, par *la voix*
» *publique*, que cette *jeune perfonne*
» (n'eft-ce pas ainfi que les Romanciers
» défignent leur Héroïne ?) étoit de la
» Beauce ; mais *on a toujours ignoré le*
» *lieu de fa naiffance : on n'eft pas*
» *mieux inftruit de ce qui regarde fa*
» *famille* «.

    » Ce n'étoit pas encore affez pour
la fuppofer mariée avec le fieur Hurot ;
l'allégorie du fils de famille continue :
» Ses agrémens & les qualités de fon
» cœur « (ne diroit on pas que ceux
qui la dépeignent ainfi l'ont connue,
qu'ils ont vécu avec elle ?) » fixerent
» le fieur Hurot ; mais plufieurs obfta-
» cles s'oppofoient à leur union ....
» Une autre difficulté étoit d'obtenir le
» confentement du fieur Hurot pere.

» Le fils (âgé de quarante-huit ans)
» avoit lieu de croire qu'il le refufe-
» roit «. Ici le roman peche par l'obf-
curité : il falloit dire ce qui donnoit
lieu au fils de préfumer ce refus, &
rien n'étoit plus facile : la difproportion
d'âge, de fortune, d'état, ne devoit-
elle pas fe trouver tout naturellement
fous la plume de l'Ecrivain ? Il eft vrai
qu'on dit plus haut, la demoifelle *Flot*,
car c'eft toujours la demoifelle *Flot*,
jufqu'au moment où on la nomme la
dame *Hurot*, n'avoit *peut-être* aucuns
revenus. Mais pourquoi ce peut-être ?
Ce point étoit au moins auffi conftant
que fa décence, fes agrémens & les
qualités de fon cœur. On pouvoit favoir tout cela *par la voix publique*,
comme on avoit fu, par la voix publique, que *cette jeune perfonne* étoit de
la Beauce. Le ton affirmatif ne devoit
pas plus couter que le ton problé-
matique.

» Auffi le reprend-on fur le champ.
On prévoit l'objection des fommations
refpectueufes qu'un fils de quarante-
huit ans auroit pu faire ; mais le pere
devient bientôt un *vieillard accablé
d'infirmités*, à qui fon fils craint de

eaufer quelques chagrins ; & on continue du ton le plus ferme & le plus assuré. » La passion est ingénieuse & » fertile en ressources. Le sieur Hurot » épousa la demoiselle *Flot* en 1745 , » mais sans éclat, sans informer de ce » mariage son pere & les parens qu'il » pouvoit avoir du côté de sa mere « : il falloit ajouter, ni aucun des parens de la *demoiselle* dont la famille est toujours restée inconnue.

» Vient ensuite l'histoire de ses couches ; & l'on sent bien qu'après avoir supposé que le mariage étoit ignoré du pere & de tous les parens, il falloit dire aussi que la grossesse & l'accouchement furent tenus cachés. Ce fait n'est peut-être pas le moins vrai de tous ceux qui sont avancés sans preuve. Le vice marche ordinairement dans les ténebres ; & on ne contestera pas que les accouchemens d'Hélene le Flot , ainsi que ceux d'Anne Javorde & d'une autre fille , qui fut aussi qualifiée femme du sieur Hurot, quoiqu'il soit mort garçon , aient été tenus secrets.

» Mais voici bien un autre trait. Ces enfans, qui ne peuvent trouver l'acte de célébration de mariage de leur

R v

mere , qui font forcés de convenir qu'aucuns des parens des deux prétendus époux , foit dans leur famille paternelle , foit dans leur famille maternelle , n'en ont eu connoiffance , ont retrouvé le mémoire de la layette de Jean-Baptifte , baptifé à Saint-Jean le 21 Avril 1746. Si ce mémoire n'eft pas fuppofé, le nom feul annonce qu'il eft mal à propos appliqué au fils aîné d'Hélene le Flot ; il eft intitulé, layette de Jean-Baptifte-Nicolas Hurot ; & l'enfant ne s'appeloit que Jean-Baptifte. Ce n'eft pas tout ; l'écrit porte, *ladite layette a été donnée à Charles Hénrique, Jardinier à Belle-Eglife , par le fieur Hurot , Bourgeois de Paris, demeurant en la Cité , rue de la Juiverie , attenant la rue Saint-Chriftophe , &c.* Il eft évident que ce fieur Hurot , Bourgeois de Paris , demeurant en la Cité , rue de la Juiverie , étoit le pere du défunt , & non le défunt lui-même ; conféquemment, qu'il s'agiroit ici de la layette du défunt, qui fe nommoit en effet Jean-Baptifte-Nicolas , dont un mémoire auroit été trouvé dans de vieux papiers après fa mort , & non de la layette du fils aîné d'Hélene le Flot, dont la naissance, suivant les enfans eux-mêmes, devoit être un mystere pour toute la famille & pour tout le voisinage. Ce qui confirme encore cette opinion, indépendamment du rapport de nom, c'est l'adresse d'une lettre que l'on dit avoir été trouvée attachée à ce mémoire, & dont voici les termes : *A monsieur, monsieur Hurot, à Paris, au bas du pont Notre-Dame, rue de la Juiverie, chez un Chandelier, en la Cité.* On prétend qu'alors le sieur Hurot demeuroit chez son pere, mais que son pere ignoroit son mariage : en supposant le fait vrai, le secret eût été recommandé à la nourrice elle-même ; & certainement elle eût au moins désigné le fils dans la suscription de cette lettre, qui s'adressoit beaucoup mieux au pere qu'au fils, & pouvoit facilement tomber entre les mains du premier.

» Peu de temps après la naissance de Jacques-Alexandre Hurot, fils d'Anne Javorde, Hélene le Flot accoucha d'un autre fils naturel du sieur Hurot, qui fut nommé Jean-Baptiste, & baptisé à Saint-Jean-en-Greve. Du reste

R vj

il n'y eut entre eux aucune célébration
de mariage. Rien ne le prouve, rien
ne le fait préfumer. Les termes de l'acte
de baptême annoncent, au contraire,
le fruit d'un commerce illicite. Tout
ce que l'on dit de la décence de ce
commerce, & du mariage myftérieux
qui le précéda, eft une fable qui, encore une fois, peche autant contre la
vraifemblance que contre la vérité. Le
fieur Hurot, à quarante-huit ans, étoit
maître de fes actions ; & quand on fup-
poferoit qu'il fe fût marié, & qu'il eût
voulu tenir fon mariage caché, on ne
fuppofera jamais que ceux qui l'indi-
querent à l'Eglife comme le pere de
l'enfant, n'euffent pas qualifié Hélene
le Flot fa femme. Le fait qu'il ne demeuroit pas fur la Paroiffe, n'empêchoit pas
cette énonciation, dont le Rédacteur de
l'acte n'étoit pas garant.

» Il n'eft pas vrai qu'Anne Javorde
eût été abandonnée. Sa maladie, fa retraite à l'Hôtel-Dieu, fa mort, que
les enfans placent dans leur narration
avant de parler de l'inclination du fieur
Hurot pour Hélene le Flot, tous ces événemens fe font paffés au mois d'Avril

1760, quatorze ans après, & six années tout entieres après la mort d'Hélene le Flot elle-même.

Le 31 Octobre 1748, cette même Anne Javorde accoucha d'un second enfant. Ce fut une fille, & cette fille est la premiere de tous les enfans du sieur Hurot, dont l'acte de baptême annonce la légitimité, quoiqu'il soit bien constant & bien reconnu qu'Anne Javorde n'a jamais été son épouse. Le nom du sieur Hurot y est écrit au moins comme on le prononce, *Huro*, à la différence des actes de baptême des enfans d'Hélene le Flot, qui portent tous *Muro*, si pourtant on en excepte un seul qui porte *Uro*, mais dans lequel Hélene le Flot n'est point qualifiée sa femme, & dont nous parlerons dans un moment. Voici comment l'acte de baptême de la fille née d'Anne Javorde, le 31 Octobre 1748, est conçu:

» L'an mil sept cent quarante-huit,
» le Vendredi premier Novembre, a
» été baptisée Anne-Louise, née le 31
» Octobre, fille de Jean-Baptiste-Ni-
» colas Hurot, Officier du Roi, &
» d'Anne Javorde *sa femme*, demeu-
» rant rue Saint-Antoine de cette Pa-

» roiſſe ; le parrain , &c. qui ont ſigné ,
» le pere abſent «.

» Cet extrait a été tiré des regiſtres
de la Paroiſſe Saint-Paul , & l'on voit
qu'en l'abſence du pere , le Rédacteur
de l'acte n'a pas fait difficulté de donner
à la mere la qualité d'épouſe , ſur le
ſimple rapport de ceux qui étoient pré-
ſens ; ce qu'on n'avoit pas oſé faire dans
l'acte de baptême de l'enfant né le 21
Avril 1746.

» Le ſieur Hurot retourna encore à
Hélene le Flot , & , le 27 Août 1750,
elle accoucha de deux garçons , qui furent tous deux baptiſés à Saint-Benoît.
Cette fois il paroît qu'il fut plus hardi.
Si les ſignatures qui ſont au bas des
deux actes de baptême ſont les ſiennes,
ce fut lui-même qui qualifia Hélene le
Flot ſon épouſe ; mais il continua de
déguiſer ſon nom comme il avoit fait
en 1746 , à l'époque de la naiſſance
du premier des enfans de cette fille ;
il eſt nommé *Muro* au lieu de *Hurot.*
On l'y nomme auſſi *Jean-Nicolas* , au
lieu de *Jean-Baptiſte-Nicolas.* Au reſte,
quelque fondé que l'on pût être à con-
teſter la réalité de ces deux ſignatures,
les collatéraux y ont d'autant moins

d'intérêt, que le travestissement de nom qu'elles présentent, forme peut-être le plus sûr indice qui existe dans cette Cause, de la supposition dont les deux actes sont infectés. Le Rédacteur d'un acte peut mal entendre & mal écrire un nom qui lui est dicté ; mais il ne tombera jamais sous le sens qu'un homme se trompe en écrivant son propre nom, & que le changement qui résulte de sa signature ne soit pas fait à dessein.

» Cependant on releve la circonstance de ces signatures, indifférentes en elles-mêmes si elles n'étoient pas travesties, & décisives contre les enfans par leur travestissement, comme lui fournissant un argument en faveur de la légitimité. On s'en autorise même, pour annoncer que dès-lors le sieur Hurot & Hélene le Flot avoient *mis fin à la réticence sur leur mariage*, qu'ils vivoient comme mari & femme, que les voisins, les gens du quartier, & une partie du Clergé de la Paroisse les connoissoient sous ces qualifications.

» Laissons-les se complaire dans ces assertions dont ils ne donnent d'autres preuves que cette signature équivoque

& travestie, qui paroît fournir la preuve contraire, & passons aux faits postérieurs.

» Il n'y avoit pas un an qu'Hélene le Flot avoit donné la naissance à ces deux enfans, lorsque, le 3 Juillet 1751, Anne Javorde rendit le sieur Hurot pere d'un autre enfant, baptisé à Saint-Gervais, sous le nom de *Marie-Anne, fille de Jean-Nicolas Hurot, Officier chez le Roi, & d'Anne Javorde sa femme.* L'acte de baptême porte que le pere étoit absent pour affaires. Mais on doit toujours remarquer que le nom y est bien écrit.

» C'étoit le tour d'Hélene le Flot. Le 10 Avril 1752, elle accoucha d'une fille, qui fut nommée *Hélene-Marguerite.* Son acte de baptême, tiré des registres de la Paroisse Saint-Benoît, porte qu'elle est fille de *Nicolas Uro,* Bourgeois de Paris, & d'*Hélene le Flot;* mais celle-ci n'y est point, comme dans les précédens actes, qualifiée son épouse.

» On prétend que le sieur Hurot l'a signé, parce qu'il se trouve en effet au bas une signature formée de ces trois lettres, *Uro.* Mais il est certain que cette signature n'est point la sienne; & si la Cause pouvoit être réduite à la dé-

cifion de ce point de fait, les collatéraux ne redouteroient pas la vérification. Le nom de *Nicolas*, qu'on lui
donne feul, tandis qu'il s'appeloit
Jean-Baptifte-Nicolas, la maniere
d'écrire fon nom, conforme à la plus
fimple prononciation, mais contraire à
la véritable, la qualité de Bourgeois
de Paris, au lieu de celle d'Officier
chez le Roi, qu'il avoit prife dans les
autres actes, enfin le nom même d'*Uro*
qu'on lui donne, tandis qu'il s'étoit
conftamment nommé *Muro* dans tous
les actes relatifs aux enfans d'Hélene le
Flot, nom qu'on va lui voir reprendre
encore dans un dernier acte de baptême;
tout annonce qu'il n'étoit point préfent
à celui-ci, & fur-tout qu'il ne l'a point
figné. Au refte, Hélene le Flot n'y eft
point qualifiée fa femme; il ne peut
être d'aucune utilité aux enfans. Mais
on peut le réclamer ici comme une
preuve des variations, des incertitudes
& des déguifemens continuels de ces
deux prétendus époux.

» Hélene le Flot accoucha, pour la
derniere fois, fur la même Paroiffe, le
30 Juin 1753. L'enfant, qui étoit encore une fille, fut nommée *Hélene-*

Géneviève, fille de *Jean Muro*, Bourgeois de Paris, & d'Hélene le Flot, son épouse. Si la signature qui se trouve au bas de cet acte est véritable, le sieur *Hurot* l'auroit encore signé *Muro*. C'est le nom qu'il avoit pris dans les actes de baptême des trois premiers.

» Hélene le Flot est décédée dans le courant de l'année suivante, le 25 Septembre 1754.

» Personne ne sait quelle fut la nature de la maladie dont Hélene le Flot, qui ne porta jamais le nom de *la dame Hurot*, est décédée, ni si le sieur Hurot, qui ne fut jamais *son mari*, lui procura des secours.

» Quant à son acte mortuaire, si le sieur Hurot le signa en qualité de mari, ne pourroit-on pas en tirer une conséquence toute contraire à celle qu'en tirent les enfans; regarder cet excès de précaution, par lequel ils annoncent eux-mêmes qu'il s'écarta de l'usage, comme un excès d'artifice & de dol, suivant cette maxime si connue: *nimia præcautio dolus ?* Le sieur Hurot étoit bien assuré que celle à laquelle il donnoit, en mourant, le titre d'épouse, étoit désormais hors d'état d'en abuser contre sa liberté ; & vraisemblablement il croyoit que son mensonge demeure-roit enseveli avec elle dans la nuit du tombeau. Mais il vouloit peut-être laisser à des enfans, pour lesquels la Nature & le sang l'intéressoient sans doute, une apparence de titre dont ils feroient après lui tel usage qu'ils pourroient.

» Ce qu'il y a de bien constant, c'est que, quelque douloureuse qu'on prétende qu'ait été cette séparation, le sieur Hurot ne se livra pas tellement à la retraite, & ne donna pas tellement *tout son temps* aux *trois enfans qui lui restoient de* ce prétendu *mariage*, qu'il ne se déridât quelquefois avec d'autres femmes, & qu'il ne prît le temps de donner l'être à d'autres petits citoyens, dont il ne rougit pas de s'avouer le pere, & de reconnoître encore la mere pour sa femme. Ce ne fut plus Anne Javorde, à laquelle il ne paroît pas qu'il soit retourné, & qui cependant n'est morte que six ans après, le 30 Avril 1760. Mais, avant la révolution d'une année, *depuis sa douloureuse séparation* d'Hélène le Flot, la nommée *Marie-Jeanne d'Aubenton*, dite *Janneton*, toujours sa domestique, devint enceinte de ses

œuvres. L'enfant vint au monde le
Mardi 6 Avril 1756. Le sieur Hurot,
à ce qu'il paroît, auroit voulu légitimer
tous ses enfans. Dans l'acte baptistaire
de celui-ci, Marie-Jeanne d'Aubenton
est aussi qualifiée sa femme, comme
l'avoient été alternativement Anne Javorde & Hélène le Flot, quoiqu'il ne
l'ait pas plus épousée que les deux premieres ; & l'acte de baptême est signé
de son véritable nom Hurot : il est de
plus signé de l'aîné des enfans d'Hélene
le Flot, qui fut le parrain, & qui y est
qualifié son frere. Tous ces enfans fra-
ternisoient entre eux, & avec raison ;
ils n'avoient aucun reproche à se faire
l'un à l'autre. Voici l'acte tel qu'il a
été extrait des registres de Saint-Jacques-
la-Boucherie.

» L'an 1756, le Jeudi 8 Avril, a été
» baptisé Jean-Louis, né du Mardi pré-
» cédent, fils de Jean-Nicolas Huro,
» Bourgeois de Paris, & de Marie-
» Jeanne d'Aubenton, *sa femme*, de-
» meurans rue de la Joaillerie, de cette
» Paroisse ; le parrain, Jean-Baptiste
» Huro, frere de l'enfant ; la marraine,
» Marie - Anne - Génevieve le Jeune,
» femme de Louis Lecoq, Maître Pein-

» tre , rue de la Vannerie , Paroiſſe
» Saint-Merry ; ainſi ſigné H U R O T , le
» J E U N E , H U R O «.

» Nous ne ferons, quant à préſent,
aucune réflexion ſur cette nouvelle paternité du ſieur Hurot. Nous paſſons à
une autre époque ; & voyons ſi le traitement que ces enfans ont reçu de lui,
depuis l'époque de leur naiſſance , répond mieux à l'idée qu'on voudroit
nous inſpirer de leur légitimité.

» Il eſt certain que , ſi l'on compare
le traitement que les enfans d'Anne
Javorde ont éprouvé du ſieur Hurot,
avec le traitement qu'en ont éprouvé
les enfans d'Hélene le Flot, la compa-
raiſon ſera plus favorable à ceux - ci
qu'aux premiers , puiſque les enfans
d'Anne Javorde ont été obligés de ſe
pourvoir contre lui pour en obtenir des
alimens, tandis qu'il paroît que les enfans d'Hélene le Flot ont été nourris,
élevés & mis en apprentiſſage par ſes
ſoins, ſans qu'il y ait été contraint ;
mais ni les uns ni les autres ne peuvent
citer, dans tout le cours de ſa vie,
un ſeul trait qui tende à faire même
préſumer leur légitimité. Jetons un
coup-d'œil ſur le tableau qu'ils font eux-

mêmes de leur éducation, après la mort de leur mere.

» *Depuis cette douloureuse sépara-tion*, disent-ils en parlant de la mort de leur mere, *les trois enfans qui res-toient au sieur Hurot, de son mariage, prirent tout son temps.* Suit la compa-raison entre les enfans d'Anne Javorde, & les héros du Roman. *Quelle indif-férence, quelle insensibilité pour les premiers*, s'écrie-t-on ! *Que d'affec-tions, que de soins pour les autres !* Bientôt on raconte que les deux garçons furent mis en pension chez un sieur Duval, à Clamart. Mais le fait ainsi présenté, étoit trop simple : on aime mieux dire que le pere les *conserva chez lui pendant quelque temps ;* qu'ensuite il choisit cette pension comme *une des meilleures qui lui furent indiquées.* S'agit-il de leur séjour chez ce Maître de pension ? Il est constant qu'il n'en est pas resté la moindre trace, & qu'on n'a inventorié aucune quittance après le décès du sieur Hurot. N'importe, on n'en affirme pas moins, toujours sur le même ton de confiance, qu'il *payoit tous les trois mois, & avec la plus grande ponctualité, même d'avan-*

ce, le prix convenu pour le logement
& la nourriture, plumes, papier, en-
cre, &c. il fournissoit par lui-même
à tout l'entretien, habits, linges,
chaussures, &c. Les quittances (&
on en a, dit-on, recouvré quelques-
unes) contenoient la qualification de
ses deux fils, nommés Hurot, ou de
ses deux enfans. Enfin, pour couronner
ce tableau, il falloit dire aussi que le
pere les alloit voir quelquefois, & l'on
n'y manque pas. Le pere alloit les voir
de temps à autre, il vouloit s'assurer
par lui-même de leurs progrès, & de
ce qu'ils promettoient.

» Nous venons de dire qu'il n'étoit
pas resté la moindre trace de leur séjour
à la Pension de Clamart. On sent bien
qu'il n'en est pas plus resté de tous ces
détails. Ces quittances même prétendues recouvrées, & qu'on n'a pas encore osé montrer, on est forcé de convenir qu'elles n'ont pas été inventoriées;
& conséquemment, quand elles paroî-
troient au grand jour, qu'on semble
redouter pour elles, elles ne pourroient
jamais avoir aucune authenticité. Il est
donc bien constant, bien reconnu que
toute cette histoire d'une des meilleures

Penfions, cherchée avec foin, ces paye-
mens exacts, & même faits d'avance,
ces vifites réitérés du pere de famille,
tout cela n'eft qu'une riche broderie de
l'invention de l'auteur, dont l'imagination a tout créé.

» Tout ce que l'on fait de leur éducation, c'eft que *François*, l'un des
deux enfans nés le 27 Août 1750, &
baptifé comme fils de *Jean-Nicolas*
Muro, Employé chez le Roi, fut mis
en apprentiffage, non pas fous fon nom,
mais fous celui de *Pierre-Véronique*,
fans aucun nom de famille, chez le
fieur Soulaftre, Maître Perruquier,
place Maubert ; que ce fut le fieur
Hurot qui fournit les deniers pour le
placer dans cette boutique, mais qu'il
ne voulut pas paroître en nom dans le
brevet ; qu'il interpofa un fieur Gobin,
fon ami, au nom duquel le brevet fut
paffé, le 11 Octobre 1765, avec minute, devant M^e. Horque de Cerville,
Notaire ; que ce fieur Gobin paya deux
cents livres pour cet apprentiffage, &
déclara, pour fa décharge & celle du
fieur Hurot fans doute, que ce dernier lui avoit remis la fomme à cet
effet. Fut-il jamais indice plus marqué
de

de bâtardife? Et n'eft ce pas ainfi que les
enfans naturels font habituellement traités par ceux qui, après leur avoir donné
le jour, rougiffent de les avoüer, in-
terpofent des perfonnes tierces, pour
acquitter, à leur décharge, fans qu'ils
foient obligés de paroître eux-mêmes,
une dette que la Nature & la Loi leur
impofent à la fois?

» Le 8 Février 1766, environ fix
mois après, il fut paffé un autre acte,
auffi avec minute, devant le même Notaire, qui fournit bien d'autres lumieres.
Il paroît que Jean-Baptifte, l'aîné des
enfans d'Hélene le Flot, alors âgé de
vingt ans environ, avoit vécu jufque
là fous le nom de *Jean-Baptifte de
Beaumont*, fans que l'on fût, fans qu'il
fût, lui-même qui il étoit. Il voulut fe
faire recevoir Maître Ecrivain de cette
ville. Pour être admis dans ce Corps,
il faut faire preuve de Catholicité, &
conféquemment rapporter d'abord fon
extrait baptiftaire. Quelles que fuffent
les marques d'affection & de foins qu'on
prétend qu'il avoit reçues de fon pere,
le fait eft qu'il ne le connoiffoit pas;
il n'avoit jamais connu qu'Hélene le
Flot, fa mere, qui ne lui avoit pas

Tome VI. S

laissé la date précise de son baptême.
Pour y suppléer, il se transporta chez
le Notaire, accompagné de ce même
sieur Gobin, au nom duquel avoit été
passé le brevet d'apprentissage de son
frere, & d'un autre particulier nommé
Georges Cœurt, tous deux Bourgeois
de Paris. Il faut lire dans l'acte même
ce que ces trois particuliers y déclarerent.

» Aujourd'hui sont comparus par-
devant les Conseillers du Roi, Notaires au Châtelet de Paris, soussignés,
sieur Jean-François Gobin, Bourgeois
de Paris, y demeurant, rue des Fossés-
Saint-Bernard, Paroisse Saint-Nicolas-
du-Chardonnet, & sieur Georges Cœurt,
Bourgeois de Paris, y demeurant, rue
de la Huchette, Paroisse Saint-Séverin.

» Lesquels, à la réquisition de *Jean-*
Baptiste, dit *de Beaumont, pour ce*
présent, demeurant à Paris, rue Saint-
Jacques, Paroisse Saint-Benoît, dé-
sirant parvenir à se faire recevoir Maître Ecrivain en cette ville de Paris,
& ayant besoin pour ce de son extrait
baptistaire, *ledit de Beaumont n'é-*
tant certain que du nom de sa me-
re, ont, pour tenir lieu dudit extrait

baptistaire, certifié & attesté pour vérité, à tous qu'il appartiendra, avoir
connoissance que ledit *Jean-Baptiste de
Beaumont* est né & a été baptisé à
Paris en 1744 ou 1745, autant que
lesdits comparans peuvent se ressouvenir, *qu'il est fils d'Hélène le Flot,
& que le pere leur est inconnu, ainsi
qu'audit Jean-Baptiste, dit de Beaumont, qui a pareillement une parfaite connoissance que ladite Hélene
le Flot, sa mere, n'a jamais* été mariée, qu'elle est accouchée dudit *Jean-
Baptiste,* dit *de Beaumont,* en cette
ville, chez une Sage-femme dont les
comparans n'ont pu découvrir ni le
nom ni la demeure, malgré toutes
les recherches qu'ils ont faites, con-
jointement avec ledit *Jean-Baptiste,* dit
de Beaumont, entre autres sur les registres de Saint-Jean-en-Greve, sur quelques indices qu'on leur avoit donnés.
Toutes ces recherches ont été infructueu-
ses, attendu que ladite *Hélene le Flot*
est morte il y a environ douze à traze
ans, sur ladite Paroisse Saint Benoît,
sans avoir déclaré à qui que ce soit
l'église où ledit *Jean-Baptiste,* dit *de
Beaumont,* avoit été baptisé
S ij

» Néanmoins la vérité est , ainsi que les comparans le déclarent , que *Jean-Baptiste* , dit *de Beaumont* , a été nommé & connu sous ces mêmes noms , tant chez ladite *Hélene le Flot* , sa mere , que dans les différentes pensions où il a été élevé , sous la Religion Catholique , Apostolique & Romaine , pendant l'espace de cinq années , entre autres chez le sieur Duval , Maître de pension à Clamart , sous Meudon , auquel le sieur Collet a succédé , où ledit *Jean-Baptiste* , dit *de Beaumont* , a demeuré plus de deux ans.

» Comme aussi lesdits comparans certifient que ledit *Jean-Baptiste* , dit *de Beaumont* , a fait sa premiere communion chez ledit sieur Collet , Maître de pension , sous les auspices de messire Joue , Curé de la Paroisse Saint-Pierre dudit Clamart , & qu'ils ne lui ont jamais connu d'autres noms que celui de Jean-Baptiste , dit *de Beaumont*.

» Dont du tout les susnommés comparans ont dit avoir *parfaite connoissance* , & requis les Notaires soussignés de leur donner acte de tout ce que dessus ; ce qui leur a été octroyé pour servir & valoir à qui il appartiendra ce que de raifon.

» C'eſt en conſéquence de cet acte & de deux certificats, l'un de catholicité, délivré par un Prêtre de Saint-Benoît, le 31 Août 1766, l'autre de vie & mœurs, délivré par le ſieur Curé lui-même le 14 Octobre ſuivant, que ce particulier a été reçu Maître Ecrivain le 22 Janvier 1767, ſous le nom de *Jean-Baptiſte de Beaumont*, & tel étoit l'état dont il étoit en poſſeſſion au jour du décès de Jean-Baptiſte-Nicolas Hurot.

» Reconnoîtra-t-on à ces traits un pere tendre & attentif, qui, penſant à l'avenir, ſonde d'abord dans le cœur de ſes enfans des penchans qui ne ſont pas encore développés, pour connoître à quoi ils pourront être propres ; qui, découvrant bientôt que l'art de l'écriture eſt du goût de l'un, & l'état de Perruquier du goût de l'autre, fait des traités avec un Maître de chacune de ces profeſſions, les garde à vue chez ces Maîtres, les fait dîner chez lui les Dimanches & Fêtes, quand ces ſorties s'accordent avec leurs devoirs ordinaires, & leur fait ſouhaiter ces récréations comme la récompense de leur assiduité au travail? Telles sont pourtant, à la lettre, les expressions du Roman dont nous avons déjà rendu compte.

» On ne sait rien des trois autres enfans d'Hélène le Flot, si ce n'est que deux sont morts en bas âge, & qu'Hélene-Génévieve, baptisée le 30 Juin 1753, comme fille de Jean *Muro*, Bourgeois de Paris, prétend être restée en nourrice chez le nommé Leprince à Magny jusqu'à la même époque; & l'on nous dit gravement, pour éluder la conséquence qui résulte évidemment d'un pareil fait, que *le temps de la retirer étant arrivé, le sieur Hurot sentit combien il seroit dangereux de l'avoir chez lui, & de s'en rapporter, pour l'élever, à une domestique incapable de lui donner de bons exemples*; que ce fut par cette raison, & parce qu'on lui avoit rendu de bons témoignages de la femme Leprince, qu'il lui laissa sa fille tant qu'il vécut, c'est-à-dire pendant plus de seize années. Les mois, ajoute-t-on, étoient payés exactement, & il fournissoit d'ailleurs à l'entretien. On n'a pas intérêt de vérifier le fait; mais on examinera bien-

tôt quelle induction on en pourroit tirer. Quoi qu'il en soit, c'est ainsi, encore
une fois, que depuis *sa douloureuse sé-*
paration d'Hélene le Flot, les trois enfans qui lui restoient d'elle *prirent tout*
son temps.

» Les choses étoient en cet état, lorfque le sieur Hurot fut attaqué de sa
derniere maladie, & mourut le 16 Décembre 1769 dans une maison rue
d'Orléans, Fauxbourg Saint-Marceau,
qu'il avoit achetée depuis peu. On prétend que Jean-Baptiste, fils aîné d'Hélene le Flot, celui qui portoit le nom
de *Jean-Baptiste de Beaumont*, quitta
ses occupations pour l'assister assidument
dans cette maladie ; & on ajoute que
sa sensibilité, sa tendresse, son assi-
duité, son zele empressé, ses attentions
& ses vœux n'eurent pas le succès qu'il
désiroit; qu'après de vives douleurs,
le sieur H*u*rot mourut ; que ses deux
fils (Jean-Baptiste, dit *de Beaumont*,
& François, dit *Pierre-Véronique*) assis-
terent au convoi ; & enfin que l'aîné
figna l'acte mortuaire sous sa véritable
qualité de fils du défunt «.

Le dernier âge du sieur Hurot répond
parfaitement à tout le cours de sa vie.

On a vu que trois filles , ſes domeſtiques , lui avoient procuré ſucceſſivement l'avantage de la paternité : celle
qu'il avoit au jour de ſon décès , étoit
auſſi enceinte de ſes œuvres ; ce fait
eſt atteſté par une déclaration que cette
fille en a faite au Commiſſaire Lemaire ,
le 21 Décembre 1769.

Le même jour , ſept particuliers , à
la tête deſquels étoit Jean-Baptiſte de
Beaumont , ſe tranſporterent chez un
Notaire , & prenant la qualité d'amis à
défaut de parens connus des trois enfans d'Hélene le Flot , paſſerent un acte
par lequel ils donnerent pouvoir à un
Procureur au Châtelet de faire nommer
pour tuteur à ces trois enfans , dont l'aîné
avoit déjà vingt-quatre ans & conduiſoit
l'opération , un ſieur Languigneux , Marchand Tapiſſier , qui voulut bien prêter
ſon nom.

M. Creton , nommé par cette procuration , ſe préſenta chez M. le Lieutenant Civil pour y remplir la miſſion
qu'elle lui donnoit. L'on ſait que ces
nominations ſe font ainſi par le miniſtere d'un Procureur , ſans qu'il ſoit néceſſaire que les nominateurs comparoiſ-
ſent en perſonne ; mais ici la choſe ne

parut pas tout-à-fait auffi fimple au Magiftrat. Surpris à jufte titre de voir tant
d'amis & pas un parent, M. le Lieutenant Civil prit des informations. Il apprit bientôt que cette nomination avoit
pour objet de s'emparer, au nom du tuteur que l'on vouloit nommer, d'une
fucceffion revendiquée par des parens
collatéraux, qui conteftoient la légitimité des enfans. Au lieu de rendre fa
Sentence de nomination fur la fimple
procuration, comme il eft d'ufage, il
ordonna que tous ces prétendus amis
des mineurs, enfemble les parens du défunt qui lui furent indiqués, feroient af-
fignés en fon hôtel à la requête de M. le
Procureur du Roi.

La convocation en ayant été faite
pour le 12 Février 1770, les mineurs
éprouverent dès-lors une défertion de
deux des fept amis qui avoient donné
la procuration du 21 Décembre, & qui
apparemment, mieux confeillés, ne
voulurent plus fe mêler de cette affaire.
Les parens du défunt comparurent ;
mais au lieu de donner leur avis fur la
nomination d'un tuteur aux mineurs, ils
déclarerent formellement que ces mineurs n'ayant ni titre ni poffeffion de

S v

l'état qu'ils réclamoient, n'étoient point de leur famille, & n'avoient aucun droit à la succession. Les cinq amis nommèrent pour tuteur le sieur Languigneux; mais leur dire, sur ce procès-verbal, est remarquable en ce que pas un n'y déclare avoir connu leur mere, ni avoir vu le sieur Hurot marié. Chacun d'eux déclare seulement que le défunt lui a dit que les trois mineurs étoient ses enfans, & qu'il en prenoit soin comme un pere ; mais les mots *enfant légitime, mariage, mari ou femme*, ne leur sont pas même échappés.

Lorsqu'il fut question de l'inventaire, les enfans d'une part, & les collatéraux de l'autre, prétendirent qu'il devoit être fait à leur requête exclusivement aux autres.

De là est née la question d'état qui a été agitée. Les collatéraux ont contesté la légitimité des enfans du sieur Hurot, & ont soutenu que sa succession leur appartenoit.

Pour établir la justice de cette demande, le Défenseur des collatéraux disoit que l'état de chaque individu, dans la Société, est fondé sur deux bases; sur le titre de sa naissance, & sur sa possession.

Le titre de sa naissance est l'acte de baptême : mais ce titre seroit insuffisant par lui-même, s'il n'étoit pas accompagné d'une possession conforme à ce qu'il contient. En effet, l'acte de baptême apprend bien aux contemporains d'un homme, ou à la postérité, que le jour de sa date il a été baptisé un enfant ; il leur apprend même les noms de cet enfant, & les noms des pere & mere qui ont été déclarés être les siens. Mais la découverte de ce fait ne prouve pas que celui qui réclame les noms & les qualités dont il est parlé dans cet acte, soit véritablement l'individu qui fut alors présenté au baptême ; il faut encore que le nom qu'il a porté jusque-là, le traitement qu'il a éprouvé dans sa famille & dans la Société, l'opinion publique de ceux avec lesquels il a vécu, établissent entre lui & ce monument de sa naissance, une relation qui en rende l'application invariable. C'est ce que les Jurisconsultes de tous les temps ont désigné par ces mots, qui caractérisent la véritable possession d'état, *nomen, tractatus, fama.* S'il n'a pas conservé ce nom, si aucun de ceux qui ont élevé son enfance, présidé à son

S vj

éducation, qui l'ont fuivi, fréquenté, avec lefquels il a vécu jufqu'au moment de fa réclamation, ne l'ont pas regardé, traité comme étant l'individu auquel cet acte pouvoit s'appliquer ; c'eft un titre qui devient ftérile dans fa main, & qui ne lui appartient pas plus qu'au premier inconnu qui voudroit s'en emparer comme lui.

On diftingue deux fortes d'états ; l'état naturel, & l'état légitime.

L'état naturel eft celui dans lequel l'individu eft confidéré comme né de tel pere & de telle mere, abftraction faite de tout mariage précédent. On peut jouir de cet état fans appartenir à aucune famille. Tels font les bâtards.

L'état légitime, au contraire, eft celui dans lequel chaque Citoyen eft confidéré comme né d'un mariage conftant & régulier, & membre, par fa naiffance, de telle & telle famille.

Si le titre de l'état en général eft l'acte de baptême, le titre de l'état légitime en particulier eft l'acte de célébration de mariage des pere & mere. Mais il y a une différence remarquable entre ces deux titres. L'acte de baptême, fans poffeffion fubféquente, eft,

comme nous l'avons remarqué, un vain
nom que perſonne ne peut s'approprier,
& qui ne procurera jamais à celui qui
le repréſente la reconnoiſſance de ſon
état. L'acte de célébration de mariage,
au contraire, ſe ſuffit à lui-même ; il
aſſure ſeul la légitimité de l'individu
qui la réclame, parce que la célébration s'applique d'elle-même aux deux
époux, déjà connus dans la Société,
qui ont contracté le mariage ; & c'eſt
de cette application, ſur laquelle il eſt
impoſſible de ſe tromper, que dérive,
par une conſéquence néceſſaire & infail-
lible, la légitimité des enfans qui en
ſont iſſus. L'acte de célébration de
mariage a même la force de légitimer
les enfans de la femme mariée, quand
même le titre de leur état, c'eſt-à-dire,
leur acte de baptême, dépoſeroit contre
cette légitimité ; comme ſi, par exemple, on leur avoit donné, par cet acte,
un autre pere que le mari, ou ſi on
les avoit baptiſés comme enfans naturels, fruit d'une union illégitime. Il
ſuffit qu'ils ſoient nés d'une femme
mariée, pour que le mari de cette
femme ſoit leur pere aux yeux de la

Loi. *Pater is est quem justæ nuptiæ demonstrant.*

Il n'eût pas été juste que des pere & mere, aveuglés par la haine & par d'autres passions qui ne troublent que trop les mariages les mieux assortis en apparence, eussent été les maîtres de supprimer l'état de leurs enfans, ou que cet état eût dépendu de l'indifférence des étrangers aux soins desquels ils sont quelquefois abandonnés en naissant. La Loi veille alors pour l'enfant, que son âge met dans l'impuissance de réclamer contre l'inhumanité ou la négligence de ses parens ; l'acte de célébration du mariage de sa mere est un titre de légitimité qui l'accompagne par-tout, & dissipe, par son influence salutaire, tous les nuages dont on voudroit obscurcir son état.

Ces vérités conduisent nécessairement à une autre vérité qui n'est pas moins incontestable, & qui en est aussi la conséquence naturelle & nécessaire ; c'est que, si les pere & mere, ou ceux qui sont chargés, à quelque titre que ce soit, de porter l'enfant à l'église, ne peuvent supprimer ni altérer la légitimité d'un enfant né à la suite d'un mariage constant & régulier, ils ne font pas plus les maîtres de suppléer cette légitimité. Une politique éclairée & falutaire n'a pas permis qu'on chargeât de formalités rebutantes, & dangereufes pour la Religion & pour les mœurs, les réglemens relatifs à la tenue des regif-tres de baptême confiés aux Miniftres de l'Eglife. Des matrones fans carac-tere à cet effet, des parrains & marrai-nes, prefque toujours inconnus, fou-vent impuberes, femblent donner, par leur feule déclaration, qui n'eft jamais ni vérifiée ni contredite, à l'enfant qui vient de naître, l'état qu'il leur plaît, & à telle famille qu'ils veulent choi-fir, un nouveau membre. Quelquefois même, & l'expérience n'apprend que trop combien on abufe de cette forma-lité religieufe, le pere de l'enfant vient reconnoître fa paternité à la face des autels. Mais ces déclarations & cette reconnoiffance ne peuvent jamais éta-blir une légitimité fans mariage précé-dent. L'acte de célébration de mariage eft le creufet où elles viennent toutes s'épurer : fans lui, point de mariage, & fans mariage, point de légitimité.

Ces principes, qu'on ne méconnoîtra pas fans doute, reçoivent cependant une exception. Lorfque, par quelque événement connu, comme dans les cas de lacération, d'incendie, ou d'abfence quelconque des regiftres, la repréfentation de l'acte de célébration de mariage eft devenue impoffible ; la forte préfomption de fon exiftence d'une part, & de l'autre la poffeffion publique de l'état y fupplée. Cette poffeffion eft même plus puiffante que tous les actes de baptême ; elle tient lieu des énonciations portées dans ces actes, que l'ignorance & la fraude altére, fuppofe, fupprime fouvent. Elle eft effentiellement inaltérable, parce qu'elle ne dépend point de l'erreur d'un rédacteur, ou du ftratagême d'un impofteur audacieux ; mais de la connoiffance néceffaire & involontaire d'un certain nombre d'individus, fouvent pris & rencontrés au hafard, qui, fans s'être donné le mot, ont été les témoins des relations, des habitudes, des liaifons de parenté ou d'affinité du fujet qui la réclame.

Un enfant eft élevé dans le fein d'une famille ; fes pere & mere, en

poffeffion de l'état d'époux, l'ont toujours traité comme leur fils ; ou , s'il
a eu le malheur de les perdre trop tôt ,
les deux familles ont confervé la mémoire de l'union légitime qui donna
l'exiftence à cet enfant. Il eft ainfi parvenu à l'adolefcence, à l'âge viril, toujours reconnu par fa famille comme
fils de tel & telle , dont le mariage né
fut jamais révoqué en doute. L'état de
cet homme eft affuré pour jamais. Si
l'époque ou le lieu de fa naiffance
venoit à s'effacer tellement de la mémoire de fes contemporains , qu'il n'en
pût pas retrouver la trace ; fi perfonne
au monde ne pouvoit lui indiquer l'é-
glife où l'alliance de fes pere & mere
fut fanctifiée par le Sacrement , fon état
n'en demeureroit pas moins inébran-
lable. La poffeffion feule, pourvu qu'on
la fuppofe complette & non équivoque , formeroit autour de lui un bou-
lévard qui mettroit fon état à couvert
de toute atteinte.

Mais cette poffeffion eft fouvent in-
complette ou équivoque ; quelquefois
même elle eft contraire au titre ; &
c'eft alors qu'il eft difficile de déterminer l'état de l'individu qui fe pré-

sente. Il est pourtant encore quelques
regles que la raison dicte.

Il faut d'abord bien définir quels
sont les caracteres de possession que le
sujet réunit, & quels sont ceux qui
lui manquent; jusqu'où cette possession
s'étend, & où elle s'arrête. Sans titre,
on ne peut jamais aller au delà du
terme de la possession. Par exemple,
celui qui n'a qu'une possession d'état
naturel, ne peut pas réclamer l'état légitime, sans représenter l'acte de célébration de mariage de ses pere &
mere; il lui faudroit, pour y prétendre,
une possession d'état légitime.

Ces deux possessions sont faciles à
distinguer. Tout ce qui appartient à
l'état naturel, appartient aussi à l'état
légitime; mais il est des caracteres particuliers à l'état légitime, qui n'accom-
pagnent jamais l'état naturel. Ainsi le
nom, le soin de l'enfance, la qualité prise & reçue de pere & de fils,
tout cela est commun à l'état naturel
& à l'état légitime; mais la cohabitation ouvertement connue des pere &
mere, le nom du pere porté par la mere,
les qualités de mari & de femme prises
& reçues publiquement, la reconnois-

fance des enfans, & le traitement de parenté dans les deux familles, n'appartiennent qu'à l'état légitime ; en forte que, pour donner fur ce point une regle fûre, on pourroit dire que la fimple relation entre les pere & mere & les enfans, conftitue la poffeffion d'état purement naturel ; mais que, pour s'affurer de la légitimité, il faut néceffairement remonter à la poffeffion de l'état conjugal des pere & mere dans la Société, & à la relation des uns & des autres avec les deux familles.

D'après ces principes, il n'eft pas douteux que les enfans du fieur Hurot n'avoient aucun titre pour jouir des honneurs de la légitimité : 1°. ils ne rapportoient aucune preuve de mariage entre leurs pere & mere.

2°. Leurs extraits baptiftaires annonçoient au contraire qu'il n'avoit exifté entre le fieur Hurot & Hélene le Flot, qu'une union criminelle formée par la débauche.

3°. Leur prétendue poffeffion étoit détruite par les titres qu'ils rapportoient ; d'ailleurs cette poffeffion n'avoit point les caracteres que les Loix exigent pour conférer la légitimité.

Ainsi tout se réunissoit en faveur des collatéraux.

Aussi, par Sentence du Châtelet, leur réclamation a été admise, & cette Sentence a été confirmée par Arrêt du Parlement du 8 Janvier 1777.

USURIERS CONDAMNÉS.

NOUS n'entreprendrons point ici de prouver combien l'usure est contraire à l'équité, aux Loix divines & humaines; combien elle est funeste aux mœurs & à l'économie politique des Etats. Tous les Théologiens, les Jurisconsultes, les Publicistes, &c. ont traité cette matiere sous tous les points de vue, & tous se sont réunis à faire voir que ce fléau, si la vigilance des Magistrats n'en arrêtoit pas les coups, ruineroit les familles & l'Etat même.

Il avoit porté ses ravages dans la ville d'Orléans, où une troupe de prêteurs ont, dans un fort court espace de temps, cumulé des richesses considérables avec de fort petits capitaux. On y a vu une Magdeleine Jousset, fille bourgeoise d'Orléans, prêter à raison de cinq pour cent par mois, & enfin monter l'usure au point qu'elle retiroit plus de cent pour cent par an. Par exemple, elle avoit prêté, en 1774, 41 livres à Nicolas Philippot. Il lui avoit donné en nantis-

fement une montre à boîte d'argent, &
lui avoit payé 4 livres d'intérêt pour 15
jours.

Marie-Catherine Faucamberge, femme de Pierre Godeffroy, Epicier à Orléans, avoit accepté un billet à ordre
d'un nommé Petit, de la fomme de
300 livres, payable à fix mois d'é-
chéance. Pour tenir lieu à Petit de cette
fomme de 300 livres, elle lui a fait remettre des marchandifes défectueufes,
dont il n'a pu retirer que 150 à 160 livres, & a perdu le furplus, reftant toujours débiteur de la totalité du billet
de 300 livres, paffé au profit de cette
ufuriere. Un fieur Triquois lui avoit
remis plufieurs billets qu'il avoit fouf-
crits, & qui formoient un total confidérable. Elle les négocia chez plufieurs
Marchands, qui lui remirent différentes
marchandifes, chacun proportionnément
au montant des billets qu'il avoit reçus.
La femme Godeffroy a revendu ces marchandifes, & en a rendu au fieur Triquois tel compte qu'elle a jugé à propos,
& a contribué, par cette manœuvre, à
fa ruine totale. Elle avoit en outre
fait faire à fon profit, & au profit de fon
mari, un contrat de conftitution de la

somme de 3000 livres, pour le montant de plusieurs billets faits à son ordre par le sieur Triquois, & dont plusieurs n'étoient pas encore échus. Enfin elle avoit reçu, en 1771, du sieur Forêt de la Croix, un billet à ordre de 500 livres, payable à neuf mois. Elle l'avoit placé chez un Marchand, qui avoit fourni, pour le montant, des marchandises qu'elle avoit revendues, & dont elle n'avoit tenu compte au sieur Forêt que de 120 livres & six mouchoirs. Il a perdu le reste, & est demeuré débiteur de son billet de 500 livres.

Nous n'entrerons pas dans un plus grand détail des usures exercées par ces fripons. Nous avons choisi des exemples, pour faire voir combien il est important pour la Société, que la Justice ait toujours un œil attentif sur l'usure, qu'elle la réprime & en châtie les auteurs. Nous nous contenterons de remarquer que ces usuriers & leurs complices ou proxénetes, étoient au nombre de quinze, dont les uns, en vertu d'Arrêt du Parlement de Paris du 10 Janvier 1777, ont été attachés au carcan, les autres ont fait amende honorable au Siége du Bailliage d'Orléans, l'Audience tenant, conduits par l'Exécuteur de la Haute-Justice, avec écriteau devant & derriere, portant le mot : *Usurier*, ou *Usuriere*. Presque toutes les femmes ont été bannies à temps, & les hommes envoyés aux galeres, aussi à temps, & tous ont été condamnés en diverses amendes envers M. le Duc d'Orléans.

Tous les contrats, actes, billets & engagemens usuraires ont été déclarés nuls, sauf à ceux contre qui l'usure a été exercée, à se pourvoir, pour obtenir telles répétitions & dommages & intérêts qu'il appartiendra, déduction faite des sommes qui auront été réellement fournies par les prêteurs, qui sont déclarées confisquées dès à présent, aux termes des Ordonnances, & appliquées au pain des pauvres prisonniers de la Concier- gerie du Palais ; & le compte en sera fait à la requête, poursuite & diligence de M. le Procureur-Général.

Le Parlement, après s'être ainsi oc- cupé de la punition des coupables, & de la justice due à ceux qui avoient été trompés & volés, s'est occupé du bien public, & a ordonné l'exécution de tou- tes les Loix, tant civiles que canoni- ques, qui, dans tous les temps, ont

proscrit

profcrit l'ufure & prévenu les ravages que cette pefte peut occafionner dans un Etat.

Cette portion de l'Arrêt doit être copiée ici telle qu'elle a été rédigée ; c'eft un répertoire fidele de toutes les Loix promulguées fur cette matiere, qui doivent être fous les yeux de tous les Citoyens.

FAISANT DROIT fur les conclufions du Procureur-Général du Roi, la Cour ordonne que les Ordonnances du Royaume, Déclaration du Roi, Arrêts & Réglemens de la Cour, notamment ceux dont les teneurs s'enfuivent ; favoir :

Le Capitulaire de Charlemagne, donné à Aix-la-Chapelle en l'année 789. « *De ufuris omnibus: Item in eodem Concilio, feu in Decretis Papæ Leonis, nec non & in Canonibus qui dicuntur Apoftolorum, ficut & in Lege ipfe Dominus præcepit, omninò omnibus interdictum eft, ad ufuram aliquid dare* ».

L'Ordonnance de Philippe III, au Parlement de l'Affomption, à Paris, en 1274. « *Mandamus tibi, præclaræ recordationis cariffimi Domini & geni-*

Tome VI.   T

toris noftri Ludovici, Regis Franciæ,
fequentes veftigia, quatenùs omnes
tales, fi qui fuerint in tuâ ballivâ,
videlicet in noftrâ juftitiâ, nifi relin-
quere velint prorsùs ufuras hujufmodi,
& eas penitùs abjurare, ab indè prorsùs
amoveas & expellas; præfixo eis nihil-
ominùs termino duorum menfium, à
tempore publicationis præfentis man-
dati, recedendi; infrà quod illi qui
habent pignora, penès eos poffint re-
dimere, quæ, forte folutâ, fine ufu-
ris volumus & præcipimus eis reddi «.

L'Ordonnance de Philippe IV, dit
le Bel, donnée à Montargis, le Samedi
avant la Purification, le 30 Janvier 1311.
» *Pro reformatione publicâ regni nof-*
tri, ufuras à Deo prohibitas & à Sanc-
tis Patribus, nec non progenitoribus
noftris damnatas prohibemus, & om-
nibus & fingulis, tam regnicolis noftris,
quàm aliis in regno noftro quomodoli-
bet contrahere genus vel fpeciem quam-
libet ufurarum, fed graviores ufuras,
fubftantias populi graviùs devorantes,
profequimur attentiùs atque punimus;
pænam enim corporis & bonorum, ipfo
facto, incurret regnicola vel forenfis,

qui contra prohibitionem hujus præ-
sumpferit ufuras graves hujufmodi fre-
quentare, feu per fe, vel per alium fe
ufuris hujufmodi exercendis conferre,
recipiendo vel exigendo ultrà unum
denarium in feptimanâ, quatuor dena-
rios in menfe, vel quatuor folidos in
anno pro librâ ».

L'Ordonnance de Philippe IV, dit *le*
Bel, donnée à Poiſſy le 8 Décembre
1312, interprétative de celle ci-deſſus.
« Nous déclarons, par ces préſentes
Lettres, que nous, en l'Ordonnance
deſſus dite, avons réprouvé & défendu, & encore réprouvons & défeſſons
toutes manieres d'ufures, de quelque
quantité qu'elles foient cauſées, comme
elles font de Dieu & des Saints Peres
défendues; mais la peine de corps &
d'avoir deſſus dite nous ne mettons mie,
fors contre ceux qui les plus groſſes ufures recevront, uferont ou fréquenteront,
felon qu'en l'Ordonnance deſſus dite fe
tient. Mais, pour ce, nous ne fouffrons
mie ufures de menue quantité, ains voulons être donnée fimplement & de plein,
barre & défenfe à tous ceux à qui feront
demandées, afin qu'ils ne les foient te-

T ij

nus de payer, & répétition de ceux qui les auront payées, de quelque manière ou quantité soient icelles usures. Et voulons encore & commandons celles usures de menue quantité, pour lesquelles nous n'avons pas mis la peine dessus dite, être corrigées & punies, & ceux qui les receveront, useront ou fréquenteront, être corrigés & punis ainsi comme selon Dieu & droiture, profit public des Sujets de notre Royaume sera à faire ».

L'Ordonnance de Louis XII, de Juin 1510, *pour le bien de la justice, article* 64. » Pour obvier qu'aucunes usures ne se commettent en notredit Royaume, avons enjoint & enjoignons à tous nos Justiciers & Officiers que, sans dissimulation & à toute diligence, sur peine de suspension de leurs offices, & d'amende arbitraire, chacun en son détroit & jurisdiction, s'enquiert de ceux qui commettent usures manifestes & par contrats feints & simulés, & procede contre les coupables, selon la disposition de droit & l'exigence des cas ».

Article 65. » Avons interdit & défendu, interdisons & défendons à tous Notaires de ne recevoir aucuns contrats

ufuraires, fur peine d'être privés de leurs
états, & d'amende arbitraire «.

Article 66. » Et afin que chacun foit
plus enclin de dénoncer ceux qui commettent telles ufures, nous ordonnons
que ceux qui les dénonceront à Juftice,
auront la tierce partie des amendes qui
en viendront & iftront ; & auffi, fi tels
délateurs, par l'iffue du Procès, étoient
trouvés calomniateurs, feront punis
comme de raifon «.

*L'Ordonnance d'Orléans, de Janvier
1560, article 142.* » Défendons à tous
Marchands & autres, de quelque qualité qu'ils foient, de fuppofer aucun prêt
de marchandifes, appelé perte de finance, laquelle fe fait par revente de la
même marchandife à perfonnes fuppo-
fées ; & ce à peine contre ceux qui en
uferont, en quelque forte qu'elle foit
déguifée, de punition corporelle & confifcation de biens, fans que nos Juges
puiffent modérer la peine «.

*L'Arrêt de la Cour, rendu contre
les ufuriers le 26 Juillet 1565, publié
à Paris le premier Août audit an.* » Sur
la remontrance judiciairement faite à
la Cour par le Procureur Général du

Roi, que, par particulieres occurrences
de fait, & infinité de plaintes & aver-
tissemens qui lui étoient faits chacun
jour, se pouvoient recueillir que plusieurs gens de cette ville, tant Marchands qu'autres par eux & par gens attirés & interposés, exerçoient usures ré-
prouvées par les Loix de Dieu, Consti-
tutions des hommes, & Ordonnances
des Rois & Arrêts de la Cour, & se
faisoit par tels moyens si grand trafic &
négociation d'argent, que l'on délais-
soit non seulement la charité, mais le
train légitime de la marchandise, l'exercice des Arts & métiers, & le labour
& culture de la terre, d'où étoient à
craindre plusieurs grands inconvéniens ;
pour à quoi obvier, requéroit que défenses publiques fussent faites par la ville
de Paris, à toutes personnes de s'entremettre de tels usuraires trafics, sur peine
du quadruple & punition corporelle,
avec injonction à toutes personnes de
venir révéler & déclarer ceux qui les
font & s'en entremettent directement
ou indirectement, sur peine de cent
livres parisis & de punition corporelle ;
en outre, lui fût permis obtenir & faire

publier monitions générales en toutes
les églises de cette ville & fauxbourgs,
sans nul excepter, à fin de révélation
contre ceux & celles qui commettent
& exercent telles usures, & s'en entremettent directement ou indirectement.
La Cour ayant égard à la Requête faite
par le Procureur-Général en icelle, &
icelle entérinant, a ordonné & ordonne
qu'il aura monition en termes généraux,
sans nul excepter, contre tous ceux &
celles de quelque état, qualité & condition qu'ils soient, qui, sous ombre
& prétexte de trafic public & autrement,
baillent & prêtent deniers à usure, tant
par eux, que gens attirés & interposés;
laquelle monition sera publiée ès églises
de cette ville & fauxbourgs, & autres
lieux où il appartiendra; a fait & fait
la Cour inhibitions & défenses à toutes
personnes de quelque état, qualité &
condition qu'elles soient, Marchands ou
autres, tant hommes que femmes,
d'exercer usure par eux ou par gens attirés & interposés, ni de prêter deniers,
sous prétexte de commerce public, à
intérêt, soit sur gages ou autrement,
sur peine de confiscation de corps & de

biens; enjoint icelle Cour à tous ceux
& celles qui en favent & connoiffent
aucuns, de venir en révélation, fur
peine de cent livres parifis d'amende
applicable au Roi, & de punition corporelle, à ce que telles manieres de
gens, comme peftilens & pernicieux à
la chofe publique, foient du tout exter-
minés. Il a été ordonné que ledit Arrèt
feroit lu & publié, à fon de trompe &
cri public, par cette ville de Paris &
fauxbourgs d'icelle, ès lieux & carrefours accoutumés, à y faire cris & pu-
blications, à ce qu'aucun n'en puiffe
prétendre caufe d'ignorance «.

*L'Ordonnance de Charles IX, don-
née à Fontainebleau en Mars* 1567.
» Et pour du tout décharger & extirper
les ufures de nos pays, terres & feigneu-
ries de notre obéiffance, Nous, en fuivant plufieurs Edits & Ordonnances de
nos prédéceffeurs Rois, avons icelles
ufures prohibé & défendu, prohibons
& défendons, fur peines de confifcation de tous les biens, meubles & immeubles de ceux qui feroient atteints
& convaincus en avoir commis aucunes, & lefquels biens nous, dès à pré-

sent comme dès-lors, avons déclarés à nous acquis & confisqués. Et où lesdites personnes seroient continuans à commettre lesdites usures, voulons & ordonnons iceux être bannis à perpétuité hors de notre Royaume, pays, terres & seigneuries, sans que notre Cour ou autres Juges puissent aucunement modérer les mulctes & amendes ci-devant déclarées, sur peine d'en répondre en leurs propres & privés noms «.

L'Ordonnance de Blois du mois de Mai 1579, article 202. » Faisons inhibitions & défenses à toutes personnes, de quelque état, sexe & condition qu'elles soient, d'exercer aucunes usures ou prêter deniers à profit & intérêt, ou bailler marchandises à perte de finance par eux ou par autres, encore que ce fût sous prétexte de commerce public ; & ce sur peine, pour la premiere fois, d'amende honorable, bannissement & condamnation de grosses amendes, dont le quart sera adjugé aux dénonciateurs, &, pour la seconde fois, de confiscation de corps & de biens ; ce que semblablement voulons être observé contre les proxénetes, médiateurs

T v

& entremetteurs de tels trafics & contrats illicites & réprouvés; sinon, au cas
qu'ils vinssent volontairement à révélation, auquel cas seront exempts de ladite peine «.

Article 362. » Enjoignons à tous
Juges de garder & faire garder étroi-
tement l'Ordonnance faite sur la revente des marchandises qu'on appelle
pertes de finances, & non seulement
dénier actions à tels vendeurs & sup-
poseurs de pertes, mais aussi procéder
rigoureusement contre eux & contre
leurs courtiers & racheteurs qui se trou-
veront être sciemment participans de
tels trafics & marchandises illicites, par
mulctes ou confiscations de biens, amendes honorables, & autres peines corporelles, selon les circonstances & sans
aucune dissimulation ou connivence «.

*L'Arrêt de la Cour du 26 Mars
1624, rendu les Chambres assemblées,*
» par lequel la Cour, en jugeant le Procès criminel pendant en icelle, pour
fait d'usure, après avoir cassé & an-
nullé les titres & obligations . . . . & ordonné la confiscation des sommes prêtées
au profit de. . . . , faisant droit sur les con-

clufions du Procureur-Général du Roi ,
entre autres difpofitions , fait défenfes
de prêter aux enfans de famille , encore
qu'ils fe difent majeurs en majorité , &
qu'ils mettent l'extrait de leur baptiftere
entre les mains de ceux qui leur prêtent , à tous Marchands , Orfévres ,
Joailliers & autres , leur prêter marchandifes à perte de finance , bagues,
joyaux , fous promeffe en blanc ou autrement, directement ou indirectement,
à peine de nullité defdits prêts , promeffes , & confifcation de leurs marchandifes , bagues, joyaux & autres chofes
par eux prêtées , & de punition corporelle. Ordonne qu'à la levée de la
Cour , à la requête du Procureur-Général du Roi , ledit Arrêt & autres ci-
devant donnés , feront publiés à fon de
trompe & cri public , tant en la cour
du Palais , au Châtelet , l'Audience te-
nante, qu'à l'Auditoire des Juges-Con-
fuls , fignifié au Syndic des Notaires,
imprimé & affiché aux carrefours de
cette ville ; ordonne que des contra-
ventions , il en fera , à la requête dudit
Procureur Général du Roi , informé,
pour , l'information vue & communi-

quée audit Procureur-Général du Roi ;
être procédé contre les contrevenans,
ainſi que la Cour verra être à faire par
raiſon «.

Autre Arrêt de la Cour du 2 Juin
1699. — Autre Arrêt de la Cour du
10 Janvier 1736. — Autre Arrêt de
la Cour du 28 Juillet 1752. — Autre
Arrêt de la Cour du 27 Août 1764,
qui tous ordonnent l'exécution des précédens Arrêts, Réglemens & Ordonnances, feront exécutés ſelon leur forme
& teneur.

En conſéquence fait ladite Cour très-
expreſſes inhibitions & défenſes à toutes
perſonnes, de quelque état & condition qu'elles ſoient, d'exercer aucune
eſpece d'uſures prohibées par les ſaints
Canons reçus & autoriſés dans le Royaume, Ordonnances du Royaume, Arrêts
& Réglemens de la Cour, en quelque
maniere que ce ſoit ou puiſſe être, &
même ſous apparences feintes & con-
trouvées, de faits de commerce, directement ni indirectement, par elles-
mêmes ou par perſonnes interpoſées.
Fait pareillement défenſes à toutes perſonnes de ſervir de proxénetes, mé-

diateurs ou entremetteurs de tels prêts
& négociations illicites & prohibés; le
tout, sous peine de mulctes, amendes
pécuniaires, bannissement, confiscation
de corps & de biens, amendes honorables, & autres peines corporelles, selon
l'exigence des cas & la gravité des délits, ainsi qu'il est porté par les Ordonnances, Arrêts & Réglemens ci-dessus
dits. Ordonne que le présent Arrêt sera
imprimé, publié, &c.

TESTAMENT fait en Hollande, qui exclut de la fucceffion tous les defcendans Catholiques.

LA demoifelle Suzanne Stulder Vanzurk, auteur du teftament qui fit l'objet de la conteftation , avoit été mariée au fieur Jean de Hertoge de Walkemburg , originaire de Hollande , mais naturalifé François par lettres de 1628. De ce mariage naquit une feule fille , Eléonore de Hertoge de Walkemburg , mariée en premieres noces à M. Noblart , mort fans poftérité.

Vers ce temps , Alexis de Rencurel de Saint-Martin , Intendant de la Maifon de la Reine Anne d'Autriche , fils de Jean de Rencurel de Saint-Martin , qui avoit rempli la même place , fut obligé de fortir de France , pour avoir tué en duel le nommé Bayeul ; il paffa en Hollande , d'où il follicita fa grace auprès du Roi Louis XIV , & l'obtint la même année ; il avoit la faveur de ce Prince , à qui fa famille avoit donné en tout temps les marques du plus grand dévouement. Son pere avoit contribué volontairement à l'armement de vingt galeres, lors de l'entreprise sur le Royaume de Naples ; on a encore un billet d'état de 208,000 livres, signé du Cardinal Mazarin, qui lui a été donné pour ce service.

Pendant son séjour en Hollande, Alexis de Rencurel fit connoiſſance avec la demoiselle de Walkemburg, Dame de Noblart ; il lui fit embraſſer la Religion Catholique, & l'épouſa. On voit, par son contrat de mariage, combien sa fortune étoit opulente ; il y fait les plus grands avantages à sa future épouſe, lui donne par préciput 36,000 (a) florins, promet de lui rapporter, la veille de ses épouſailles, tous ses biens, meubles & immeubles, dont il lui accorde la jouiſſance après sa mort ; enfin, il s'engage à faire toutes les dépenſes du mariage, & n'exige de sa femme qu'une penſion modique de 3000 florins, lui laiſſant la libre diſpoſition, & adminiſtration de ses biens.

(a) Environ 71,000 livres de notre monnoie.

Il paroît que, quelque temps après le mariage, le fieur de Rencurel repafta en France avec fa nouvelle époufe, & qu'ils retournerent depuis en Hollande, où il leur naquit trois enfans, Antoinette de Rencurel, Jean-George, & Jofine de Rencurel, jumeaux. Ces trois enfans reçurent le baptême dans la Chapelle de l'Ambaffadeur de France en Hollande, fuivant la Religion Romaine.

La Baronne de Walkemburg vivoit encore, & s'étoit remariée en fecondes noces avec Daniel Vanftulfembek, ci-devant fon Cocher. Elevée dans le Proteftantifme, elle avoit pour fa Religion le zele & l'ardeur qui lui avoient été infpirés par fes Miniftres. Le plus grand malheur qu'elle envifageoit pour fes enfans, étoit qu'ils fe détachaffent des dogmes de Calvin, & rentraffent un jour dans le fein de l'Eglife Romaine. De triftes circonftances contribuerent encore à l'indifpofer davantage; les Religionnaires venoient d'être profcrits en France; elle vit avec douleur fa fille profeffer une Religion qu'elle réprouvoit, & élever fes enfans comme Francois & Catholiques. Ce fut dans ces

difpofitions qu'elle fit le teftament fuivant, où elle fait tous fes efforts pour
les lier à la Religion qu'elle profeffoit,
où elle appelle à fon fecours l'intérêt,
ce moyen fi puiffant, qui maîtrife
l'homme. Voici les claufes de ce teftament tel qu'il a été traduit littéralement
du hollandois, par un Notaire de la
Haye; il eft daté du 21 Mai 1694.

Après plufieurs difpofitions particulieres, elle dit : » J'inftitue pour mes
» feuls & uniques héritiers (légataires
» univerfels), dans le reftant de tous
» les biens que je délaifferai, ma fille
» Sufanne-Eléonore de Hertoge, époufe
» de Jofeph de Rencurel, & Daniel
» Vanftulfembek, mon cher époux,
» chacun pour une portion filiale, &
» par ainfi chacun d'eux dans la jufte
» moitié; bien entendu pourtant qu'au-
» cun des biens de la part ou portion
» filiale que ma fille héritera de moi,
» ne pourront être tranfportés en France
» ou ailleurs ; mais que tous les biens
» qui viendront à madite fille de mon
» hérédité, feront fidéicommis, &
» devront refter en Hollande ; à l'effet
» de quoi je veux & entends qu'après
» partage final de ma fucceffion, les

» biens de madite fille demeureront
» entre mains de . . . . . & feront ad-
» miniftrés par les exécuteurs de mon
» préfent teftament ci-après nommés,
» lefquels exécuteurs remettront an-
» nuellement à ma fille, pendant fa
» vie durante, les fruits & revenus pro-
» venant defdits biens, & les remet-
» tront, après fa mort, auffi annuelle-
» ment, à fes enfans, au cas qu'ils
» foient trouvés être de la vraie Reli-
» gion Réformée; mais fi tous ces en-
» fans fe trouvoient être de la Reli-
» gion Papifte, ma volonté expreffe eft
» qu'ils ne pourront tirer le moindre
» denier des fruits ou revenus des biens
» que j'ai laiffés à madite fille; mais
» que, dans ce cas, lefdits fruits &
» intérêts accroîtront au profit des en-
» fans de ma fille ou leurs defcendans,
» jufqu'au quatrieme degré inclufive-
» ment, qui feront trouvés être de la
» Religion Réformée «. Enfuite, pour
établir une parfaite égalité entre fon
mari & fa fille, & faire entrer dans le
fidéicommis tout ce qui pourroit pro-
venir d'elle, elle ajoute:

» Et de plus, je prétends que ma
» fille rapporte, par collation dans la

» succession commune, tout ce qu'elle
» a reçu pour dot ou autrement, sui-
» vant les notes que j'ai tenues «.

Après cette disposition, elle détermine quelques objets qu'elle veut être
compris dans la portion de son mari;
&, pour imprimer plus de force à sa
volonté, elle nomme, pour exécuteurs
de son testament, & administrateurs des
biens fidéicommis, son mari, & Flo-
rent-Pierre Pittenius, Avocat à la Cour
de Hollande, & elle finit par la clause
rigoureuse qui suit :

» Aussi, dit-elle, je veux & prétends
» que madite fille, son mari, ses en-
» fans, ni quelqu'un de leur part ne
» seront admis dans mon hérédité, ni
» y auront la moindre régie ou direc-
» tion, pas même pour celle de mon
» testament, avec les appendances &
» dépendances, excluant madite fille,
» son mari & ses enfans de ma maison
» mortuaire, ne voulant pas qu'aucun
» d'eux y entre «.

Ainsi, oubliant tous les sentimens
d'une mere, elle craint que la présence
de ses enfans ne trouble le repos de ses
cendres, & que leurs vœux & leurs larmes n'irritent le Ciel.

Les fieur & dame de Rencurel étoient
repaffés en France : en 1676, le fieur
de Rencurel mourut ; la dame fa veuve
fit demander l'agrément du Roi, pour
nommer des tuteurs à fes enfans. M. de
Pontchartrain fut chargé de lui donner
cette fatisfaction , & on nomma M. de
Maffol , alors Premier Préfident , la
dame de Rencurel , aïeule maternelle,
Dame de la Reine Marie-Thérefe d'Autriche , & une demoifelle de Rencurel,
filleule de Louis XIV & de la Reine
de Pologne. La dame de Rencurel,
après avoir pris ces fages précautions ,
fit un voyage en Hollande pour fes
affaires ; elle eft qualifiée ancienne
Catholique , dans un paffe-port qu'elle
obtint alors pour fe rendre en Hollande.

Au mois de Novembre 1699, la
dame de Wanftulfembek de Walkemburg mourut : le teftament fut ouvert ;
l'exhérédation des enfans Catholiques
fut connue, & néanmoins on laiffa jouir
la dame de Rencurel du fidéicommis :
on la qualifia , dans tous les actes ,
Baronne de Walkemburg. En 1703 ,
elle fit prêter le ferment de fidélité ,
pour cette terre , aux Etats , au nom

de fon fils Jean-George de Rencurel :
c'eft l'acte de preftation de foi, que la
Baronne de Bagge prétendoit être une
adjudication de la terre de Walkemburg au fieur de Rencurel, alors âgé
de fept ans.

Les enfans de la dame de Rencurel
avançoient en âge ; le Roi, qui les
avoit pris fous fa protection, fit entrer
Jean-George de Rencurel au Collége
des Jéfuites, où il lui donna un Pré-
cepteur jufqu'à l'âge de treize ans, qu'il
le plaça dans la premiere Compagnie
des Moufquetaires de fa garde. La demoifelle Jofine dé Rencurel fut placée,
pour fon éducation, aux Urfulines de
Paris ; & la fille aînée, Marie-Antoi-
nette, fut mariée au Marquis de Maillé
de la Tour-Landry, Colonel du Régiment du même nom : elle eut 600,000
florins en mariage. Comme elle avoit
renoncé à la fucceffion de fa mere,
pour s'en tenir à ces grands avantages,
elle étoit devenue étrangere à la conteftation.

La dame de Rencurel goûtoit la fatisfaction de voir profpérer fes enfans
fous la protection d'un grand Prince,
dont elle reffentoit perfonnellement les

bienfaits : déjà fon fils s'étoit diftingué dans les armées ; elle l'avoit vu à la bataille de Malplaquet, couvert de blef-fures & d'honneur, amener prifonnier un Officier Autrichien ; mais la mort vint l'enlever à fa famille. L'époque de fon décès eft fort incertaine : la Baronne de Bagge prétend qu'elle étoit morte dès 1701. Il paroît plus probable qu'elle a vécu encore au moins vingt ans de plus, puifque ce n'eft que vers ce temps, en 1725, qu'on s'occupa de fa fuc-ceffion.

Si l'on en croit la Baronne de Bagge, la dame de Rencurel avoit fait un tef-tament en 1699, par devant Notaires à Paris, par lequel elle réduifoit fes enfans à leur légitime, & inftituoit une demoifelle Thaès, Hollandoife, fa lé-gataire univerfelle ; mais on demandoit où étoit la preuve que la dame de Ren-curel eût perfifté dans cette volonté, que ce teftament eût eu fon exécu-tion. On n'en trouvoit point d'infi-nuation ; on ne voyoit pas que les en-fans euffent touché leur légitime, que la légataire eût eu la délivrance de fon legs ; on refufoit même fa croyance à l'exiftence de ce teftament, qui ne paroissoit que comme une copie faite en Hollande, d'un acte passé à Paris, sans être signée d'aucun Officier public.

Par la mort de la dame de Rencurel, le second degré de la substitution étoit ouvert, & les enfans qu'elle laissoit étoient appelés à le remplir. La demoiselle Josine de Rencurel, une des appelées, partit de Paris, en 1725, avec un sieur Jacob Maudry, Génevois, dont elle avoit fait connoissance étant au couvent des Ursulines. Elle fut à Hesse-Cassel. Soit qu'elle n'eût pas reçu une instruction assez profonde, soit qu'un retour naturel vers la Religion de ses peres fût plus puissant que les impressions de la véritable doctrine, elle eut le malheur de rentrer dans le sentier de l'erreur, dont on avoit détourné son enfance, & abjura la Religion Romaine dans laquelle elle avoit été élevée, & de là passa en Hollande, pour se faire rendre compte de l'administration des biens du fidéicommis, & s'en faire payer le reliquat, en qualité de seule & unique héritiere de la dame de Walkemburg, professant la Religion Réformée : elle présenta, à cet effet, une Requête au Haut-Conseil de Hollande :

fes demandes lui furent accordées par
un Arrêt de 172;. Le fieur Flicher étoit
alors Adminiftrateur : elle fit nommer
à fa place le fieur Putter, à qui tous les
papiers & titres furent remis.

Elle toucha feule les revenus; &,
pour les augmenter encore, elle fit ordonner que les centieme & deux centieme deniers, impôts dus à la République fur les revenus, feroient pris fur
les capitaux; elle obtint en conféquence
la permiffion de faire vendre plufieurs
obligations, jufqu'à la concurrence de
19500 florins, à laquelle étoient im-
pofés les biens en 1725.

Le fieur Flicher éleva une difficulté;
il prétendit que la demoifelle de Rencurel devoit donner une caution qui
affureroit que les revenus ne feroient
point tranfportés en France, & qu'ils
feroient reftitués, dans le cas où elle
quitteroit la Religion Proteftante. Un
fecond Jugement de la même Cour
leva cette difficulté, & enjoignit au
fieur Flicher de compter à la demoifelle
de Rencurel les revenus du fidéicommis, auffi long-temps qu'elle feroit profeffion de la Religion prétendue Réformée.

formée, & que lés defcendans de la dame de Walkemburg ne la profefferoient pas.

En 1727, la demoifelle Jofine de Rencurel époufa le fieur Maudry, Citoyen de Geneve, & Confeiller du Landgrave de Heffe-Caffel, &, en lui donnant la main, elle admit à une fortune immenfe un homme qui avoit à peine 10,000 livres, comme il le reconnoît par fon contrat de mariage; ils continuerent de jouir du fidéicommis, d'en toucher feuls les revenus. Peu de temps après, le fieur Maudry fut chargé par fon Maître d'une commiffion à la Cour de France, où ils revinrent en 1735. Le fieur Maudry voulut fe faire rendre compte par le fieur Putter, & toucher le reliquat. Mais le fieur Putter expofa au Haut-Confeil, qu'il avoit un fcrupule; que les fieur & dame Maudry, demeurant en France, pouvoient avoir embraffé la Religion Romaine; & il demanda, pour fe mettre en regle, qu'ils fuffent tenus de rapporter une preuve authentique de leur attachement à la Religion Réformée, & de donner caution de reftituer ce qu'ils auroient

Tome VI. V

reçu, en cas qu'ils vinssent à abjurer.
Le Haut-Conseil, sans avoir égard aux
scrupules & aux demandes du sieur Putter, le condamna purement & simplement à rendre ses comptes & à en payer
le reliquat. Le sieur Putter renouvela
aussi la question de savoir si l'impôt devoit être pris sur les capitaux ou sur les
fruits ? Le Haut-Conseil rendit pareille
décision qu'en 1726, & permit de vendre des effets du fidéicommis, jusqu'à
concurrence de quatre mille sept cents
florins : on voit combien les fonds du
fidéicommis étoient diminués.

Le sieur Maudry réussissoit dans toutes ses demandes, peut-être faute de
contradicteurs intéressés à la conservation des fonds ; cependant il se trouvoit encore trop gêné par les scrupules
de ces Administrateurs ; & pour être seul
maître de gérer & disposer, il représenta, en 1736, au Haut-Conseil de
Hollande, que, comme il s'étoit fixé
avec sa femme & sa fille à la Haye, il
estimoit en tous cas être en état de gérer
l'administration : en conséquence, il
fut ordonné, par Arrêt du 17 Juillet
1736, qu'il seroit subrogé au sieur

Putter ; quoique cette subrogation semblât contraire à la lettre du testament de la dame de Walkemburg, qui avoit défendu que sa fille où ses enfans, ou même quelqu'un de leur part, fût admis dans son hérédité, dans la crainte que celui qui y entreroit ne vînt à dénaturer les biens, pour les faire sortir de Hollande, & ne détruisît l'effet du fidéicommis.

Voilà donc le sieur Maudry chargé de l'exécution du testament & de l'administration des fonds, obligé de veiller à la conservation des biens, tenu d'en répondre & d'en rendre compte à ceux qui y avoient intérêt.

Des biens substitués sont inaliénables, & pourtant le sieur Maudry les vend. Des biens dont la translation hors de la Hollande est prohibée, ne peuvent être dénaturés & changés en effets transportables ; le sieur Maudry, après les avoir aliénés, en emporte tout le produit en France dans son porte-feuille ; & ce domicile qu'il avoit établi à la Haye pour exécuter son projet d'usurpation, est bientôt transféré, pour le reste de sa vie, à Paris, où il vient jouir des dé-

V ij

pouilles du fidéicommis. Il reftoit cependant encore quelques effets de peu
d'importance ; il laiffe , pour les adminiftrer à fa place , le fieur Honneca , en
qualité de fon Commis , de fon Régif-
feur, fans le faire agréer par le Haut-
Confeil , qui depuis nomma un Adminiftrateur en titre , le fieur Lalau.

Il paroît que , fous l'adminiftration
du fieur Maudry , les fonds du fidéicommis diminuerent confidérablement ;
d'abord on pouvoit les évaluer à plus de
deux millions , fuivant l'impôt de dix-
neuf mille cinq cents florins ; & , en
1746 , ils étoient réduits à dix-fept
mille florins.

Cependant le fieur Jean-Georges de
Rencurel fe diftinguoit au fervice de
fon Prince & de fon pays ; il avoit touché plufieurs fommes ; & il paroît qu'il
avoit écrit plufieurs fois au fieur Maudry pour lui demander fa part dans le
fidéicommis : le fieur Maudry lui répond , le 10 Novembre 1745 , qu'il a
reçu la lettre par laquelle il lui mande
de donner ordre au fieur Lalau, nommé Adminiftrateur en titre par le Haut-
Confeil , de compter avec lui , & de

lui remettre la part qui lui revient dans la succession de la dame de Walkemburg ; que rien n'est plus juste qu'il ait sa moitié depuis le jour qu'il a droit d'en jouir, & qu'il écrira en conséquence au sieur Lalau. Il paroît, par cette lettre, que le sieur Maudry reconnoissoit les droits du sieur de Rencurel ; il n'opposoit point alors la disposition du testament, & cependant le sieur de Rencurel étoit resté attaché à la Religion Romaine : du moins un certificat d'un Missionnaire Jésuite à la Haye, en date du 10 Février 1746, atteste que le sieur de Rencurel préféroit sa Religion à tous les biens du fidéicommis. Ce certificat est visé dans un Arrêt du Grand-Conseil, produit par la Baronne de Bagge, qui s'en servoit pour exclure le sieur de Rencurel & ses héritiers de la succession de la dame de Walkemburg.

Le sieur de Rencurel mourut en 1756, laissant pour seule & unique héritiere une fille, de son mariage avec la demoiselle Lefevre de Beauregard ; il mourut dans la Religion Catholique, sans avoir joui de sa por-

V iij

tion dans le fidéicommis, & sans avoir partagé avec le sieur Maudry, qui seul s'étoit emparé de la totalité.

Par la mort du sieur de Rencurel, la demoiselle sa fille étoit appelée à remplir le troisieme degré de subftitution de sa branche; elle trouvoit auffi dans la fucceffion de son pere le droit de demander compte au sieur Maudry des fruits qu'il avoit perçus, ainfi que son adminiftration; ce droit formoit même tout son patrimoine : au lieu des pourfuites judiciaires, il paroît qu'elle écrivit plufieurs lettres à ce fujet au sieur Maudry son oncle; la Baronne de Bagge en produifoit une, d'où réfultoit que la demoifelle de Rencurel, fe fiant fur les bontés du sieur Maudry pour son pere, fe flattoit qu'il ne feroit point de difficulté de lui rendre son bien. Le sieur Maudry, fentant, difoit-on, l'obligation de faire cette reftitution, crut pouvoir décharger sa confcience fans vider fes mains : en confé-quence, il forma le projet de marier la demoifelle de Rencurel à un Maudry de Geneve, son parent; mais l'atta-chement de la demoifelle de Rencurel

pour sa Religion , fit rejeter ses propo-
sitions ; le sieur Maudry ne se rebuta
pas , & , s'imaginant que la mere étoit
le plus ferme appui de la persévérance
de la fille , il résolut de les séparer , &
d'emmener secrétement la demoiselle
de Rencurel à Geneve. La dame de
Rencurel apprit ce dessein avec toutes
les alarmes d'une tendre mere , fut s'en
plaindre à M. de Saint-Florentin , qui ,
sur le champ , fit venir la demoiselle de
Rencurel à Versailles , & la mit sous la
protection du Roi. C'est ainsi que les
projets du sieur Maudry échouerent ; il
n'eut pas la force apparemment de restituer réellement , & il mourut le 13
Décembre 1762 , laissant pour seule &
unique héritiere la Baronne de Bagge
sa fille , à qui il a transmis l'obligation
de les restituer.

Après la mort du sieur Maudry , la
dame & la demoiselle de Rencurel for-
merent opposition à la levée des scellés
apposés chez lui ; elles espéroient par-là
acquérir des connoissances certaines sur
tout ce qui regardoit le fidéicommis
de la dame de Walkenburg. La dame
Maudry obtint la main-levée de cette

opposition, le 29 Janvier, convint que
le fieur de Rencurel, fon frere, n'avoit
jamais eu à prétendre, dans le fidéicommis, que 100,000 florins, dont il
lui avoit laiffé la jouiffance fa vie durant,
& offrit d'en donner fa reconnoiffance,
payable après fa mort. Elle apportoit
pour preuve de ce qu'elle avançoit, le
certificat du Miffionnaire, qui attefte
que le fieur de Rencurel a préféré fa
Religion à 100,000 florins que lui avoit
laiffés la Baronne de Walkemburg par
fon teftament : la dame & la demoifelle de Rencurel, moyennant cette reconnoiffance, donnerent main - levée
de leur oppofition, fous la réferve de
tous leurs droits au fidéicommis. La
dame Maudry continua donc de jouir
des biens du fidéicommis ; elle écrivit
au fieur Lalau, pour avoir tous les
titres, papiers & renfeignemens, & les
remettre fous les fcellés.

Le Baron de Bagge, qui avoit eu
connoiffance de l'oppofition des dame
& demoifelle de Rencurel, écrivit dans
le même temps au fieur Lalau, pour
favoir quelles pouvoient être leurs prétentions. Il en reçut pour réponfe, que,

depuis le mariage des sieur & dame
Maudry, les fonds des fidéicommis
étoient très-diminués; qu'il n'y avoit
jamais eu de partage entre le sieur
Maudry & le sieur de Rencurel, que
c'étoit toujours au sieur Maudry seul
qu'il avoit payé; qu'enfin on pouvoit
s'assurer de tout ce qu'il avançoit, par
les titres & papiers qu'il avoit envoyés
à la dame Maudry, pour les mettre
sous les scellés de son mari.

La dame Maudry mourut au sein de
cette fortune, le 23 Novembre 1767.
Cependant elle avoit pris des précautions pour que cette restitution se fît
après sa mort. Outre la reconnoissance
de 100,000 florins, qu'elle avoit donnée,
on trouva dans ses papiers, suivant
l'aveu qu'en a fait la Baronne de Bagge
à la dame de Rencurel, une lettre
qu'elle avoit adressée aux sieurs Bouffé
& d'Angirard, Banquiers, pour les
prier de remettre, sur les fonds qu'ils
avoient à elle, la somme de 4000 liv.
à la demoiselle de Rencurel, sa niece,
jugeant à propos de joindre cette somme
aux 100,000 florins; mais le Baron de
Bagge déchira cette lettre, ainsi que

V v

la Baronne de Bagge en convenoit.

La dame & la demoiselle de Rencurel, se reposant sur la reconnoissance des 100,000 florins, ne firent aucunes poursuites à la mort de la dame Maudry. Le Baron & la Baronne de Bagge jouissoient de tout. Ils se chargeoient de plusieurs dépenses, de l'entretien de la demoiselle de Rencurel, pour lesquelles ils exigeoient d'elle des reçus, & lui faisoient de grandes promesses.

La dame de Bagge, après avoir abjuré le Protestantisme & embrassé la Religion Catholique, lui renouvela ses promesses, l'assura qu'elle vouloit la combler de biens, qu'elle n'avoit qu'à faire des billets & les lui envoyer à signer ; lui fit dire, par la bouche du Prélat qui l'avoit ramenée à la vérité, qu'elle vouloit la marier & la doter de 60000 livres ; enfin elle alloit même jusqu'à lui proposer 20000 livres de rente.

La lettre de M. l'Archevêque de Paris, où ces promesses étoient réitérées, paroissoit un titre sacré pour la Baronne de Bagge ; mais la demoiselle de Rencurel ne se trouva point satis-

faite de ces promesses; & l'abjuration de la Baronne de Bagge, en les
réuniffant dans le fein de la même
Eglife, fembla les féparer pour jamais
de cœur & d'affection. La Baronne de
Bagge taxe la demoifelle de Rencurel
d'ingratitude, refufe de figner les billets, ne parle plus de doter fa coufine,
& cherche à épuifer fa fortune, pour
la faire paffer toute entiere fur la tête
d'un de fes parens, par des donations
immenfes. Déjà il étoit poffeffeur de près
de 200,000 liv.; il touchoit au moment
d'en accumuler 500; mais le Baron de
Bagge, qui jufque-là avoit bien voulu
fe prêter aux volontés de fa femme,
refufe enfin de l'autorifer pour ce dernier facrifice. De ce moment elle ne
veut plus le reconnoître pour fon mari;
elle ne veut plus être la Baronne de
Bagge, mais la demoifelle Maudry:
elle prétendit que fon mariage n'avoit
jamais pu être valable; elle l'attaqua,
& plaida contre le Baron de Bagge.

Cette guerre éloignoit encore les
pourfuites de la demoifelle de Rencurel, fimple fpectatrice.

Cependant le Baron & la Baronne

de Bagge avoient un point dans lequel ils s'accordoient ; ils cherchoient tous deux à éloigner les pourfuites de la demoifelle de Rencurel ; mais elle étoit décidée à pourfuivre fes droits. En conféquence, au mois d'Avril 1773, elle forma fa demande en compte & partage contre le Baron & la Baronne de Bagge, &, au mois de Février fuivant, elle demanda le payement de 100,000 florins portés en l'obligation foufcrite par la dame Maudry, par forme de provifion, en attendant l'événement du compte. Le Baron & la Baronne de Bagge, toujours en procès fur la validité de leur mariage, fe défendirent féparément. La Baronne prétendit même qu'elle devoit procéder au nom de la demoifelle Maudry, fans avoir befoin d'être autorifée par le Baron de Bagge. Elle fit plufieurs actes de procédure fous cette qualité vicieufe ; elle s'infcrivit même en faux contre la reconnoiffance de fa mere. La demoifelle de Rencurel, fommée de déclarer fi elle entendoit fe fervir de la piece arguée de faux, laiffa expirer le délai fixé par la Loi, fans répondre, & abandonna cette piece, pour s'en tenir à la demande qu'elle avoit formée d'un compte général. La Baronne de Bagge demanda qu'on rejetât cette piece, comme fauffe. Mais il intervint une Sentence qui condamna le Baron & la Baronne de Bagge à rendre compte à la demoifelle de Rencurel, à lui communiquer tous les titres papiers & renfeignemens concernant le fidéicommis de la demoifelle de Walkemburg, & la fucceffion d'Eléonore de Hertoge de Rencurel, & à lui payer, par provifion, une fomme de 10,000 livres ; les mit hors de Cour fur leur demande en rejet de l'obligation de 100,000 florins, & leur fit main-levée des oppofitions formées par la demoifelle de Rencurel, en lui payant la fomme de 10,000 livres.

Le Baron & la Baronne de Bagge, réunis enfin par un Arrêt qui déclara leur mariage valable, appelerent de cette Sentence. Comme les Proteftans ont toute leur fortune dans un porte-feuille, & qu'ainfi ils peuvent d'un fouffle fruftrer leurs créanciers, la demoifelle de Rencurel crut devoir interjeter auffi appel de cette Sentence, en ce qu'elle faifoit main-levée de fes faifies-oppofitions, en payant la provifion, fans lui laiffer d'autre fûreté, pour le reliquat du compte, que la caution des fonds, qui confiftent en efpeces & en papiers.

La demoifelle de Rencurel, au moment où elle efpéroit recouvrer fon patrimoine & y réunir les jouiffances & les intérêts accumulés dont fon pere & elle avoient été privés fi long-temps, fut enlevée par la mort; & fa mere reprit l'inftance, en qualité d'héritiere au mobilier de fa fille, & de créanciere de la fucceffion de fon mari, pour fes droits matrimoniaux.

Nous allons maintenant donner l'abrégé des moyens des deux Parties.

M. de la Croix écrivit pour le Baron & la Baronne de Bagge.

Avant d'enfreindre les difpofitions d'un teftament, difoit-il, il faut l'anéantir; mais, pour l'anéantir, il faut qu'il préfente des nullités, qu'il foit contraire aux Ordonnances du pays où il a été fait. La preuve que le teftament de la dame de Walkemburg n'eft pas contraire aux Loix de la Hollande,

c'eſt qu'il a été confirmé par trois Jugemens de cette République. Il s'éleve
en ſa faveur une conſidération plus
puiſſante encore ; il a été reſpecté de
toutes les Parties, depuis l'année 1699,
année de la mort de la teſtatrice, juſqu'au mois de Mars 1773, où la dame
de Rencurel & ſa fille ont formé leur
premiere demande au Châtelet. Ainſi,
pendant ſoixante-quatorze ans, le teſtament a eu une entiere exécution.

La premiere de ces diſpoſitions,
celle dont l'exécution a toujours été pro-
noncée par les Jugemens rendus en Hollande, eſt que, pour que les deſcen-
dans de la dame de Walkemburg puiſſent jouir des revenus du fonds qu'elle a
laiſſé en Hollande, il faut qu'ils profeſ-
ſent la Religion Réformée.

Cette cauſe principale a été ſi rigou-
reuſement obſervée, que de trois enfans de la fille unique de la teſtatrice, morte en 1700, pas un ſeul n'a
touché un florin du fidéicommis juſqu'en 1725.

A cette époque, la demoiſelle de
Rencurel, depuis femme du ſieur Maudry, ſe préſente devant le Tribunal de

Hollande (où toute demande relative au teftament dont il s'agit doit être portée), pour être admife à jouir des revenus du fidéicommis; mais c'eft en déclarant qu'elle profeffe la Religion Réformée. Ainfi voilà, de fa part, une adhéfion à la claufe du teftament. Le filence du fieur de Saint-Martin, celui de la dame de Roquette, qui tous deux, fideles à la Religion Catholique, n'élevoient aucune prétention fur les biens laiffés par leur aïeul, prouve qu'ils refpectoient fa volonté.

Comment la dame de Rencurel ofet-elle donc demander aujourd'hui que l'on n'ait aucun égard à ce teftament, qui ne peut être attaqué qu'en Hollande, qui a été confirmé par plufieurs Jugemens, & auquel les defcendans de celle qui y a dépofé fa volonté, fe font tous foumis depuis foixante-quatorze ans?

La demoifelle de Rencurel, au nom de laquelle la demande a été formée le premier Mars 1773, par la dame de Saint-Martin fa mere, eft morte depuis l'appel interjeté au Parlement par le Baron & la Baronne de Bagge.

Il en réfulte que le teftament de la dame de Walkemburg n'eft plus attaqué aujourd'hui que par une étrangere. Deux fins de non-recevoir la repouffent: 1°. les revenus n'ont jamais pu être touchés, d'après le teftament, que par des defcendans qui fuiviffent ou feigniffent de fuivre la Religion Proteftante. Jufqu'en 1745, la dame Maudry a été la feule de tous les defcendans de la dame de Walkemburg qui fuivît la Religion Réformée; elle a donc dû feule toucher les revenus du fidéicommis.

2°. La dame de Rencurel demande que le Baron & la Baronne de Bagge lui comptent la moitié des revenus du fidéicommis, touchés par les fieur & dame Maudry. Mais à quel titre recevra-t-elle ces revenus? Suivant le teftament, ils ne peuvent être touchés, jufqu'au quatrieme degré, que par une defcendante de la dame de Walkemburg, qui foit Proteftante. La demoifelle de Rencurel n'étoit qu'au troifieme degré, & elle étoit Catholique. Donc, fi le teftament fubfifte, elle n'a aucuns droits fur ces revenus.

La dame de Saint-Martin veut-elle faire annuller le teftament ? Elle s'y prend un peu tard, après foixante & quatorze ans d'exécution ; mais enfin, fi elle croit qu'il ne doive pas fubfifter, qu'elle en pourfuive la caffation devant un Tribunal compétent. Quel eft il ? *La Loi nous l'indique* (difoit le Défenfeur) : actor fequitur forum rei. *La CHOSE , c'eft le teftament. Quel étoit le domicile de LA TESTATRICE ? La Hollande. La dame de Saint-Martin eft donc non-recevable à l'attaquer en France ?*

Cette Caufe fe réduit à ces deux points : fi le teftament de la dame de Walkemburg n'eft point caffé, la dame de Rencurel, ni fa fille, qu'elle repréfente, ne peuvent pas plus toucher les revenus du fidéicommis, que les enfans de la Marquife de Maillé, devenue madame Roquette, & que la Baronne de Bagge, depuis qu'elle eft Catholique. C'eft une condition rigoureufe, mais qui eft égale pour toutes les Parties.

Si, au contraire, la dame de Rencurel veut que le teftament foit anéanti,

& que la moitié de ce que la dame
Maudry a reçu, d'après ce teftament,
lui foit adjugée, *qu'elle s'adreffe au
Tribunal de la chofe* : fi elle parvient
à prouver que le teftament de la dame
de Walkemburg eft contraire aux Loix,
aux bonnes mœurs, il fera caffé, &
tous les defcendans de la dame de Walkemburg feront valoir leurs droits.

A ces deux fins de non-recevoir, on
ajoutoit un autre moyen.

La dame de Rencurel, difoit-on,
en fuppofant qu'elle eût les droits du
fieur de Saint-Martin, ne pourroit pas
avoir aujourd'hui une action plus forte
contre la fucceffion de la dame Maudry, que fon mari n'en auroit eu,
en 1726, contre la demoifelle Jofine
de Rencurel. Si, en 1726, le fieur de
Saint-Martin, au lieu de préfenter,
comme il l'a fait en 1745, fa Requête
aux Juges de Hollande (dont il a
reconnu la compétence), fe fût pourvu
devant le Parlement Paris, & y eût
fait prononcer la nullité du teftament,
qu'en feroit-il réfulté? que la demoifelle Jofine de Rencurel n'auroit pas
dû toucher la portion du revenu du

fidéicommis appartenant au fieur de Saint-Martin : mais le fieur de Saint-Martin ne l'auroit pas touchée non plus lui-même ; elle feroit reftée en Hollande, & auroit groffi le fidéicommis. Quoi ! parce que le fieur de Saint-Martin a reconnu la validité du teftament, la compétence des Juges de Hollande; parce qu'il a refpecté, jufqu'à fa mort, la poffeffion du fieur Maudry, il faut que cette approbation prolongée, ce filence de fa part foit funefte à l'héritier du fieur Maudry, & l'oblige à la reftitution des fruits dont fes peres ont joui paifiblement, & dans la confiance qu'ils leur appartenoient? Le fieur Maudry n'a pas touché la totalité du revenu du fidéicommis, comme mandataire du fieur de Saint-Martin, mais parce que fa femme a été envoyée en poffeffion par les Juges de la Hollande. Cependant la dame de Rencurel demande un compte, comme fi le fieur Maudry avoit touché pour elle, ou en vertu d'une procuration de fon mari......

Sa prétention eft contraire à la Loi, qui prononce que le poffeffeur de bonne foi ne doit pas la restitution des fruits. *Bona fides tantumdem possidenti præstat, quantùm veritas, quoties lex impedimento non est. L. 136, ff. de regul. jur.*

La dame de Rencurel ne peut jamais être dans un cas plus favorable que le propriétaire d'un héritage rendu illégalement à un Acquéreur de bonne foi, & qui n'est pas tenu, par cette raison, de restituer au véritable propriétaire les fruits qu'il a recueillis pendant sa possession : *Bonæ fidei emptor non dubiè percipiendo fructus etiam ex alienâ re suos interim facit, non tantùm eos qui diligentiâ & opera ejus provenerunt, sed omnes. L. 48, ff. de acquir. rer. dom.*

M. Porquier de Vaux répondit à ces moyens, que des faits il résultoit deux vérités incontestables ; la premiere, que le Haut-Conseil de Hollande n'a jamais eu aucun égard à la volonté fanatique de la Baronne de Valkemburg, puisque, dès le premier degré du fidéicommis, il a laissé la dame Eléonore de Rencurel, Catholique, jouir paisiblement, soit qu'elle fût en Hollande, foit qu'elle réfidât en France, de tous les fruits & revenus du fidéicommis ; puifqu'il a reçu le ferment de fidélité du fieur Jean-Georges de Rencurel, nourri & élevé dans la même croyance, pour la Baronnie de Walkemburg, un des objets du fidéicommis ; puifqu'enfin il a ordonné que les fieur & dame Maudry, quoique réfidans en France, jouiroient des biens du fidéicommis, fans prendre la plus légere précaution, fans exiger la caution que l'Adminiftrateur requéroit.

La feconde vérité eft que les fieur & dame Maudry ont joui feuls des biens ; que le fieur Maudry s'eft fait nommer Adminiftrateur ; qu'il s'eft chargé de l'exécution du teftament ; qu'il a dénaturé les biens ; qu'il n'a rendu aucun compte ; qu'il n'a point fait de partage, ni avec le fieur de Rencurel, ni avec la demoifelle de Rencurel ; & qu'enfin le Baron & la Baronne de Bagge leur ayant fuccédé, & ayant joui perfonnellement des biens, doivent rendre compte de toutes les jouiffances des fieur & dame Maudry, de l'adminiftration du fieur Maudry, de leurs jouif-

fances perfonnelles, & payer le reliquat
avec les intérêts, comme adminiftra-
teurs & poffeffeurs de mauvaife-foi du
bien d'autrui, fi la difpofition du teftament de la demoifelle de Walkemburg eft nulle. Le feul point qui refte
donc à prouver, eft que cette difpofition eft contraire au droit de la Nature,
au droit des gens, & au droit public, tant de la Hollande que de la
France.

La Loi naturelle eft une bafe iné-
branlable des principes communs à tous
les hommes. Que les mœurs, que les
Gouvernemens, que les Religions, que
l'Univers lui-même change, elle refte
toujours immuable, toujours elle fait
entendre fa voix, & toujours elle oblige
toutes les Nations à des devoirs indifpenfables, les unes envers les autres,
comme le citoyen de chacune en particulier, envers fon concitoyen. Toutes
les autres Loix ne doivent fervir qu'à la
faire refpecter & exécuter. Si quelquefois elles femblent mettre des bornes
à quelques-uns de ces préceptes, ce
n'eft que pour en faire obferver d'autres, qui, par une collifion contraire à

fes vûes, pourroient être enfreints. C'eſt
ainſi que la Loi naturelle veut que les
enfans recueillent la ſucceſſion de leurs
peres ; & cependant, comme elle veut
auſſi que chaque Gouvernement veille
ſur-tout à ſa conſervation, & ne laiſſe
point les autres s'enrichir de ſes biens
& de ſes ſujets, elle permet de ne point
admettre des étrangers à ſuccéder à des
citoyens, d'exclure de la ſucceſſion de
leur pere des enfans qui ont abandonné
leur patrie, à moins qu'ils ne veuillent
rentrer dans ſon ſein; mais, lorſque ces
préceptes peuvent avoir leur entiere exécution, ſans en bleſſer d'autres, rien
ne peut diſpenſer de les obſerver dans
toute leur étendue. Ainſi deux Nations
ſont-elles convenues de regarder leurs
ſujets reſpectifs comme leurs propres
citoyens, & de les admettre à ſe ſuccéder réciproquement, comme s'ils ne
formoient qu'un même peuple ; alors,
plus de colliſion ; l'intérêt public ne
peut être bleſſé, & la loi du ſang,
qui met le fils en poſſeſſion de l'héritage du pere, doit être ſuivie ſans
diſtinction.

La Loi naturelle, en tant qu'elle
preſcrit

préscrit les devoirs des hommes les uns
envers les autres, ne peut être bornée
dans son exécution, par la différence
des Religions. Les malheureuses erreurs
du sectaire, de l'hérétique, de l'idolâtre,
ne lui ôtent point sa qualité d'homme, &
cette qualité seule suffit pour le faire
participer aux droits que la Nature accorde à tous les hommes.

Ainsi la disposition de la Baronne
de Walkemburg sera nulle, si l'on prouve, d'un côté, que la Hollande & la
France se sont engagées à permettre que
leurs différens sujets se succedent réciproquement, comme s'ils étoient citoyens de la même patrie ; & de l'autre,
que l'unité de Religion n'est pas exigée par le droit public de la Hollande :
alors plus de collision dans les préceptes
de la Loi naturelle ; elle n'aura plus
qu'un seul intérêt à conserver & à défendre ; l'intérêt du sang, qui appelle
les descendans à succéder à leurs as-
cendans.

Le premier objet tient au droit des
gens. Le droit des gens, dit M. For-
mey sur Wolf, n'est autre chose que
le droit de la Nature, appliqué aux

Tome VI.   X

Nations. Les différentes Nations font obligées à remplir, les unes à l'égard des autres, les mêmes devoirs que la Loi de nature impose aux particuliers, Les particuliers font obligés, par la Loi de nature, à obferver & exécuter fidélement les traités qu'ils ont faits enfemble : il en eft de même des Nations. Pour exécuter fidélément un traité, ce n'eft pas affez de ne faire perfonnellement rien qui y foit contraire ; il faut encore empêcher, lorfque cela dépend de nous, que les autres n'y donnent atteinte. Une Nation qui s'eft engagée envers une autre à accorder à fes fujets le droit de fuccéder aux biens, ne doit pas feulement déférer les fucceffions *ab inteftat* ; elle doit en outre empêcher que les difpofitions teftamentaires des particuliers ne les en privent, fans une caufe qui pût valablement exclure les nationaux eux-mêmes : en un mot, elle doit traiter les fujets de la Nation envers laquelle elle s'eft engagée, comme fes propres fujets.

Il faut voir maintenant s'il exifte de pareils traités entre la France & la Hollande. Sans parler de ceux qui ont été

faits entre François Premier & Charles-
Quint, alors possesseurs des Pays-Bas,
on en trouve plusieurs autres, tels que
celui de 1596 sous Henri IV, celui
de 1662, celui de Nimegue de 1670,
& celui de Riswick de 1697, dont voici
l'article XV.

» Les sujets desdits Seigneurs Etats-
» Généraux ne seront réputés aubains en
» France, & ainsi seront exempts de la
» Loi d'aubaine, & pourront disposer
» de leurs biens par testament, dona-
» tion ou autrement ; & leurs héritiers,
» sujets desdits Etats, demeurant tant
» en France qu'ailleurs, recueillir leurs
» successions, même *ab intestat*, en-
» core qu'ils n'aient obtenu lettres de
» naturalité, sans que l'effet de cette
» succession leur puisse être contesté ou
» empêché, sous prétexte de quelques
» droits ou prérogatives des provinces,
» villes ou personnes privées. Pourront
» pareillement, sans lesdites lettres de
» naturalité, les sujets desdits Seigneurs
» Etats, s'établir en toutes les villes du
» Royaume, & seront généralement
» traités ceux des Provinces-Unies, en
» tout & par-tout, autant favorable-

» ment que les sujets propres & natu-
» rels de Sa Majesté.... Et sera tout
» le contenu au présent article, observé
» au regard des sujets du Roi, dans
» les pays d'obéissance desdits Seigneurs
» Etats «.

Tous les autres traités ont une dif-
position semblable : dans tous on voit
le Roi de France s'engager à traiter
ceux des Provinces-Unies aussi favorablement que ses sujets propres & naturels, & les Etats-Généraux contracter les mêmes obligations en faveur
des François dans les pays de leur obéissance.

Malgré ces traités solonnels, il paroît qu'on a douté, en France, si la
Hollande déféroit à des François les successions des nationaux leurs parens; &
en 1760, dans une affaire où le Parlement de Paris avoit à juger si un Hollandois pouvoit succéder à un François,
on rapporta une délibération des Etats-
Généraux de Hollande, du 28 Août
1758, qui constate que la successibilité
admise en France au profit des Hollandois, a lieu en Hollande en faveur
des François, & que les François y sont

traités auffi favorablement que les Hollandois.

Ainfi, c'eft un point de fait conftant, que la Hollande & la France fe font engagées à traiter leurs différens fujets comme leurs fujets propres & naturels, & qu'elles ont confenti que les biens de l'une puiffent paffer chez l'autre, comme fi elles ne compofoient qu'une même Nation, préférant leur amitié & leur protection réciproque, à l'intérêt qu'elles pouvoient avoir à les conferver toujours dans l'étendue de leur domination.

Si donc la Baronne de Walkemburg fût morte *ab inteftat*, les Etats-Généraux de Hollande n'auroient pu fe difpenfer d'admettre à fa fucceffion tous fes defcendans également, les François comme les Hollandois. Mais la Baronne de Walkemburg a-t-elle pu faire ce qui étoit interdit aux Etats ? a-t-elle pu, de fa volonté privée, déroger au droit naturel & au droit des gens ? Non, fans doute ; *Pactis privatis juri publico derogari non poteft*. Cet axiome de Droit Romain & celui de la raifon eft une Loi générale qui intéreffe trop toute la

Société, pour qu'elle puiſſe jamais être enfreinte. Si le teſtament de la Baronne de Walkemburg étoit préſenté aux Etats-Généraux de Hollande, pour juger de ſa validité, quelle devroit donc être la regle de leur déciſion ? L'engagement ſolennel qu'ils ont pris de traiter auſſi favorablement le François que le Hollandois. Ainſi, mettant à part la qualité de François, ils examineroient ſi la dame de Walkemburg a eu un ſujet légitime d'exhéréder quelques-uns de ſes enfans. Ce ſujet ne pourroit être, ſans doute, l'intérêt de conſerver, dans l'étendue de leurs dominations, les biens de ceux qui y ſont ſoumis, puiſqu'ils ont renoncé à cet intérêt pour avoir droit à l'amitié & à la protection de la France. Sous ce point de vue, ils déclareroient donc le teſtament nul.

Mais pourroient-ils prendre pour un juſte ſujet d'exhérédation la profeſſion de la Religion Catholique ? C'eſt le ſecond objet à examiner. Il ſuffira de jeter un coup-d'œil rapide ſur le droit public de Hollande, à l'égard des Religions, pour en décider.

Il eſt certain que les exhérédations

étant odieufes, elles ne peuvent légitimement avoir lieu qu'autant qu'elles
font néceffaires pour maintenir les Loix
d'un Etat & y conferver les bonnes
mœurs, & non pas lorfqu'elles n'ont
d'autre but que de fatisfaire le cruel
caprice d'un pere ou d'une mere irritée ;
encore moins lorfqu'elles font capables
de troubler l'ordre public & de corrompre les mœurs. Il eft aifé de voir
lequel de ces deux caracteres convient
le mieux à l'exhérédation ordonnée par
la Baronne de Walkemburg. Elle déshérite ceux de fes defcendans qui
ne profefferoient pas la Religion réformée, & elle étoit foumife aux Loix
d'un Gouvernement qui n'exige pas l'u-
nité de Religion : la Confeffion d'Auf-
bourg en eft, à la vérité, la Religion
dominante ; mais la tolérance de toutes les Confeffions poffibles y eft admife.
Il eft permis aux Catholiques d'y exercer publiquement leur Religion ; plufieurs traités portent qu'ils auront des
temples où ils pourront célébrer leurs
myfteres ; ils font habiles à recueillir
les fucceffions *ab inteftat*, & teftamentaires ; enfin, un Catholique peut époufer une Proteftante, &, pour empêcher

les troubles qui pourroient furvenir dans les familles, à caufe de l'éducation des enfans, il eft une loi d'ufage, refpectée & obfervée généralement, qui permet au pere d'élever fes enfans mâles dans fa croyance, & à la mere de nourrir fes filles dans la fienne. Certainement ni l'un ni l'autre ne peuvent exhéréder ceux de leurs enfans qui ne profeffent pas leur Religion ; ce feroit une contradiction abfurde, qui feroit naître les troubles qu'on a voulu prévenir. Tous les enfans Catholiques & Proteftans fuccedent également à leurs pere & mere. Un teftament qui déshérite ceux des enfans qui ne profeffent pas telle ou telle Religion, eft donc contraire aux Loix de Hollande, parce qu'il ne tend qu'à troubler l'ordre public.

Il n'eft pas moins contraire aux bonnes mœurs : loin de pouvoir faire des profélytes, il ne peut jamais opérer que le changement le moins fincere & le plus condamnable. La dame Maudry & la Baronne de Bagge en font un exemple frappant. L'une abjure la Religion Catholique, dans laquelle elle a été élevée, pour embraffer le Proteftantifme, qui lui promet une fortune immenfe ; l'autre abjure le Proteftantifme fi-tôt qu'il ne peut plus lui rien produire, pour embraffer la Religion Romaine, lorfqu'elle ne peut plus nuire à fon intérêt & à fes paffions.

Ainfi, fuivant les Loix publiques de Hollande, & fuivant les bonnes mœurs, on ne peut exhéréder fes enfans pour fait de Religion ; mais il y a même une Loi pofitive à cet égard. Par l'article LXI du traité de paix de 1648, il a été convenu & arrêté, dit Anfelme, dans fon Commentaire fur l'Edit perpétuel de Hollande, que les exhérédations pour caufe de guerre ou de Religion feroient nulles & invalides. *Pactum conventumque eft omnes exherédationes belli Religionifve cauſâ factas, nullas & invalidas effe.* Il eft donc démontré que jamais, en Hollande, une pareille caufe ne peut faire exhéréder légitimement les nationaux. On a prouvé d'ailleurs que les François devoient être traités comme les nationaux.

D'après cela, quel feroit le fort de l'exhérédation portée au teftament de la Baronne de Walkemburg, devant

X v

les Tribunaux même de Hollande? L'exhérédation seroit caffée, comme contraire à une Loi pofitive, comme ne
tendant qu'à corrompre les mœurs,
troubler l'ordre public, bouleverfer les
Loix de l'Etat, comme brifant les liens
des plus faints traités, & enfin, comme
profanant tout à la fois ce qu'il y a de
plus facré, le droit public, le droit
des gens, & le droit naturel.

Si tel eft néceffairement le jugement
que la Baronne de Bagge auroit à attendre des Tribunaux de Hollande,
quand même elle profefferoit encore la
Religion Proteftante; que doit-elle donc
efpérer en fe préfentant à la France,
qu'elle femble avoir adoptée pour fa
patrie, devant des Tribunaux Catholiques, dont elle a embraffé les dogmes
facrés? Ne craint-elle pas qu'on lui dife:
Vous êtes Catholique, & vous ofez défendre un acte injurieux à cette Religion; vous venez demander l'exécution
d'un teftament qui déshérite ceux qui
font profeffion de cette croyance: vous
êtes Catholique, & vous voulez encore profiter des biens que le mépris
& l'abjuration de votre foi ont illégiti-
mement acquis à vos peres; vous êtes

Catholique, & , fans aucun fcrupule ,
vous voulez retenir un bien dont l'ufur-
pation de vos auteurs a dépouillé des
héritiers légitimes ; vous en refufez la
reftitution , après avoir réduit votre
propre fang à l'indigence , après avoir
laiffé mourir de peine & de mifere votre parente ; vous difputez des alimens
à fa malheureufe mere , tandis que ,
riche de fes dépouilles , vous repofez
tranquillement au fein d'une fortune
criminelle ? En vain vous invoquez les
principes d'un Etat , dont les Loix &
les mœurs ne tendent qu'à établir la
paix & la concorde entre fes citoyens ,
traitant également le Catholique & le
Proteftant. Quoi ! vous feriez-vous donc
flattée que , pour vous , l'on facrifiât
la Nature , la Religion , les Loix , les
bonnes mœurs ?

Qu'oppofe à ces moyens victorieux
la Baronne de Bagge ? Des fins de non-
recevoir , des prefcriptions contre une
fubftitution , qui ne peuvent exifter &
qu'elle a abandonnées elle-même. Les
premiers Juges ont eu raifon d'ordonner la communication des inventaires ,
ainfi que toutes les pieces inventoriées.

Quant à la provifion de 10000 livres que la même Sentence accorde à la demoifelle de Rencurel, comment la Baronne de Bagge peut-elle s'en plaindre? La demoifelle de Rencurel eft réduite à l'indigence par les ufurpateurs de fes biens; la difcuffion de ce qu'ils doivent reftituer entraînera néceffairement des frais, des longueurs; la demoifelle de Rencurel, qui doit beaucoup, qui a beaucoup à efpérer, ne jouit de rien, elle touche au tombeau : que de titres pour mériter de prompts fecours ! La Cour, loin de diminuer cette provifion, doit l'augmenter.

Mais comment la Sentence, qui jugeoit que la demoifelle de Rencurel avoit droit de demander un compte & un partage à la Baronne de Bagge, a-t-elle pu lui donner main-levée des faifies & oppofitions formées fur les fonds? C'eft une contradiction que la Cour ne peut adopter.

La dame de Hertoge de Valkemburg, par un teftament, ouvrage de haine & de colere contre la Religion Catholique & la Nation Françoife, a foulé aux pieds également le droit naturel, le droit des gens & le droit public, en excluant de fa fucceffion tous ceux de fes defcendans qui ne profefferoient pas la Religion Réformée, jufqu'au quatrieme degré inclufivement.

Ces Loix publiques, ces Loix immuables, auroient pu être détruites par la fimple volonté d'une perfonne privée! & la Baronne de Bagge, heureufement rentrée dans le fein de l'Eglife Romaine, que fa mere avoit abandonnée pour profiter feule du teftamert, au préjudice d'un frere, toujours fidele à fa Religion, à fon Roi, la Baronne de Bagge pourroit valablement foutenir un monument auffi injurieux à fes nouveaux fentimens qu'à la Nature, pour fe conferver une fortune immenfe, dont la moitié devoit appartenir à de légitimes cohéritiers! Non, la Cour ne fouffrira point cette injuftice, ne compromettra point de fi grands intérêts; & fa décifion, qui vengera la caufe de la Nature, de la Religion & des Nations, fera une Loi digne d'être reçue de toutes les Puiffances.

Le Parlement, par Arrêt rendu en 1777, a condamné le Baron & la Baronne de Bagge à rendre compte à la dame de Rencurel des deniers touchés par le sieur Maudry & sa femme, provenant du fidéicommis de la dame de Walkemburg, & à lui communiquer l'inventaire & les pieces concernant la succession de la fille de la dame de Walkemburg ; & de plus a condamné le Baron & la Baronne à une provision de dix mille livres envers la dame de Rencurel.

Fin du Tome sixieme.

TABLE

DES CAUSES

Contenues dans ce fixieme Volume.

Fin de la Table du sixieme Volume.

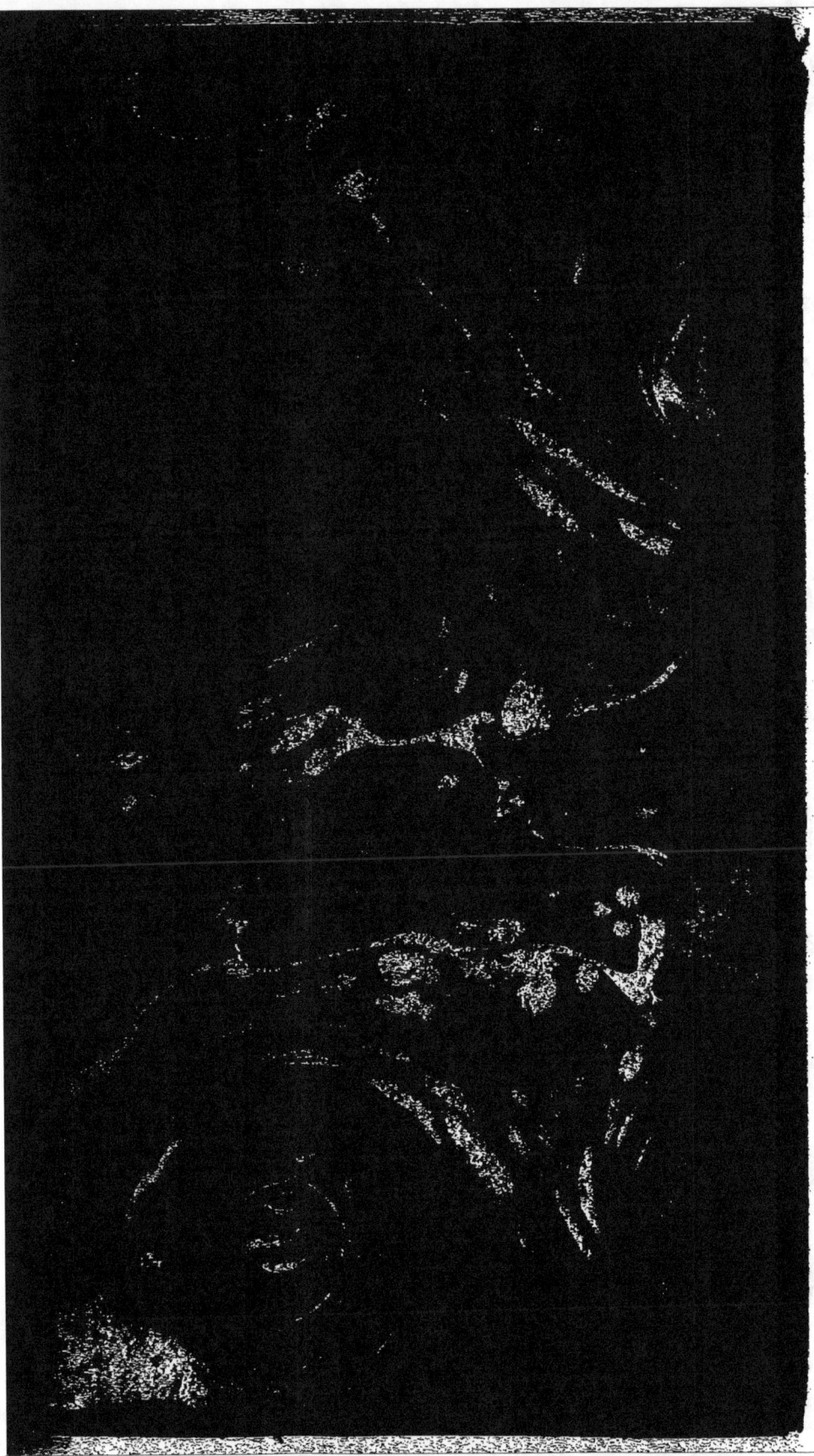